JN305407

彼此往来の詩学

――馮至と中国現代詩学

佐藤普美子

彼此往来の詩学——馮至と中国現代詩学

目次

彼此往来の詩学——馮至と中国現代詩学

序章

本論文が対象とする中国現代詩は、厳密にいえば、二十世紀中国民国期の「新詩」である。「新」詩という呼称に現れているように、それはそもそも五四新文学運動の先鋒として「旧」詩に対峙することから始まった。そのため二十世紀新詩は、程度の差はあれ、常に古典詩歌の伝統を意識せざるを得なかったといえる。ところが日本の近現代詩が伝統的和歌と比較されてその優劣を論じられることはほとんどないのとは異なり、中国では詩歌の一般読者はもちろん、新詩研究者からさえも、結局のところ新詩は芸術的達成度において旧詩に遠く及ばないという言い方がしばしばなされる。中国新詩は圧倒的質量を誇る古典詩歌という揺るぎない対抗軸を持ったことで、その成熟への過程はとりわけ困難で複雑なものになった。このように新詩はその出自の革新性において表向き（文学史上）はオーソライズされながら、実は受容面でも研究面でもいまだ相応の認知と処遇を受けているとはいえないのである。かつて聞一多が、「旧文学の中で最も優れた遺産が詩であるために新文学の中ではかえって詩が最も成果をあげにくい」（「新文芸と文学遺産」一九四四）といみじくも言い得たように、新詩は当初から他の文学ジャンルと比べてより多くの試練が課せられていたといえる。しかし、だからこそ新詩は常に自らの存在の根拠を求めて、より自覚的に〈現代性〉と〈形式〉の問題と格闘しなければならなかったのである。

日本の詩的近代が「発想はつねに自己の存立を賭けたぬきさしならぬものとしてあらわれ、手なれた形式的な処理を拒否する」（三好行雄）ところから生まれたのと同様、中国の新詩も、発想と言語形式は不可分のものだという覚醒の下に、伝統詩歌の「手なれた形式的処理」を拒むところから始められた。しかし文言と白話の隔絶がきわめて大きい中国にあっては、口語自由詩をかくという詩作のパラダイム転換は困難をきわめ、また旧詩の魅力を知る詩人たちにとって相当な葛藤を要することであったのも想像に難くない。

民国期の約三十年間に、新詩は一見「詩らしくない」不格好で幼稚な体裁からスタートし、徐々に創作と理論の両面で「現代詩」としての実質を備えたものに変貌していった。それはたえず自らの「新しさ」を、疑いも含めて問う過程であり、おそらくいかに魅惑的であっても伝統詩の方法には安易に回帰すまいとする自律と模索の道であったといえる。同時に、それは文学資源となった西洋近代詩との同質化を素朴に信じられるような楽観的な道のりでもなかった。だからこそ、中国新詩は独特の探索性に満ちた二十世紀の現代詩として、固有の詩学を形成することになったのだと考えられる。

一　近二十年の中国現代詩研究の現状と問題点

文革終息後の八〇年代前半、それまで文学史から排除あるいは「逆流」と見なされていた李金髪、徐志摩、戴望舒といった詩人たち、また穆旦を中心とする四〇年代抗戦期西南聯合大学に拠った詩人たち（八〇年代に「九葉派詩人」と命名される）のアンソロジーが続々と出版された。こうした民国期詩人の「名誉回復」と「発掘」の機運が高まる中で、新詩研究はようやく本格的に始動したといえる。

その後今日に至るまで、各種現代文学史において章題にその名が含まれるような、いわゆる時代精神を体現する代表的な詩人、郭沫若や艾青の文学的位置づけは不動だが、その一方で、新詩研究の焦点は徐々に再評価の著しい象徴派、新月派、現代派、九葉派にシフトしていき、相対的に「主流」詩人への関心は低下していることがうかがわれる。ただし、九葉派を代表する穆旦は今では文学史の章題に名が載る主流詩人の一人であり、研究者の関心も高い。なお、八〇年代前半、新時期の思想運動の一環として「朦朧詩」論争が展開され、九〇年代には当代新詩をめぐる議論や批評も活発化したが、当代詩を扱う場合は性質上ポレミックにならざるをえず、関係論文には眼前の詩歌現象の整理もしくは挑発的な議論に終わるものも多い。新詩研究の水準は概ね民国期詩歌を対象とした著作によって保たれているといってよい。

現代文学研究全般に共通することだが、以前に比べて出版事情が整備され、資料収集も容易になったこと、また八〇年代以降一気に翻訳紹介された欧米の文学・芸術理論を受容し援用して、新たな視角から総体的に民国期新詩の体系ないし系譜を捉えなおそうとする研究はこの二十年間で飛躍的に増えている。単行本として出された主な研究書をそのアプローチの性格によって分類すると、おおよそ以下の四つの傾向に分けられる。その要点を簡単に整理しておきたい。なお括弧内の数字は本論文末に付した参考文献リストに基づく。

（一）　文学史的アプローチ

「新詩史」の文字を冠した単行本はそれほど多くないが、流派や文学団体の消長を現代史と呼応させながら、詩人や作品の紹介を通して新詩の流れを鳥瞰しようと図る概説的なものは比較的多い（1、3、7、9、12、14、15、17、22、29、31）。これらは古典的アプローチと言ってよいが、性格上その弱点は、事象を羅列し、力点のない平板な叙述に陥りやすいことである。さらに物足りない点は、個々の詩人の生に即した問題意識や探索の方向性が相互にどう関連しているのか見えにくいことにある。ただし№31の著者沈用大はいわゆる業余新詩研究者だが、豊富な資料を渉猟整理し、詩歌テクストの読みも丁寧で、専門家を上回る成果をあげている。新詩の中の叙事詩や十四行詩をはじめとする詩体に注目して系譜づける試み（10、23）も、新詩形式面の趨向を概観するのには便利だが、文学史的叙述特有の弱点として、個人の転変を促す内在的契機が見えにくい。

（二）　テーマ分類的アプローチ

詩史的観点を含みながら、新詩の詩学理論を詩人別、批評家別、あるいは詩学概念ごとに整理するもの（6、16、18、19、40）。近年は「解詩学」というタームを用いて新詩評論自体を分析する論考も現れている（34）。こうしたアプローチには新詩の理論体系を構築しようとする意図が認められる点で当初は斬新であり、線条的文学史的アプローチにパースペクティブを補う役割も果たした。その反面、考察の主な対象が、詩学の概念（理論）を提起する、理論面に傑出した詩人や学者に偏るため、彼ら以外の理論化（言説化）されていない詩学の存在を見逃している嫌いもある。「理論の唱導が先にあり、創作の実践は遅れをとる、というのは中国新詩（さらには現代文学全体の）発展の特色である」（銭理群『中国現代文学三十年』）とすれば、理論研究が創作の実情と乖離した概念整理に陥る危険性も否定できない。

（三）　批評的アプローチ

個別の詩人、詩派を対象とする研究の中でも、九〇年代半ば以降は、特に中国モダニズムを解明しようとする意図のもとに、象徴主義や現代主義、中西詩学の融合、伝統、純詩、大衆化、都市、詩的イメージなどキーワードを中心に分析する論考が急激に増えている（2、11、24、30、33、36、37、38、39、41）。その反動として、革命と戦争の記憶を宿すリアリズムの新詩を、従来のイデオロギー的解釈によって称揚するのではなく、その芸術方法を再検討する中で再評価を試みる論考も少ないながらも出てきている（26）。

また近五年の、七〇年代生まれの若手研究者によるアプローチには、民国期から九〇年代を通じて新詩の理論と現象に見える詩的ディスクールの特質を分析するもの、また五四新文学期の「新詩集」をめぐる出版形態、読者形成の問題から社会史的、文化研究的アプローチにより、新詩の生まれる磁場を解明しようとする研究も出てきている（27、28）。

新詩研究の中で目下主流をなすのはこれら批評的アプローチである。すでにのべたように、従来文学史で「逆流」とみなされた詩人や詩派は今やモダニズムの名の下に、辺縁から中心に引き出された感すらある。分析の視角は多岐にわたり、新詩研究の領域は一気に拡大した感がある。しかしそのわりにいくつかの例外はあるとしても、叙述が千篇一律、独創性に欠けるのは、あらかじめ中心概念が設定された上で詩人や詩を論じているからではないかと考えられる。あるいは研究者の、ある時代に生きた個々の詩人の営みへの興味が相対的に希薄になっていることと関わっているかもしれない。

（四）　エッセイ的アプローチ及び其の他

以上三つのアプローチの他に、これらの要素を混在させながら、詩的トピックについて語るエッセイ風の論考がある。主として老世代の詩人や学者によるものである。断片的、主観的であり、決して体系立ってはいないが、新詩の根幹にある問題への発言はその時代に身を置いた者ならではの実感に溢れ、精彩に富むものも多い。研究書とはいえないが、それに匹敵する啓発を多く含むものもある（4、7、8、13、21、25、32）。

作品解説と鑑賞が中心になる「導読」と冠する書も性格的には研究書に近い（5、35）。これも体系的叙述ではないが、研究者を含む読者に新詩を読む視角を提供する点では有益で、一般の研究書よりよほど影響力を持っている。同時に、そこに選ばれた新詩の「カノン」化に一定の役割を果たしていることも看過できない。

【日本における研究動向他】

日本における中国現代詩研究は専ら翻訳・紹介が中心であり、その数も小説に比べると決して多くはないが、これまで紹介のピークは二回あった。一回目は五、六〇年代。おそらく革命中国への憧憬から、中国現代詩のアンソロジーが次々と編まれ、艾青や郭沫若の詩が積極的に紹介されている。もう一つのピークは八、九〇年代にある。新時期のモダニズム詩歌として〈朦朧詩〉への関心が高まり、思想運動の象徴としてそれをめぐる論争と意義が特集記事などを通して一時期集中的に紹介された。いわゆる「当代詩」の領域では、数十年にわたり海外での流亡生活を強いられた北島や「今天」派詩人について是永駿による一連の仕事、また文革期詩歌・朦朧詩関係については岩佐昌暲の継続的な仕事がある。同時期には、民国期詩人について、渡辺新一の何其芳・徐志摩論や三木直大の戴望舒・卞之琳論がテクストを丹念に解読することで詩人像に迫る現代詩人研究の先駆けとなった。徐志摩のトマス・ハーディ受容を論じた宮尾正樹の論は、徐のハーディ像の変化の中に徐自身の精神の在り様を見るもので、西洋作家の影響や受容の問題を深層のレベルで捉えるための新たな視角を提供している。

日本における中国現代詩研究の質・量ともに充実した成果としては、民国期の重要な詩人を紹介した秋吉久紀夫の一連の仕事（一九八九年から九九年まで、ほぼ毎年刊行された土曜美術社出版販売の中国現代詩人〔10名〕シリーズ）を挙げなければならない。翻訳詩集としての意義だけではなく、資料的にも日本における中国現代詩人研究の礎石となる業績である（以上は巻末の「参考文献」を参照されたい）。

また宇田禮の紀行を交えたユニークな評伝『声のないところは寂寞——詩人・何其芳の一生』（みすず書房、一九九四年七月）と『中国人にとっての二十世紀——艾青という詩人』（新読書社、二〇〇九年九月）は複雑な現代史と絡み合うような、中国知識人としての詩人たちの精神史を叙述した日本人研究者の貴重な労作である。

なお現代詩研究の前史となる倉田貞美『清末民初を中心とした中国近代詩の研究』（大修館書店、一九六九年三月）は、一八八四年から一九一七年までの辛亥革命を中心とした二十数年間の「旧格律詩が詩壇を支配した最後の時代」を「五四時代以降の新詩の醞釀期として重要な一時期」とみなし「当時の詩界の実態を精確に究明」（以上、引用は同書「緒論」）しようとした大著である。同論考のめざす「新詩の萌芽、あるいはそれへの発展の可能性は、どんな所に、どんな形で見出されるか」を知る上で貴重な資料と整理を提供している。

欧米の研究は管見の限り、早い時期の総論には、Julia C. Lin の *Modern Chinese Poetry: An Introduction,*（University of Washington Press, 1973）、Marián Gálik の *Milestones in Sino-Western Literary Confrontation, 1898-1979*（Asiatische Forschungen ;Bd.98,1986）がある。個人詩人研究では Gregory Lee の戴望舒研究 *Dai Wangshu: The Life and Poetry of a Chinese Modenist*（The Chinese University Press,1989）、Lloyd Haft の卞之琳研究 *Pien Chih-lin : A Study in Modern Chinese Poetry*（Dordrecht : Foris,1983）及び *A Selective Guide to Chinese Literature 1900-1949 : The Poem, vol.3*（Brill Academic Publishers,1990）等が、欧米における中国現代詩の啓蒙的紹介の役割を果たしているだけではなく、日中の研究に不足しがちな詩的言語への美学的分析の視点を有している。しかし、日本の関連書も含めて中国以外（台湾も含む）での現代詩研究は、総論と作家研究のいずれにおいても紹介中心にならざるを得ず、資料及び論述の細部と体系性において制約があるのはやむを得ない。

さて、先述の中国における現代詩研究の傾向にみる問題点をいくつか整理しておきたい。

まず、版本の比較対照を含めた新詩テクストの校勘が十分に行われていないことが挙げられる。誕生から僅か百年足らずの新詩が、質量ともに膨大な古典詩歌のテクスト校勘の蓄積を持たないのはやむを得ないとしても、この分野、ことにテクストの異同――初出の新聞雑誌、詩集の初版、再版における字句の遺漏、書き換えなど――について相応の注意と関心が払われていないこともまた事実である。テクストクリティークは文学研究の基本であり、まして一字一句の重みが小説とは異なる詩歌にあっては、テクストをもっと慎重に扱うべきだし、少なくとも底本は明記しておかなければならない。この問題の解決はやはりひとまず本国の研究者にゆだねることにしたい。

次に、すでに述べたことだが、研究者が詩人の文学史的位置づけに性急になるあまり、流派や西洋文学の既成概念（ターム）を用いて詩人及び作品の特色を括りがちであること（書名に○○主義という語を含むものが多いのはその一証左である）、そのため一人の詩人の多様性と変貌の意味をかえって見えにくくしている点があげられる。この問題はごくわずかの詩人を除いて、個別の作家研究がまだ十分に整っていないという事情とも関わっている。

第三に、新詩研究においては、目立った詩論（理論）を提起しなかった文学者たちに対して相対的に考察が手薄になる傾向があげられる。彼らは往々にして社会と自己を凝視しながら、沈思する内向型の詩人であり、理論の唱導にはあまり熱心でない場合が多いので、彼らに共通する「詩学」を既成の概念で括ることが難しい。また研究者にとって、詩のテクストは散文や小説に比べてそれ自体ではなかなか扱いにくく、テクストの読みを補強する詩人の詩論が示されていないと、分析する手がかりがさらに少なくなり、論述の対象としにくい事情もある。これは問題点というよりは今後の研究の深化が待たれる点というべきものかもしれない。

二　本論文の構成と展望

本論文は、現在の中国現代詩研究の現状における既述の第二、第三の問題をふまえ、従来の流派や〇〇主義というタームでは括りきれない「沈思型」詩人を代表する馮至への関心と興味を出発点としている。彼のように断続的ながらも六十余年にわたって青年―中年―老年の各時期に属する新詩を書き続けてきた詩人はほとんどいない。本論文では馮至の民国期の文学活動のみ扱うが、今後はさらに共和国以降八〇年代までの著作全体を通して、その作風の変遷と同時に、底流にある不変のものを明らかにしたいと考えている。

日本における中国現代詩研究のほとんどは個別詩人の翻訳と紹介を中心としたものである。その現状に鑑みれば、民国期の代表的詩人と作品を概観できるような文学史的叙述がより親切で有用だったかもしれない。しかしその役割は既存の詩史に譲ることにしたい。本論文は二部構成である。第Ⅰ部では馮至と何らかの関わりを持つ文学者について、従来バラバラに論じられていた彼らの営みを、民国期の詩学課題という観点から、新たな位置づけを試みた。第Ⅱ部は主として馮至のテクスト表現の特色を論じている。

先述の通り、筆者の主な関心の対象は馮至であるが、彼ひとりを通してその詩学を捉えることは困難であり、従来の作家研究という評伝的アプローチではその詩学の同時代性を明らかにできないと感じていた。そこで同時代の文学者の中でも馮至と文学的親和性をもつ詩人たちの作品を合わせて考察することで、民国期のある種のタイプの文学者たち（彼らは「京派」と称されることが多いが、こうした括りはあくまで便宜的なものである）に共通する問題意識と方法が見出せるのではないかと考えたのである。対象は狭義の詩に限定せず、詩性を帯びた散文や小説――詩的テクストにも広げた。考察の結果、社会と自己を凝視し、二項対立的に付置されたトポスの間を往き来しながら、常に執拗な問いかけの中に生きつづけた、沈思型の文学者たちに共通する詩学——言いかえれば〈問いを生きる〉詩学というものが、しだいにおぼろげな輪郭を帯びて浮かびあがってきた。それを本論文は「彼此往来の詩学」と名づけることにする。

馮至を中心とする本論考を通して、従来の文学史からは見えてこなかった内省（＝沈思）型文学者の社会的、思想的あるいは芸術的関心の在り処とその具体的な仕事がいくらかでも明らかにされることを期待したい。その詩学はたとえ少数の文学者のものだったとしても、中国現代文学とりわけ中国現代詩を形成する貴重な水脈として確かに存在しているのである。それを指摘することで郭沫若、艾青、徐志摩、戴望舒といった、すでにその仕事の評価が定まる大詩人たちによって形作られてきた中国現代詩の景観をさらに豊かなものに、さらに陰翳に富んだものにできることを願う。

本論文の構成について簡単に述べておきたい。

第Ⅰ部（第一章〜第六章）は、民国期新詩（一九二〇年代〜四〇年代）の詩学課題として、「芸術と実生活」と「伝統と西洋詩学」という二つの大きな視角を設定した。第一章〜第三章ではそれぞれ周作人、沈鐘社、何其芳を対象とし、彼らがいかにして芸術と実生活（自己凝視と社会的関心）を相関させようとしたかを考察している。第四章〜第六章では、新詩の言語と理念を求めて格闘した聞一多、梁宗岱、九葉派（主に袁可嘉）の詩論を考察の対象とした。

第Ⅱ部（第七章〜第十四章）はリルケの表現を借りて、〈問いを生きる〉詩学と総称する。第七章〜第九章は「抒情と思索」という視角から、各章全て馮至の詩篇を対象にしてその主体形成における抒情性と思弁性の関連を分析したもの。第十章、第十一章では「時空間の往来」を視角とし、沈思型詩人の中でもとりわけ時間表現に特色を持つ何其芳と馮至を対象とした。特に両者の表現手法に注目し、馮至では叙事詩や小説、何其芳ではやや複雑な語りの手法を用いた散文の特色を分析している。第十二章〜第十四章は文学の普遍的テーマである「生と死と再生」について、特に人間性の脆弱な部分に敏感で観察が鋭い馮至と李広田を取りあげた。馮至の身近な人間の死をめぐる認識と表現について、および戦時という極限状況での思考を考察し、李広田については、名もなく貧しい人々のありふれた死をテーマにした散文の特色を論じている。

以上、第Ⅰ部では民国期の詩学課題を、第Ⅱ部では馮至を中心に〈問いを生きる〉詩学を論じた。ここで扱う馮至を代表とする沈思型の民国期詩人たちは、芸術／実生活、伝統／西洋詩学、抒情／思索、時空間の彼／此、そして生／死という、二つの二項対立的トポスを切実さに駆り立てられるように往来する過程で、「彼」と「此」それぞれを変容させ、両者間を往来する自身も変容しながら、自らの精神の自由を探索し、その版図を拡大していこうとした文学者だと考えられる。本論文は彼ら固有の文学的営みを照射することで、その詩学を民国期新詩史に新たに位置づけることをめざすものである。

第Ⅰ部　民国期の詩学課題

概説１　第一章・第二章・第三章

芸術と実生活

日本近代文学においては、自然主義が「レベンディヒ（注・独語 Lebendig 生き生きした、活気に満ちた）な社会性をわれから切りすてることによって閉鎖的な成熟の道を選択した」ところにその運命があったと指摘されている（平野謙『昭和文学の可能性』）。文学において「われ」と「社会性」を切り離す考え方は、芸術の理想と実生活の現実を二律背反するものとして対置させ、両者の間には永遠に越えられぬ溝があるとする前提をも生んだと思われる。一般に日本の自然主義文学が「社会的関心」を欠き、一方社会重視のプロレタリア文学は「自己凝視」を見失いがちであったのはそのためだと考えられる。

中国現代文学、とくに現代詩にあっては、詩人のタイプを仮に芸術派（或いは知性派）と生活派（現実派）に分けることができたとしても、ともに人生に関わるという点で両者は根本的に対立するものではなかったのである。特に「芸術派」の詩人たちはその文学を通して人間と生に関わる新たな認識を生みだしていった。文学（詩）が知識人のアイデンティティと常に密接な関わりを持つ中国の文学的伝統にあっては「社会的関心」と「自己凝視」ははじめから切り離せないものとして存在していたといえる。

第一章と第二章では、日本近代文学の影響あるいは差異を視野に入れた一九二〇年代文学の事例として、馮至と関わりの深い周作人と沈鐘社を扱った。第一章では一九二〇年代後半、馮至らと雑誌『駱駝草』を創刊することになる年長の文学者周作人の新詩集を通して、彼が〈観念〉ではなく〈実感〉を表現する詩的テクストを模索していたことを明らかにしている。第二章では馮至も同人の一人であった沈鐘社のハウプトマンの戯曲「沈鐘」をめぐる日中の異なる解釈を通して、文学史の上で「芸術派」と括られる文学者の「芸術と生活」観に考察を加えた。第三章では、抒情表現に馮至との親近性が認められる詩人何其芳が、一九三〇年代から四〇年代にかけての激動する現代史に呼応する形で、自己省察と社会的関心をいかにして深め、「芸術と実生活」の葛藤の中で知識人の自己変革という課題に向かっていったかを、それぞれの時期を代表する二つの詩集『預言』と『夜歌』を通して検討を加えた。

第一章　〈実感〉の表現——周作人の新体詩集『過去的生命』について

はじめに

周作人（一八八五〜一九六七）が生涯に書いた新詩は五十篇ほどだが、その大半は一九一九年から二三年までに集中して書かれ、のちに改めて新詩集『過去的生命』（一九二九年一一月、上海北新書局）にまとめられた。新詩史上「最初の傑作」（胡適「談新詩」）と評された「小河」をはじめ、それらの詩篇は草創期新詩に実作の貢献をした点で意義深いだけでなく、同時に周作人の思想的転期における感情生活を窺える点でも貴重なテクストとなっている。特に西山療養中の作である「病中的詩」（1）（一九二一年三月二日から八月二八日までに書かれた八篇）や散文詩（二三年）には、五四新文化運動期に信奉した理想への懐疑から「思想の動揺と混乱を極めて」（2）いく彼の心理と孤独感が、同時期の辛辣で冷徹な社会・文化批評には見られない仕方で、ナイーブかつ率直に表出されている。

本章はこうした周作人研究にあって重要な詩篇を含む詩集『過去的生命』が、ある明確な構成意識のもとに編まれた作品であると考え、同集の表現傾向と二〇年代前半の新詩に関する評論の考察を通して、周作人が詩（文学）における生々しい「実感」の表現を模索していたことを指摘したい。また「病中的詩」の観念的抒情詩に見える自己表白や、抒情と写生が融合した散文詩の内省的モノローグは周作人の自己内対話の現れであり、それらを経たのちに彼は抒情成分を抑制した「平淡自然」な散文小品の道にたどりついたのではないかと推論する。彼はやがて『雨天的書』（一九二五）以降、日常生活の瑣事や個人的感慨を記す雑感や小品文、いわゆる「生活の芸術」系の散文執筆に専念することになるが、その文学的契機と方法はこの時期の詩作に胚胎していると思われる。

一　新詩草創期における新（旧）詩をめぐる評論

そもそも周作人は詩体の新旧についてどのように考えていたのだろうか。彼自身は新体詩も旧体詩（後に彼自身は新詩でも旧詩でもなく「雑詩」と呼ぶ）も作っているが、結局のところ、新体だろうが旧体だろうが「詩」であればよい、古典であれ現代であれ、ともかく「詩」であることが大切だと繰り返し強調していたように思われる。

一九二一年から二二年にかけて積極的に書かれた新詩に関わる評論も、つきつめれば作詩という伝統的行為にとりわけ顕著になる問題を通して、当時「学衡」派に代表される復古の傾向を懸命に阻止しようとする立場での文化批評であったといえる。具体的に見てみよう。たとえば「新詩」（一九二一年六月）では、新詩提唱から五、六年たつ現時点でも新詩壇がなお沈滞ムードにあることに苛立ちを見せる。「慣れてしまった圧迫や苦痛は、慣れていない自由より一層甘美な味わいがある」と警告し、革新を目指す以上は徹底しない限り勝利は得られないと新詩人たちを叱咤激励する。また「做旧詩」（一九二二年三月）は彼自身が旧詩を作らず、他人が旧詩を作ることにも反対する理由として「旧詩は作るのが難しいし、自由に思想を表現できない、また旧套に堕しやすい」ことをあげている。[3]さらに「旧詩を作る才のある人は、自由に作ったらよい」（「古文学」、一九二二年三月五日）という発言が「旧詩を作れ」という提唱と誤解されたことを受けて「旧詩を作るなと禁止することは出来ないが、古典大詩人に匹敵する力量のある人はそうそういるものではないと自覚すべきだ」と半ばあきれ、半ば皮肉で切り返している。同年の「新詩的評価」（一九二二年一〇月）

では、新詩でも「詞」の味わいがあるものは良いとするような復古派（国学派）の評価は旧詩の残滓を評価したに過ぎないし、また遺老の心理を持つ日本の「支那通」の「白話詩は根底がないから流通しない」というような文化問題についての発言を信用するなとして、国学運動の中で安易な復古に流れる傾向を警戒している。こうした旧詩を作るという伝統的な文学行為（ふるまい）の中に潜む因襲的文化の問題が、一般的社会生活にまで根をおろしていることを嘆いたのが「可憐憫者」（一九二二年一月）である。職場で自殺した者の傍でその同僚が滑稽詩か悼亡詩を捻り出したという記事に対し、彼は「偽文明」と「偽道徳」は人類を猿以下にまで堕落させたと憤慨をあらわにする。作詩の行為がしばしばこうした虚偽虚飾と結びつき、ただ習慣的な真情のこもらない行為を生産していくことを周作人は嫌悪するのである。

同時に旧詩の伝統が根強いものであればあるほど、新詩がそう簡単に書けるものでなく、むしろいっそうの困難を伴うことも彼はよく知っている。だからこそ新詩を書こうとする人間を激励するのである。「情詩」を書く湖畔詩人たちの擁護もその表れである。しかしその一方で「詩人」を自任するものが、たとえ書きたいものに出会っても詩にはならないという事態を自嘲的に描き（「詩人（夏夜夢之三）」一九二二年八月）、現代における詩の困境を示す。また因襲的あるいは流行を追うだけの浅薄な詩論を展開する「詩人」たちを戯画化することで（「詩話（夏夜夢之十）」一九二二年九月）、新詩か旧詩かを問わず、「詩人」というものが模倣に陥りやすいことを示唆する。

このように周作人の一九二〇年代前半の新旧詩に関する議論の大半はヒューマニズムを標榜する五四新文学運動の文脈において、因襲的文化を徹底的に批判する立場からの発言であった。「詩を作る」という中国独特の伝統的文化的ふるまいに時として潜む虚偽虚飾、過剰な自意識やポーズへの嫌悪と反感がこれらの批評には滲み出ている。

これらの詩をテーマとした文化評論的な文章の一方に、新たな文学的表現への関心と模索がより具体的に現れるものがあり、むしろそちらを通して文学者・周作人の姿が浮かび上がる。〝美文は白話で書けない〟という迷信を打破した（胡適「五十年来之中国文学」）啓蒙的文章「美文」（一九二一年六月）をはじめ、「醜的字句」や「論小詩」、さらに日本の詩人や詩歌を紹介した一連の文章や翻訳がそれにあたる。[4]

同時期に書かれた「醜的字句」（一九二二年六月）と「論小詩」（一九二二年六月）は、より具体的な新詩創作に関わる提言のように見える。前者は「詩語」を擁する閉鎖的な旧詩のパラダイムに一石を投ずるものであったし、後者は「真実簡錬」な詩歌の例として日本の短詩型文学を紹介したことで当時の詩壇に広く小詩ブームを引き起こすことになった。しかし両篇の主眼はむしろ周作人の詩あるいは文学というものについての根本的な見解を率直に語るところにある。「醜的字句」は詩における用語の問題を議論するというよりは、文中で啄木の詩論「歌のいろいろ」[5]を引用しながら「斯くあるべきものといふ保守的な概念」（周訳「狭隘的既成観念」）に対置される「鋭い実感」（周訳「鋭敏的実感」）の表現を強調することに重きがある。もう一篇の「論小詩」も決して中国新詩のために外国（主に日本）の短詩型を鼓吹しているわけではなく、あくまで主眼は「真実の感情」「真実の生活」の表現を重んじることにある。とりわけ次のくだりは印象的である。

……だが我々の日常生活の中にはこれほど切迫していなくとも同じように真実の感情が満ちている。それらは忽ち起こり、忽ち消え、長く持続して文芸の精華とはならないが、しかし我々の刹那の内面生活の変遷を代表するに足るものであり、ある意味ではこれがむしろ我々の真実の生活なのである。

因みにこれはさきの「醜的字句」の他、「石川啄木的短歌」（『詩』一―五、一九二二・六・二〇記）でも引用される「歌のいろいろ」の一節「又歌ふべき内容にしても、……何に限らず歌ひたいと思った事は自由に歌へば可い。かうしてさへ行けば忙しい生活の間に心に浮かんでは消えてゆく刹那刹那の感じを愛惜する心が人間にある限り、歌といふものは滅びない。」と響き合っていることに注意したい。

またなぜ「小詩」かといえば、「本来全て詩は真実簡錬でなければだめだ……いわゆる真実とは単に虚偽ではないというだけではなく、さらに切実な思いがなければならない」ものであり、「小詩」は「簡明で含蓄に富む」点で「真実の感情」「真実の生活」「切実な思い」と結びつきやすいと考えるためである。また「刹那の内面生活」には「わざとらしさ」が入り込みにくいということもある。周作人は決してタゴールの小詩や日本の短歌・俳句の短詩型を推戴しているのではなく、それらを「模倣してはいけないが、影響は受けてよい」と述べ、その精神を汲み取ることを勧めているのである。

この中でたびたび繰り返される「真実」「簡明（或いは簡錬）」といった価値を表す言葉であるが、たとえば前年の「美文」の中にも「……そ（美文）の条件は、あらゆる文学作品と同様、ただ真実簡明であればよいのだ」とあり、それこそが当時周作人の考える「文学」の根幹とすべき品質であったことがわかる。それはもちろん周ひとりのものではなく、五四時期のまことの人間の文学を求める文学者たちに共通した虚偽虚飾へのアンチテーゼでもあった。文学研究会系詩人八名による合詩集『雪朝』（文学研究会叢書、一九二二年六月。同集の第二集は周作人篇で、後にそのまま『過去的生命』に収められる）の鄭振鐸による「短序」は同仁の目標として「真率」「質朴」という理念を掲げる。(6)

さらに鄭文は同仁の詩は「時代の精神を表現することはできないが、各人の人格あるいは個性の反映である」として「時代精神の表現」より「人格、個性の反映」を重視している点に注意したい。対比されるのは、成仿吾「詩的防御戦」（《創造週報》第一号、一九二三年五月）が、文学研究会系の詩作に批評を加え、過去の遺物にすぎない感傷主義の日本の短歌俳句を周作人はわざわざ唱道していると批判し、「新詩は時代精神を表現すべきだ」と強調していることである。その翌月には聞一多が郭沫若の詩集『女神』（一九二一）を「時代精神の表現」（「『女神』之時代精神」《創造週報》第4号、一九二三年六月）と高く評価している。このように「時代精神」を前面に掲げる創造社的ロマン主義とは異なり、文学研究会系詩人たちはあくまでも個人の「真率」「質朴」な情緒や人格の表現を求めていた。それは先にも述べたように、旧詩を作る文化習慣に不可避の、感情の誇張や過度な修辞に潜む虚偽虚飾を拒絶し、まずは一個の人間の「全人格の感情的傾向」(7)に忠実であろうとしたからにほかならない。

以上のように周作人は草創期新詩の理論面、正確には理念において、文化批評の観点からの議論や外国詩歌（主として日本詩歌）の翻訳紹介を通して、自身が「真実簡明」とみなす「詩」の実質を次々と示していったのである。

二　新体詩集『過去的生命』の世界

詩集『過去的生命』（「苦雨斎小書之五」、一九二九年一一月）は周作人の新体詩三十六篇（二十七題）を収めるが、そのうち前二十八篇（二十題）（一九一九年から二二年までの作）は文学研究会叢書である八名の合詩集『雪朝』（一九二二年六月）所収の「第二集」(8)と同一であることは前節で言及したとおりである。さて、その序文に次のようにいう。

ここに収める三十数篇は、私が書いた詩の全てである。それを詩と称するのは、これらの書き方が私の普通の散文とはいささか異なると考えるからである。中国の新詩はどういうものであるべきかを知らないが、どのみち自分が詩人ではないことはわかっている。……これらの「詩」の言葉はどれも散文的で、中身のほうも平凡である。それゆえ真正の詩とみなせば当然失望するであろう。しかし、もし別種の散文小品とみるならば、これらは当時の思いをよく表現しえているると信じるし、またそれは過ぎ去った生命でもあり、私が書いた普通の散文となんら違いはないのである。……（『過去的生命』「序」、一九二九年八月）

周作人はその後もたびたび「詩は分からない」「自分は詩人ではない」という自嘲ともとれる言い方をし、ここでも、自分が書いたのは括弧つきの「詩」であり、その言葉は「散文的」だとしている。それでも「当時の思いをよく表現し」た「過ぎ去った生命」だとして、これら詩篇への愛惜を率直に表明していることから、思い入れの強い作品であることは窺える。

さてこれら詩篇のうち半数以上は一九二一年に集中して書かれている。それは軍閥統治下で新文化運動が退潮に向かいはじめ、周作人の思想にも影を落とした時期である。また、半年以上にわたる病気療養生活（一九二〇年暮れに発病、一九二一年九月快癒）を余儀なくされ「苦しみに呻く中で感情はとりわけ鋭敏になり、詩情は容易に掻き立てられ」て生まれたのが「病中的詩」である。「もともと新詩は多く作らない」彼にとってこれらは「重要な詩篇」であると自ら述べている。(9)

「病中的詩」(10)は「極めて真摯な」(11)自己表白として『過去的生命』を特色づけるものだが、同集はこうした観念的詩作ばかりではなく、観照に徹した写生風のスケッチ、抒情と写生が融合したモノローグ風の散文詩、そして普通は「詩」に分類しない散文小品(12)に至るまで、バラエティに富んだスタイルの詩篇によって構成されている。(13)

今、これら諸篇を抒情のスタイルから見た時、大きく二つの傾向に分けられることに気付く。一つは自己の心情を直に表出する観念的な詩作。もう一つは景物をスケッチする写生風（即景寄情）の作。全篇は基本的に時系列に編まれているが、この二つの傾向は各時期に混在する。最後尾に置かれた散文詩二篇と散文小品二篇は両者の傾向を合わせもつ点にも注意したい。

まず観念的傾向の作品をざっと紹介しておこう。川の流れを堰き止められたことに苦しむ自然物を擬人化した「小河」や降りしきる雪の中での人夫の労働をスケッチする「両個掃雪的人」。これらには五四啓蒙時期のヒューマニスティックな理想やメッセージが前面に出ている。博愛への疑問を投げかける「愛与憎」、進むべき道の選択に逡巡する「岐路」、一生涯中国人であることから逃れられない悲しみの感覚を伝える「中国人的悲哀」等は、言葉を一つ一つ発しながら思索を進めていく発問型の詩作である。直情の吐露にアイロニーが混じるのは「蒼蠅」で、後に同詩を引用した同名の散文「蒼蠅」（一九二四）と比べると、詩の観念性の強さが分かる。沈潜する気分と宗教的世界を憧憬する情緒が融合したものに「夢想者的悲哀」、「対於小孩的祈禱」、「小孩」二首がある。このように一九二一年の「病中的詩」の大部分は自己の感情を直にあるいは象徴的に表出する観念的な詩作である。これらの中でも観念と心情が最もよく融合しているのが表題作「過去的生命」である。周作人自身による日本語の原詩（『生長する星の群』第一巻第六号、一九二一年九月）を掲げよう。

過ぎ去つた生命

此の過ぎ去つた我が三ヶ月の生命《いのち》は何処に往つたか。
もうなくなつた、永久に往つて仕舞つた。
我は自分で彼の重くてゆつくりとぼ〳〵と、
我の枕元を通つて往つたのを聞いて居た。
我は起きて筆を持つて紙の上に矢鱈に書き散らし、

彼を紙の上におし付けて少しの跡を留めて置かうとしたが――
一ト行も書けない、
一ト行も書けない。
我はまた牀の上に眠た、
そして自分で彼の重くてゆつくりとぼ〳〵と
我の枕元を通つて往つたのを聞いて居た。

（一九二二、四月四日北京山本病院にて）

「とぼとぼと」（中国語では「沈沈的、緩緩的、一歩一歩的」）[14]枕元を通って往き過ぎるのは「我が生命」である。病床にある自分の身体から、生命がすうっと抜けていき、力なく歩いてどこかに消えてしまう。存在と時間が分離する不安と寂寞感や取り残される残骸としての感覚を鋭く捉えている。「哲理詩」の風格を持つと言えないこともないが[15]、どこか自分の死を冷徹なユーモアさえ含む目で客観的に捉えた正岡子規の短編「死後」（一九〇一）にも通じる趣がある。この他、新たに付け加えられた詩篇に回想叙事体の「她們」「高楼」（一九二三年四月）があり、幼い日の恋を語る同時期の散文「娯園」と合わせて彼の初恋や恋の遍歴を読み取ろうとする先行研究も多い。というのもこの二篇を周自身が「情詩」（「她們」「高楼」附記、一九二三年四月九日）とするためであるが[16]、「附記」の意図はあくまで、「不道徳」を持ち出す清廉ぶった道学者批判にあるので、あえて「恋愛詩」の積極的実践作とみなすこともないだろう。むしろ、ともすれば甘い感傷に堕しやすい初恋・悲恋といったモチーフをそっけないほど即物的に処理する点に周独特の表現を見たい。

次に写生的傾向の作であるが、その大半は即景寄情の小詩である。代表的なものに「荆棘」「所見」「慈姑的盆」「山居雑詩」がある。焦点は景物にあり、情感は抑制されている。時に難解であるが、組詩「山居雑詩」（七首）の中には虫の鋭い切迫した声に焦燥感を重ねあわせる感官に訴えるものや、後の散文につながる観照性を備えた詩篇もみられる。写生風の小詩には、素朴な俳句風のもの、中にはナーサリーライムのようにまるで謎解きをしかけてくるようなものもある。次に掲げるのは、創造社の論客成仿吾が「詩的防御戦」（《創造週報》第一号）で、同詩前半部分を引き「これは詩とはいえない、単に『見たこと』に過ぎない」と批判した作品である。これも周自身が日本語で発表したもの（『生長する星の群』第一巻第六号、一九二一年九月一日）を掲げる。

小景（＊中国語タイトルは「所見」）

牌楼《パイロー》の下に(1)
二人の人が並んでゆつくり歩いて来た。
同じ様なやつれた顔で
同じ様に帽子を被つて
同じ様に袍子《パウツ》を著て(2)
しかし両方の袖の下から
一本の青麻の縄がぶらさがつて居た。
一人は腕の上に縛つてある、
一人は手の中に持つているを知つて居たが

誰は誰だか我は分からなかつた。
皇城根《ワンツンケン》の川のそばに
幾人かのボロ著物の小供が
一緒に遊んで居た。
「馬が来たぞ〳〵」と
馬乗が其の仲間の脊中に跨がつた。
一ト廻り廻つて来たら
馬になつたものはまた馬乗になつた。
月が上つて来る時に
彼等は柳の鞭を地面の上に捨てゝ、
サヨナラと云ひ合つて
にこ〳〵と家へ帰つて往つた。

（一九二〇、一〇月二〇日北京にて）

⑴牌楼は大きな鳥居の様なもの　⑵長い綿入れのこと

きわめて平易な語句を用いたスケッチなのだが、暗示に富む一篇である。前段は一本の縄でつながる、共に疲れた表情の犯人と警察。後段は交代で馬跳びをして楽しげに遊び一日を終える貧しい子供たち。非日常と平凡な日常の一こまをただ切り取っただけのようだが、大人と子供の世界が対比され静かに立ち現れる。「どっちがどっち」という不確定の感覚がふと浮かび上がるようなありふれた日常の一場面の写生から、人と人との関係にひそむ光と影を垣間見させる意外な効果がある。ここにあるのは作者の感情ではなく知的操作ともいうべき観照である。その意味ではその後の周作人の散文の特質を予見させるといえるだろう。同詩は草創期の新詩にあって珍しい趣向の作品であり、康白情（一八九六～一九四五）も当時周作人の新詩を「難解すぎて一般大衆には理解されないかもしれない」としつつ「非伝統」的である点を高く評価している。(17)

さて先に述べた二つの傾向を併せ持つのが、モノローグの中に写生がある観照型散文詩「昼夢」、「尋路的人」と、散文小品「西山小品」二篇「一個郷民的死」（周訳「一人の百姓の死」）、「賣汽水的人」（周訳「サイダー売り」）(18)である。「病中的詩」をはじめ『雪朝』第二集の詩が、質量共に『過去的生命』の中核をなしていることは間違いない。しかし、その後新たに加えられた二三年までの作、特にこの散文詩と散文小品が同詩集を異色なものにしていること、少なくとも『雪朝』第二集の世界にこれらが加わることで一つの詩的空間が新たに構築されたことは看過できない。散文小品までもあえて新体詩集に組み入れたのは、同作が一九二一年の同じく「病中」に書かれたものということもあるかもしれないが、それ以上に詩集『過去的生命』を編んだ周作人の構成意識を反映していると思われる。

『自己的園地』（一九二三年一二月）の代跋となった「尋路的人」（一九二三年七月三〇日）について周自身は「民国一〇年以前、私は非常に幼稚であり、理想的、楽観的な発言も頗る多かったが、後になって次第に物事が分かるようになり、少なからぬ代価を払った。『道を尋す人』の一篇はその私の告白である。」（「談虎集」後記、一九二七年一一月二五日）と述べている。(19)

同詩はまず「私は道を尋す人である」という自己言及のフレーズから始まる。続いて「私は日々歩きながら道を尋すが、結局道が向かうところはまだ分からない。／今、ようやく分かった。悲しみの中であがくことこそ自然の道であり、これは全ての生けるものと同じ道なのだ、ただ私たち人間だけがそれを意識しているにすぎない。／道の終点は死である。私たちはあがきながらそこへ向かい、そこへ至るまでやはりあがかなければならない。」と内省を進める。これに続く次の段は処刑者の「お引き回し」の光景である。

私はかつて西四牌楼で一人の強盗を載せて天橋の処刑場へ向かう自動車を見た。私は内心、余りに残酷すぎる、どうしていつもどおり幌なし車で送らないのか、どうして彼にゆっくりと道端の景色を見せず、人々のおしゃべりを聞かせず、歩むべき道を歩ませ、行くべきところまで行かせずに、どうして彼を一陣の風のように運んだりするのだろう、実に残酷だと思った。

そして人生の到着点や路線がどうであれ、途中の風景を見、人々の談論に耳を澄まし、やむをえぬ苦楽を引き受けながらゆっくり進むこと、すなわち生きていく過程そのものに価値を見出す、という生の認識に至るのである。最後の段で、郷里の親族が匪賊に襲われ、「涙も涸れた」若い詩人徐玉諾の「微笑んだような」「永遠の旅人の顔」が忘れられないと記し、ラストは「私たちは最大の楽天家であるべきだ、なぜならもはや何の悲観も失望もなくなったのだから。」と結んでいる。魯迅との訣別から二週間ほどたった時点での作であることを考えれば、全篇に漂う憤懣とやるせなさは兄弟のわかれと決して無縁ではないと思われる。しかし、重要なのはやるせない情緒ではなく、同篇の抒情と写生の中で進められる内省的モノローグという方法がその後の「生活の芸術」の根幹ともなる認識を生みだし、新しい表現の可能性を切り拓いている点である。

もう一篇の散文詩「昼夢」（一九二三）はやはり冒頭「私は臆病な人間である。常にこの世に悲哀と恐れおののきを感じている」という自己言及から始まる。そして厳寒の中、胡同の片隅で寒さに凍える少女や車夫の姿に「炙られたような寒さの身震い」を覚えると、自らの無力感をこう表現する。「かつて自分の力を試してみたが、庭の蓖麻を余すところなく取り除くことはできなかった。／山の上で叫んでみたが、返ってきたのは谺だけで、自分の声がひどく弱々しいことを告げていた。」谺に出会うというのは自分自身に出会うということを意味している。淡々とした描写の写生的要素と哀調を帯びた抒情的モノローグが響きあい深まりながら、内省の声を絞り出す。「私はどこに行って祈るのか？　ただ未知の人と未知の神がいるだけだ。／未知の人と未知の神に任せてしまえば、私の信念はかえって薄弱になってしまう。」散文詩両篇はこのようにまず自己規定から始まり、他者のいる光景の観察を通して、自分に出会い、さらにその痛切な感覚をよりどころに、生の認識に至るプロセスを表現していることに注意したい。

「西山小品」と名付けられた二篇は、西山療養中の見聞を語る身辺雑記風の散文で、「私」の感情表現はほとんどない。「一人の百姓の死（一個郷民的死）」では、特に顔見知りというわけでもない、身寄りのない農民がある日肺病にかかり、しばらくしてあっけなく亡くなったことが題材になっている。早桶の完成を待つようにして亡くなったらしいこと、その死後、あちこちに残した借金は帳消しにされ、周囲の貧しい者たちはどうにか金を工面して死人に紙銭を手向けたこと、出来事以外にその男の具体的な「顔」や「私」の同情は何も書かれていない。だが最終段、山門の外に住む貧しい老婆までが紙銭を持って弔いに来たということを知った「私」が、「いつもの様に迷信だと笑ってけなす勇気がなかった。」という結びの一文には、厳粛にして平凡な死と死者への慎ましやかな敬意が滲み出ている。

「サイダー売り（賣汽水的人）」は西山の観光客相手にサイダーを売る近所の若者が、胴元に売り上げをごまかしていたのがばれて、追い出されるまでの顛末が描かれる。全体的にやはり淡々とした叙述である。ただ最後に、若者が行くあてもなく沈んだ心を無理に元気な声で隠そうとしたのを聞いた時「とてもさびしい気がした」と記す。そしてかつて息子豊一との交流時に見せた若者の「優しい微笑を浮かべたずるがしこそうな顔」をありありと思い浮かべ「長い階段をとぼとぼと下りて往く淋しい後ろ姿」を見送る。若者の刹那に見せた――情の厚さと逞しい生活本能が入り混じる――その表情がこの一篇を貫くモチーフとして印象を残す。因みに「サイダー売り」の若者は小詩「山居雑詩」(二)にも出てくるイメージである。両篇とも全体的に起伏のないストーリーを淡々と叙述する。[20]しかしありふれた人間生活（人間の生活本能）に宿る、生き生きとした瞬間、切実な人情が沸きあがる場面を精確に印象深く捉えている。「私」は登場するが光景の片隅に遠のき、語られる出来事の当事者でもなければ、出来事に対する感情を吐露することもない。しかし周作人の考える「詩」にひとしく内在する「真実簡錬」の美がこれらには垣間見える。明らかに散文と呼ぶべき小品をあえて「詩集」に編んだのも、これらが今で言う「詩性散文」[21]だからで、ここに作者独自の広義の「詩」観がうかがわれる。

三　〈実感〉の表現

丸山真男は『日本の思想』（一九六一）の中で、日本近代文学は「いえ」的同化と「官僚的機構化」という日本の「近代」を推進した二つの巨大な力に挟まれながら自我のリアリティを懸命に模索することから出発したため、制度に対する反発は抽象性と概念性への生理的嫌悪と結びつき、合理的（法則的）思考への反発を「伝統化」してしまったこと、文学的実感は狭い日常的感覚の世界か、瞬時にきらめく真実をつかむ直観でしか捉えられないという、いわゆる「実感信仰」の問題を指摘している。

しかし文学や文学者の位相が異なる近代中国においてはもう少し事情が複雑だったのではないだろうか。鶴見祐輔は一九一〇年代後半に北京の周作人を訪問した折、周作人が日本の小説を翻訳するのに「従来の支那文字ではどうも感じがしっくり出ない」と言い、また西洋文芸の影響を受けた日本文は「余程現代人の心持にしっくり合ふやうにもなってゐますね。支那文字では、まだどうしてもそこまで往きません」と言うのを聞いて驚く。その時、日本語というものを駆使して日本人がどれだけの思想的水準に上り得るか疑問に思っていたという鶴見は「現代の支那語は、それ以上に実生活とかけ離れた不便なものであると言ふことを聞いて驚いた」と感想を漏らしている。[22] 周作人の「（日本文は）現代人の心持にしっくり合ふ」という賛辞の背後には、もちろん「心持」を「しっくり」表現する言葉を持てない中国文への焦燥があるわけで、武田泰淳がいう「何処までも他国文化の様相を、おのれの理相《ママ》現実と照らし合わせずには置かぬ精神」[23]の現れをここにも見ることができる。自国の文化の中の虚偽や曖昧を憎み、そのことに人一倍悲痛な思いと焦燥を感じていた周作人にとって、「個」に発する偽りのない実感（真情、美的感動とも言い換えられる）、それを生みだす言葉の創造が「詩」＝文学の急務と考えられたのも自然なことである。

情感の強調をスローガンとしたのはむしろ創造社の文学者たちであったが、彼らのロマン主義は感情の誇張と「時代精神」の鼓吹に収斂する激情の性質を帯びた観念であった。一方、当時の周作人が拘った「実感」とは、あくまで「個」に兆し「個」に属する感情であり、「個」という炉の中で溶錬される認識であった。それは仰々しいポーズや気取った物まねでの言葉ではなく、素朴な「切迫」「切実」感を伴う生々しいものでなければならない。「実感」表現にすぐれる日本の詩歌、ことに石川啄木や与謝野晶子への愛着と親近感は周が彼らの文学に横溢する斬新で生々しい「実感」に深く共鳴するところから生じたと考えてよい。

「日本的詩歌」（一九二一年五月）は短歌や俳句について古今の作品を引きながら形式・流派の特色を紹介した文章だが、その中でもたびたび「実感（の表現）に重きを置く」という言葉が使われている。特に与謝野晶子のいう「実感」の五つの条件——真実、独特、清新、幽雅及び美しさを引いているのは興味深い。また、同じ蛍を題材に用いた香川景樹と和泉式部の歌を比べて、後者の作「もの思へば沢のほたるもわが身よりあくがれ出づるたまかとぞ見る」が「独特の情緒を描いているため、人を感動させる」と評し、歌の新旧は実感表現の違いにあり、時代の新旧とは一致しないと指摘する。先に引いた「論小詩」(一九二二年六月)でも「小詩の第一条件は実感を表現しなければならないことだ」と強調している。

では周作人が「実感」の要件としたものは何か。それは切実感、切迫感すなわち焦慮の感であり、その文学的表れとしては身体感覚を喚起する「生々しさ」ではなかったかと思う。「三個文学家的記念」(一九二一年一一月)では、どんな文学上の主義でも自由に提唱したらよいが、現在の文学は総じて「切実的精神」(原文)に欠けていると指摘する。この「切実」というのはひしひしと身に迫る感覚をいうのであり、「実感」の最も肝要な内実である。また「自己的園地」(一九二二年一月)の中でも「社会は果実や野菜、薬草を必要とするだけではなく、同じくらい切実に薔薇や菫を必要としている」とし、「文芸的統一」(一九二二年七月)は「文学は情緒の作品で、書き手が最も切迫して感じられるのもまた自分の情緒だけだから、文学は個人を本位とするのも当然」であり「個人が感じる愉悦や苦悶は、純真で切迫したものでありさえすれば普遍的感情である」としている。

啄木は周作人が特別好んだ日本作家であるが、周が再三引用する啄木の評論「歌のいろいろ」の中では「鋭い実感」ということばが「斯くあるべきものといふ保守的な概念」と対比的に使われていたことを想起されたい。またこうした評論や短歌以外にも、周は啄木の短篇小説「二筋の血」(中文周訳「両条血痕」、翻訳集『現代日本小説集』開明書局、一九二七年一〇月初版)[24]を翻訳紹介しており(一九二二年七月に着手、初出は『東方雑誌』一九―一五)、ここからも周の文学的関心の内容が窺えることを補足したい。

「二筋の血」(一九一九年四月)[25]は啄木の自伝的小説で、小学生の頃淡い憧れを抱いていた美しい少女との交流と、その死にまつわる思い出を描いたものである。日本では当時ほとんど注目されなかったこの作品が周作人の心を捉えたのは、それが彼の初恋の思い出を喚起したからだとして、ここから散文「初恋―夏夜夢之八」「娯園」および新詩「她們」の諸篇が生まれたと指摘するものもある。(26) しかしこの短篇のユニークさはほのかな初恋への郷愁だけにあるのではない。少女の死後に、馬車に轢かれた女乞食のエピソードが付け加えられている点にこそ留意したい。二筋の血とは、一つが水車に捲き込まれぐったりした少女の白い脚から流れる一筋の「生々しい紅の血」（周訳「新鮮的血」）。もう一つは、馬車に轢かれ路傍の草に倒れこんで瀕死の状態でいる女乞食の、その「生々しい痍」（周訳「一個新鮮的傷痕」）が刻まれた頬から耳元まで伝う「一筋の血」（周訳「一条鮮血」）なのである。初恋の美しい少女と通りすがりの醜い女乞食という対照的な二人の身体から流れる二筋の生々しい血がオーバーラップしながら主人公の心を締め付ける官能的で鮮明な記憶として残ることが描かれている点を見逃すわけにはいかない。

同翻訳の「附記」（一九二二年八月一日）の中で周作人は、啄木の生涯を簡単に紹介した後、この小説が「幼時の回憶であり、〝詩と真実〟がまじりあってできたもので、人を感動させる力を持つ」と評している。ゲーテの「詩と真実」すなわち文学的表現（虚構）と事実の融合に周作人はこの短篇の価値を見出したのであり、必ずしも啄木の初恋のほろ苦く美しい思い出（「真実」）だけが彼の心を捉えたのではないだろう。むしろ生々しい記憶というもの、またその文学的表現（「詩」）への関心が窺われるのである。

馮文炳（廃名）は『談新詩』（一九四四年一一月）第八章「小河及其他」の中で、周作人の新詩十篇を紹介し、それらの妙味が説明困難であるとしつつも、そこにある「生々しさ（一種新鮮的気息）」を指摘する。しかもその「古」（真摯純朴）に感嘆し、同時代評には見られない廃名らしい逆説的な言い方で、周作人詩の清新な生命感を言い当てている。

周作人の「生活の芸術」という審美的概念について一連の論考を持つ伊藤徳也氏は、審美対象に向けられた周作人

〈審美主体〉のまなざしに「複雑な社会的諸関係への理知的判断」が抜きがたくあること、ゆえに一見矛盾する真善美の三者が周作人においては「奥行きを持って究極のところで結びついている」[27]ことを指摘する。二〇年代周作人のこうした審美意識を構成する要素の一つが、文学における「実感」ではなかったか。まことの生活（人生）と芸術に通底するのもまた一個の人間の切実な「実感」であることを常に周作人は意識していたと思われる。

四　子供のイメージ――「観念」から「実感」へ

「子供」は『過去的生命』に頻繁に現れる中心的イメージである。タイトルに「小孩」が入るものだけでも六篇（四題）――①「小孩」（一九二一・四・二〇）②「小孩」（一）③（二）（一九二一・五・四）、④「対於小孩的祈禱」（一九二一・八・二八）、⑤「小孩」（一）⑥（二）（一九二二・一・一八）――ある。その中の代表的なものとして周作人自身の日本語による「子供への祈り」（『生長する星の群』第一巻第七号、一九二一年一〇月一日）を掲げよう。

子供への祈り

小供よ、小供よ、
お前達に私は祈ります。
お前達は私の贖罪者です。
私の罪を贖つてくれたまへ、
そして私の贖へなかつた先人の罪をも、

お前達の笑いをもつて、
お前達の喜びと幸福と
本当の人間に成れた誇りをもつて。
お前達の前には美しい花園がある、
あちらへ安かにお行きなさい、
私を飛び越して。
そして私があすこへ行けなかつた
またや、もすれば其の微かな影をも見失つた
其の罪を贖つてくれたまへ。

八月二十八日

多くの先行研究が指摘するように、ここに魯迅の「子供を救え」というつぶやきに通じるもの、あるいは有島武郎の「小さき者へ」の影響を見て、周作人がそれまで信奉していた楽観的ヒューマニズムから個人主義への移行を見ることもできよう。しかし、ここでは同詩の「子供（たち）」が単にプリミティブで純粋無垢なるものの象徴ではなく、「私」の罪を意識させ、さらに罪深い自分を救済する存在として現れるところに注目したい。(28)「私」と対置され「私の罪を贖う」存在としての子供に対する悲痛なトーンを持つ呼びかけは、一種の告白であり、「祈り」にも似た内省的なものになっている。

「小孩」①も、姿は見えない子供の声が「朝日の中の音楽」のように私の心を落ち着かせ、「却ってそれまでの憎悪

が／全て私の罪だと感じる」と結び、やはり子供は「私の罪」を意識させる。その翌月に書かれた「小孩」②でも、子供は「愛すべき不孝者」「当然の幸福を得られなかった小さき者たち」であり、それゆえ私の貪欲、怒り恨み、悲しみが引き起こされると歌う。さらに翌年の「私は初めて子供を見た」で始まる「小孩」⑤はわずか八行の中に「看見」という動詞を五回繰り返し、「子供」というものへの認識を得たことを強調する。続く「小孩」(二)はよく引かれる有名な詩だが、おそろしく素朴な言葉で表現された内省的モノローグとなっている。「私はまことに利己的な人間です。／私は自分の子の故に子供を愛し、／自分の妻の故に女を愛し、／自分の故に人を愛する。／しかしほかに道はないと思うのです。」ここには具体的、個別的なものを通してしか、観念的普遍的なものには達しえないという認識が窺える。すなわちこの詩は観念的なものとの訣別を表白しているとも読めるだろう。しかし皮肉なことにこの詩自体は観念的なのである。

これ以外にも子供をモチーフとした詩に現れる言葉――イバラ、罪、贖い、祈り、心の奥深くもえる炎……を見ていくと、これらは聖書あるいは讃美歌的世界の雰囲気を醸成する語彙であることがわかる。そうして醸し出される宗教的ともいえる世界に浸りながら、内省へと駆り立てられ、観念としての子供との対比の中で罪の意識に沈潜していく当時の周作人の心境が窺われる。

ところで上記詩篇に見える子供のイメージは先にも述べたようにほとんどが観念的である。これに対して、象徴を用いて子供がよりリアルに立ち現れる詩もある。「荆棘」(一九二〇)と題する小詩には、果樹園の周りになぜかイバラを植えたいと頑張る子供が出てくる。彼は怒った隣の老爺にイバラで打擲されるが懲りない。この詩は一風変わった子供の「特殊」性を表現しているように見え、実は大人の論理からすれば不可解な子供の「普遍」性をかえってよく伝えている。また「画家」(一九一九)の一節に「はだしの子供二人、／川べりの砂で、／喧嘩しおえて、／またいっしょに泥で小さな堰を築く。」とある。さりげないスケッチだが、喧嘩しては又いつのまにか屈託なく一緒に遊びに夢中になる子供がよく観察されている。先に紹介した「小景」後段も、暗くなるまで馬跳びに興じる子供の様子がリアルに立ち上がる。

すでに紹介した西山小品「一人の百姓の死」でも、亡くなった男と豊一は馬を介して親しくなっていたらしいエピソードがそれとなく語られていたし、「サイダー売り」の中では、若者と豊一の間に交流が成立する瞬間の「親しげな微笑みとずるがしこい」一瞬の表情が印象的に捉えられる。こうした観察を通して、子供は大人と違い、はるかに自在に外界と交流しているらしいことが仄めかされるのである。

このように「子供」の観念について言えば、上述した告白スタイルの内省的詩篇の中でよりも、写生型の詩や散文のさりげない簡潔な描写の中で、より実感をもって「肉化」されているのである。おそらく当時、観念より実感の文学表現を求めていた周作人を資質的自覚のもとに抒情から写生に向かわせる契機はこのあたりにあったのではないだろうか。

五　むすびに——方法としての平淡自然

当時の周作人がたとえ新文化運動を進めようとする同じ文学者同士の間ですら、言葉で理解しあうことの困難と限界を痛切に感じていたことは、たとえば「醜的字句」をめぐる梁実秋への反論「〔附〕小雑感」（一九二二年六月三〇日）で「互いに理解しあえる可能性はないから、これ以上何も言いたくない」と呆れながら突き放し、「碰傷（ぶつかって負傷する）」（一九二一年六月一〇日）のアイロニカルであることが明白な表現ですら、悪意のない誤解を受けてしまうことに戸惑いを示す（「編余閑話」、一九二一年七月一〇日）ところに現れている。

また周作人は「民衆の歌」に、中国大多数の人が「妥協し、従順」で「生活に熱烈な愛着、真摯な抗弁もなく」「習慣から必要と思うだけで、彼個人が必要と思っていない」ことを感じ辟易する。しかしそ（民衆の詩歌）の「低劣単調な形式・思想に不満ではあっても、民衆芸術の中で表現された心情（「歌謡」一九二二年四月でいう「真摯と誠信」をさすと考えてよい）(29)に対しては「同情と理解」を引き起こされずにいられないという（「民衆的詩歌」一九二〇年一一月）。このように当時の周作人の「実感」は重層的なもので、しばしば対象へのアンビバレントな感情を含み、情理が一体化した批評精神と切り離せないものだったといってよい。

それでは、このような実感はどのようにして表現されうると周作人は考えたのか。舒蕪が「両個鬼的文章――周作人的散文芸術」(30)の中で指摘するように、「感情の淡化」はその核心的方法であり、それが「ありのまま」を愛し「簡素」を尊ぶという彼の美意識を支えている。感情の誇張表現は、いきおい修辞への関心を強めることになるが、対象に対し知的操作への関心を抱く者は修辞よりむしろ比喩を洗練しようとするものである。また実感が複雑な様相を帯び、緊張感と切実さを伴う時、感情はかえって抑制され、あえて無頓着な表現を選ぶことになる。多情は却って似たり総て無情なるに、である。

周自身が求めた境地であり、彼の散文に対して言及される「平淡」という評語は、意識的な反修辞の方法であるといってもよい。自分が背景に遠のき、感情を淡化する「観照」によって、生々しい実感を喚起する方法である。それは日常に潜む暗く悲しい影や一瞬のまばゆい喜びを日常の描写そのものの中から浮かび上がらせる文体の創造でもあった。

古典詩文に対する周の嗜好を考察したD・ポラードは「平淡」の含意について、「顔氏家訓」（一九三四年四月）の一節や「模糊」（一九三五年一一月）の中の郝蘭皋（一七五七〜一八二五）に対する評価「措辞は質朴、善く能く意を達す。思いのままのべて無頓着にみえながら、かえって愛惜惆悵の情を深く現している」を引き、そこから周の「平淡」を「質朴で無頓着なスタイルを通して深い感情と厳粛な思想を有効に表現するのが、『平淡』の秘訣」だとし、「当然これは英国の散文家が追求した品質でもある」として英国エッセイとの親和性を指摘している[31]。

また「簡単」ということについては「文章を書くのに別に秘訣はない、ただ『簡単』の一字あるのみ」（「本色」一九三五年一二月）をはじめいくつかの文章を引いた上で、「修飾語の使用を避け、直接的形容を加えず、代わりに激情を淡化する。その効果は尊重すべき情操と正確な判断から生ずるもので、しかもこれらは観察を通して訓練され、互いに依存しあうものである」と解釈する[32]。

このように冷徹な観察と感情の抑制、平淡・無味の味わいを持つ表現は読者を拒絶するのでなく、むしろ読者との回路をつくる試みではなかったか。啓蒙的あるいは居丈高な演説調のメッセージや宣伝ではなく、読者自身に「体味」するよう働きかけて作られる回路。舒蕪が周作人の散文と読者の関係を友人同士のおしゃべりのようで「分け隔てのない親しみ」を感じさせるというのはもっともである。また感情を淡化する方法が、深刻な事柄に用いられた場合は却って強烈なコントラストが強烈な効果を生むことを指摘している点も納得できる。

「実感」は読者に享受されて初めて「実感」表現として成立しうる。一つの意味や観念を提示するのではなく「実感」を読者と共有しようとした時、周作人のこうしたスタイルは形成されていったと思われる。それをただ「低徊趣味」と名付けてしまった時、読者との感情の回路を作ろうとする周作人のひそやかな願いを見失うことになるだろう。また、それ以降も周作人は固定した一つの世界観への収束を回避するために「散」文あるいは「雑」詩のスタイルを生涯倦むことなく探索し続けたのではないか。

以上考察を進めてきたように、『過去的生命』の根底にあるのは、「病中的詩」に顕著な抒情的成分と暗示性の強い即物的写生的成分だが、それらの成分を融合した散文詩「昼夢」と「尋路的人」の二篇と、詩集を締めくくる散文「西山小品」二篇が加わることによって、同詩集は独特の世界を形作ることになった。このように『過去的生命』は単に周作人の新体詩を寄せ集めたものではなく、「詩」（＝文学）的表現を模索する文学者周作人の足取りを示す一つの作品になっている。「過ぎ去った生命」とは多様なものが絡み合い、うねりながら展開した「生命」であり、当時の周作人の「詩」すなわち「文学」表現の模索の跡もここに凝縮されているとみてよい。

同時にそこには「観念」から「実感」の表現へ向かい、自己内対話から他者との対話を求めて「散文小品」の道に踏み出した彼の文学的独自性、すなわち資質と必然性を見ることができる。同詩集を周作人自らがこうした文学的模索を跡づけようとする意識のもとに編んだアンソロジーであるとして読む時、その後の散文の平淡自然なスタイルは、「固定した中心を持」[33]たずに自己の精神の自由を保障しつつ、読み手との回路も失わず世界観を強要しないための方法であることが見えてくる。それは彼の文学を生き物のように変貌させながら、一貫して「沈痛冷徹な文化批判力」と「文学者らしい誠実な熱心さ」（前出・武田泰淳の語）を失うことなく形成されていったのではないか。周作人の文学者としての定点はそこにあったと思う。

注

（1）　初出は《新青年》九巻五期、一九二一年九月一日、『過去的生命』所収。

（2）　「山中雑信（一）」一九二一年六月五日作。

（3）聞一多も「旧詩は作るべきではないし、作っても発表すべきではない」（「評本学年週刊中新詩」《清華週刊》第七次増刊号、一九二一年六月）と述べている。

（4）一九二二年は五月以降、ほぼ毎月のように日本の詩歌を紹介している。「日本的詩歌」（《小説月報》一二—五、一九二一・五）、「日本俗歌五首」（《晨報副刊》、一九二一・六）、「雑訳日本詩三十首」（《新青年》九—四、一九二一・八）、「日本俗歌八首」（《晨報副刊》、一九二一・一〇）、「日本詩人一茶的詩」（《小説月報》一二—一一、一九二一・一一）、「日本俗歌四十首」（《詩》一—二、一九二二・一二）、「石川啄木的短歌」（《詩》一—五、一九二二・六）、「日本俗歌二十首」（《努力週報》二一、一九二二・九）、「日本的小詩」（《晨報副刊》、一九二三・四）など。

（5）「東京朝日新聞」明治四十三年（一九一〇）一二月一〇、一二、一三、一八、二〇日に連載された。『石川啄木全集』第四巻（筑摩書房、一九八〇年三月）所収。

（6）我々は「真率」を求める。言いたいことは何でも言い、隠匿せず、偽りもしない。／我々は「質朴」を求める。ただ我々が心に感じたことだけを率直に飾らず表現する。彫琢と粉飾は「虚偽」の逃げ場で「真率」を損なうものである。／我々八人は……自らこれらが未熟であることを知っているが、ともかくも我々の「真率」な情緒の表現なのである。

（7）啄木「食らふべき詩」では「趣味」をこのように定義する。

（8）『雪朝』の目次に「第二集」が「詩二十七首」とあるのは、最後の詩「小孩」（一章、二章）を一首と数えているためである。

（9）「知堂回想録」一三五、また「病中の詩」「小序」（《新青年》九—五、一九二一・九）に次のように言う。

三月に肋膜炎が再発したため入院、それ以降は読み書きすら禁止された。すっかり病人になり、病気になる以外は何もできなくなった。ところが、夕方熱が出て、明け方目が醒める時は、いつもさまざまな思いが脳裏に浮かんできて、あるものはすぐに消え去り、あるものはしばらく留まる。兄がたまたま見舞いに来た時、記憶に残る幾篇かを記念に代筆してもらった。それがすなわち私の病中の詩である。世事から離れ、詩を作って暇つぶしをするのは風雅に見えるだろう。しかし実際はそうではない。なぜなら私のこうした考えや思いが駆けめぐるのは高熱に苦しむ時がほとんどで、決して愉快な時に生まれるのではないからである。病気の苦痛が収まっていくと、この種のものも自然とだんだん減っていったのである。一九二一年四

月一七日

(10) 姜濤「〝病中的詩〟及其他――周作人眼中的新詩」（《新詩評論》北京大学出版社二〇〇八―一）は「病中の詩」に焦点を当て、「病」にある主体の意識と詩の関係を考察する。従来の論考にはない視点から周詩へのアプローチを試みている。

(11) 木山英雄「周作人――思想と文章――」（『近代中国の思想と文学』大安、一九六七年七月）一八八頁。

(12) 止庵『苦雨斎識小』（東方出版社、二〇〇二年三月）一五頁は「今から見ればまぎれもなく典型的散文作品である」とする。

(13) 『知堂文集』（天馬書店、一九三三年三月）には八篇の新詩「過去的生命」「小孩」（我看見小孩……）二首、「小孩」（我初次看見小孩了。……）二首、「慈姑的盆」、「秋風」、「蒼蠅」が、他の散文と共に収められている。周にとって、詩と散文の区別は大して意味を持たないことがうかがわれる。

(14) 劉岸偉一九九一はこの部分を「ゆっくりとどっしりとした歩みで」（一五三頁）と訳している。周作人自身の日本語「とぼとぼと」とは真逆になるが、周の中国語から訳したためであろう。この種の日本語の情感の豊かさと翻訳の難しさをあらためて感じさせる。

(15) 鄭子瑜「論周氏兄弟的新詩」（王仲三箋注『周作人詩全編箋注』学林出版社、一九九五年一月、四六二頁、四六四頁）は同詩に「全面的欧化」表現を見、「小河」から「飲酒」まで一貫して「哲理詩」の風格があると指摘する。

(16) 王仲三箋注『周作人詩全編箋注』（学林出版社、一九九五年一月）、于耀明『周作人と日本近代文学』（翰林書房、二〇〇一年一一月）、森雅子「新詩の開拓者としての周作人」（『飈風』第三六号、二〇〇二年九月）など。なお王仲三は、周作人の詩は皆「写実」の作だとし、同詩で周が「正直に告白」した「三人の恋人」について詳細に考証する。

(17) 北社編『新詩年選（全）――一九一九年――』（亜東図書館、一九二二年八月）は周作人の新詩六首「小河」「両個掃雪的人」「北風」「画家」「東京砲兵工廠同盟罷工」「愛与憎」を収める。そのうち「小河」「画家」「愛与憎」に付された「愚菴（＝康白情）評」はいずれも「非伝統的」という語を用いて、周詩の新詩壇へ与えた影響の大きさを言う。さらに「しかしその表面だけを真似してその魂を忽せにすれば失敗するものが多いだろう」とその詩の及び難さにも言及する。

(18) 一九二一年八月三〇日作。初出（日文）は『生長する星の群』第一巻第九号、（一九二一年一一月一日）、中文テキストは《小

説月報》一三―二（一九二二年二月一〇日）に掲載。

(19) 于耀明二〇〇一は千家元麿「囚人馬車」の影響を指摘する。

(20) 伊藤徳也「近代中国における文学言語」（『漢字圏の近代――ことばと国家』東京大学出版会、二〇〇五年九月）は同篇が志賀直哉の「網走まで」の語りを参照したらしい身辺瑣記で、……繊細簡潔な叙事の中に、しみじみとした叙情をにじませたものであった、とする。しかし、当時波瀾万丈のストーリーに慣れていた一般読者からは不評を買い、その「不評」は文学革命直後の中国の書記社会システムの動揺を反映すると指摘している。

(21) 王雪松「論周作人詩歌的詩体特徴及其在新詩発生期的意義――以《過去的生命》為例」（《江漢大学学報》Vol.二六　No.五、二〇〇七年一〇月）は、周の新詩が散文を詩化したことで両者の境界を曖昧にしたことの功罪――新詩の構想面に寄与したが、伝統詩の意境を失わせたと指摘する。

(22) 鶴見祐輔「訪問記」（一九二二年八月）方紀生編『周作人先生のこと』（大空社、一九九五年一〇月）所収。

(23) 武田泰淳「周作人と日本文芸」（一九四三年九月）前掲書所収。

(24) 中国対外翻訳出版公司『現代日本小説集　両條血痕』（二〇〇五年一月）を参照。

(25) 生前未発表。初出は一九一九年新潮社版『啄木全集』第一巻「小説」篇。『石川啄木全集』（筑摩書房、一九七八年）第三巻所収。

(26) 啄木の翻訳については、于耀明二〇〇一の第三章「周作人と石川啄木」の詳細な調査に様々な啓発を受けた。ただし于論文は「二筋の血」の「初恋の思い出」に焦点をあて、女乞食のエピソードには触れていない。本稿はむしろ二つのエピソードが絡み合う点に注目した。また、岩波書店『石川啄木』（一九五三年一〇月）の「あとがき」（斎藤三郎）は、同篇がすでに周作人によって翻訳されていることを写真付きで紹介している。

(27) 「審美価値としての『苦』――周作人における生活の芸術――」『現代中国』八二号（二〇〇八）参照。

(28) 劉皓明「従〝小野蛮〟到〝神人合一〟――一九二〇年前後周作人的浪漫主義衝動」（《新詩評論》北京大学出版社二〇〇八―一）はW・ブレイク「無垢の歌」の同詩への影響を通して、この時期、周がキリスト教（宗教）的世界を敬慕していたとみている。

同氏「聖書与中文新詩」（《読書》二〇〇五—四）参照。

(29) 子安加余子『近代中国における民俗学の系譜』（御茶の水書房、二〇〇八年一一月）は、周作人が、中国の歌謡から真の詩＝「国民の詩」の誕生を促そうとするイタリアのヴィターレの見解に勇気づけられたとしている（六五頁）。

(30)『周作人的是非功過』（遼寧教育出版社、二〇〇〇年九月）上編、二九六〜二九九頁、三〇三頁、三一〇頁。

(31)［英］卜立徳、陳広宏訳『一個中国人的文学観——周作人的文芸思想』（復旦大学出版社、二〇〇一年七月）第四章「〝平淡〟与〝自然〟」九九頁。＊原著はD.E.Pollard : *A Chinese Look at Literature*, Univ of California press,1973. "Blandness" and "Naturalness"

(32) 前掲書一一五〜一一六頁。

(33)「聖書と中国文学」（一九二一年一月）の中に、「中国旧思想の悪弊は固定した中心を持つところにある。それで文化が自由に発展することができない」とある。

＊引用した散文のテキストは全て鐘叔河編訂『周作人散文全集』（広西師範大学出版社、二〇〇九年四月）に拠った。

【参考資料】

劉全福『翻訳家周作人論』（上海外語教育出版社、二〇〇七年四月）
伊藤徳也「生活のための生活——周作人における「生活の芸術」——」（『東洋文化研究所紀要』No.一五五、二〇〇九年三月）
王雪松・王澤龍「生命的嗟嘆——『過去的生命』思想考察」（《襄樊職業技術学院学報》Vol.六 No.一、二〇〇七—一）張桃洲「論早期新詩中的宗教印痕」（《社会科学研究》二〇〇七—五）
尾崎文昭「陳独秀と別れるにいたった周作人」（『日本中国学会報』第三五集、一九八三）
小川利康「五四時期の周作人の文学観」（『日本中国学会報』第四二集、一九九〇）
根岸宗一郎「周作人におけるハント、テーヌの受容と文学観の形成」（『日本中国学会報』第四九集、一九九七）
劉岸偉『東洋人の悲哀——周作人と日本』（河出書房新社、一九九一年八月）

于耀明『周作人と日本近代文学』（翰林書房、二〇〇一年一一月）
劉岸偉『小泉八雲と近代中国』（岩波書店、二〇〇四年九月）
呉紅華『周作人と江戸庶民文芸』（創士社、二〇〇五年一一月）
周作人著・木山英雄編訳『日本談義集』（二〇〇二年三月、平凡社・東洋文庫七〇一）
松枝茂夫訳『周作人随筆』（冨山房、一九九六年六月）
『詩』合訂本（影印本：上海書店、一九八七年一月）
『生長する星の群』（一九二一年四月〜一九二四年一一月）不二出版（一九八九年九月〜一九九〇年四月）八冊

第二章　沈鐘社の芸術観——ハウプトマンの戯曲『沈鐘』の解釈をめぐって

はじめに

ゲルハルト・ハウプトマン（一八六二～一九四六）の戯曲に「沈鐘」（一八九六）というメルヒェン劇がある。これは発表当時から大きな反響を引き起こし、数十版を重ね、実際に上演されるたびに好評を博したといわれる。ハウプトマンは日本でも明治の一時期積極的に紹介され、中でも「沈鐘」はゲーテの「ファウスト」と並ぶ傑作とまで称されることもあった。

そもそも、ハウプトマンはドイツ自然主義戯曲の作家として知られているが、「沈鐘」は彼の作風がいわゆる新ロマン主義に転じていった後期の代表作であり、「ハンネレの昇天」（一八九三）と並んで夢幻的象徴的色彩の強い作品とみなされている。日本では、大正末期から昭和初期にかけて全集の刊行ブームがあった時、これらロマン的傾向をもつ二作は、ハウプトマンの代表作として「寂しき人々」（一八九一）と共に、収録されることが多く、好しくも悪しくも日本の読者に対して、ハウプトマンのロマン的一面を強調する役割を果たしたといえる。

さて、一九二〇年代五四以降の中国には全国各地に大小百を越える文学結社が生まれたが[1]、その中のひとつである沈鐘社は、その名をこの戯曲に因んでいる。沈鐘社は一九二五年秋、楊晦（一八九九～一九八三）、陳翔鶴（一九〇一～六九）、陳煒謨（一九〇三～五五）、馮至（一九〇五～九三）等四人の青年によって北京に成立して以来、雑誌《沈鐘》周刊、続いて《沈鐘》半月刊を、停刊と復刊を繰り返しながらも一九三四年冬まで発行し続けた。当時短命に終わった刊行物が大半を占める中で、断続的とはいえ約十年間にわたるその文学活動は注目に値し、魯迅から「中国で最も堅実で最も誠実、そして最も長くたたかった団体」であり、「『沈鐘』の鋳造師が死んでもなお水底で自らの足で鐘を打ち鳴らすように、死に至るその日まで仕事を続ける彼らの鋭気は決して衰えることがなかった」（『中国新文学大系・小説二集』「導言」一九三五年）という評価を受ける根拠の一つになっている。魯迅はこの文章の中で、当時覚醒し始めた知識青年の心情は、たいてい熱烈ではあっても悲しく寂しいものであり、たとえ僅かの光明を探り当てたとしても、却って周囲の果てしない暗黒がはっきりと見えてしまう性質のものであった。それゆえ彼らが摂取した異国の栄養はワイルド、ニーチェ、ボードレール、アンドレーエフといった審美的、頽廃的な「世紀末」の果汁であったとして、通常沈鐘社の前身とみなされる浅草社の文学傾向を「芸術のための芸術」とよんでいる。そのため、文学史の上では沈鐘社も浅草社とほぼ同様の「芸術至上」的傾向をもつ文学同人とみなされている。[2] 実際に、二〇年代の同時期、他の主だった雑誌はさかんに社会、文化の問題を論じていたが、雑誌《沈鐘》は専ら創作と翻訳を掲載し、どちらかといえば対社会的に消極的な姿勢を見せていた。他の雑誌と論争することもほとんど無く、[3] 当時無名に近い青年数名による《沈鐘》は、ごく少数の励ましと好意的評価を除いて特に人々の関心を引くような性質のものではなかったといえる。[4]

こうした中で、一九二六年二月の《沈鐘》周刊の停刊に言及した魯迅の散文「一覚」[5]（《語絲》第七十五期、一九二六年四月一九日）は、当時沈鐘社への共感と理解を公に表した唯一のものであった。

さて中国においてハウプトマンが紹介されたのは一九二〇年代にはいってからのことで、翻訳されたものには「日の出前」（一八八九）、「織工」（一八九二）、「海狸の毛皮」（一八九三）等のいわゆる自然主義系列の戯曲がある。とりわけ「織工」は十九世紀半ばドイツのシュレージェン地方に起こった織工たちの蜂起に取材した作品で、当時同様の現実に直面していた中国の文学者にとっては、そこに表現された写実的描写、それが含有するリアリズムこそ真に必要で価値あるものと考えられ受け入れられたのは当然のことであろう。因みに、この作品は日本の自然主義文学にも大きな影響を与えたといわれている。また、魯迅の『凱綏・珂勒恵支（ケーテ・コルヴィッツ）版画選集』（一九三六）に収められる木版画「織工蜂起」は、この作品「織工」のために刻されたものである。

このように中国においてハウプトマンは、その自然主義の戯曲、とりわけ社会性の強いものによってその名を知られたといってよい。なお、管見の限り、戯曲「沈鐘」の完訳は中国では出されていない。沈鐘社の命名時の情況は陳翔鶴(6)や馮至(7)によって回想されているが、それによれば、北海公園に集まった四人が雑誌創刊の計画を話し合い、その名称を話題にしている時、夕闇迫る中どこからともなく鐘の音が聞こえてきて、それが啓示となったという。ここから少なくともこの四人には戯曲「沈鐘」についての共通の理解があり、それが何らかの意味で彼らの文学に対する姿勢を表すものであったことがうかがわれる。

かつてのノーベル文学賞受賞作家であるハウプトマンも、日本、中国に限らず、現在ではほとんど取り上げられることはなく、すでに過去の大作家になってしまった感がある。また、発表当時から喝采を浴びた「沈鐘」も今では「最も生気のない(8)」作品とみなされ、むしろ鷗外などが「審美上戯曲論の破綻は此に至りて極れり(9)」とまで酷評した自然主義戯曲「織工」だけが今日的視点では秀れたリアリズム作品としてなお生き残っているだけである。こうしたハウプトマンの文学史的評価及びハウプトマンにおける「沈鐘」の位置づけについては専門家に委ねることとして、戯曲「沈鐘」が日本では二十世紀初頭に、中国では一九二〇年代半ば、少数の文学者たちによって積極的に受け入れられたという事実は注目に値する。

そこで本章では、日中両国の文学者のこの作品に対する視点の違いを見ながら、沈鐘社の芸術観を考えてみることにしたい。これまで沈鐘社については魯迅の限られた評語のみ先行し、結社の性格や個々の作品については、ほとんどまともに論じられてこなかった。もっとも一九七九年、雑誌《沈鐘》の目録の大半が整理され[10]、馮至の回想文「魯迅与沈鐘社」[11]や「《沈鐘》回憶」[12]が出て以来、沈鐘社成立の周辺の事情はおおよそ明らかになっている。また、一九八七年から八八年にかけて主要成員四名の二〇年代から三〇年代にかけての書簡二百三十通余りが公開されたことで[13]、当時の彼らの生活上の感想、特に文学的関心の所在をよみとることもできるようになり、沈鐘社を論ずるための資料はある程度整ってきてはいる[14]。

象徴と寓意に富む戯曲「沈鐘」の解釈、具体的には沈鐘社の中心人物であった楊晦の散文「沈鐘」[15]を通して彼らの芸術と実生活についての基本的姿勢を見ていくことで、芸術派としての沈鐘社の性格とその芸術観に光をあてることができるのではないだろうか。

一　「沈鐘」の梗概

「沈鐘」の寓意に触れる都合上、少々長くなるが、五幕からなるこの韻文戯曲の梗概をのべておきたい。

鐘造り師ハインリヒは山中に建立された寺院のために巨鐘を鋳造した。それを車にのせて山へ運ぶ途中、山の精の悪戯によって車が転覆され、鐘はころがり落ちて渓谷の湖底に沈んでしまう。ハインリヒも鐘と共に崖から落ち重傷を負い、山中の一軒家にたどり着いたところで気絶する。そこは老婆（魔女）ウィッチマンの小屋であり、目覚めたハインリヒは美しい少女ラウテンデラインに出会い相思相愛となる。そこへハインリヒを探しにやってきた牧師と教師と理髪師は、彼を山中の小屋から麓の家へ連れ戻す。古井戸に住む水の精ニッケルマンは長年ラウテンデラインに恋していたが、その彼が止めるのもきかず、彼女はハインリヒの後を追って山を下りる。（↑第一幕）ハインリヒの妻マグダは夫の不慮の災難を知らず、二人の子供と共にその帰宅を待っている。そこへ瀕死の重傷を負ったハインリヒが運び込まれてくる。「沈んだ鐘はもともと山上に据えられるものではなかった」と絶望する夫をマグダは慰め、病を癒す霊薬を求めて出ていこうとするところへラウテンデラインが農家の少女に身を窶して現れる。マグダは彼女に留守を托して出ていく。ラウテンデラインがハインリヒの目に接吻すると彼は制作の力を回復する。（↑第二幕）ハインリヒはラウテンデラインと山上へ帰り、作業場を設けて木に棲む小人たちを使って新たに巨鐘の制作にとりかかる。そこへ再び牧師がやってきて、麓の生活で果たすべき責任と義務を説き、山を下りるよう説得するがハインリヒは聞き入れない。（↑第三幕）山中の鐘の制作は小人たちの協力を思うように得られずはかどらない。ハインリヒは疲れ始め悪夢にうなされるようになる。ある時、二人の子供が瓶を手に「父さん」と呼びながら岩道をやってくる。瓶の中味を聞くと母の涙という。さらに母親の所在をたずねると湖底であると答える。この時、湖に身を投げたマグダの屍体の手足が湖底に沈んだ鐘に触れて鐘を響かせるのが聞こえてくる。ハインリヒは茫然とした後、ラウテンデラインと彼女との生活を呪い、彼女を振り捨て山を下りる。（↑第四幕）ハインリヒは村里へ帰るが、村人たちの非難を受けて村を追われる。再び山中へ逃げ帰るが、作業場は焼け落ち、ラウテンデラインはすでにニッケルマンの妻となって姿を消している。ハインリヒは老婆ウィッチヘンが差し出す三種の酒杯を順に飲み干すように言われ、二杯目を飲みほした後、幻に現れたラウテンデラインの腕に抱かれたまま、「空高く、太陽の鐘の響き！太陽！……太陽が昇る！　――夜は長い」という科白を残して死んでいく。（↑第五幕）

以上が「沈鐘」の梗概であるが、その主題はしばしば指摘されてきたニーチェ思想の表出というよりは、阿部六郎が「神そのものへの懐疑など毫末も見られない」(16)と指摘するように、むしろ「近代芸術家を去勢する『谷』の引力」(17)

の下での芸術家がたどらなければならない運命を描くことにあったとする見方に説得力がある。同氏の言葉を借りれば、牧師は「因襲的教団」、教師は「怯懦で硬化した悟性」、理髪師は「卑俗な職人根性」を戯画化したものであり、ラウテンデラインは「法外の生の魔力」、老婆は「地震の知恵の巫女」、森の精、水の精は「浄められざる自然力」の象徴である。

このように寓意という点から見れば「沈鐘」全体は比較的単純な構成をもつことになるが、このメルヒェン劇を豊かにしている別の魅力は「純粋に遊戯的な部分、魔精どもの跳梁する幻想や対話の弾性」(18)の中にあることは、読者ならば誰しも気づく点である。

二　日本における「沈鐘」の紹介

日本において最も早い時期に「沈鐘」に言及したものとして、森鷗外の小文「ハウプトマン」(『めざまし草』明治三十二年十二月)が挙げられる。鷗外は同文の中でハウプトマンの主な戯曲に解説を加え、「沈鐘」については「近時独逸文壇の傑作たること疑ふ容からず。約して言えば Nietzsche の哲学思想を出すに Goethe の Faust の体を以てしたるものなり」とまで絶賛している。しかし、七年後の明治三十九年、春陽堂から出た評論『ゲルハルト・ハウプトマン』では、年代順に作風の推移をたどりながら個々の戯曲を解説しているが、まずは自然主義作家としての成功を認めており、「沈鐘」への評価は以前に比べて冷静な調子に変化している。とはいうものの、鷗外が積極的にハウプトマンに注目、受容するようになったのはむしろ後期のロマン的、象徴主義的な作品に触れてからのことであること(19)や、明治四十年前後全盛を迎えていた日本自然主義文学に対立する彼の立場からいっても、「沈鐘」は鷗外にとって特別の意味を持っていたと考えられる。また、同書の中で彼は「沈鐘は要するに大胆に結構せられたるFAUSTIADEとしては奥ゆきに於いて人意を満たさざる作なれども、その昔物語めきたる調子はかはゆし」とのべ、前にふれたように「沈鐘」はその寓意もさることながら、山の上に住む妖精や水の精、森の精たちが跳梁する世界と彼らの科白のやりとりも大きな魅力であることが指摘されている。

鷗外と並んで明治三十年代「沈鐘」を詳細に解説したのは、登張竹風（信一郎）の論文「ゲルハルト・ハウプトマン」（『帝国文学』六巻十期・十二期、明治三十三年一〇月・一二月）である。登張は高山樗牛と共に日本にニーチェを流行させた一人として知られるが、この論文を発表した翌年頃から本格的にニーチェ哲学の紹介に努めるようになっている。同論文の中で、登張はハウプトマンの戯曲を年代順に列挙し、各々の梗概をのべているが、とりわけ「沈鐘」には全体の半分近くの頁を割いて解説している。ここに、この作品にニーチェ思想の現れを見る観点からの関心の強さがうかがわれる。しかし、それだけでないことは、明治四十年から彼が「沈鐘」を泉鏡花と共訳で発表したことからもわかる。ドイツ語の原作を読めなかった鏡花が「沈鐘」に興味をもった理由は「『秘境の美女の庇護』という鏡花の好むモチーフ」[20]が用いてあることの他に、「民間伝承から自然に成立した妖怪の活動する秘境」[21]そのものが彼を強く惹きつけたことは十分考えられる。さらに、この竹風・鏡花訳「沈鐘」の科白の訳し方をめぐって、彼らと長谷川天渓との間に論争が起こっている。[22]このように日本においては、一時期様々な方面の文学的興味から「沈鐘」が取り上げられた。

ところで、この共訳「沈鐘」は明治四十年から『やまと新聞』に連載され、全訳は翌四十一年九月春陽堂から単行本として刊行された。これを機に発表された山本迷羊の「沈鐘評論」（『帝国文学』十四巻十二期、明治四十一年一二月）は諸家の説を紹介するとして、戯曲の梗概をはじめ、かなり詳しい解説も加えている。しかし、結局のところは「最早ハウプトマンの芸術上の謀叛の俤は認められぬ」と断じ、いささかもてはやされすぎの傾向に批判的な調子も見せている。とはいえ、やはり「沈鐘」の寓意や表現に関心を示していることは疑いない。

日本では、こうした明治三十年代から四十年代にかけての積極的な取り上げられ方に始まり、大正・昭和期にはいってからも散発的とはいえ翻訳が出されている[23]。しかし戦後ハウプトマンの戯曲はほとんど上演されることもなく、今日では一般の読者からはもはや忘れ去られた存在といってもよいだろう。ただ、「沈鐘」の寓話性が、一時期日本の近代文学者の芸術と実生活への問題意識を引き起こすのに十分な魅力をもっていたことは確かである。

三　楊晦の「沈鐘」解釈

日本の明治期における「沈鐘」のもてはやされ方と比べると、中国では一般的にはこの戯曲はほとんど無視されたに等しい。完訳はもちろんのこと、その梗概を紹介したものといえば、沈鐘社の楊晦（一八九九～一九八三）が《沈鐘》周刊（第一期、第二期、一九二五年一〇月）に発表した散文「沈鐘」が唯一のものといってよい。これはハウプトマンの原作の荒筋をなぞりつつ、時に楊晦自身の生活上の感情をも織り込んだ随筆風の散文で、単なる作品梗概の紹介にとどまるものではない。当時彼が置かれていた情況の中で、自らにとって作品のもつ意味を自らの言葉でつづったものである。それゆえ、作家ハウプトマンへの興味というより、純粋に「沈鐘」という作品そのものへの興味にもとづいて生まれた随想文といった方がよいかもしれない。このように中国では、一般的に戯曲「沈鐘」は沈鐘社に言及する時のみ付随的に思い起こされるにすぎず、誇張していえば、もし沈鐘社の存在がなければ、戯曲「沈鐘」の存在すら人々に知られることはなかったかもしれないということになる。

さて、楊晦が散文「沈鐘」の中で、彼が最初に戯曲「沈鐘」の存在を知った書として挙げているのは、F・チャンドラーの評論“Aspects of Modern Drama”[24]（一九一四）である。F・チャンドラーはその中の一章‘The Drama of Symbolism’の中で数頁を割いてこの戯曲を解説している。それによれば、この戯曲の意味するものについて評論家の様々な見解があるものの、一般的には現実界と想像力に満ちた理想世界の対立、または社会的義務と自由な本能との間で生じる葛藤であるとする。また、この作品の寓意が混乱を招きやすいのは、第四幕までは社会的義務や良心の方が強調されているかのように見えながら、第五幕ではむしろ主人公ハインリヒの誤りは社会的義務を遂行出来なかった点にあるのではなく、世の中の様々な義務や規範を大胆に断ち切れなかった彼の弱さにあると作者ハウプトマンが示唆しているためだとする。そしてこの戯曲の教訓を次のようにのべている。

理想を手にし偉大な陽鐘を創造するために、この芸術家は彼自身を全く自然に委ね家や家族のことを忘れなければならなかったのだ。彼は因襲に立ち向かい、あえて利己的にならなければならなかった。そうしようとしない者は、決して（芸術の）高峰を熱望すべきではない。

この部分はそのまま訳されて楊晦の文中に引用されているが、楊晦をはじめ、沈鐘社の成員は基本的にはこうしたF・チャンドラーの解釈に啓発されていたと考えられる。同様の内容を、馮至も「《沈鐘》回憶」の中で次のように述べている。

まさにその評論家（馮至は明記していないがF・チャンドラーのことをさすと思われる—筆者注）が言うように、文芸にたずさわるには生活上放棄されるものと犠牲になるものがなければならない。湖底に沈んだ鐘を打ち鳴らすよう努力しなければならないが、もしそれが鳴らず、別に新しい鐘を造る必要があるなら、ハインリヒの失敗の中から教訓を学び取らなければならない。

これらの教訓めいた部分だけ引用すると、彼ら沈鐘社は理想（芸術）と現実（生活）を対立物と考え、前者のみ肯定し至高のものとみなしたという単純な図式が考えられるが、実はそれほど単純でないことは楊晦の文章をもう少し丹念に見ていくとわかる。以下、楊晦の言葉を借りながら彼の「沈鐘」の読み方をたどることにしたい。

楊晦はまず、運命が与える束縛された生活に次第に慣らされていく人間の不幸をいう。そういう中で、生活の仕方、やりすごし方、そして人生への態度、ある場面や人間関係に生じる感情までもが、親から子へと代々受け継がれていき、そこで「良心」なるものが一人一人の心にしっかりと根を下ろし形成されていくとのべる。しかし、時に運命の女神は闇の中に一条の光をもたらし、人間に蜃気楼、幻影を追わせ、当面の暗黒や悲惨な過去を忘れさせる。ハインリヒがラウテンデラインとの山上の生活を夢見たのはまさにこれで、彼は「因襲を打破する勇気」を持っていたし「あえてわが道を行く」ことをしなかったわけではない。しかし、「結局、沈鐘は鳴り響いてしまった」のだという。思うに、ここでいう沈鐘は、ハインリヒの家庭、社会での人間関係とそこから生じる諸々の因襲的束縛等を含むところの過去と現実の象徴である。それがいかに重く人を引きずり、断ち難いものであるかを楊晦は「沈鐘は鳴り響いてしまった」という表現に托している。

楊晦は続けて、およそ次のようにいう。人間関係は互助組織で、複雑にからみあう人間同士の関係から成り立っている。もし、その隊列から一歩でもはずれたら、人々から義務と責任を放棄したという非難を被る。そして、たとえそうした非難は無視できたとしても、畢竟人間の情だけは無視することができない。ハインリヒの家庭の空気と彼の理想は相容れぬものゆえ、いったん彼は家庭を捨てた。しかし、妻子を愛していなかったわけではない。愚直なまでに夫に忠実で献身的な妻への思いを根本から消し去ろうとしたわけではない。ただ、もっと別種の新しい感情（傍点は筆者）を築こうとしたのだ。だが結局はこの妻子への旧来の情のためにそれも失敗してしまったのである。

　否定しきれぬ人間のこうした情については、登張や鷗外も強調しているが、彼らの理解はある意味でもっと直感的なものである。鷗外は、主人公ハインリヒがニーチェの超人を志向しながら結局失敗したのは彼の「多情多恨」(25)のためであるとし、けれどもそのことは「主観的真相として価値ある」(26)として、いわば超人になりきれない弱点にこそ人間性の真実と価値を見ている。登張もハインリヒの失敗は「あらゆる人間に普遍の弱点」(27)のためであるとし、そもそもこの作品はキリスト教的博愛主義とニーチェの個人主義を調和させようとしたところに無理が生じているとする。しかし、その矛盾の中にこそ「沈鐘」の長短得失があるとし「大なる矛盾の存する所は即ち大なる秘密の存する所ろ《ママ》。『沈鐘』の一篇が、幽玄なり、深邃なり、高遠なり、神秘的なりと言はるゝ所以のもの、またまた此に存す」(28)と矛盾ゆえの文学的魅力を述べている。

　このように鷗外や登張は、この作品が表現した超人思想の不徹底さを指摘しながらも、結局は情に動かされたハインリヒの失敗にこそむしろ人間性の真実を見、その表現に文学的価値を見出しているといえよう。これに対して、楊晦は人間の情や良心をも人から人へと代々受け継がれ形成されていく歴史性のものであるという視点を据えている。

> 私の母はかつて私のために涙を流し、私の涙は自ずから私の子供のために流される。かつてパーパ、マーマという声を発したために、私の父と母は一切を捨てて甘んじて私の父と母になり、私の子供が私をバーバ、マーマとよんだ時、私もまた一切をなげうち、彼らの父や母となっていく。……

一見、万古不易、人類普遍であることに疑いもないと思われる「情」や「良心」とよばれるものを、楊晦はもう一度歴史的視点で捉えなおしていることがわかる。

マグダに象徴される家庭は衝突を知らない平穏な世界であり、ハインリヒのような芸術家を不快にさせていく。それでも結局は人間の涙が絶大な意義と力を持つことは認めざるを得ない。しかし、彼がやはり芸術家である所以は、人間の涙を選び取った後、再び山上に戻り、芸術と自然の懐に抱かれること（結局は死）を選び取った点にあると楊晦はいう。すなわち楊晦の考える真の芸術家は否応なく現実と理想の間を往き来する人間なのである。

芸術家は社会の中で〝四不象〟のようなものである。その理想は現実を超越しているのにその生活は現実から離れることができない。彼は群衆の生活を嫌悪しているが離脱することはできない。彼は世俗の幸福と栄利を軽蔑しているが、時に情を忘れることができないばかりか追慕する。……だから芸術家の生活は往々にしてひたすら一つの衝突である――不幸で憐れな衝突！

十分強くなかったハインリヒが運命の残酷さ、悲惨さを免れない――つまり現実を離脱できない芸術家だからこその葛藤と悲劇はこの戯曲の最も明確なテーマであり、楊晦がよみとった教訓といえる。

さらにその悲劇性を強めているのが、ハインリヒが人類を救うための芸術品を作ろうとしながら、その人間たちに理解されないどころか迫害まですされるという点である。ハインリヒの芸術の実質について、鷗外は「ファウストは世界の謎を解かんと志し、沈鐘は世を救ふ芸術品を作らんと志す」(29)とのべ、それが救世の芸術であるとみなしている。登張もハインリヒは妻子を棄てたが人類を見捨てたわけではなく、人類のための芸術を作ろうとしたとして、鐘造りの芸術を天職あるいは使命とするハインリヒの自覚を見ている。因みに山本迷羊の「沈鐘評論」は人物描写の類似性をこの作品の欠点として挙げ、ハインリヒについては「向上心ばかりは強い癖に美人に迷って邪道へ踏込む芸術家気質」[30]という矮小化した見方をしており、ハインリヒの形象に崇高なものを見ようとはしていない。

一方、楊晦は十分強くはなかったハインリヒの中にもプロメテウス的使命感に類似したものを見ている。人類のために火を盗み出し、それによってゼウスの怒りを買い、世界の涯にある高山の頂に磔にされ際限のない苦痛を受けなければならなかったギリシア神話の英雄プロメテウスは楊晦の理想とする形象である。人類のために犠牲となり、いかなる苦痛をも忍ぶ彼の精神は、救世英雄の不幸の憐れさを一身に体現している点では、ハインリヒにも通ずるものがある。

結局、この作品に何を読みとるかということで言えば、明治期日本の評論家は二つの相容れない世界の対立と矛盾の中で彷徨する芸術家の葛藤と、その人間的弱さ、脆さに一種の敗北の美学をよみとる傾向にあったといえる。これに対し、楊晦は主人公の葛藤そのものの価値より、芸術家でありまた救世の使命を負う者である限りは理想（芸術）と現実（実生活）との間を往来しなければならない必然性があること、また両世界を往来する以上は当然それに伴う孤独や苦痛や犠牲、そして不可避の悲劇的運命を覚悟しなければならないという、一種の受苦ないし試練の美学を見出しているといえる。

これはまさに実生活の上で楊晦が自分や他の成員に対してもとっていた、幸福よりも敢えて困難な道を選ぶという人生に対する姿勢に現れている。例えば、一九二七年北京大学を卒業した馮至は、他に比べて開明の空気が強い孔徳《コント》学校に就職が決まっていたが、それに対し楊晦は敢えて腐敗の気に満ちた大都市ハルピンへ行って自らを鍛えるように馮至にすすめている。[31]また、彼が陳翔鶴に宛てた手紙（一九二六年一一月一七日）[32]の中に見える「君の煩悶と苦悩こそが作品に真の生命力と力を与えるのだ。このことを意識して勇敢に書いていくべきだ」という激励の語にも、文学者である以上自ら苦難に身を投じていくべきだとする認識が見られる。これは当時魯迅によって紹介された厨川白村のベルグソンとフロイトに発想を借りた『苦悶の象徴』（一九二四）における創作観にも通じる。楊晦は散文「プロメテウス」（一九二六年一二月）[33]の中でも、汚濁した環境こそが少数の得がたい偉大な人材を輩出する肥料になると述べている。

再び日中両国の文学者の視点をやや単純化して言えば、日本の文学者は現実と理想の間に生きる葛藤そのものをより重視するのに対し、楊晦はむしろ断絶した両世界の関連を積極的に見出すことに価値をおく。嫌悪すべき現実の中にも理想へのベクトルは含まれるとする視点、さらに「現在」に生きていることは「過去」と「未来」へ繋がっているとする感性。もちろんそれは楊晦や沈鐘社に限ったものではなく、他の現代中国の文学者にも共通するものかもしれない。しかし、理想と現実の両世界を往来し、過去と未来の橋渡しをする者が芸術家であり、それゆえ彼はただ一つの世界に生きる幸福は永遠に放棄しなければならないという悲壮な認識は、沈鐘社独特の〈受苦〉の姿勢を現しているといえる。それは《沈鐘》第十期（一九二六・一二）の巻頭扉にモットーとして掲げられた、チェーホフの次のような言葉にあらわれる認識にも通じるものである。

> 平穏に満足してはならない、自分自身を眠らせてはならない！　人は若くて元気であれば正当な行為に疲れ倦んではならない。いわゆる幸福なるものはないし、またあるべきでもない。ただし生活がもし一つの意義と目的を持つものであれば、その意義と目的は決して我々の幸福ではない。ただそれは幸福よりもっと偉大でもっと合理的なものである。高尚なことを為すことである！

四　沈鐘社の〈受苦〉の姿勢

馮至の「『沈鐘』回憶」によれば、沈鐘社の四人の成員は文芸に対しては共通の見解を抱いていたという。それは「芸術の理想と現実生活の間には調和できない、矛盾が存在するという認識のもとに芸術を至高とみなす考え方」で、西欧の十九世紀末から二十世紀の唯美的傾向の文学に影響されて形成されたものだという。確かに彼らにとって「堅固な拠所」(34)となる「内面生活の深さ」(35)を表現できる唯一のものは創作であり、その意味で文芸を「至高」とみなしたといえるかもしれない。しかし、沈鐘社を「芸術のための芸術」派とみなすのはどうであろうか。それについて例えば、鄧時忠「浅草——沈鐘社の芸術傾向についての私見」(36)のような論文が具体的な作品の検討を通して異議を唱えている。こうした論を俟つまでもなく、沈鐘社の文学活動を「芸術至上主義的」という既成のタームで括ることが皮相的であまり意味のないことは前節で見てきた楊晦の文章からも察せられる。

楊晦ら沈鐘社の成員にとって創作の源泉は現実生活そのものの中にあり、より苦難に満ちた実生活であればあるほどそこから生まれる文学の価値も高まるという相関性が常に自覚されていたといえる。ただ、対社会的姿勢の点からいえば彼らには積極的に現実に働きかける変革の意志は見られない。むしろ徹底して受身の姿勢を貫く〈受苦〉の態度に静かで粘り強い精神の質が認められる。

さて、魯迅の沈鐘社に対する評語として「中国で最も堅実で最も誠実、そしてもっとも長くたたかった団体」と共にしばしば引用される散文「一覚」(『野草』)の中の次の有名な一節がある。

そうだ、青年の魂は私の眼前に立ちはだかる。すでに粗暴となり、またはいま粗暴になろうとする魂、その血を流して苦痛に堪えている魂を私は愛する。それは私が人の世にいること、人の世に生きていることを教えてくれるから。

この中の「隠痛（苦痛に堪えている）」という語には、はからずも沈鐘社の姿勢が集約的に表現されている。「隠」はもとより中国における伝統的な文学の手法であり美意識を形成する概念でもある。李霽野の回想によれば、魯迅は沈鐘社の文学に対する真摯な態度に好感を持ちつつ、反面、彼らがあまりに憂鬱で消沈した雰囲気に蔽われていることを心配したという。(37)また、馮至によれば、魯迅は彼らになぜもっと議論しないのかとただしたともいう。(38)しかし、その一方でおそらく魯迅は、こうした「隠痛」の姿勢の中に青年特有の愛すべき傷つきやすい魂をよみとっていたのではないだろうか。

ところで魯迅は『中国新文学体系・小説二集』「導言」の中で沈鐘社に言及した先の評語に続けて次のように言っている。

　それ（沈鐘社――筆者注）はちょうどギッシングの言葉（《沈鐘》半月刊が毎号巻頭に掲げたモットーの一つ――筆者注）のように死に至る最後の日まで仕事をし続けた。『沈鐘』の鋳造者のように、死んでも水底で自らの脚で大きな鐘の音を打ち鳴らさなければならなかった。……

後半の件は明らかに原作「沈鐘」の筋と食い違う理解であるが、これは単なる彼の記憶違いということなのかもしれない。しかし、たとえそうであるにせよ、そうした記憶違いを引き起こすからには何かしら理由があるのではないか。つまり「死んでもなお水底で鐘を打ち鳴らす」のは「沈鐘」の主人公ハインリヒの妻マグダである、その形象が魯迅に与えた印象が強烈であるが故の記憶違いということも考えられる。

そもそも「沈鐘」を論ずるものはほとんどマグダの存在を問題にしていない。彼女は因襲と世俗に浸りきって夫に執着するせいぜい「正直で平凡な」(39)「人を行動へ駆り立てる情念を忍耐によって抑圧し、既存の秩序の保持に向う」(40)人間である。彼女が湖に身を投じ、その屍体の手足が鐘を打ち鳴らすという件も「無気味な因縁話」(41)として悲劇的色彩を強めるだけの内容として片付けられている。

しかし、原作の中で第四幕のこの部分はクライマックスといってもよい。第三幕でハインリヒが湖底に沈んだ鐘は二度と鳴らないのと同様に自分ももう麓の家に戻ることはないと言ったのに対し、牧師の「あの鐘はまだ鳴りますぞ」と予言めいた一種の脅しの言葉もそのための伏線となっている。

また、第五幕でマグダの屍体が鐘を打ち鳴らすのを目撃した水の精ニッケルマンに次のようにも言わせている。

　お前にも見せてやりたかったよ、そこの水底で俺が見たことをな。湖の底で絶対にあるわけがないことがもちあがったんだぜ。死んだ女の硬ばった手が鐘を探していたんだ。そして鐘を見つけた女の手が、それに触ったか触らないうちに、雷のような音で鳴り始めたのさ。天に向って唸り出す、牝獅子のように休みなく吼えたてる。生みの親の鐘造りに訴えるように叫び声をあげ、それが山中くまなく響きわたったのだ。俺はその溺れ死んだ女を見たんだ。女の髪の毛が明るく拡がって、苦しみを忍んできた顔のまわりにただよっていた。女の骨ばった手が鐘に触ると、倍も大きく、脅かすような響きが荒れ狂うんだ。この年までいろいろのことを見てきた俺だが――さすがに身の毛がよだったね。……（相良守峯訳）

この部分が妖怪をも驚かす人間の愛と執念のすさまじさ、そして最も平凡で最も善良な者が時として発揮する奇跡の力を象徴すると見るのはうがちすぎだろうか。仮にこのように見ていくとマグダの存在は一躍クローズアップされて見えてくる。芸術家ハインリヒの葛藤やハインリヒとの別離を余儀なくされたラウテンデラインの悲劇より、実生活だけにひっそりと生きたマグダの不幸と悲劇、そしてその超人的とも神秘的ともいえる奇跡の力の方が魯迅にとってはいっそう心を捉える形象であったかもしれない。あくまで推測の域を出ないが、こうしたマグダへの視線が「沈鐘」読後、おそらく十数年を経た「導言」執筆時の記憶違いにつながったとみることはあながち的外れでもないのではないだろうか。

ところで、現実と理想の間に立つ者の葛藤は沈鐘社の馮至も早くから作品のテーマとしている。その典型的例が彼の叙事詩「河上」（《浅草》季刊第一巻第四期、一九二五年二月）である。これは『詩経』「秦風」の「蒹葭」を素材に『古今注』の「箜篌引」のストーリーを組み合わせたもので、一人の男が水面に現れる少女の幻影を追い求め、妻の制止をきかず結局溺死し、妻もその後を追うという構成をとっている。一見、この作品は幻想に取り憑かれた主人公の悲劇を描いているように見えるが、むしろその夫への愛に殉じた妻の悲劇がより重い余音をもって伝わってくる点に特色を認めることができる。そしてしばしば時代を超えて文学者をとらえた文学上のモチーフ「箜篌引」は幻想の中に生きる者ではなく、現実に置かれている側の視点に立って生まれたものであることを考えると、マグダ的存在への関心は実は脈々と受け継がれ、中国の文学者の発想の根底に深く根づいているものかもしれない。この点については第十四章でもふれたい。

沈鐘社の、戯曲「沈鐘」への関心はその寓意の他に表現方法にもあると考えられる。ハウプトマンが徹底自然主義から新ロマン主義的傾向に転じていった背景には、運命や環境に翻弄され支配されるだけではない、人間の主体性や可能性を見出していきたいという理想主義的志向があったと考えられる。(42) 自然主義のいわゆる決定論的人間把握に満足できず、人間の自由な空想力、時に発揮する神秘な力を表現するためには象徴的手法が自ずと必要になってくる。例えば楊晦の戯曲について馮至は「彼は北京と東北の方言や俗語を巧みに用い、ある時は自然界の現象に象徴の役割をさせた」(43) と評価しているが、これはハウプトマンの「沈鐘」の手法の直接的影響とみてよいだろう。また《沈鐘》

特刊（一九二七年七月）がE・A・ポーとE・T・A・ホフマンを特輯しているのも単なる幻想・怪奇への嗜好の現れではなく、象徴という手法への強い関心と表現手法の領域拡大への欲求の現れと見ることができる。

「沈鐘」の寓意と象徴的手法が二十年代沈鐘社を魅きつけた事実を見る時、沈鐘社の姿勢の一端が垣間見えてくると同時に、いわゆる西欧の「芸術至上主義」という文学概念で捉えきれない、現代中国における広義の「芸術派」に属する文学者像が浮かび上がってくるのではないだろうか。(44)

注

（1）賈植芳「《中国現代文学社団流派》序」（《新文学史料》一九八九年第三期）。

（2）趙遐秋、曾慶瑞編『中国現代小説史』上巻（中国人民大学出版社　一九八四年）六二〇～六二一頁。

（3）唯一、雑誌の印刷・発行をめぐって一九二六年創造社出版部との応酬が《洪水》と《沈鐘》誌上で行われた。詳しくは魯迅「両地書」第二集第五十の注（四）『魯迅全集』第十一巻（一九八一年二十巻本）一四二頁参照。

（4）北京大学国文科教授張鳳挙（一八九五～?）は沈鐘社の成員をひきあわせ、雑誌《沈鐘》を支援した一人である。

（5）散文詩集『野草』（一九二七年七月　北新書局）所収。同散文については拙稿「魯迅『一覚』をめぐる考察」（『お茶の水女子大学中国文学会報』第二十四号、二〇〇五年四月）参照。

（6）「関於『沈鐘社』的過去現在及将来」（《現代》第三巻第六期　一九三三年一〇月）七九八～七九九頁。

（7）「回憶《沈鐘》」（《新文学史料》一九八五年第四期）。

（8）大久保寛二「ゲルハルト・ハウプトマン」（『欧米作家と日本近代文学　ドイツ篇』教育出版センター　一九七五年）一九二頁。

（9）「ハウプトマン」（『めざまし草』明治三十二年一二月）『鷗外全集』第二十五巻所収。

（10）佳風編「《浅草》季刊、《沈鐘》周刊、半月刊総目」（《中国現代文芸資料叢刊》一九七九年第四輯）。

（11）執筆は一九七八年八月一五日。『魯迅回憶録』第二輯、『馮至選集』第二巻、『馮至全集』第四巻所収。

(12) 注（7）に同じ。
(13) 「沈鐘社通信選」（一）〜（五）《新文学史科》一九八七年第三・四期、一九八八年第一・二・三期）。特に同史料一九八七年第三・四期所載の張暁華「沈鐘社始末」「浅草社始末」は、これまで最も詳しく彼らの活動について整理している。
(14) 秦林芳『浅草—沈鐘社研究』（中国社会科学出版社、二〇〇二年一二月）はこれまでのところ最も総合的な論考である。
(15) 『楊晦文学論集』（北京大学出版社　一九八五年九月）所収。
(16) 阿部六郎訳『沈鐘』「訳後に」（岩波文庫　一九三四年七月）。
(17) 同前。
(18) 同前。
(19) 大久保寛二「ゲルハルト・ハウプトマン」一九〇頁〜一九一頁。
(20) 伊東勉「竹風・鏡花共訳、ハウプトマンの『沈鐘』について」（『ドイツ文学研究』十二号　一九八〇年）二七頁。
(21) 同前。
(22) 前掲論文他、笹沢美明「ハウプトマン作『沈鐘』の翻訳について」（昭和女子大学『学苑』二七八号　一九六三年二月）参照。
(23) 昭和期の現代語訳としては、昭和九年初版岩波文庫の阿部六郎訳、昭和二十九年初版河出書房「現代ドイツ文学全集第一巻ハウプトマン篇」所収の相良守峯訳、昭和四十七年主婦の友社『ノーベル賞文学全集』第十九巻所収の秋山英夫訳等がある。
(24) Frank Wedleigh Chandler 著。The Macmillan Company.
(25) 『ゲルハルト・ハウプトマン』一七六頁。
(26) 同前。
(27) 『ゲルハルト・ハウプトマン（その二）』一五頁。
(28) 同前。一六頁。
(29) 『ゲルハルト・ハウプトマン』一七五頁。
(30) 「沈鐘評論」四七頁。

(31) 馮至「従癸亥年到癸亥年――懐念楊晦同志」(《文芸報》一九八三年第八期)六六～六七頁。
(32)「沈鐘社通信選」(《新文学史料》一九八七年第三期)。
(33)「普羅密修士」(『楊晦文学論集』所収)。
(34) 楊晦の陳翔鶴宛書信(一九二六年一一月一七日)。
(35) 同前。
(36)「浅草―沈鐘社芸術傾向之我見」(《複印報刊資料中国現代当代文学研究》一九八六年第十期)一七五～一八〇頁。
(37)『魯迅先生与未名社』(湖南人民出版社　一九八〇年)一七六～一七七頁。
(38)「魯迅与沈鐘社」一四四頁。
(39) Karl Holl. "*Gerhart Hauptman, His Life and Work*" (London, 1913) 'Fairy Dramas' p.59.
(40) 原田悦雄「ハウプトマンの『沈鐘』について」(弘前大『文化紀要』十二号(2)一九七八年)八五頁。
(41) 伊東勉　前出注(19)論文、二六頁。
(42) 手塚富雄『ドイツ文学案内』(岩波文庫　一九六三年)。
(43) 前出注(31)論文、六九頁。
(44) 一口に沈鐘社といっても、同社成立時の四人のメンバーを中心とする二〇年代の活動と、一九三三年《沈鐘》半月刊を復活してからの活動の性格には、編者や寄稿者の顔ぶれからいっても変化が認められる。本論は、二〇年代のいわば前期沈鐘社を対象として論じたものである。

第三章　自画像の歌——何其芳の詩集『預言』から『夜歌』へ

はじめに

何其芳（一九一二〜一九七七）は、二十代に詩人として出発した文学者である。その詩作は一九三一年から四二年までの約十年間に集中しており、以降は専ら古典整理、文学評論に力を注いでいる。(1)彼の文学的全業績のうち、詩の占める割合は決して多いとはいえない。しかし、文学的出発点が詩人であるという事実、また詩や散文など創作のほとんどがこの時期にしか生まれていないことを考える時、詩人として生きた十余年の重みは大きい。そこには彼の全体像を決定づけるような文学的精神といったもの、また、一九三〇年代文学が共通に抱えていた問題(2)が集約されているとも考えられる。本章は何其芳のこの時期の詩篇をまとめた詩集『預言』と『夜歌』を通してこの問題を考えてみたい。

三〇年代初めの中国詩壇には、中国左翼作家連盟の成立を契機として、その支援の下に中国詩歌会が成立し（一九三二）、いわゆるプロレタリア詩歌の運動が展開しつつあった。その一方で、何其芳が詩を書き始めた三一年頃には、(3)かつてはプロレタリア詩歌に対する「逆流」(4)とみなされた戴望舒らの現代派が、李金髪らの象徴派のあとをうけて流行していた。九一八（満州事変）以降の現実に幻滅し、挫折感を抱いていたインテリらには、「感傷」(5)をうたい「虚無と絶望の色彩に満ちた」(6)現代派の詩歌が、より強く心を捉えるものであったといえる。(7)何其芳もその影響を少なからず受けていたとされるが[8]、彼らの詩は長い間「反現実主義」[9]の詩派の流れに位置づけられてきた。何其芳の文学的傾向を一言で現すならば、徐志摩、戴望舒らのように、芸術的完成度の高い作品を生み出しながらも新詩史の主流とはみなされなかった「芸術派」に属するものである。また、日本では詩合集『漢園集』（一九三六）を出した仲間の卞之琳、李広田とともにフランス象徴詩の影響をうけた「知性派」[10]として言及されることもある。

文革終息後の八〇年代以降、文学史における彼ら芸術派に対する一面的否定的評価は払拭されてきた。しかし、主な関心はその芸術面と審美意識に集中し、彼らが当時なぜ多くのインテリの読者を惹きつけたか、また詩歌という形を通して表現されていたものは何であったかについての、当時の文脈における考察は必ずしも十分ではない。本章は芸術と生活の間で揺れ動く主体を見つめる何其芳の自意識を「自画像の歌」と位置付け、その変遷を二つの詩集からたどることにしたい。

何其芳の一九三一年から四二年までの生活における最大のできごとは、抗日戦勃発直後三八年の延安入りである。祖国の危機に直面する中で多くのインテリたちはメッカに赴くような情熱と期待を抱いて革命の地、解放区延安へ向かった。何其芳もそうしたインテリの一人であった。しかし、解放区という全く異質な環境にとびこんだプチブルインテリらは多かれ少なかれ、〈自己改造〉という課題を前にして自らの中にわだかまる新旧の生活感情の矛盾、葛藤に苦しんだのである。何其芳の延安での詩作を集めた『夜歌』[11]は、それらをより自覚的に表現した――時代性を負った――ものとして文学史に位置づけられる[12]。

『夜歌』は抗戦前の詩集である『預言』[13]や散文集『画夢録』[14]とは明らかに異質の作風を持っている。延安入りという生活上の大転換が創作の上にも現れたのは当然のことであろう。しかし、作風の変化は現実的契機のみからおこるのではなく、内的契機――何其芳独自の文学的あゆみが必然的にもたらした結果でもある。それを作品からたどることはできないだろうか。

何其芳は四二年以降ほとんど詩をかいていない。彼自身はそれについて、思想感情の改造に忙しく時間がないということ、詩の形式を模索中であるという理由で説明している。[15] しかし、『夜歌』以降詩作を断っている事実は、〈自己改造〉に関わる問題が、ひとまず四二年の毛沢東「文芸講話」で決着がつけられたかのように見えて、創作上の諸葛藤は本質的問題としてなお残されていたことを意味している。

そこで、彼が延安に入る以前の作を収めた『預言』と延安での作『夜歌』の作品世界を見ながら、それらに内在する詩的精神の軌跡をたどることにしたい。

一　『預言』の世界

詩集『預言』は三一年から三七年までの作品三十四首を収める。それらの作品は執筆時期によって三巻に分けられている。今、各々の時期の作品を順に見ていくことにしたい。

巻一（三一～三三年）の作品の多くは、幻想的な夢の世界を背景に、何ものかへの期待、憧憬をうたう。それが愛情の希求という形に現れたものも少なくない。作品中の語彙は、「嘆息」「夢・夢見る」「涙・泣く」そして「香り」に関する語が多く、[16] 時に艶麗で感覚的な世界が繰り広げられる。それは、伝統的な詞の世界といってもよく、彼自身も当時、唐宋の詩詞に心酔した時期があったことを述べている。[17] このような「華麗」[18] で繊細な感覚美の世界を支配している気分は、〝憂鬱〟である。そして、それは詩人にある種の強い渇望感があり、それが満たされないことから生まれるものだといえよう。

……………
你柔柔的手臂如繁實的葡萄藤

圍上我的頸，和著紅熟的甜的私語。

你說你聽見了我胸間的顫跳，

如樹根在熱的夏天裏震動泥土？

是的，一株新的奇樹生長在我心裏了，

且快在我的唇上開出紅色的花。

あなたのたおやかな腕は実をつけた葡萄の蔓のように僕の首をかき抱く、赤く熟した甘いささやきとともに。

あなたは僕の胸のふるえと高鳴りが聞こえたという、まるで樹の根が熱い夏の夜に泥土を震わせるみたいに？

そうだ、一株の新しい変わった樹が僕の心の中で大きくなっている、しかももうすぐ僕の唇に紅い花を開こうとしている。

（「夏夜[19]」より）

最終二行は馮至の詩「南方的夜」（一九二九）の最終連を彷彿とさせるイメージであるが、何其芳の同詩は身体感覚を喚起する点においてより官能的だといえる。

異郷の地、北京での孤独な大学生活にあって、何其芳は「美しい温柔なものを夢見[20]」、寂寞と歓喜が交錯する不安定な思いの中で、「ほとんど絶望的に愛情を期待していた」と回想する。「愛情」に対する期待、渇望感といったものは、例えば散文「雨前[21]」（三三・春）においては、雨を待ち望む北方の乾燥した風土に自らの鬱屈した心情を重ね合わせてつづられている。

巻二（三三～三五年）の作品になると、全体に喪失感が共通してみられる。それは自らの作りあげた幻想の空虚さを意識した時に生まれる感覚である。

這童年的闊大的王國
在我帶異鄉塵土的脚下
可悲泣地小。
…………
從此始感到成人的寂寞，
更喜歡夢中道路的迷離。

この幼い日のひろびろとした王国は
僕が異郷のほこりを持ちこんだ足もとで
悲しくなるほどちっぽけだ。

ここから大人の寂寞を感じはじめ、
夢の中の迷路がさらに好きになった。

（「柏林」[22]より）

在畫地自獄裏我感到痛苦，
但丟失的東西太多，
惦念的癡心也減少了。
…………
衰老的陽光漸漸冷了，
北方的夜遂更陰暗，更長。

自ら描いた地獄の中で僕はなおも苦痛を感じる。
だが失ったものは多すぎて、
夢中になることも少なくなった。

衰えた陽の光がしだいに冷たくなると、
北方の夜はいっそう暗く、いっそう長くなる。

（「歳暮懷人（一）」[23]より）

巻二所収の作品は、巻一の作品に比べると華麗な印象はほとんどなく、全体に暗く沈みこむ調子を持っている。語彙の点でも、夢・涙・香りに関する語がかなり減り、代わりに「しおれる」「くずれる」「衰える」など、〝老い〟や〝崩壊〟の下降感覚を伴う形容詞が増えている。こうした巻一から巻二への作品世界の変遷を何其芳自身は後に「情熱と涙に満ちた一つの夢から、いくぶん寒冷ではあるが温柔で静かなもう一つの夢に転じていった」[24]と詩的にのべる。実生活の上では、「不幸な愛情」[25]とよんだ失恋の経験、故郷へ戻ってその荒廃した現実に幻滅したことが契機になっていると考えられる。

この変遷において見逃せないのは、感覚を主とした詩的世界が、客観的視点から捉えた具体的形象を自らも含めて描く方向に変わっていることである。それは、外界（現実）に対し、感覚的にのみ反応していた内面世界の中に、外界に対する自らの位置づけを行う認識が生まれているということである。巻二の詩と同時期にかかれた『画夢録』中の散文は、青少年期の回想あるいは現在の心象風景を題材とするが、そこに共通するのはこうした認識からくる自己分析である。[26]「楼」（三五・四・五）や「魔術草」[27]（三五・三・一九）は内向的で空想好きだった幼年時代を語り、その中に現在の自分を形成するにいたった原体験を探ろうとする。「独語」（三四・三・二）や「夢後」（三四・六・二一）は自らの中にある表現欲求と同時に、その内部世界の閉鎖性について語り、現在の自分の内面を内と外から捉えようとしている（なお『画夢録』については、第十一章で詳しく論じている）。

こうして、幻想の世界の、現実における空虚さを見る醒めた目が形成されることによって、巻一のモチーフ〈渇望感〉は、巻二において〈喪失感〉に変わっていったといえる。

巻三（三六〜三七年）に収められる作品はわずか五篇である。だがそれらは以前のものから大きな変化を見せている。そこでは、詩人の自覚と意志が明確な形をとり始めている。

我再不歌唱愛情　　僕はもう愛情を歌うまい
像夏天的蟬歌唱太陽。　　夏の蝉が太陽を歌うようには。

形容詞和隱喩和人工紙花
只能在爐火中發一次光。
…………
在長長的送葬的行列間
我埋葬我自己，

形容詞と隠喩と紙の造花は
爐の火の中でただ一度光を放つだけ。
長い葬送の列にあって
僕は僕自身を埋葬する。

（「送葬」[28]より）

震懾在寒風裏的蒼蠅
撲翅於紙窗前，
夢著死尸，
夢著盛夏的西瓜皮，
夢著無夢的空虛。
…………
如其我是蒼蠅，
我期待著鐵絲的手掌
擊到我頭上的聲音。

寒風におののく蠅は
紙の窓にはねをうちつけ、
屍を夢み、
盛夏の西瓜の皮を夢み、
夢のない空虛を夢見る。
もし僕が蠅ならば、
僕は待ち望む、針金の拳が
僕の頭上を撃つ音。

（「醉吧」[29]より）

前者には、かつての自分の歌いぶり、――それは単に詩作上の問題でなく、彼の生き方そのものに関わる――を否定しようとする意志が見える。後者では、自分の外にある決定的な力によって自分が徹底的に否定され、そこから新しい自分が再生することを期待している。散文「于猶烈先生」[30]（三六・一一・一〇）にも、一つの死滅から何ものかが再生することへの期待が見える。そこにある、世代から世代への継承という観点は、「声音」[31]（三六・一一・一二）においては、人間と社会を人類の発展という歴史的な観点から捉えなおそうとする態度への変化が現れている。

さて、巻三の詩を成立させた背景について触れておこう。三五年、北京大学を卒業した何其芳は、天津南開中学の教師となり、三六年には山東省の小県、萊陽の師範学校へ転任する。教師となって経験したのは、民衆の生活の悲惨さ、都市と農村の格差、そして学生運動が起こっても傍観者的立場しかとれない自分自身の無力であった。だが、萊陽に移ったころからそうした現実を目の当にして彼の中には新しい自覚が芽生え始める。後に彼はこうつづっている。

私はいつも山東半島のあの小県を感謝とともに思い出す、そこで私の反抗の思想は果実のように成熟した。私はやっと、誠実な個人主義者は自殺するのでなければ、孤独と無関心を投げ捨てて人々の中へ、闘争の中へはいっていくしかないとはっきり悟った。私はやっと人の世の不幸の大部分は人の手で造られたものであり、それゆえ、人の手で破壊できるし、そうすべきだと思うようになった。（「一個平常的故事」[32]）

何其芳は三六年夏、故郷の四川に戻るが、そこで見、そして感じたものを、萊陽へ帰ってから『還郷日記』[33]八篇の散文にまとめている。その中で彼は、自分の育った環境のもたらしたもの、また、故郷の、ひいては中国の抱える現実を、時に悲観的になりながらも凝視している。こうした現実凝視の姿勢が、今まで彷徨し模索する以外は何もしてこなかった自分に対する羞恥や動揺と相俟って、巻三収録の作品を生んだといえる。『預言』の最後を飾る「雲」[34]（三七・四・一二）はその中で最も緊張感に満ちた一篇である。

”我愛那雲，那飄忽的雲……“
我自以爲是波德萊爾散文詩中
那個憂鬱地偏起頸子
望著天空的遠方人。

我走到鄉下。
農民們因爲誠實而失掉了土地。
他們的家縮小爲一束農具。
白天他們到田野間去尋找零活，
夜間以乾燥的石橋爲床榻。

我走到海邊的都市。
在冬天的柏油街上
一排一排的別墅站立著
像站立在街頭的現代妓女，
等待著夏天的歡笑
和大富賈的荒淫，無恥。
從此我要嘰嘰喳喳發議論‥

「僕はあの雲が、あの漂う雲が好きだ……」
僕は自分がボードレールの散文詩の中の
あの物憂げに頭を傾け
天空を望む異邦人だと思っていた。

僕は田舎へ行った。
農民たちは誠実のために土地を失い、
彼らの家は一組の農具にまで縮小した。
昼間は畑へ行って零細な仕事を探し求め、
夜は乾いた石橋を寝床にしている。

僕は海辺の都市へ行った。
冬の日のアスファルトの路に
一並びの別荘が立っている
まるで街頭に立ち並ぶモダンな娼婦のように、
夏の日の嬌笑と
金持の荒淫と無恥とを待ちながら。
これから僕はわいわい議論するのだ。

我情願有一個茅草的屋頂，　　僕は茅葺きの屋根を持ちたい、
不愛雲，不愛月，　　雲を愛さず、月を愛さず、
也不愛星星。　　星をも愛すまい。

ここには、孤高を意識していた過去の自画像⇓「一方では荘厳な労働、一方では荒淫と無恥[35]」に満ちた現実世界の矛盾の凝視⇓過去の感情との訣別の決意、という過程で彼の精神の軌跡が簡潔かつ段階的に表現されている。ただ「雲を愛さず、月を愛さず／星をも愛すまい」という甘く脆い情緒の禁止に変わって新しい歌をどのように歌うのかについては示されていない。今後の方向を暗示するのは「僕はわいわい議論するのだ」の一行だけである。事実、このことばをそのまま実行するかのように三八年から三九年にかけて、彼は社会批判、文化批判の評論を次々と書いている[36]。

この時期、現実に対する認識を深める中で、彼は閉鎖的な内面世界を構築しようとしていた自分に懐疑を抱き、それを否定しながら、生活及び創作における主体の在り方を模索し始めていたのである。こういったいわば自己変革の志向には、当然、詩的精神をどのような形で保ち、発展させるべきかという文学上の問題も含まれていた。だが「雲」はこの問題に対する明確な答が得られないまま、葛藤を内在させつつも、それまでの自分との訣別を厳しくうたいあげている。この詩の持つ緊張感は葛藤と厳しい倫理性からもたらされているといってよい。最終二行は、日本の詩人中野重治の「おまえは歌うな、赤ままのトンボを」（「歌」）を想起させる。自らに禁じる厳しい語気が、却って禁じるものへの執着の強さと葛藤の大きさを伝える、その思いの切実さが両詩には共通している。

『夜歌』においてより深刻化する自己変革への志向は、すでに『預言』巻三の詩あたりから現れているといえよう。

二　『夜歌』の世界

延安に入った三八年から四二年までに書かれた詩のほとんどは『夜歌』に収められる。『夜歌』は、自己変革への志向をテーマとした自画像の歌である。中でも一九四〇年の連作「夜歌」には、彼がいかにして自己変革をはかろうとしたかが現れている。その一つの方法は、従来の自己、とりわけ情感を否定しようとするものであり、もう一つは、大衆を歌い、彼らとの接点を見出そうとする仕方によるものである。

彼は自然や感性の世界に溺れる自分——それは過去の自画像であり、現在の自分にも通じている——を否定する。

而且我的腦子是一個開著的窗子,
而且我的思想;我的衆多的雲,
向我紛亂地飄來,

而且五月,
白天有太好太好的陽光,
晚上有太好太好的月亮,
而且我不能像莫泊桑裏小說裏的,
一位神父,
因爲失眠而絞手指:

そして僕の頭は開かれた窓だ、
そして僕の思想、僕に群がる雲は、
僕の方へ乱れ飛んでくる、

そして五月、
昼には実にすばらしい陽光があり、
夜には実にすばらしい月がある、
僕はモーパッサンの小説の中の
一人の神父の様に、
不眠のあまり指先を絞ることはできない。

"主啊，你創造黑夜是爲了睡眠，
爲什麼又創作這月光，這群星，
這漂浮在唇邊的酒一樣的空氣？"
我不能從床上起來，走進樹林裏，
說每棵樹有一個美麗的靈魂，
而且和他們一起哭泣。

『主よ、あなたは暗い夜を眠りのためにお創りになったのに
なぜ、またこの月を、この星を
この口元に漂う酒のような空気をお創りになったのか？』
僕はできない。ベッドから起きて、林の中に入り、
それぞれの木に美しい魂があると言って、
彼らとともに泣くことはできない。

（「夜歌（二）」[37]）

このあと、「僕らはすでに十九世紀の単純を喪失している」と歌い、認識すべき現実——大規模な戦争——を語る。だが、最後の段では、レーニンに「心情は決して小さなことではない」「我々は夢見なければならない」と語らせている。すなわち、観念的世界へ陥る自分を否定しながらも個人の内面世界の重要性を否定はしない。これは、すでに自分の中に形成されてきた生活感情、感動の素材、美意識、それら内面世界を形造る諸々の重要な部分を、理性によってどこまで否定できるかという問題が、彼の中でまだ明確には捉えられていなかったことを意味している。

一方、大衆というものとの接点を求め、彼らと一体化するということは、いかにして自身が大衆の一人となるかという問題であった。言い換えれば彼は自分と隔絶した大衆を想定している。「夜歌（四）」[38]（四〇・六・二〇）は、「僕は立ち上がって労働者の中へ行きたい」と歌う。彼は厳しい現実に生きる労働者の生活を語るが、そのあとで彼は「同志たち、僕は闘争に参加したことがない／僕はひどく恥かしい」と歌い、次のように続ける。

我要起來，一個人到河邊去。　　僕は起きて、ひとり河べりへゆこう。

我要去坐在是石頭上，
聽水鳥叫得那様快活，
想一會兒我自己。
…………
我給予得竝不多。
我得到的更少。
我知道我這様說，
這様計較
是可羞的，
但我終於對自己說了出來
也好。
我要起來，
但我什麼地方也不去。

石の上にこしかけ、
楽しげな水鳥のさえずりを聞きながら、
しばし自分のことを考える。

僕が与えるものは決して多くない。
僕が得るものはさらに少ない。
分かっている、こんなことをいうのは、
こんなふうに計算するのは
恥ずかしいことだと、
だが、僕はどうしても自分に言ってしまう、
それでいいのだ。
僕は起きあがるが、
どこにも行かない。

独りになるとつい「得るものはさらに少ない」という内心の叫びが漏れる。しかし、結局はそれも押し殺すようにして最終二行「つまりはなすべき仕事をするだけだ」という鬱屈した自戒でしめくくられる。彼は大衆との接点を見出せず、同じ感動を分かちあうことができないままなのである。「夜歌（六）」[39]（四二・一二・二四）においても、無名の戦士、人民こそ真の英雄とたたえる。そこには、自分たちプチブルインテリの生活が彼らの犠牲の上に築かれたとい

る。

う罪の意識がある。だが、同時に、人民の闘いの精神と逞しいエネルギーを発見した感動もあり、それが一瞬、自己への執着を越えさせ、彼らを讃える詩をかきたいという純粋な欲求となって現れている。それでもやはり、彼は人民・大衆をあくまで「見る」側に立つ部外者である。彼らとの間にはなお隔絶があり、大衆の一人とはなりえないのである。

これまでの自己を否定し、大衆と一体化しようという彼の自己変革の実体は、連作「夜歌」につづく一九四一年、四二年の作品の中で、しだいにその限界を現してくる。

一九四一年「嘆息三章」(40)（四一・三・一六）は延安の同志三人に語りかけた三章から成る。「給L・I同志」では、物質的なもの以上に精神的飢餓感を抱いているL・Iに対し「欠乏が何だ／革命のために／僕らはいつも犠牲を口にするではないか」と励ます。が、「僕」自身も、「何か欠乏しているようだ」と感じ、「喜び」「愛情」「生活の中の美しさ」を求めている。「給G・L同志」でも、時に「空虚を感ずる」同志に、何かでそれを「埋めてしまえ」とよびかける。ところが、「僕」自身も「寂しく仕事をしている同志」の存在に「涙を流したくなる」のだから、実は空虚感は「僕」にも通じるものだとわかる。連作「夜歌」に現れた自己否定の姿勢がここではくずれてきている。そもそも自己否定ということの本質は、「このままの自分ではいけない」と考える主体の核となるものを、生活の具体的行為ひとつひとつの中でより確かにしていくことにある。彼の場合、それは多く理論的認識の段階にとどまっていたと思われる。例えば同年六月の散文「飢餓」(41)には、大衆と同じ体験をすることで接点をもったとする意識が見られる。しかし、それも接点を日常の一つ一つのふれあいから確実にするのではなく、人間として共通する本質から一気に近づこうとするきわめて観念的な態度である。このように人間一般から本質的なものを抽象しようとする時、彼の意識は再び現実から離れ自己の内部へ向かうことになる。

こうした内部世界への執着と、その一方にある理性的思考によって導かれた他者（大衆）との連帯への志向が四二年の作品の中では融け合うことなく別個の詩にそれぞれ現れている。

「詩三首」（《解放日報》四二・四・三）の中の第一首「我想談説種種純潔的事情」[42]（四二・三・一三）は、初めての友だちや恋した人の思い出、その時の充実感、感動という内面世界の輝きにこそ「永遠が獲得される」と歌う。一方、第二首の「什麼東西能够永存」（四二・三・一五）では「どんなものがいつまで残るか」という問いを発し「人間の労働だけがいつまでも残るのだ」と結論している。

この二篇は執筆時期に二日の差があるだけだが、永遠性ということについてかくも対照的である。前者は、それを個人の内面に宿る輝きの中に見ようとする。後者は人から人へ労働（知恵と労苦）によって受け継がれていく歴史的なものの中にそれを見ている。前者は直観的に把握された抽象的概念であり、個人の内部世界の広がりを追求する方向に向かう。後者は、体験と思考によって得た具体的認識であり、これは他者との連帯の志向につながる。この二篇だけからも当時の何其芳の中にうずまいていた葛藤の性質がうかがわれる。

『夜歌』初版後記[43]の中で、彼は「夜歌」成立の背景は、「僕自身のこのような新旧の矛盾した情感を書くことも意義がある」として「個人を抒べる傾向に戻っていった」ことにある、としている。当時この考え方は、「熟知した題材をかけ、心の中のことを言え」[44]「インテリ作家はインテリのことをかくのが一番よいのだ」[45]という創作態度として魯芸の教師や学生の中に広まっていた。後に彼は、こうして「自己改造」の問題が「拒絶」されたと自己批判する。[46]だが、むしろ、そこにある本質的問題がその底深さのままにつきつめられ表現されたともいえる。また、『夜歌』は新旧の矛盾する情感を表現するものにとどまらない。現実を生きる生活主体を、日常的次元の言語によって追求していくという性格を持っている。かつて「夢中道路」（三六・六・一九）の中で「刹那にきらめくイメージ」を「斬新な文字」に定着させることが「最大の快楽」であったとのべるように、初期の詩作（主として『預言』巻一・二所収）は、心の内奥にきらめく一瞬の真実の永遠性を、より洗練されたことばで捉えることで、外界から隔絶した堅固な内面世界を構築しようとするものであった。それらは確かに閉ざされた一つの詩的世界として完結している。しかし、ほとんど資質的に社会的闘心を持たない文学青年が、抗日という情況の下で、その現実認識、生活意識を拡大させていった時、書くこと（詩作）は、もはや想像力によって純粋言語の詩的世界を構築するものでなく、生活と行動の新しい倫理を模索するための言説になっていったといえる。このため、『夜歌』の個々の詩篇は常に情感を思想化しようとする意識の断片であり、そのメモとなっている。

四一年の終わり頃から延安の暗黒をあばく小説や雑文[47]が次々と書かれる中で、何其芳は自己変革を志向しつつ、なお自らの中にせめぎあう感情を『夜歌』に対象化した。そしてそうする過程で、いかに生くべきかを模索しようとした。彼の目は延安という社会にではなく、そこに生きる彼自身の内部へ鋭く向けられている。このように、執拗なまでに内面を追求し、主体の確立をはかる姿勢は、やはり『預言』から『夜歌』に一貫した何其芳独自のものと見なさなければならない。

三　『夜歌』その後

解放後しばらく詩作を断っていた何其芳は一九五四年一〇月の《人民文学》に「詩三首[48]」を発表している。その第一首「回答」（九節から成る）は革命的語気に満ちた他の二首とは異なり、注意を引く。

我的翅膀是這樣沈重，
像是塵土，又像有什麼悲慟，
壓得我只能在地上行走，
我也要努力飛騰上天空。
你閃著柔和的光輝的眼睛
望著我，說著無盡的話，
又像殷切地從我期待着什麼——
請接受吧，這就是我的回答。

僕の翼はこんなに重い、
埃にまみれたか、何か悲しみがあるかのように、
僕を押さえてやむなく地上を歩かせる、
僕はそれでも力いっぱい大空へ飛び上がろう。
あなたは柔和な光を瞳にたたえ
僕を眺めながら、とめどなく話し続ける、
まるで切に僕から何かを待ち望むように——
どうか受け取って下さい、これが僕の回答です。

（第九節）

これは、「僕の歌声にじっと耳を傾け、夜を徹して、またそこから力を得る」（第五節）人の「なぜこのように沈黙したまま」「鳥のように飛び、歌ってはいけないのか」（第八節）という問いに、答えたものである。この詩の読後感をのべた、曹陽「不健康的感情」(49)の言葉を借りれば、これは何其芳の「崇拝者」への回答ということになる。だが、愛読者に答えた形をとりながらも、モチーフは自らに詩的精神の実体を問い、確かめようとするところにある。

我們現在的歌聲卻那麼微茫！
哪裡有古代傳說中的歌者，
唱完以後，她的歌聲的餘音
還在樑間繚繞，三日不絕？

僕たちの今の歌声のなんと微かなことか！
いったいどこにあるのか、古代伝説の歌姫のように、
歌い終わると、その歌声の余音が
なお梁間に纏わりついて三日も絶えぬということが。

（第六節）

曹陽はこういう嘆きが「詩人が人民の沸き起こるような歌声から離れている」ところから生まれ、また「詩人が個人の狭窄な感情の枠の中ではばたくだけであれば、その生み出す詩篇は必ず失敗する」と硬直した口吻で批判的にのべている。

『夜歌』の世界を終えさせる契機となった「文芸講話」から十年以上もたった時点で、何其芳はなおこうした詩的精神のあり方を模索する詩を書いている。そして、かつて彼自身が自己批判したのと同じような内容の批判が、再び別の人間によってなされている。

『夜歌』の世界は果たして終焉を見たのだろうか。そこで歌い出された様々の葛藤は、依然として渦巻いていたのではないか。自己の内部世界のどこまでをプチブルインテリのものとして否定できるか、詩人であることと人民大衆の一人であることはどういう形で重なるのか。生活意識、現実認識の拡大がそのまま詩的世界の拡大となるためには何が必要か……芸術と実生活を対立させないための問いかけを含んだまま、決して完結しなかった深い闇の世界が『夜歌』だったのではないだろうか。

注

（1）『論「紅楼夢」』（一九五八）、『関於現実主義』（一九五九）、『詩歌欣賞』（一九六二）などの評論集がある。

（2）橋川文三「三〇年代知識人論序説——何其芳とナップ知識人を対象として——」（藤井昇三編『一九三〇年代中国の研究』アジア経済研究所、一九七五）では、何其芳が「同時代の日本知識人のある種のタイプに近い」として、彼の中から三〇年代知識人の一般的問題をひき出そうとしている。

（3）雑誌《現代》（一九三二・五創刊）の一巻六期（一九三二・一〇）に掲載された二首「季候病」と「有憶」がデビュー作といえる。
（4）南海『中国新文学大系・続編・詩集』導言、臧克家「〝五四〟以来新詩発展的一個輪郭」（『中国新詩選―一九一九―一九四九』一九七九）などに見える評語。
（5）王瑤『中国詩歌発展講話』（中国青年出版新版、一九五七）。
（6）同前。
（7）臧克家「〝五四〟以来新詩的一個輪郭」（前出）は、現代派は象徴派よりはるかに大きな影響力をもったとのべている。
（8）南海『中国新文学大系・続編・詩集』導言には「彼は最初『現代派』の良くない影響をうけた」とあり、『現代詩歌選析』（上海書局、一九六三）には「詩風が『現代派』と極めて近い」とある。
（9）南京大学中文系「左聯時期的詩歌」（『左聯時期無産階級革命文学』一九六〇）の中で新月派と現代派をこう指摘する。
（10）早くから武田泰淳「臧克家と卞之琳」（『中国文学月報』五六号、一九三九）は、卞之琳、李広田と何其芳を「知性派三人組」とよんでいる。
（11）三種の版があり、所収作品や字句に異同がある。初版『夜歌』（重慶詩文学社、一九五四）、再版『夜歌』（上海文化生活出版社、一九五〇）、三版『夜歌和白天的歌』（北京人民文学出版社、一九五三）。本稿は『何其芳全集』（全八巻。河北人民出版社、二〇〇〇年五月）所収テクストを用いた。
（12）王瑤『中国新文学史稿』は次のようにいう。「何其芳の詩集『夜歌』は主として 社会から革命の隊列へはいっていった一人の知識分子の情感を表現している。彼は光明をたたえ快楽を強調するが、実際には実践過程にある中での二種の異なる情感の矛盾を表現している。」なお、日本における何其芳の論文には、新島淳良の一連の論文の他、評伝風にまとめられた、渡辺新一「何其芳『夜歌』小論」（東京都立大学『人文学報』一九七八・二）がある。
（13）初版、上海文化生活出版社。一九五四・二、文季叢書之十九、詩三十四首を収める。
（14）初版、上海文化生活出版社。一九三六・七、文学叢刊第二集、散文十六篇を収める。これは一九三七年五月に曹禺「日出」、蘆焚「谷」とともに、『大公報』文学賞を受賞している。

(15) 『夜歌和白天的歌』重印題記（一九五一・一二・二）。

(16) 例えば「夢」に関する語は十九篇中十四篇に、「香り」に関する語は十九篇中十三篇に出てくる。

(17) 「写詩的経過」（一九五六・二～五）（『関於写詩和読詩』初版、北京作家出版社、一九五六・一一）。

(18) 王瑤『中国新文学史稿』。

(19) 一九三二年一一月一日作。『燕泥集』（『漢園集』所収。商務印書館、一九三六・三）、『預言』所収。

(20) 『刻意集』初版序（一九三七・五・二七）。

(21) 『画夢録』所収。

(22) 一九三三。『燕泥集』、『預言』所収。

(23) 一九三三年一二月三日作。『燕泥集』、『預言』所収。

(24) 『刻意集』初版序。

(25) 同前。

(26) 「水星」一二―二（一九三五・五）初出。

(27) 「水星」二―一（一九三五・四）初出。

(28) 一九三六年一一月八日作。「七日詩抄」（《文叢》一―一）では、「送葬辞」とある。

(29) 一九三六年一二月一一日作。《新詩》四期（一九三七・一）初出。

(30) 《文叢》一―一初出。

(31) 《大公報》（一九三七・一・三一）初出。

(32) 一九四〇年五月八日作。『星火集』（初版、上海群益出版社、一九四九・一二）これは、中国青年社の「なぜ延安に来たか」という質問に対してかかれた自伝的作品である。

(33) 初版は一九三九上海良友公司『還郷日記』、再版は一九四二年桂林工作社『還郷記』、三版は一九四九年上海文化生活社『還郷雑記』。初版は五篇所収。
(34)《大公報》(一九三七・七・二五)。
(35)「我和散文」(一九三七・六・六)《大公報》(一九三七・七・一一)。
(36)「論周作人事件」(一九三八・五・一一)「論家族主義」(一九三八・六・二九)など、『星火集』に収められる。
(37)一九四〇年五月二三日作。『夜歌和白天的歌』では「夜歌(一)」。
(38)『夜歌和――』では「夜歌(三)」。
(39)『夜歌和――』では「夜歌(五)」。
(40)《解放日報》(一九四二・二・一七)。
(41)一九四一年六月一七日作。
(42)再版(上海版)『夜歌』では、一九四二年三月一五日作。
(43)一九四四年一〇月一一日作。
(44)『星火集』後記一(一九四五・一・七)。
(45)同前。
(46)同前。
(47)丁玲「三八節有感」(一九四二・三・九)、艾青「了解作家、尊重作家」(一九四二・三・一一)、王実味「野百合花」(一九四二・三・一三、三・二三)など。
(48)「回答」(一九五四・五)、「討論憲法草案以後」(一九五四・八)、「我好像聴見了波濤的呼嘯――献給武漢市和洪水搏闘的戦士們」(一九五四・九)の三首。
(49)《文芸報》一九五五年第六期。

概説２　第四章・第五章・第六章

伝統と西洋詩学

胡適の新詩提唱は五四文学革命に先鞭をつける理念上の役割を果たしたが、その新詩理論（「談新詩」）に先立ち、新文学運動の起点となった「文学改良芻議」に影響を与えたものに、二十世紀初頭のイマジズムがあったことはよく知られている。そもそも中国新詩が伝統詩に代わるモデルとして西洋詩歌及び西洋詩学を参照したのはごく自然なことであった。新詩史上、主要な詩人についてはすでに様々な影響関係が指摘されている。例えば郭沫若におけるゲーテやホイットマン、徐志摩におけるハーディ、戴望舒とフランス象徴派、卞之琳とオーデンなど、彼らを啓発した西洋詩という資源なくして新詩の発展は考えられない。

本三章では、漢語の言語的特質を意識しながら、新詩における詩的言語を模索した詩人たち、中でもリルケやゲーテに啓発された馮至同様に、二十世紀の西洋詩歌や芸術理論を媒介としつつ、中国新詩の理念と理論を構築しようとはかった文学者の葛藤と営為に注目したい。

第四章では、現代格律詩を志向した新月派の理論的支柱であり、早くからソネット形式にも注目していた聞一多を取りあげる。彼は一九二〇年代後半の評論「ラファエロ前派主義」において、詩画を同質化することの危険性を指摘し、詩における定型の必要性をクライヴ・ベルの「有意義形式」の概念に理論的補強を得て論じた。その議論の中の形式観には馮至のゆるやかな定型志向と共通するものが認められる。第五章では、一九二〇年代から三〇年代にかけて欧州に学び、ヴァレリーの知遇を得たことでも知られる梁宗岱が、西洋の「象徴主義」を中国古典詩詞の伝統的概念と関わらせながら理解し、中西詩学の双方を資源として新詩の詩的言語を探索したことを明らかにしている。第六章では、馮至が教鞭を執った一九四〇年代の昆明西南聯合大学を中心に結集した「九葉派」詩人のうち、特に袁可嘉（彼は馮至と卞之琳の詩に中国モダニズム詩のモデルを求めた）の議論（『新詩現代化』所収）が、四〇年代抗戦期の切実な現実を踏まえながら、言語表現においてはニュークリティシズムの批評理論を受容した上で、「感性革命」という理念のもとに展開していること、あわせて「九葉派」を代表する詩人穆旦の詩的言語の特質を分析している。

第四章　芸術形式の模索――聞一多の〈ラファエロ前派主義〉批判

はじめに

聞一多の評論「先拉飛主義（ラファエロ前派主義）」（《新月》月刊第一巻第四期、一九二八・六・一〇）が執筆された直接のきっかけは、特に言及されてはいないが、おそらくその年がいわゆるラファエロ前派の中心的人物であったD・G・ロセッティ（一八二八～八二）の生誕百周年にあたるということであるだろう。(1)

ラファエロ前派とは、十九世紀半ばのイギリスで、画家兼詩人であるロセッティをはじめ、H・ハント（一八二七～一九一〇）、J・E・ミレー（一八二九～九六）らによって組織され、ラファエロ以前の宗教画の素朴さ、自然の細密な描写、また絵画と文学の融合を目指して活動したグループ、The Pre-Raphaelite Brotherhood（以下、「P・R・B」と略称）のことである。当時の因襲的アカデミズムの画風に反発して結成された同派は、好んで文学的・宗教的題材を取り上げ「視覚的・官能的な一種なまめかしいリアリティを表現しようとし」(2)、「しばしば装飾的で頽廃的な作風」(3)として現れる「特異な象徴主義」(4)を生んだといわれる。その評価については必ずしも一定していないが、歴史的位置については次の一節がよく指摘していると思われるので引用しておく。

ラファエル《ママ》前派は、押しよせる工業化社会の現実を逃れるための中世への回帰、カーライル流の空想社会主義、ウイリアム・ブレイクとターナーの幻視的リアリズム、イタリア・プリミティブ派の新鮮さと素朴さ、ダンテの官能的神秘神学、ナザレ派の宗教的神秘主義といったさまざまな潮流の交差点に位置していて……こうした多様な源泉は、その後、ルドンやモローなども象徴派の画家やアール・ヌーヴォが放つ光の中に感取されるとはいえ、ラファエル前派の理論的弱点や不安定さの原因とならざるをえなかった。

（ラングラード『D・G・ロセッティ』）[5]

聞一多の評論は、このP・R・Bの活動の経過を紹介し、彼等がラファエロ以降の絵画の秀麗さと繊細さを排し、中世の「驚異、敬虔、厳粛」等の宗教的情調を表現することを目指したこと、そしてそれは当時の物質文明の潮流への抵抗の意味があったことを述べている。また、ルネッサンスに顕著であった美術と文学が同時発展する現象として、イギリスにおいてはP・R・Bほど両者が密接に結び付いた例はなく、彼等の最大の特徴は「芸術ジャンルの乱れ」にあると指摘する。十八世紀半ば、レッシング（一七二九〜八一）が『ラオコオン』で文学と絵画の境界を指摘したものの、十九世紀後半になると両者の境界の不明瞭さはいよいよ助長されていったことを述べた後、聞一多はP・R・Bがなぜそれほど意識的に両者に密接な関係を持たせたのかという点の分析に大半の頁を割いている。すでに表題の下に、蘇東坡の王維評として有名な「詩中に画有り、画中に詩あり」を引いていることからも分かるように、彼の興味と論点は、専ら同派における文学と絵画の密接な結びつきに向けられている。そして、それについての最終的見解は、最後の一段で次のようにしめくくられる。

……これまで一つとして、優れた詩で画のないものがあったか？　一つとして、優れた画で詩のないものがあったか？　王摩詰を信奉する人は、この八文字の中でただ彼が二つの最低条件を満たしていることを認めているにすぎない。しかし、ラファエロ前派の「詩中に画有り、画中に詩有り」は違っている。それはまったく「張冠李戴」（ちぐはぐ）であり、本流から逸れる濫觴であり、一見、目新しく変わっているが、よく考えてみれば実に芸術の自殺的やり方である。

結論から言えば、結局、聞一多はP・R・Bの詩画同質観とでもいうべきものに対して否定的評価を下しているといわざるを得ない。とはいうものの、彼が文中で、ロセッティの、特にその詩の抗しがたい魅力を認めている点や同評論を掲載した《新月》月刊第一巻第四期にはロセッティの画像も含め四枚の絵が掲載されている事実からみると、同評論が単にP・R・Bを批判的に紹介するためのものであったとは思われない。率直に言って、この論文は聞一多にしては語り口に直截さを欠き、従って、その主旨と執筆の意図は彼のほかの評論と比べて今一つわかりにくいのである。そもそも、一九二八年当時、P・R・Bをあえて取り上げることにいかなる意味があったのだろうか。

聞一多は同評論執筆の数ヶ月後に「杜甫」（《新月》月刊第一巻第六期、一九二八・八・一〇）を著し、それ以降は新詩創作から突如、中国古典文学研究に転じている。すなわち彼の文学的経歴からみても、この時期は西洋文学から中国文学へ、そして詩人から学者へと方向を変えていく、いわば転機に当たる興味深い時期なのである。同評論がそうした時期の所産であることは示唆的である。

ここ数十年来、中国における聞一多研究は資料的にも研究角度の点でも豊かさを増しているが、同評論を正面から論じたものはもちろんのこと、言及するものは僅かである。(6) たとえ、言及しても同論文の一部を抜粋し、彼の当時の「唯美的」思想の現れを見ようとするだけである。結局、同評論は未だに聞一多の著作における位置づけが曖昧なまま等閑視されているのが現状である。本章は、聞一多研究の中で見過ごされてきた同評論を通して、聞一多の芸術における形式観を探ることにしたい(7)。

一　文学と絵画の境界

聞一多が特にP・R・Bにおける文学と絵画の密接な結びつきを問題にしたのはなぜか。まず考えられることは、彼が両ジャンルに才能を持ち、また人一倍強い関心を抱いていたということである。もともと彼は美術を専攻するためにアメリカに留学したのだが、後に文学に方向を転じたことはよく知られている。また、留学当時のアメリカで一九一〇年代から二〇年代にかけて詩壇を席巻していた、斬新なイメージの喚起を企てるイマジズムに触発された問題意識とも無縁ではない。さらに、彼も創設のメンバーであった雑誌《新月》（一九二八年三月創刊）に拠ったいわゆる新月派が、現代詩の格律など「形式」を文芸に不可欠のものと主張したこととも関わっている。後で述べるように、同派の友人梁実秋（一九〇三〜八七）も当時の「ジャンルの混淆」した文学傾向を批判しているが、これは、聞一多のP・R・B批判の要点と重なるものである。

さて、文学と絵画（造形美術一般）の関係或いは両者の境界の問題は西洋では古来、芸術および美学上の関心事の一つであったが、レッシングがその著書『ラオコオン』（一七六七）の中で、文学の継起性と絵画の同時性を指摘して以来、賛否両論あるものの、それが近代芸術論の基点になったことは間違いない。一方、中国においては文学と絵画の異質性をあえて問題にする議論はほとんど無かったといえる。むしろ、芸術観の中に両者を同源と見なす考え方が浸透していて、王維に対する蘇東坡の評語「詩中に画有り、画中に詩有り」はそのまま伝統芸術の確固たる評価基準の一つとして存在していたといえる。

近代中国において、この両者の関係が芸術上の問題として改めて意識されるようになったのは、おそらく一九二〇年代から三〇年代にかけて西洋美学が積極的に紹介されてくる過程である。[8] 中でも両者の関係について最も論争的発言をしているのが、先に触れた新月派の梁実秋である。彼は「詩与図画」[9] の中で、当時の文芸の特徴は「ジャンルの混淆」に典型的に現れているという。彼は「詩中に画有り、画中に詩有り」という伝統的評語には理解を示し、中国文学の性質からいって詩の中から絵画的要素を完全に取り除くことは無理であるとしながらも、意識的に詩作にそれを持ち込む態度に否定的である。なぜなら、詩が表現するものは人間の「動作」であり、それこそが詩の「霊魂」である以上、絵画的要素はその領域に参入することは不可能であるからだとする。これはまさに『ラオコオン』の説くところである。また一九一〇年代アメリカに起こったイマジズムの新詩運動については、イマジストらが「字の絵」を主張して中国現代詩にも影響を与えたが、それが好まれた原因は、好奇の点以外では、可視的景物・現象だけを「イマジネーション」として重んじたためであり、それは現代人が感覚の享楽に耽溺している証拠だと批判している。さらに梁は「詩人勃雷克」[10] の中でも、ブレイク（一七五七〜一八二七）が詩と絵の才能を併せ持っていたことはある意味では危険なことで、彼の詩には絵画の成分しかも中古時代の色彩を帯びたものが多いと指摘する。梁によれば古今のロマン派詩人で一人としてその詩に絵画の成分が満ちていないものはいない。つまり、絵画の成分が豊富であることはロマン派であることに通じるというのである。

ここから読みとれるように、梁実秋が詩歌に意識的に絵画性を持ち込むことに否定的なのは、極端に感情の吐露を重んじる当時の文芸の感傷的「ロマン主義」への憤懣が根底にあるからである。聞一多の著名な評論「詩的格律」[11]（一九二六年五月）でも、ロマン主義を旗印に「格律（form）」を攻撃するものに対して「文芸を創造する誠意を欠く」「彼等の目的はありのままの自分を赤裸々に披瀝することにある」と批判を加えているのは、自我の表現或いはロマン主義に名をかりた放埒な感情表出に苛立っている点で先の梁実秋の見解と共通している。これより数年前、聞は「泰果爾批評（タゴール批評）」[12]（一九二三年一二月）の中でも当時の新詩に対して「感傷主義」と「形式の欠乏」を指摘している。ここから、聞一多の「ラファエロ前派主義」で示すP・R・Bの芸術ジャンルの混乱に対する否定的見解は、つまりは芸術における形式の意義を主張する彼の一貫した立場からの発言と考えることができる。

　ところで、ほぼ同時期に主として絵画を論じる必要から、文学と絵画の関わりそしてP・R・Bにも触れているものとして目につくのが豊子愷（一八九八～一九七五）の文章である。彼自身も絵と文の双方に才能を持つ文人であるが、彼は「中国画的特色――画中有詩」（《東方雑誌》第二十四巻第十一期、一九二七・六・一〇）の中でおおよそ次のようなことを述べている。大まかにいって、事物の意義と価値、すなわち内容に重きを置くのが西洋画である。純粋絵画に夾雑物（文字）が入ることには限界があるべきだし、その点では西洋画のほうが正統的である。しかし、絵画に人生の事象や寓意が含まれるのは自然な要求であり、しかも詩と絵が内面的に結合した「画中詩有り」の境地を表現しているのは多くは中国画の方である、と。彼はP・R・Bにも言及するが、それは絵と文学が表面的に結合した西洋画の例として挙げている。また、中国画でも詩画が依存しあわず、内面的結合の境地を表現する王維の作品の類と、宋の院画のように詩画が相互に補完しあう総合芸術の類があるとし、いずれにせよ絵画と文学が関わり合うのは中国画の特色だとし、そのことに否定的ではなく、むしろ肯定的である。それは恐らく、豊子愷の文章が中（国）西（洋）の芸術文化、趣味の違いを論ずることから自国に独特な文化的伝統を見出したいという欲求のもとに書かれているからであろう。しかしその一方、数年後の「従梅花説到芸術（梅花から芸術に言い及ぶ）」[13]になると、絵画と文学における梅花の表現方法の相違から、造形美術は感覚に訴え、文学は表象を喚起するもので、後者には理知と思考が必要だと述べている。

先の文章「中国画的特色」の論点と比べると、ここではむしろ絵画と文学の表現形式の違いを認め強調しており、芸術上の認識そのものには深まりが認められる。恐らく西洋近代画を紹介する中で表現形式の重要性に注目したためだろうが[14]、自国の芸術に対する問題意識の方は薄らいでいる。聞一多も中西絵画の本質的違いには当然気づいている。しかし、豊子愷のように、詩画が積極的に関わり合う伝統芸術を認め、継承すべきだと考えるのではなく[15]、むしろ「造型美術が発達せず文学が発達した[16]」中国においては、文学固有の形式を模索する必要があることを痛感していたと考えられる。

二「道具」としての文字・言語への関心

さて、聞一多は形式の問題に「ラファエロ前派主義」の中で具体的にどうアプローチしているか。同評論は初めに述べたように、P・R・Bが文学と絵画の境界を不明瞭にしてしまった要因を七つ挙げている。そのうち前半で述べるのは次の点である。

まず、特にロセッティがロマン派詩人キーツ（一七九五〜一八二一）やコールリッジ（一七七二〜一八三四）に傾倒し、その「古典」と「浪漫」が調和する境地を絵画にも移植しようと目指し、それが詩と絵画に多くの新技巧を生み出したが、同時に芸術ジャンルの大混乱を引き起こしたことを指摘する。次にこうした運動がロセッティをはじめ画家兼詩人というような多方面の才能を併せ持った人々によって推進されたことを挙げる。さらにイギリスではもともと文学の方に伝統があり、彼等は「見る」ことより「考える」ことにたけ、何事につけ美を審らかにせずにはいられない傾向があること、イタリア、フランス、スペインに比べて絵画の歴史は浅く、イギリスに絵画の伝統があるとすればそれは文学のための挿絵の伝統でしかないと述べ、いわば文学にたけた民族の個性という点から分析している。

文学はイギリス人の本質である。だからロセッティはこう議論したのだ――彼はバーン・ジョーンズ（一八三三～九八…筆者注）に対し、こういう。「誰でももし心に詩があるならば絵にするのが一番いい。なぜならあらゆる詩はもうとっくに語られ、書かれてしまっているからである。ところが絵に描いた人はほとんどいない。」ここからロセッティが絵を描く動機は詩を作ることにあったことが分かる。イギリス人に詩を書くなと禁ずることはできない、ちょうどヒバリに歌うなと禁ずることができないように。

以上の諸点は「芸術ジャンルの乱れ」を招くにいたるP・R・B特有の要因として理解することができる。さて後半で述べていることは主に二点に集約される。一つはP・R・Bがそれぞれの芸術ジャンルに固有の道具――文学の場合は文字と言語――と表現機能の関連についてあまりに無自覚であることである。もう一つは芸術創作における彼等の「霊感の来源」[17]が真実ではないことである。この二点は実はP・R・Bにのみ限定されない、芸術上普遍性のある問題であることから、聞一多の論調にはいよいよ力が加わっている。

聞一多は絵画と文学を創作するための道具の違いに注目して、次のようにいう。

絵画の主題は具体的物象を借りて表現しなければならないが、詩は直接その標的に当てることができる。……一人の詩人は――もし優れていれば――その題材の精神を捉えることができ、精神は捉えられたら象徴或いは戯劇の方法で扮装できるので、より容易である。

そして彼は両者の道具の異質性を問題にしたこの部分に続けて、クライヴ・ベル（一八八一～一九六四）の『芸術』（一九一四）から美感と実用の観念を区別した一節[18]を引いている。この部分は審美主体の違い、つまり芸術家とそうでない人間の物を見る態度の相違を述べているのだが、それに対して聞一多は次のように疑問を投げかける。

例えば一個の湯飲みを我々は「湯飲み」と呼ぶ、なぜならそれは湯茶を入れる役割を持つからだ。しかし画家が注意するのはただ物の形や色等だけで、その名が「湯飲み」でなくても彼は構わない。だが画家がどのようにその物を表現したら、絵を見る人にもただ形と色の美しさだけを感じさせ、湯飲みと見なさせないようにできるだろうか？

つまり彼は受け手に与える抽象的内容の表現伝達力については、絵画の方に困難をより強く感じており、結局「文学の道具は精神性に富んでいる」とその有利さを認めている。一方で彼は「《冬夜》評論」[19]（一九二二年一一月）の中で、詩芸術における道具は文字であること、そしてクライヴ・ベルの言葉を引いて、道具が不可避的に背負う困難を克服すべきことにもふれている。

このように早くから文学の道具の特質に注目していた聞一多にとって、P・R・Bを理論的に擁護した批評家ジョン・ラスキン（一八一九～一九〇〇）の次のような発言はまったく承服し難いものであったに違いない。

賢明な批評家は何が言語であるか責任を持って注意深く区別しなければならない。さらに思想をひたすら崇め賞賛するべきで、言語を劣った価値のものと見なし、決して思想と同列に論じたり優劣を比較したりするべきではない。一枚の絵がたとえどれ程表現が描くとも品位が高く豊かな思想を持っていれば、どれ程美しく表現されていても卑俗で内容の乏しい作品よりもずっと卓れた立派な作品である。[20]

これに対して聞一多はいう。

ラスキンの主張は芸術が最高至上の道徳的目的を持つことを求めるのである。彼は芸術の価値はこの目的の有無或いは高下に従い転じると見なしている。だから彼が尊重するのは絵画の「思想」であり「言語」ではない。この言葉はもちろん間違っていない。しかし問題はそれ程簡単ではない。では一体どこが「思想」と「言語」の境界なのか？　線や色の「言語」を離れて、「思想」が託される余地がほかにあるのか？　もし思想があれば表現の方法を選ばず、ただ意味を伝えればそれでいいとしても構わないのか？　……我々はラスキンの「思想」偏重があったから、ロセッティの目的のみ認め手段を選ばないという流弊があったことを認めなければならない。

このように、聞はつまるところ芸術作品の内容と形式を分ける考え方の無意味さを指摘しているのである。彼の「評本学年〈週刊〉裏的新詩（本学年〈周刊〉中の新詩を評す）」(21)（一九二一年六月）に「美しい霊魂は美しい形体に頼らなければ、直ぐにその美しさを失ってしまう」とあるが、ここにはクライヴ・ベルの「有意義形式」に通底するものが看取できる。この頃からすでに芸術の功利性のみを問題とし、不当に形式を軽視する当時の風潮への不満が一貫して聞一多の心にあったのではないだろうか。

三　「霊感の来源」について

さてもう一つの論点は、文学においては表現可能な神秘性や象徴性を絵画に持ち込むことの難しさをP・R・Bが認識していないことについてである。これは結局、道具の本質的違いを理解していないという前節で扱った問題に通じるのだが、むしろ聞一多が問題にしているのは彼等の神秘主義の実質である。彼に言わせれば、中世に生活していた人々にとって神秘は「天性」であり、象徴は「実体」だったのである。しかしP・R・Bのは単なる古人の模倣にすぎない。こうした中世的宗教性へのロマン的情景は、「霊感の来源」として真実ではないから、作品が「空洞」「軟弱」「血の通わぬ」ものにならざるをえない。ところで聞一多が形式の問題を考えるにあたり、時々引用しているクライヴ・ベルが『芸術』の中でP・R・Bについて述べている箇所を、少々長くなるが引用してみたい。それはまず次のような皮肉な調子で始まる。

我々はラファエロ前派の運動において、イギリスの思想における独自性と自由が疑いなく最高位に保たれていることを喜んでもよい。憂鬱が始まるのは、その（P・R・Bをさす…筆者注）反逆が結局のところ、大量の下手な絵と薄っぺらな情緒を生み出したにすぎないことを認めなければならないときである。[22]

そして、P・R・Bが目指したラファエロ以前の素朴な絵画から説き起こして次のようにもいう。

原初芸術の神秘は、あらゆる時代、あらゆる場所の全ての芸術の神秘である。すなわち形式の深遠な意識に対する感受性と想像力である。幸せな兄弟の一団（P・R・Bをさす…筆者注）はその両方を欠いていた。だから、おそらく彼等が中世の芸術の慈悲、神秘、象徴に素材を見出し、教会人たることに真の本質を見なければならなかったことは驚くべきことではない。彼等自身の霊感のために彼等は、自分たちの周りを見ないで過去に目を向けた。真実の中に飛び込まず、それを表面に探した。事実はこうなのだ。ラファエロ前派は芸術家ではない。知的好奇心に情熱的黙考の仕事をさせようとした考古学者である。[23]

また、彼等の方法について致命的ともいえる欠点を指摘する。

> ラファエロ前派の方法は、良くてせいぜい象徴主義であり、最悪、純然たる愚である。もしラファエロ前派が深い想像力に満ちあふれた頭脳に恵まれていたなら、彼等は中世の少しも意味のない現れを模倣したりせず、その中世の精神を再び捉えたかもしれない。しかしもし彼等が偉大な芸術家であったならば、何物をも再び捉えることを願ったりしなかったであろう。彼等は彼等自身のための形式を工夫したはずだし、或いは彼等自身の環境からそれを引き出したはずである。ちょうど中世の芸術家がそうしたように。偉大な芸術家は決して過去を振り返らない[24]。

　このように、P・R・Bの中世趣味が結局は過去の模倣にすぎないこと、彼等だけが創り得る形式を生み出せなかったことに対するベルの徹底した非難は、聞一多のP・R・Bの「霊感の来源」が真実のものではないとする指摘と共通のものである。

　そもそも、創作感情の源泉を現在自分たちが生きている時代と生活にこそ求めるべきとする聞一多の考えは「タゴールの文芸の最大の欠陥は現実を把握していないということである」「人生もタゴールの文芸の対象ではない」（「泰果爾批評」）という評語や、真に価値ある文芸は全てアーノルド（一八二二〜八八）のいう「生活の批評」である（「戯劇的岐路」[25]）とする言葉の中にも現れている。また彼は「鄧以蟄《詩与歴史》題起」[26]（《晨報》副刊「詩刊」第二号、一九二六・四・八）の中で、同評論をはじめとする鄧以蟄[27]（一八九二〜一九七三）の一連の評論を大いに賞賛しているのだが、その評論「詩与歴史」[28]の主旨はおよそ次のようなものである。

　詩と歴史が人間の知覚に占める位置は「状況（境遇 situation）」に関わる点で同じであり、しかも状況には感情が深く作用している。純粋な感情を表現するのに最も適しているのは音楽と絵画であるが、我々と歴史の関わりである「状況」の、その精神の要諦は詩でなければ表現できない。「状況」は精神であって目に見える痕跡を残していないからである。詩の描写で最も大切なものは「状況」である。「状況」とは感情が知識を参照して統合された情景である。詩が与える印象としては「新奇」よりも「歴史性」が重要であり、詩の言葉は人間の理知が現実界では知覚できないものを理解させうる力を有する、としている。

聞一多の鄧文のための「題記」では、詩は化粧したり、しなを作って人に媚びるのではなく、「骨格」を持つべきであり、この「骨格」とは即ち人間生活の経験であり、鄧以蟄がいうところの「状況」であるとしている。因みに聞一多は鄧文の意義として、一つは科学的方法の名の下に国故整理、歴史研究をする学術界の時流に疑問を呈したこと、もう一つは衒学的、あるいは感傷に流れる文芸界の危険な徴候を分析したこと、の二点を挙げている。すなわち鄧文が当時の学術界と文芸界の問題点を鋭く突いた上で、「歴史と詩は手を携えるべきで、歴史の身体に感情の血を注入しなければならない」とする結論を高く評価している。両者は歴史が過去に属するものでなく、自分たちの「今」と関わるものとみなしている。そして「霊感の来源」は自分たちが生きている時代と生活にこそ求めるべきものであり、文学（詩）こそがこの「状況」を表現できる芸術ジャンルだということを強調している。

四　むすびに——クライヴ・ベルの啓発

聞一多の「ラファエロ前派主義」が単に美学上の関心から文学と絵画の異質性を論じるためのものでないことは明らかである。結局は、文学がその本道を貫くために、その形式にとって不可欠の道具である文字と言語の特性について認識を深めるべきこと、創作の啓示は彼等自身の「境遇」からこそ得られることを提言する意味があったのではないか。そしてその背景には当時の支配的文学傾向に対する次のような危機感が考えられる。

まず、一つには前節で見てきたように、P・R・Bの思想と言語を分離させる考え方を批判していることから、文学における形式の意味の誤解、それゆえの形式を創造する努力の欠如を見ていたということが挙げられる。これは同評論執筆のすでに数年前から書かれている「《冬夜》評論」「泰果爾批評」や「詩的格律」「戯劇的岐路」等の一連の論文に一貫した主旨でもある。次に霊感の来源という点で、P・R・Bの神秘的中世主義を批判していることから、イマジズムのゆき方を踏襲することへの疑念というものが考えられる。二〇年代アメリカに留学していた聞一多が、当時流行していたイマジズムの詩に影響を受けたことは方仁念も指摘する通りである。[29]イマジズムの運動はアメリカ文学がイギリス文学の影響から抜け出すために彼等にとっては神秘の東洋の、特に中国の文学固有の表現力に「神秘」を見出し、それに借りて新たに自分たちの伝統を築いていこうとする試みでもあった。当時異国にあった聞一多にとって、イマジズムの運動が自国の優れた文学的伝統を見詰め直すきっかけを与えたことは十分考えられる。しかしそれをそのまま自分たちの方法とすることは、単に西洋人の神秘的東洋観に力を借りた、見かけは「新奇」でも実は安易な「復古」の側面があることに、この時期彼は気づき始めたのかもしれない。とすれば彼自身が一旦は傾斜した、方法としてのイマジズムとここで訣別する必要があったのではないだろうか。

さて聞一多の芸術観への影響力があったものとしてしばしばウオルター・ペイター（一八三九〜九四）の名が挙げられるが、形式に関しては兪兆平もいうように、[30]むしろクライヴ・ベルではなかったか。例えば、彼は二二年の「《冬夜》評論」の中で、ベルの『芸術』から、芸術は「一つの観念の完全な実現、一つの問題の完璧な解決」[31]であるという語を引用している。それに続けて、芸術家は自己に難題を課していくものだということ、詩の芸術においてこの問題を解決していくのに用いる道具は文字であり、いかなる芸術の道具もその全体にとっては障害物であるが、詩人の職務と権限はベルのいう「道具の困難を克服すること」[32]にあると述べている。このあたりの記述はベルの原文の引用箇所前後の主旨とほぼ一致している。ベルの言葉でいえば、芸術家はその感情に方向付けをし、その力をある明確な問題に集中させなければならない。そのための芸術上の約束事は絶対に必要である。厳格な制限は芸術家の力を集中させ強烈にする。[33]こうした考え方が聞一多の「形式」観と重なっていることは明らかである。

ベルの『芸術』は、主として視覚芸術を対象にして論じたものではあるが、当然そこには芸術一般に普遍の原理が関わっている。彼があらゆる視覚芸術に共通の唯一の物質であるとした「有意義形式（significant form）」は「その背後に我々が究極の実在の感覚を捉えることのできる形式」[34]である。彼によれば「有意義形式」と、単に「美しい形式」との違いは、例えば芸術作品の美しさと素材自体の美しさの違いであり、言い換えれば、我々の審美的感情を喚起する形式とそうでないものとの違いである。「有意義形式」はその作家が持った感情を我々に伝えるが、一方「美しい形式」は何物も伝えない。また、彼が同書の中で強調するのは、「有意義形式」を創り出すのは作家の強い感情（霊感）であり、創り出された形式がその作家の感情を表現しているからこそ我々を深く感動させるのだとしている点である。[35]

ベルが同書の中で「純形式を熟考することで異常に高められた、（実）生活への関心から完全に切り離された状態に導かれる」[36]といい、「（実）生活とはまったく無関係の〈有意義〉をもつ純芸術」[37]あるいは「芸術家は人間性の傲慢から自由であるべきもの」[38]と述べるとき、いわゆる「審美主義」的批評であることを認めざるを得ない。だが一方で「芸術も生活に影響される」[39]とか「芸術は生活――感情の生活――と大いに関係がある」[40]とも述べていることからすれば、純芸術と現実生活を切り離すかに見える姿勢の本質は、自分が置かれている状況からの単なる逃避を意味するのではなく、むしろその時代の常識や既成概念、実生活の実用性・目的性の偏重といった功利性にとらわれることを徹底して拒否する姿勢であると見ることも可能だろう。この意味では、先に述べた聞一多との親近性を持つ美学者鄧以蟄が、その論文「芸術家的難関」(41)で、既成の知識、固定した本能はあらゆる芸術の敵であり、芸術家が乗り越えるべき難関であると述べているのと主旨は一致する。

聞一多は「《冬夜》評論」執筆当時からすでにベルの、一面では審美の非功利を強調する「形式主義美学」の根本的部分と同時に、P・R・Bを「状況（境遇）」に無自覚であると批判した点に触発されるところが大きかったのではないか。そして、二六年の「詩的格律」が極めて具体的に狭義の形式を定義したのに対し、評論「ラファエロ前派主義」は芸術における形式の意義と文学における言語の意味を中西の芸術の伝統を通して改めて問う役割を果たしていたと考えられる。P・R・Bはそのための恰好のモデルだったのではないだろうか。

注

(1) 目についたものでは他に趙景深の「詩人羅賽諦百年紀念」（《小説月報》第十九巻第五号、一九二八・五・一〇）がある。
(2) 岡田隆彦「ラファエル前派の全貌―失われた神話と自然を求めて」（『ラファエル前派―美しき〈宿命の女〉たち』美術公論社、一九八四年七月）一三頁。
(3) 同前書。
(4) 同前書。
(5) 山崎庸一郎・中条省平訳（みすず書房、一九九〇年）五八頁。
(6) 比較的多く言及したものとして兪兆平の「美学思想歴程」「新詩形式論」（『聞一多美学思想論稿』上海文芸出版社、一九八八年七月、四一頁～四二頁、二一〇頁～二一二頁）がある。
(7) 『死水』所収作品を頓数等の形式面から分析したものに、栗山千香子「聞一多『死水』のリズム（一）」お茶の水女子大学中国文学会報第十一号（一九九二年四月）、「聞一多『死水』のリズム（二）」お茶の水女子大学中国文学会報第十二号（一九九三年四月）がある。

（8）『ラオコオン』の紹介についていえば、楊丙辰が《沈鐘》半月刊第十一期（一九二七・一・一一）に「拉敖康的原序」として訳している他、朱光潜の『詩論』（一九四三年、初稿は一九三〇年代後半に完成）第七章「詩与画――評莱辛的詩画異質説」などの論評がある。

（9）梁実秋『浪漫的与古典的』（新月書店、一九二七年八月）所収。複印本（北京人民文学出版社、一九八八年四月）による。

（10）梁実秋『文学的紀律』（新月書店、一九二八年）所収。同前書参照。

（11）『聞一多全集』（開明書店出版復印本）第三巻丁集所収。

（12）同前。

（13）『芸術趣味』（開明書店、一九三四年一一月）所収。初出は《中学生》「美術講話」（一九二九）とある。

（14）豊子愷は総合雑誌《一般》（月刊）の二巻二期（一九二七・二・五）に「中国画与西洋画」を発表してから、同誌六巻三期（一九二八・一一・五）までの間に、現代西洋画を紹介する文章を十数篇発表している。

（15）聞一多は「論形体」（一九三四年二月）（『聞一多集外集』教育科学出版社、一九八九年九月）の中で、絵画における形体の追求という問題に対して西洋人は「接受」の態度を取り、中国人は「回避」の態度を取るとする。「接受」は勇気であり、「回避」は知慧であるが、「回避」の最大の流弊は「数典忘祖」であるとし、中国画は、線条による驚くべき表現力をもったが、やはり形体の追求を第一義とする絵画の本道からは外れていると指摘する。

（16）聞家駟宛ての手紙（一九二三・二・一〇）の中の語。『聞一多全集』第三巻庚集所収。

（17）「霊感」は歴史性のある用語である多義的でもあるが、ここでは、芸術家を創造に駆り立てる一種の昂揚した精神状態及び感情をさすものと考えておく。

（18）Clive Bell “*ART*”（Chatto Windus, LONDON. 1914）‘Art and Religion’ p.78.

（19）『聞一多全集』第三巻丁集所収。

(20) J・ラスキン『近代画家論』（一八四三年五月）第一巻第二節「表現の原理」。石井正雄訳『ラスキン絵画論』（第一書房、昭和十五年）三七頁の訳を用いた。
(21) 『聞一多青少年時代詩文集』（雲南人民出版社、一九八三年六月）所収。
(22) "ART" 'Alid ex Alio' p.184.
(23) 同前書。p.185.
(24) 同前書。p.186.
(25) 『聞一多全集』第三巻丁集所収。
(26) 同前書。
(27) 安徽省懐寧の人。漢代の書法の大家鄧石如の五世孫にあたる。一九〇七年に日本に留学し、一一年に帰国。一七年にはアメリカへ赴き、哲学・美学を学ぶ。二三年に帰国して北京大学哲学系教授となる。一連の論文をまとめた二八年の『芸術家的難関』は、芸術の本質、芸術家の根本的立場、芸術と人生の関係、芸術ジャンルの特徴等の問題を論じている。彼の美学の観点にはヴィンケルマン、カント、ヘーゲル、クローチェの影響が見られ、その芸術観は超功利主義の美学の基本理念から出発していると指摘される。三〇年代以降は主に中国の書法や絵画の方面の研究に精力を注いだ。中国近代美学史上、最も早く西方の新しい美学観念を運用して芸術批評や芸術史研究に成果を上げた美学者の一人である。（李沢厚・汝信主編『美学百科全書』社会科学文献出版社、一九九〇年。九四～九五頁参照）
(28) 『芸術家的難関』（北京古城書社、一九二八年二月）所収。『中国現代美学叢編』（北京大学出版社、一九八七年七月）参照。
(29) 方仁念「在東西文化交流中的複雑心態――聞一多創作心理初深之二」（『聞一多研究四十年』清華大学出版社、一九八八年八月）二四六～二四七頁。
(30) 兪兆平「美学思想歴程」（『聞一多美学思想論稿』）四二頁。
(31) "ART" 'The Metaphysical Hypothesis' pp.65-66.
(32) "ART" 'The Metaphysical Hypothesis' pp.65-66.

（33）同前 p.64.
（34）同前 p.54.
（35）同前 pp.49–50.
（36）同前 p.68.
（37）"*ART*"'The Aesthetic Hypothesis' p.31.
（38）同注（30）p.70.
（39）同前 p.75.
（40）同前 p.75.
（41）前出『芸術家的難関』所収。

第五章　〈契合〉と〈純詩〉の希求——梁宗岱と象徴主義

はじめに

梁宗岱（一九〇三～八三）は広東省新会県に生まれた。一九二〇年代に詩人として出発した文学者であり、詩集に『晩禱』（一九二四）がある。嶺南大学入学の後、一九二四年には渡欧し、約七年間欧州各地の大学で学んだ。その間、陶淵明の仏訳を通してP・ヴァレリー（一八七一～一九四五）と親交があったことでも知られる。彼はヴァレリーという同時代を代表する西欧的知性の薫陶を直に受け、文学者としての資質を彼に驚嘆と賛辞をもって語られたおそらく唯一の中国人であるが、[1]八〇年代初めに伝記的資料が出るまではその詳しい経歴はほとんど知られていなかった。[2]

彼には三〇年代に詩論集『詩与真』（一九三四）『詩与真二集』（一九三六）（合訂本として一九八四年一月、外国文学出版社より再版）があるが、これはヴァレリーの翻訳三篇を合わせて十八篇の評論を収めたものである。主なものに、ヴァレリー、ゲーテ、ランボーについてのエッセイ風の評伝、彼の詩観が現れた評論「論詩」[3]「象徴主義」[4]「談詩」[5]「新詩底紛岐路口」[6]などがある。管見の限り、これらの詩論は、好意的な同時代評（朱紫「読『詩与真』」、天津《大公報》〈文芸〉第三六六期、一九三七・七・二五）を除いてはその後、特に取り上げられることもなく、長い間忘れ去られていたかに見えた。だが、九〇年代に入るとしばしばそれに言及するものが現れるようになり、[7]梁宗岱は現在では詩人としてよりもむしろ詩論家としての側面がクローズアップされている。雑誌類に散見する五四以来の種々の詩論が収集整理され、[8]それらの文学史的位置付けが試みられる八〇年代学術界の動きの中で、彼の詩論は中国における「現代主義詩学」ないし「象徴主義詩学」の流れをとらえるための基礎資料の一つとして再認識され始めている。しかし九〇年代の評論の中にはまだどこかに貶義を含むものがあり[9]、再評価を試みるものでも、例えば彼の〈純詩〉観については詩的言語への自覚と探索であると認めつつも、結局は「貴族化」「個体化」と規定することで一定の評価の枠を超えることはない[10]。その一方で、彼の詩論が「詩人と学者の詩論の長所を兼ね備え」「理論的深みと独特の見解」「濃密な詩意と優美な言葉」に満ちた味わい深いものと評価されるのはその普遍性の高さを仄めかすものである[11]。事実、彼がとりあげる「詩と言葉」の問題は古くて新しい。またそのとりあげかたは独特で、文章は精緻で香気を放っている。梁宗岱の詩人・翻訳家[12]としての活動も興味深いが、本章では彼の象徴主義詩学を検討してみたい。それは、民国期三〇年代において新詩がその言語の理念を求めて、伝統詩学と西洋詩学の間を往来した数少ない例として注目に値するものである。

一　〈契合〉観

梁宗岱の詩論の特色は、まず象徴主義詩歌の根幹をなす〈契合〉という観点から見ていくことができるだろう。〈契合〉はボードレールの“Correspondances”（日本では「照応」と訳されることが多い）に当てられた訳語で、自然界（外界）のあらゆる事物が内面の創造の契機として互いに響き合うとする考え方である。梁宗岱は評論「象徴主義」の中でそれを「我々に内在する真と外界の真が協調し混り合い」「我々が消失し」ただ宇宙と一体化する境地とみなす。そしてそれはしばしば伝統詩歌の中でも、詩人の心と自然の鼓動が一致し、隙間なく溶け合う境地として表現されてきたものであることを指摘する。つまり、それは人の意識の中での認識する主体としての「我」と客体としての「物」

の区別が消えてなくなる状態だともいうが、これは王国維いうところの「無我之境」（『人間詞話』巻上）に通じるものである。

また、彼は〈契合〉とは一人の中での心と肉体の二重の感応でもあることを強調する。優れた詩は凡て人の心と官能に直接はたらきかけ、美感の快楽を与えるだけでなく、宇宙と人生の奥義を悟るよう導いてくれるとする。このいわゆる「参悟」とは「我々の理知に間接的に解釈を与えるにとどまらず、直接的に感覚と想像に訴えて、我々の全人格を感化し陶冶する」（「談詩」）ものであるとする。さらに同文では、厳羽の『滄浪詩話』の「詩道亦在妙悟」を引いて、〈妙悟〉が詩の作り手にも読み手にも必要な態度としており、同義の〈頓悟〉という言葉もしばしば好んで用いている。こうしたことから、彼が西洋象徴詩学の鍵概念“Correspondances”を中国伝統詩学において理想とされてきた詩の境地及び鑑賞の要諦に通底する概念として理解しようとしたことがうかがわれる。

ところで、フランス象徴主義詩歌や理論の紹介はすでに二〇年代から、雑誌《小説月報》《少年中国》を通して行われていたが、その理論を積極的に提唱したのは穆木天「譚詩――寄沫若的一封信」（《創造月刊》第一巻一期、一九二六・三）が最初である。彼もまたボードレールの“Correspondances”に啓発され、それを「交響」と名付けているが、梁宗岱のように中国伝統詩学を支える概念を通してその概念を血肉化しようとはしていない。これに対し、梁宗岱のいわば中西詩学を融合させる態度は、例えば李白とゲーテ、姜白石とマラルメを比較しながら両者の人生や文学に通底するものを見ようとする態度としても現れている。

さらに梁宗岱の〈契合〉観を最も特色づけるのは、創作と享受の連関を強調している点である。彼は「文芸鑑賞とは読者と作者の間の精神の交流と密契である」（「談詩」）としばしば繰り返す。例えば、エッセイ風の評論「象徴主義」や「談詩」の中で、梁宗岱は古今東西の文学作品の詩句を次々と引用しながら詩というものを語っていくのだが、彼は作者の創作の過程に参入し、その場に居合わせたかのように創作の経験をなぞるのである。それは客観を装う無味乾燥な作品解説とはならず、引かれた詩句は、読者である梁の中で何度も蘇る言葉となり、作者の詩的体験を彼自身のものと化している。

また、梁は「主題は作品の残滓に過ぎない」とまで言い切り、文芸の理解に大切なのは表面的主題を把握することでなく、作者の「匠心」に「参化」し「了悟」することである（「文壇往哪裏去――〝用什麼話〟問題」一九三二・九・二八）としている。これは創作する側の態度として「詩人は解釈や説明に安んぜず、人に探索の過程を丸ごと追体験させるものである」（「談詩」）というのと同じことであろう。作者と読者の関係を、創作と享受という二つの行為の関係に置き換えた時、「作者／読者」の関わり合いの問題は、一人の文学者の中での「創作／享受」という行為にも繋がっていく性質を持つものである。そして彼はこの両者を繋ぐ回路は精神生活の「経験」であることを強調する。「体験と経験は創造と理解にとって同じく重要である」（「談詩」）と述べる他、すでに「論詩」でもリルケの『マルテの手記』（一九一〇）から「詩人は人の考えるように感情ではない。……詩はほんとうは経験なのだ。……」という言葉を引いている。[13]

彼は評伝「保羅梵楽希先生」[14]の中でヴァレリーの創作の姿勢を次のように述べているが、ここでも一篇の詩を成立させるのは「霊感」ではなく「経験」だとしている。

……このように全精神を形式面に注ぎこむということは、自ずとロマン主義以降流行してきた〝霊感〟説とは大きく隔たっている。そこで彼（ヴァレリーをさす――筆者注）はいう。「興奮は作家の境界ではない」と。これは彼が内容を無視しているということではない。我々は彼の詩を読むと、奥に潜んだ不思議な声が密かに作者を駆り立てているのを感じる。しかし、彼が創作する時、その努力はもっぱら表現の方面に注がれているのである。内容の方は、沈黙の成せるわざである。作者が二十年の濃密な沈思の生活を送ってきた人であることを我々は忘れてはならない。

同文の初めでも、彼は、詩はあらゆる芸術と同様に一刹那の感興や瞬時の哀楽を書いても構わないが、詩の最高の文学的使命はそこにとどまるものではないとしている。これは先に触れた穆木天「譚詩」が「詩は内部生命の反射である」「我々は純粋なインスピレーションを求める」とする、どちらかといえばロマン主義的創作態度とは大きく異なる点である。「譚詩」は象徴主義詩歌の理論を紹介した先駆的文章であり、詩と散文の区別を主張したところに、胡適らの初期白話詩論にはなかった詩的言語への自覚が示されている。しかしその主張は創作の姿勢よりむしろ創作の手法を具体的に示すことに力点が置かれている。例えば、詩は潜在意識の世界だから、不明瞭であればあるほどよい、韻律は複雑であればあるほどよい、句読を廃止すれば朦朧性すなわち暗示性が増大する……など。こうした象徴主義詩歌の表現上の手法に梁宗岱はあまり興味を示さない。彼はヴァレリーの他に、ゲーテ、ランボーについても語っているが、詩人として全くタイプが異なる彼らについて、個々の作品を語るのではない。むしろ彼らの伝記的事実に見られる生き方や文学全体の傾向からその〈ものを見る姿勢〉に注目している。[15] 例えばヴァレリーの「ゲーテ頌」（一九三二）の訳「歌徳論」の跋文である「歌徳与梵楽希」の中で、ゲーテとヴァレリーという約一世紀を隔てた時代に生きた両者の接点が、事物間の「高度の関連」を発見した点にあるとして次のように述べる。

……最高の知の唯一の秘訣は、一般の人が連続性を見ることができない事物の中に、関係を探しあてることができることにある。ゆえに一つの知の真の普遍性とは、広く浅くあれこれあさって表面的な認識を求めることにあるのではない。むしろ一つの事物、一つの現象を深く探究し、その特殊な事物や現象から、それらが内包するところの、それを他の事物、現象に連関させるような普遍の観念や法則を探しあてることにある。

これは創作の側の姿勢と同時に、知性を行使すべき享受の側の態度をも提起している。梁宗岱にとって詩をどう読むかという享受の問題は、結局、創作と切り離せないものである。つまり彼にとって創作と享受は常に〈契合〉しあうものとしてあり、一人の文学者の中でもそれらが連関して回路を成すことが彼の〈契合〉観の根底にあるのではないだろうか。

二　〈純詩〉観

〈純詩〉又は〈純粋詩〉(Poésie pure)は、フランス象徴主義詩人、特にマラルメの著作にあらわれる概念であるが、それを積極的に語り、広めたのはヴァレリーである。本来厳密に定義された概念ではないが、強いて言うなら、詩からあらゆる非詩的要素を排除し、言葉の音楽性と暗示性を回復し、詩に自律的世界を持たせようとする点に特徴がある。ヴァレリーの熱心な享受者であり紹介者でもある梁宗岱の詩論には当然その影響が認められる。もっとも詩論全体の中で〈純詩〉という言葉が出てくるのは数箇所にすぎないが、まずそれを定義した部分をあげておく。

> ……いわゆる純詩とは一切の客観的写景、叙事、説理及び感傷的情調を排除し、純粋にその形体を構成する元素――音楽と色彩――にたのんで、呪文に似た暗示力を生じさせ、それによって我々の感官と創造の感応を喚起し、魂を物に遊ばせ、輝く極楽の境界へと超え出させるものである。それは音楽のように、それ自身絶対独立の、絶対自由の、現在よりさらに純粋で、さらに普及の宇宙である。それ自身の音韻と色彩の融合こそが、それ固有の

存在意義である。……（「談詩」）

また、彼は「保羅梵楽希先生」の中で、〈純詩〉という語こそ用いていないが、明らかに理想とする〈純詩〉のあり方を語っている。

……彼（ヴァレリーをさす――筆者注）の頭の中には、音や色のない思想はない。……それは間接的に我々の理性の扉を開くのではなく、直接的に、必ずしも明瞭ではないが、我々の感覚と創造の堂奥に訴えるものである。この点においてヴァレリーの詩はすでに音楽のその最も純粋な部分に達しており、おそらく最高の芸術の境地であるといえる。

そもそも〈純詩〉というのはある種の詩歌の傾向をいう言葉ではなく、純粋に詩的要素のみによって詩作する態度をいうのであり、詩的言語観と呼ぶべきものである。先に引用した部分でおぼろげに〈純詩〉のめざす方向は見えるものの、やはり抽象的なので、彼が直接言語の問題に触れた部分を見てみることにしたい。

まず、白話の問題については、「文壇往哪裏去――〝用什麼話〟問題」の中で触れている。これは三〇年代初めのいわゆる「大衆語」「大衆化」論争のさなかに書かれた文章であるが、当時議論の争点であった欧化、俗語・方言の問題に彼は一切触れていない。彼にはそもそも「大衆のための」文学、そのための「白話化」という視点は基本的になかったといえる。むしろ彼によれば白話文学運動はいかなる白話を使うかという段階から、すでにいかに深く豊かな新時代の文学を打ちたてるかという段階に移行しているとした上でこう述べている。言語（文字）と思想は不可分で相互に作用しあう関係にある以上、「粗雑、貧弱、散漫」な白話を現代の複雑な文学意境に耐え得るように「探索、洗練、補充、改善」しなければならない。同じ主旨のことを「新詩底紛岐路口」の中でも繰り返しているが、この「探索、洗練……」とは具体的にはどういうことだろうか。

梁宗岱によれば、作者が描写するのは「事実本体」ではなく、彼が精神を通して選択した「事実認識」であり、それは人や時代によって変化していくものである。だから作家は自己の内心に特殊なこだまと陰影を生むような文字の特殊な組織と配列を企て、新たな様相、新たな意味を啓示するような内心生活の言語・文字を創造すべきであるとしている。そして同文の最後に彼はヴァレリーのいう「読者を創造する文学」の必要性を説いている。このあたりは、彼がランボーの詩的言語の前衛性を「彼は〝先見者〟（Voyant）の資格で広大渺茫たる〝未知〟の領域を過去のどの詩人よりも多く我々に啓示し」また「それは我々のために発せられたわけではない。このためかつて聞いたことがない声であるからこそ何度聞いても飽きないし、聞けば聞くほど深い含蓄、悠かな趣を感じるのである」（「韓波（ランボー）」一九三六・三・一二）とのべていることとも重なるだろう。

人間が自らのパラダイムを突破するのは容易なことではない。梁宗岱は時代に制約され硬直化した人間の感受性にいかに優れた文学者や批評家でも、その時代には真価を見抜けないような言葉が存在するのはそのためだとしている。また、人類の感性の惰性は容易には新陳代謝できないもので、新陳代謝を引き起こすような文学の創造を、言葉そのものへの発想の転換から目指そうとしていたのだろう。つまり、言葉がただ意味や概念を伝達するものとしてあるだけでなく、それ自体音声と文字を具えたものとしてある以上、それを意識的に構築することによって外界に立ち向かう詩的言語の可能性を切り開くこと、それが〈純詩〉への希求として現れたのではないだろうか。いわば、〈異化〉のための発想である。この意味で温儒敏「梁宗岱的〝純詩〟理論」[16]が、梁宗岱の〈純詩〉主張の核心は「詩の文体意識を再建し、極めて実際的で浮薄な感情過多の凡庸な傾向から新詩の作者たちを脱出させることにあった」とするのは妥当である。

さて、梁宗岱は中国旧詩詞の中にも実は〈純詩〉は少なくないとし、その代表的なものとして南宋の詞人姜白石（姜夔一一五五?～一二二一?）の詞を挙げている。姜白石については他にも胡適、廃名等が言及しているが、[17]梁宗岱ほど積極的に彼を評価した例は見当たらない。姜白石は作曲も善くし相当音楽に通じていたことからすれば、音楽性を重視する〈純詩〉との関わりで引き合いに出されることはうなずける。しかし「談詩」の中ではさらに、姜白石がいかにマラルメと酷似しているかが述べられている。両者の詩学の根底には「趨難避易」の傾向があること、格調と音楽を重視していること、詩境は「空明澄澈」であること、偏愛する言葉・文字いわゆる〝詩眼〟が「清」「苦」「寒」「冷」であり、それらが彼らの精神の本質と魂の憂いを現すものであることを指摘しているのは興味深い。

このように梁宗岱は姜白石の詞にマラルメの世界に通じる〈純詩〉の理想を見ているのだが、その評価の陰には、作品の言葉は作家の人格（私）の直接的表現だとする当時のロマン派的文学傾向に対する憤懣があることが次の文章から見てとれる。

> ……近人は詞を論ずるのに、いつも北宋を揚げて南宋を抑える。……賢明な王静安先生ですらも、白石の詞が「霧の中で花を看るよう」なのが遺憾であるとする。その原因を案ずるに、我が国の従前の「詩言志」説、或いは近代西欧のロマン派文学の隆盛にともなった「感傷主義」等の先入観に囚われていて、詩の絶対独立の世界――「純詩」（Poésie pure）の存在を理解できないからに他ならない。……（「談詩」）

もともと姜白石については宋以降、清代詞学隆盛時に至るまで、詞史における位置付けをめぐって常に対立する見解が現れていた。しかし文学革命にも影響力を持った王国維が『人間詞話』（一九〇八）の中で「隔／不隔」（巻上）の観点から姜白石詞を〈隔〉の典型と見なしたことで、当時の詩人たちにとって彼の詩詞は少なくとも新詩が目指す方向に位置するものではないと意識されていたと思う。その意味で梁宗岱の純詩に関わるこの発言は、大胆かつ挑戦的であるといってよい。

近年の姜白石研究の成果では、従来宋詞の流れは〈豪放〉と〈婉約〉という対照的詞風の二派に分けてとらえられてきたが、南宋後期の文人たちの認識の中で、姜白石の詞は辛棄疾や呉文英とは全く異質の境地をもつものとして別に一家を成していたのではないかということが指摘されている。[18] 彼の詞は両派のいずれにも組み入れられないものとして〈清剛〉或いは〈幽韻冷香〉の新体として、詞史上独自の位置を占めていたとするのである。[19] このように、姜白石の詞は伝統的詩（詞）論の従来の二分法ではとらえ切れない特色を持つものとして、一方でその独特の魅力が認められながら、一方で評価をめぐっては微妙な問題をはらみ続けているようである。[20] この点もまた〈純詩〉の運命と似ていなくもない。

ところで梁の評論「論崇高」（《文飯小品》第四期、一九三四・一二・一八）は、美の範疇の一つ〝sublime〟に朱光潜の「剛性美与柔性美」（《文学季刊》第一巻第三期、一九三四・七・一）が「雄偉」という訳語を与えていることに異議を唱えたものである。朱光潜の同論文は、芸術の風格を「陽剛／陰柔」に二分する伝統的詩学＝桐城派の美学理論を受けて、それぞれに〝sublime/grace〟を対置させ、訳語は「雄偉／秀美」を当てている（因みにすでにそうした分類を試みている王国維は、訳語として「壮美／優美」を当てている）。これに対して梁宗岱は多くの例を引いて、〝sublime〟が「陽剛」美だけに限定されるのではなく、「陰柔」美にも平等に適用されると反証し、彼自身は〝sublime〟に「崇高」という訳語を与えている。

梁宗岱の意図は、まず用例は慎重かつ適切であるべきこと、翻訳は厳密かつ的確であるべきことを説くことにある。美の範疇について論じることにはそれほど興味がないようだ。むしろ、伝統的二分法にとらわれると、見逃され、或いは無視される種類の美や芸術の風格があることを主張したい気持ちがあるのだろう。そうした新たな審美意識の創造と発見を促す契機の一つとして〈純詩〉の観念が考えられていたのではないだろうか。例えば姜白石のように、既成の分類に従えば、いずれにも属さないが、抗いがたい魅力を感じさせる存在は〈純詩〉を認めた時、初めて理解できるようになるものだからである。

三　むすびに——詩と真実

象徴主義詩学のキー・コンセプトの一つである〈契合〉は梁宗岱においては、特に創作と享受の連関としても捉えられている点を見てきた。新詩は旧詩の規範的制約を拒絶するところから始まった。初期の詩論の多くが主として「いかにかくか」という創作の方法を論じているのはそのためである。そうした中で旧詩の伝統を「我々の探海灯であり、礁石でもある」（「論詩」）とみなし、「反旧詩＝反詩」となることを懸念し（「新詩底紛岐路口」）、古今東西の文字の遺産は全て「新文芸の根源であり、航海と冒険の灯台である」（同前）とする梁宗岱の詩論は、まず詩は詩独自の経験を持たねばならず、その経験を「いかによむか」を提起するものであったといえる。この意味では李健吾『咀華集』（一九三六）に収められる、難解な卞之琳詩の解読の試みなども同一線上に位置するものであろう。

もう一つの観点〈純詩〉は、言葉に対する鋭敏な感覚を回復、喚起するためのいわば〈異化〉の志向であり、新しい美や価値の認識を導く言語観といえるのではないだろうか。こうした言葉に対するこだわりと信仰は、早くから抽象名詞や翻訳をめぐる議論[21]の中にも見ることができる。

〈契合〉と〈純詩〉の希求[22]というとき、一般的にはその語の捉え難さから、ひたすら閉ざされた内面世界の構築を目指した孤高の詩人が思い描かれる。しかし、梁宗岱はむしろその逆のタイプであったと思う。現実生活において彼は人と深く関わり合うことを求め、それだけに愛憎の激しい人物であったらしいことが評伝類から窺われる。そして彼の詩論から浮かびあがるのは、詩的言語が喚起する〈共感覚〉の可能性を模索し続け、あらゆる対象に自分を開こうとした三〇年代には稀有な文学者の姿である。

梁宗岱の人生ははなはだ異彩を放っている。若くして詩才を認められ、十六歳の時すでに「南国詩人」と称されていたこと、また、因襲的結婚に対する猛烈な拒絶、北京大学文字院長だった胡適との対立からの辞職、作家沈櫻との結婚及び日本（葉山）逃避行[23]、劇役者甘少蘇との再婚など、人間関係をめぐる葛藤と軋轢は早くから尽きなかったようである。一九四四年には重慶復旦大学を辞職し、郷里へ帰り家業の製薬業を継いで、その数年後に新薬の開発製造に成功している[24]。解放後、広西省政協委員、省参事を兼任するが、いわれのない種々の罪名（四八〇余項）を着せられ、五一年九月から五四年六月まで投獄されるという不運で過酷な体験も持っている。文革中、心身両面に蹂躙を受けたことは他の多くの文学者と同様であるが、こうした波乱に満ちた人生と彼の文学はどう関わりあっていたのだろうか。人的交流[25]もふくめ、その人生は興味深い。ここで、彼の詩論『詩与真』の「序」を思い出さずにいられない。その中で彼は同書のタイトルが、ゲーテの自伝“Dichtung und Wahrheit”（詩と真実）にヒントを得たことを認めながらも、意味するところはまったく異なるとする。彼によれば、ゲーテの回憶の中の詩と真実とは、幻想と事実を指すのであり、それらが不可分に混じりあうというのは、両者を対立するものと見なしていることである。しかし、梁宗岱にとってむしろそれは一生涯追求しつづける対象の両面だという。そして、次のように続ける。

真実は詩の唯一の根強い基盤であり、詩は真実の最高で最終の実現である。

四十一歳の時、彼が製薬業に転じたことは象徴的である。同時代の誰よりも豊かな西洋的知に触れる体験を持ちながら、きわめて中国的な錬丹術に心血をそそぐ方士に突然変身してしまったのである。彼もまた、転形期に居合わせたプロテウスの一人といえるだろう。[26] ただ、人の生命を救う薬も、生涯求め続けた〈詩と真実〉も彼にとっては忍耐と異質なものの融合の末に生み出される〈霊薬〉として、実は同義のものであったといえるのかもしれない。

注

(1) 梁宗岱の仏訳詩集『*Les Poems de T'ao Ts'ien*』〔陶潜の詩〕(Editions Lemarget, 1930) に付されたヴァレリーの序文の中に次のような一節がある。「……中国人でありながら、またわれわれの国語を学んだのは最近のことでありながら、梁宗岱君は、彼の詩において、彼の談話において、単に教養ある仁たるのみならず、極めて特殊な精妙繊巧なものに対して鋭敏な感覚を具えていることを示した。彼はそれを行使し、また驚くべく巧妙にそれについて語ったのであった。……」(河盛好蔵訳「支那の詩」。原載は《四季》一月号一九三六・一二。後に「中国の詩」として『ヴァレリー全集』第八巻、筑摩書房、一九六七年所収)。

(2) ①張瑞龍「詩人梁宗岱」(《新文学史料》一九八二年第三期) ②『中国文学家辞典 現代第二分冊』(四川人民出版社、一九八三) ③甘少蘇「梁宗岱簡歴」(《新文学史料》一九八五年第三期) 現在では④甘少蘇『宗岱和我』(重慶出版社、一九九一) が、目にしうる (特に私生活の面での) 最も詳細な評伝である。なお、追悼記事に盧粗品「悼念梁宗岱老師」(《人民日報》一九八三・一二・五) がある。

(3) 初出誌は《詩刊》第二期 (一九三一・四・二〇)。

(4) 初出誌は《文学季刊》第一巻第二期 (一九三四・四・一)。

(5) 初出誌は《人間世》第十五期 (一九三四・一一・五)、第十七期 (一九三四・一二・五)、第十九期 (一九三五・一・五)。

(6) 初出誌は天津《大公報》〈文芸〉第三十九期 (一九三五・一一・八)。原題は「新詩底十字路口」。

（7）①常文昌『中国現代詩論要略』（蘭州大学出版社、一九九一・六）の第六章「梁宗岱的《詩与真》《詩与真二集》」八五～九八頁。②邵伯周『中国現代文字思潮研究』（学林出版社、一九九三・一）の第六章「現代主義文学思潮」第一節「戴望舒、梁宗岱等的象徴主義」四〇三～四〇八頁。③温儒敏『中国現代文学批評史』（北京大学出版社、一九九三・一〇）の第一一章「其他幾位特色批評家」二、「梁宗岱的〝純詩〟理論」二七九～二九〇頁。④呉暁東「従〝散文化〟到〝純詩化〟」（《中国現代文学研究叢刊》一九九三年第三期）。⑤王澤龍「論三十年代中国現代主義詩学」（《中国現代文字研究叢刊》一九九四年一期）。⑥張同道「中西文化的寧馨兒——中国現代主義詩的特質研究」（《文学評論》一九九四年第三期）⑦李怡「梁宗岱：意志化的輝光与物態化的迷酔」『中国現代新詩与古典詩歌伝統』（増訂本）（北京大学出版社、二〇〇八年四月）二四六～二五七頁。＊①～③は詩論を総体的に扱う。④～⑥は詩論の一部に言及する。⑦は伝統との関わりから論じたもの。

（8）楊匡漢・劉福春編『中国現代詩論』上下編（花城出版社、一九八六）は、一九一九年の胡適「談新詩」から一九八四年の流沙河「客観対応物象」までの主だった詩論九十篇を年代順に収めており、現代詩論の流れを見ていくのに便利である。因みに梁宗岱の「象徴主義」と「談詩」が採られている。

（9）貶義というのはあまり適切でないかもしれないが、金絲燕「新詩的期待視野」（楽黛雲・王寧編『西方文芸思潮与二十世紀中国文学』中国社会科学出版社、一九九〇・一二）の指摘はこの点について示唆的である。それは一九二〇年代の外国文学の紹介と受容について統計的資料から分析したものだが、フランス象徴主義詩歌に対する冷淡さは、中国の伝統的文字観と美意識に根ざすとしている。つまり、言語が「載道」或いは「言志」の道具と見なされる以上、言語そのものへの問題意識は育ちにくく、象徴主義詩学の神髄である言語への発問が理解されにくいためだと指摘する。

（10）注（7）の③温儒敏論文は、梁宗岱の〈純詩〉の主張を芸術上の探求として認める一方「同時代の現実的使命感を抱いていた詩人や批評家」と同列には論じられないとし、その創作と理論は「貴族化」の傾向を免れないとする。同じく注（7）の④呉暁東論文は、朱自清の見解に基づき、五四期から抗戦期までの新詩を〈散文化〉から〈純詩化〉への道筋として押さえたもの。胡適らの初期白話詩に顕著な〈散文化〉の傾向が、聞一多ら格律派の運動を契機に〈純詩化〉に向かい、フランス象徴派の影響を受けた穆木天・梁宗岱らの〈純詩〉の主張によって〈純詩化〉が理論的に補強されたとする。呉暁東はヴァレリーの

〈純詩〉の主張が詩的言語の探求であることを認めながらも、梁宗岱の理論は抽象的で、歴史性・時代性に欠けるとしている。また、〈散文化〉から〈純詩化〉への過程は〈大衆化〉から〈個体化〉への過程でもあるとする。

(11) 注（7）の①「方法与風格」の中の言葉。

(12) 訳詩「水仙辞」（ヴァレリー）（一九三〇）、訳詩集『一切的峰頂』（ゲーテ）（一九三七）、『沙士比亜十四行集』（一九七九）の他、モンテーニュ、リルケなどの翻訳がある。黄建華主編『宗岱的世界』（広東人民文学出版社、二〇〇三年九月）全五冊（詩文／訳詩／訳文／生平／評説）参照。

(13) 「論詩」の中でいう「経験」について、梁実秋が「什麼是〝詩人的生活〟」（《新月月刊》第三巻第一期）の中で「詩人の生活はやはり普通人の生活であるべきで、奇矯なことをして異を立てる必要はない」と反駁しているが、これは明らかに「経験」の意味を矮小化してとらえている。孫玉石もこれを「象徴派詩人とロマン主義理論家との小さな論争」と見なし、ロマン主義の系統に属す詩人たちにはその審美意識の枠組みにあてはまらないこうした新しい美学の観念は理解されなかった典型的な例だとしている（「《荒原》衝撃波下現代詩人們的探索」『中国現代詩歌芸術』人民文学出版社、一九九二）。

(14) 初出誌は《小説月報》第二十巻第一号（一九二九・一・一〇）。原題は「保羅哇萊茘評伝」。

(15) 卞之琳は梁宗岱を回想した文章「人事固多乖──紀念梁宗岱」（《新文学史料》一九九〇年第一期）の中で、一九二〇年代翻訳紹介されたフランス象徴主義の詩歌には特に目新しさを感じなかったが、梁宗岱によって紹介されたヴァレリーやリルケの創作の精神には大いに啓発されたと述べている。同時代の詩人としての敏感さを窺わせる発言である。

(16) 注（7）の③参照。

(17) 胡適は「談新詩」の中で姜白石の詞が渾身の感覚を引き起こす音楽性を持つことに言及する。廃名は「新詩問答」（《人間世》第十五期一九三四・一・五。『談新詩』一九八四年再版所収）の中で姜白石の詩（詞ではない）に、唐詩にない新鮮さを感じると述べている。

(18) 村上哲見「姜白石詞序説」（『日本中国学会報』第四十三集、一九九一）参照。

(19) 張炎『詞源』が姜白石の詞風を〈清空〉と評して以来、数多くの評語が現れたが、陶爾夫・劉敬圻『南宋詞史』（黒龍江人民出版社、一九九二・一二）では〈幽韻冷香〉（劉熙載『芸概』の評語）が最も良くその詞風の特色を反映するとする。

(20) 例えば注(19)『南宋詞史』は、白石詞の文学史的意義を認めながらも「内容と題材が狭窄に過ぎ、生活を深く反映していない」ことが欠点だとする。

(21) ①「雑感」（《文学週報》第八四期、一九二三・八・二〇）は成仿吾の翻訳に対して。②「関於〈可笑的上流女人〉及其他」（《文学》四巻一号、一九三五・一・一）「再論〈可笑的上流婦人〉及其他」（《文学》四巻二号、一九三五・二・一）は馬宗融の翻訳をめぐって。③「濫用名詞」をめぐって以下の応酬があった。a．梁宗岱「従濫用名詞説起」（《宇宙風》第三十六期、一九三七・三・一）b．李健吾「読『従濫用名詞説起』——致梁宗岱先生」（天津《大公報》〈文芸〉第三一八期、一九三七・四・二）c．梁宗岱「『従濫用名詞説起』底余波」（同前第三四三期、一九三七・六・二）d．上官碧（沈従文）「濫用名詞的商権」（同前第三五五期、一九三七・六・三〇）。

(22) 藍棣之『現代派詩選』（人民文学出版社、一九八六・五）「前言」で「中国新詩史上、現代派は〝純詩〟を追求した文芸思潮であり、三〇年代前期次第に形成され三〇年代半ばに最盛期を迎えた新詩の流派である」とした上で、彼らはフランス象徴主義の啓示によって「温李」に代表される晩唐詩詞を〝純粋な詩〟とみなし、こうした民族の遺産を意識的に復活、継承発展させようとしたとする。温李の晩唐詩詞に〈純詩〉の典型をみるのは廃名『談新詩』などに顕著な傾向であるが、梁宗岱の場合はもう少し許容範囲の広い〈純詩〉観である。例えば、〈純詩〉を定義した部分で「それは詩の最高の境地であり、意識するかしないかに拘らず、普通詩人ならば、必ずそこに到達しているものだ」（「談詩」）とし、詩人の引用も多岐にわたる。

(23) フランス文学者鈴木信太郎が「リャン君去来」（『帝国大学新聞』第六五六号、一九三七・一・一八。後に同文にボードレール「露台」とヴェルレーヌ「獄中」の原詩と梁訳を加え、「リャン君の詩」として《四季》五月号、一九三七・四に転載）の中で葉山での梁宗岱との出会いと交流についてふれている。

(24) 詳細は彭燕郊「詩人的霊薬——梁宗岱先生製薬記——」（《新文学史料》一九九四年第二期）を参照。

(25) 嶺南大学の同窓だった草野心平に「詩人梁宗岱におくる」（『新潮』一九四二年一月号）の他、梁宗岱に言及したエッセイが数篇ある。巴金の「人」（〈神・鬼・人〉『巴金全集』第十巻、一九八九）「関於《神・鬼・人》」（〈創作回憶録〉『巴金全集』第二十巻、一九九三）「与李輝談沈従文」（『巴金全集』第十九巻、一九九三）が梁宗岱に言及していることから、両者に接点があったことはうかがわれる。
（26）　ギリシャ神話の海の老人。身体をあらゆるものに変える力を有し、未来を予言する。ヴァレリーが「ゲーテ頌」の中でゲーテをこう評している。

＊なお、引用したテキストはすべて『梁宗岱文集』Ⅱ評論巻（中央編訳出版社、二〇〇三年九月）に拠った。

第六章 〈思考と感覚の融合〉を求めて――九葉派の詩と詩論

はじめに

八〇年代初め、詞華集『九葉集――四十年代九人詩選――』（一九八一年七月、江蘇人民出版社。袁可嘉の「序文」を付す）の刊行[1]によって、九葉派という名称を与えられた詩人たちがいる。辛笛（一九一二～二〇〇四）、陳敬容（一九一七～八九）、杭約赫（一九一七～九五）、穆旦（一九一八～七七）、杜運燮（一九一八～二〇〇二）、鄭敏（一九二〇～ ）、唐祈（一九二〇～九〇）、唐湜（一九二〇～二〇〇五）、袁可嘉（一九二一～二〇〇八）の九人である。彼らは抗戦期前後から各々の創作活動を行っていたが、四七年から四八年にかけて上海で創刊された雑誌《詩創造》及び《中国新詩》[2]を拠点に集まったところから一つのグループと見なされた。雑誌名から〈中国新詩〉派という名称で呼ばれることもある[3]。当時ほとんど無名の青年詩人たちであったが、約四十年を経て新たに編まれたこの詞華集を契機に、彼らの存在がクローズアップされ、四〇年代新詩の一流派〈九葉派〉として現代詩史に位置付けられるようになった[4]。この数十年間で同派の関係論文は飛躍的に増えてはいるが[5]、作品に即した個別的研究はまだ始められたばかりの感がある。

どの流派についてもいえることだが、この個性豊かな九人の詩を一括して一流派としての特色を述べるのはほとんど不可能に近い。しかし詩についての観念と手法の上からは、文学史的には三〇年代戴望舒らの〈現代〉派に続くモダニズム詩とみなされている[6]。さて、彼らが共鳴しあった創作の姿勢を、メンバーの一人である袁可嘉の「詩的新方向」(書評)(《新路周刊》一九四八年第一期)[7]から見てみたい。これは詩誌《中国新詩》を最初に紹介した文章であり、九葉派の特色を端的に述べた当事者の発言でもある。この中で、袁は当時「南北才子才女の総出演」と揶揄された《中国新詩》について、その刊行の意義を次の二点にまとめている。第一に、それまで敵対していた南北の文壇が一つになり、しかもその合作の根本精神は一つの独断的教条にあるのではなく、芸術と現実の間に平衡を求めることで一致していること。すなわち現実に芸術を埋没させたり、詩が現実から逃避することを許さず、詩は現実を反映しさらに独立した芸術生命を持ってこそ詩であるとする共通の認識があること。第二に、そこに収められた詩がいずれも異なる作風を持ち、それが詩の発展の多様性を証明していること。つまり、政治的狂熱の下、同行者にむやみに異党のレッテルをはって攻撃する教条式の専制統一とは無縁であることを挙げている。第一点は《中国新詩》第一集(一九四八・六)の「我們呼喚(代序)」にある「厳粛な時」の「厳粛な試練」に直面する者がその現実的関心を詩の芸術に結晶させる「厳粛な仕事」をめざすという宣言と重なっている。そして実際、こうした志向こそが様々な風格の現代化された詩の出現を促し、詩を新生させているという自負が第二点の主旨である。ここに当時、彼らが教条を遵守するだけの非創造的新詩とは一線を画そうとした自覚を見ることができる。

九葉派の掘り起こしは、まず抗戦期から解放前までの詩歌を従来の観点にとらわれず照射し直すために有益であった。従来の詩史は抗戦及び内戦の時期、社会的急務を前にして出現した新詩の多くがいわゆるスローガン詩にとどまる中で、艾青と田間の詩が優れた新詩のリアリズムの伝統を築き上げてきたと評価する。一方で、あるもの[8]は新詩の最盛期は戴望舒・何其芳らの三〇年代にこそあり、四〇年代新詩は「黄昏」時の「日、西山に薄る」状態にあったと見なしている。しかし、艾青・田間らの詩とは異質なモダニズム詩が同じ四〇年代の同じ中国という土壌に育っていたことを視野に入れた時、四〇年代新詩がいかに様々な可能性を胚胎していたかが見えてくるのである。

また彼らの存在は現代詩史に単に流派の消長ではない新詩の伝統の継承という観点をも提供するものである。なぜなら九葉派詩人の中の四人―穆旦、杜運燮、鄭敏、袁可嘉―までが昆明西南聯合大学の出身で、当時そこで教鞭を執っていた馮至と卞之琳から大きな影響を受けたことは彼ら自身の発言からも作品の上からも認められるからである。[9]この馮、卞両詩人の二〇年代、三〇年代における文学上の模索と四〇年代の成果（特に馮の『十四行集』と卞の『十年詩草』）が、九葉派の誕生に大きく関わっていることは、新詩の伝統を考える上できわめて興味深い。

九葉派はエリオットやオーデンらの英詩に啓発されたことで、主としてフランス象徴主義やイマジズムの影響を受けた戴望舒ら三〇年代現代派とは異なるモダニズムの色彩を持つことになった。その第一の特徴としてしばしば「知性と感性の融合」があげられる。これはエリオットのいう〈思考と感覚（両者を統一させる能力をエリオットは〈感性〉とよぶ）の融合〉にあたるもので、彼らがめざし、多くの作品で実現し得た境地である。本章は袁可嘉の詩論と穆旦の作品を通して四〇年代に形成された中国式モダニズム詩の詩学的特色を具体的に見ていきたい。

一　〈感性〉の変革――袁可嘉の詩論

袁可嘉[10]の詩論は『論新詩現代化』（一九八八年一月、生活・読書・新知三聯書店）に収められた二十六篇の評論（書評三篇を含む）から見ていくことができる。[11]これらは一九四六年九月から四八年一〇月までの約二年間に、袁が北京大学西語系助手を務めていた時、主として天津《大公報・星期文芸》、天津《益世報・文学周刊》、《文学雑誌》等の京派系の新聞・雑誌に掲載されたものである。[12]わずか二年間にこれだけ精力的に書いたことは自伝的文章にも述べるように[13]「西洋現代派とは異なる中国式の現代主義詩歌運動を興したい」という意欲の現れでもあろう。四十年後の同書「自序」

の中で、袁は当時国統区の文芸界で不可避であった文学効用論の歴史的意義を認める一方、その観点がもたらした弊害を指摘することには一定の歴史資料的価値があると控え目ながらも言明する。確かに彼が指摘するのは四〇年代に顕著であった文芸（詩）界の問題であるが、それにとどまるものではなく、現代詩壇にも通じる根本的問題を含んでいる。

この二十六篇を読んでまず気がつくことは、理論面ではI・A・リチャーズ（一八九三～一九七九）やW・エンプソン（一九〇六～八四）らを祖とするいわゆるニュークリティシズムやケネス・バーク（一八九七～一九九三）などの批評理論を援用し、実作面ではエリオット（一八八八～一九六五）、オーデン（一九〇七～七三）、スペンダー（一九〇九～九五）らの現代英詩に現代詩の規範を求めていることである。それらを通して袁は現代詩が必然的に備える属性、種々の特色を具体的に提示している。彼がニュークリティシズムやバークの理論を、それらの発表時からほとんど間をおくことなく消化吸収している点も注目に値するが、こうした批評理論を新詩の理論の枠組みに据え、現状の問題を分析的に分類整理していく方法は、およそ三十年来の新詩に関わる議論にはなかった論理的明断さを備えたものとして評価されるべきだろう。

袁の評論は大きく二つの方向から書かれている。一つは同時代の新詩が陥っている病態を指摘し、その原因を分析すること、もう一つは理想的モデルとなる現代詩の本質的特徴を明らかにすることである。前者について彼は「新詩戯劇化」（一九四八・六、《詩創造》第十二期）の中で、現前の多くの詩作は自己の強烈な意志や信念を説明する〈説教〉の詩か、自己の狂熱的感情を表現する〈感傷〉の詩かのいずれかに大別されると指摘する。そして両者に欠けているのはそれらの意志、信念、感情を「詩経験」に変える「転化」という詩作に最も肝要な創造的行為であるとしている。こうした現状分析をふまえ、さらに批評の問題、民主の問題へと問題意識を展開させている点が彼の評論に単にニュークリティシズムの受け売りにとどまらないダイナミズムを与えているといってもよい。さて、袁の指摘する問題を主に作者に属する問題としての（一）感傷、主に読者（批評家も含む）に属する問題としての（二）主題の抽出、そして両者に関わる問題としての（三）晦渋の本質、という三つの視角にしぼって見ていくことにしたい。なぜなら袁はこれらの問題が詩についての一般的誤解の中でも特に根が深く、それが新詩の現代化（彼は「現代化」を決して「欧化」や「晦渋化」と同義ではないと断っている）を阻んでいることを明らかにするため、その誤謬を繰り返し分析的に指摘していると考えられるからである。

（一）感傷（主に作者に属する問題）

感傷＝センチメンタリズムは新詩初期の段階から、当然忌避すべき創作姿勢の病態として意識されてきたものである。抗戦期には、徐遅がエリオットらの西欧現代詩がめざす「抒情の放逐」[14]こそ今必要とされている詩作の態度であるとし、もはや感情に惑溺している時代ではないと表明している。

しかし袁可嘉が指摘する各種の感傷形式はこうした情緒に耽溺する感傷にとどまらない。彼は「漫談感傷」（一九四七・九・二一、《大公報・星期文芸》）の中で、感傷は全て耽溺に根差し、しかも部分への執着である耽溺は大抵が感性のフレキシビリティを失わせるものとする。同様に観念の耽溺に起因し、盲目的破壊性の悪影響をもたらすのが政治感傷の詩であるとする。この「政治感傷性」については、すでに「論現代詩中的政治感傷性」（一九四六・一〇・二七、《益世報・文学周刊》）の中でも論じられている。袁は「政治感傷性」が、詩の社会性の一面としての「政治性」とは異なることを言明した上で、それが情緒の感傷と区別される抽象観念に属する「観念感傷」だとする。無論、表現しようとする政治観念そのものが感傷の成分を含むということではなく、それらの観念を表現するスタイルが過度に感傷性を帯びていることをさす。それはついには観念を借りて看板にし、表現者として負うべき「転化」という創造的行為を回避してしまうため、作品は創造性を欠き、自己陶酔的で皮相的になるとする。さらに、詩情の粗野を生命活力の唯一の表現様式と見なし、技巧の低劣さを力強さだと見なす病態も生じる。結局こうした「観念感傷」は、表現されている観念そのものを作品価値の高下を決める基準としてしまい、芸術の価値意識を転倒させる弊害を招くことを指摘している。

また、「漫談感傷」の副題に感傷の公式として『Yの為のX』から『Xの為のX』に発展すること＋自己陶酔」を示し、感傷はすべて目的と手段を混同する傾向があるため、例えば「晦渋の為の晦渋」の現代化風の詩も表面的知力をひけらかす知識分子特有の感傷の現れであり、この種の感傷も新聞雑誌上に蔓延し始めていると指摘している。

この他にも袁は感傷の特性を列挙する。感傷は「偏頗性」と密接な関わりをもち、全体を一つの部分と化す「簡化原則」、あるいは部分の重要性を無制限に持ち上げる「誇張原則」を運用しがちで、結局、部分で全体を放逐してしまうものであること。また、その質について言えば曖昧模糊、弛緩し軟弱で、常に「精魂を込めずにできた」「簡単すぎる」「安っぽい」印象を与えるものであること。そして感傷が情緒の過度からくるきわめて感情的なものとすれば、その対極にある理知の氾濫による、あまりに分析的なあり方もまた一種の病態であると見なしている点も興味深い。従来、センチメンタリズムが意味した悲哀の情緒過多に限らない種々の感傷形式の分析は、抽象に走り過ぎる思考と感傷過多になる感覚が乖離することへの問題提起でもある。そこにはエリオットによる〈思考と感覚の分裂〉という近代的病弊の指摘からの啓発がうかがわれる。

（二）　主題の抽出（主に読者に属する問題）

袁可嘉は「詩与主題」（一九四七・一・一四、一七、二一、《大公報・星期文芸》）の中で、詩は単に政治観念や繊細な感覚や抽象思惟を伝達するものではないのに、昨今の新詩にはそれら自身やそれを生じた社会的意義や宣伝価値を過度に強調する傾向があると指摘し、極端に主題（作者の意図、政治意識）を重視することは詩の価値基準についての誤解であるとしている。また、「詩与意義」（一九四七・一一、《文学雑誌》第二巻第六期）の中では、詩から散文的意味を抽出して一つの説明や命題に簡略化する見方を、形式と内容を対立させる二元論だとし「最も流行し、最も害があるため、最も粛正されるべき邪説」とまで批判する。詩と思想あるいは信念の関係は、詩はそれらそのものを伝達するのが目的ではなく、芸術的創造力によって詩化された表現を求めるものだと強調し、実際に読者の側も優れた詩の前では作者の意図を考慮したりはせず、ただ感動の中に身を置くものだという。さらに、「詩与民主」（一九四八・一〇・三〇、《大公報・星期文芸》）の中でも、詩作から受ける感動が作者の創作動機に対する同情から来るものを「反映性」の詩とよぶ一方、詩篇の独立した客観的価値によるものを「創造性」の詩とよんで区別し、あえて他の点を顧慮せず同情心に駆られ、前者を評価するのは不適切で誤った判断だとしている。ここで袁が「反映性」の詩とよぶのは、あくまでも読者自身に、出来ばえはあまり良くないが、その創作動機は無私で敬服に値すると感じさせるもので、つまり創作動機と作品の出来ばえをパラフレイズしうる印象を与えるものである。一方「創造性」の詩は、有機的に表現された総体が感動を与えるもので、読者は作者の意図を考慮する暇など無く、ただその詩に「魅せられる」のである。

これらは明らかにニュークリティシズムのいわゆる「インテンショナル・ファラシー（意図を考慮する誤謬）」とよばれる批評の立場をふまえている。この用語自体を袁は用いていないが、ニュークリティシズムのいわば作品客体観を決定的にしたクレアンス・ブルックス（一九〇六〜九四）の名著『よくつくられた壺』（一九四七）[15]の中から「詩は観念の説明ではなく、観念の試練である」という一節を「漫談感傷」（前出）の中で引き、次のように説明している。

意味するところはこうである。詩を書く目的は単純にその人の観念（ここでの観念は思想、情緒、感覚等の単独で孤立した種々の要素を含む）を言うことではない。——その観念の本質がいかに優れているかは問題ではなく、しかも観念を叙述するには散文がよりふさわしい。——詩的構造の芸術を通してその人の観念が、それだけで詩の生命を享受しうるかどうか試練を与えることにある。

また同文の中で、作品における「誠実」の問題についておよそ次のように述べている。感傷の情緒は多くの場合、不自然で、贋物で、虚偽である。人生の中では必ずしもそうとはいえないが、文学ことに一篇の詩の真実と誠実は、詩篇が読者に対して持つ効果について言えるだけである。つまり形式（表現の最終効果）と内容（表現しようとする主題）の適度な釣り合いと全面的調和がその判断の基準となる。

この部分だけを読む限り、袁は詩の価値を作者の意図や人格から切り離し、あくまでもテクストそのものに見るニュークリティシズムの立場に共鳴しているといえる。しかし、批評というものに初めて〈読者〉を取り込んだニュークリティシズムが、作品を時代背景や作者の伝記的事実など歴史的文脈から切り離して解釈しようとして次第に陥っていく閉塞的な姿勢に、袁は決してくみしているわけではない。結局、彼が繰り返し説くのは、作者（創造）にとっても、読者（鑑賞）にとっても、また批評家（批評）にとっても、まず詩は有機的統一体であることが不可欠だという最も基本的な認識である。

（三）　晦渋の本質（作者と読者に関わる問題）

袁は現代詩にしばしば向けられる非難の一つに「晦渋」をあげている。実際、二十世紀の傑出した詩人たち——リルケ、ヴァレリー、イェーツ、エリオット、オーデン——はいずれも晦渋難解であり、自国では馮至、卞之琳の詩に対しても同様の評価があることに言及する。しかし、こうした「晦渋」は単に言葉の遊戯ではなく、感性が鋭敏な作者の錯綜した「感覚曲線」が醸し出す間接性や暗示性と関わっており、一篇の優れた詩は「概念ロジック」ではなく連想を喚起する「想像ロジック」によって構成されるため、現代詩特有の豊饒さと同時に読み難さも生じるとしている（「新詩現代化的再分析」一九四七・五・一八、《大公報・星期文芸》）。彼は「詩与晦渋」（一九四六・一一・三〇、《益世報・文学周刊》）の中で、あらゆる倫理上、宗教上、美学上の伝統的価値が解体した二十世紀、共通の尺度を失った現代詩人が遭遇した難題は、いかにして伝達の媒体を探求するかであったこと、必然的に詩人の言葉の背後にある思想の源泉や感覚様式は一般的なものでなくなり、イメージ、表現法、単語が特殊な象徴的意味を持つことになったと述べる。さらにニュークリティシズムの経典の一つ、エンプソンの『曖昧の七つの型』（一九三〇）[16]の議論に倣うかのように、「晦渋」の要因を五つのタイプに分け、その動機と効果について解説している。結局、様々な形式をもつ「晦渋」の存在には一方で社会的、時代的意義があり、一方では確かに特殊な芸術的価値がある以上、困難であっても読者は作品の有機性と総体性を忘れず、それに近付き理解しようと努めるしかないと励ましている。

また「新詩的戯劇化」（前出）の中では「晦渋」と「曖昧」（「模棱」）の区別を説く。前者は詩人の想像の本質から生じる内在的なもので詩構造の意味に属するものだが、後者は多くが言葉の表現手法に属し、しばしばある時代や一部の詩人たちの嗜好に過ぎない。両者はともに特殊な効果があるが、前者への非難に対しては慎重であるべきだとする。つまり現代詩の核心的性質の一つでもある「晦渋」については、三十年来毀誉褒貶が定まらないが、少なくとも詩の評価の基準にすることはできないとして、読者、特に批評家への提言としている。

本来否定的意味をもつ「晦渋」についての分析は一方で、当時さかんに提唱されていた〈散文化〉への警鐘という意味も含まれていると考えられる。詩の格律化・晦渋化へのアンチテーゼとして〈散文化〉が主張され、それが〈大衆化〉と同一視され、詩や言語の本質が誤解されることへの危惧が彼に強くあったのだろう。「新詩現代化」（一九四七・三・三〇、《大公報・星期文芸》）の中で袁は次のように述べている。

芸術媒介の応用において、日常言語と会話のリズムの運用可能性は絶対に肯定するが、目下流行している凡庸で軽薄な、本来の意味を曲解した「散文化」は絶対に否定する。……いったん解放を以て任じた散文化及び自由詩は、無政府状態にある詩篇の構造に力を与えたり、責任を負わず工作から逃避するための口実には決してなりえない。

「対於詩的迷信」（一九四八・四、《文学雑誌》第二巻十一期）の中でも民間言語、日常言語、そして〈散文化〉を無選択に、無条件に崇拝することを詩についての迷妄の一種とする。袁はいう。それでも民間言語、日常言語を使用することは解放を拡大する効果を引き起こした点で健康的な迷妄といえる。一方、〈散文化〉が出現したのはそもそも西洋の自由詩体の再解放としてなのであり、元来の意味は伝統的形式がもたらす制限、束縛を脱しようとすることであった。ところが、現在中国で、多くの「人民作家」が熱心に詩を大してうまくない散文にして書いて〈散文化〉と称している。詩の〈散文化〉とは一種の詩の特殊な構造と言葉の配合なのであり、散文に変えてしまう〈散文化〉とは何の関係もない、とかなり厳しい口調で〈散文化〉の傾向を批判している。

これ以前、たとえば艾青は「詩的散文美」（一九三九）[17]の中で、「韻文を鑑賞することから散文を鑑賞することへ向かうのは一種の進歩である」「一人の詩人が詩を書くのに韻文で書く方が散文で書くよりやさしい」「散文は先天的に韻文より美しい」「口語は美しい。それは人の日常生活の中に存在している。それは人間味に溢れている。……そして口語は最も散文的である」と述べている。ここから見る限り、艾青が詩と散文の区別をしていないとはいえないが、詩の「散文美」というのははなはだ曖昧な、いわば「感傷的」な言説である。結局、艾青は「散文」の本質を韻文（定型）と書面語の否定の中にとらえようとするだけで、つまりは口語自由詩の提唱といってもよく、本来の散文詩あるいは詩の〈散文化〉の概念をいうものではない。当時の〈散文化〉の主張のほとんどが、この艾青のいう口語自由詩の主張の域を出るものではなかったことを考えると、袁は〈大衆化〉を掲げて、詩的言語の本質から乖離していく安直な詩の〈散文化〉の傾向に危惧を抱いたことは間違いない。こうした概念を曖昧なままに自分に都合よく使用していく「感傷的」風潮への袁の苛立ちが感じられる。

詩に関する一般的誤解について、以上三点から袁の見解を整理してみた。それでは袁の理想とする現代詩の本質はどこに求められるのだろうか。彼はオーデンらの英詩や卞之琳、馮至そして穆旦、杜運燮らの作品を具体的に掲げることでそのモデルを示している。また「新詩的戯劇化」（前出）の中では、直截的正面陳述を避け、相当する外界事物に意思や感情を寄託するような表現上の客観性と間接性を求めることを強調し、西洋現代詩に学ぶ際、内向型の詩人はリルケに、外向型の詩人はオーデンに、また詩劇形式も試みる価値があるなど具体的な提案も行っている。しかし彼の現代詩の理念は端的には〈戯劇化〉という言葉に集約されているといってよい。彼は「談戯劇主義」（一九四八・六・八、《大公報・星期文芸》）の中で、人生経験という素材、想像力という動力、言語という媒介のいずれの点でも、詩は本来矛盾から統一を求める弁証性に満ちた戯劇的なものであると述べている。つまり詩は激情の吐露や観念の説明ではなく「拡大された一つの比喩であり、部分の和が全体と等しくならない一つの象徴であり、姿勢、語調、表情を含んだ一つの動作であり、各部分の諸要素を修正補充した一つの交響楽であり」「種々の衝突を調和させたテンションの劇とみなすことができる」（「詩与意義」前出）ものである。ここでいう「テンション（緊張）」とはアレン・テイト（一八九九〜一九七九）が用いたニュークリティシズムの批評用語であるが、エンプソンの〈アンビギュイティ〉と共に詩的言語の意味の重層性、その矛盾、葛藤による劇的緊張を見る姿勢を現すものである。こうした、対立し衝突する様々の要素が調和総合されていく力学的緊張を重視する弁証法的発想が彼の説く〈戯劇化〉の根底にある。〈戯劇化〉とはそもそもケネス・バークの批評の立場である言語・思想を人間の象徴的行為として分析する〈ドラマティズム〉に基づく語である。バークの批評はリチャーズの言語観に深く負う一方、ニュークリティクスのように作品を単に「よくつくられた壺」という審美的存在と見なすのではなく「問題解決の形式」と見なし、「信念」のための言語の「戦略」を重視する、いわばニュークリティシズムをダイナミックな戦略論に発展させた哲学でもある。文学を「情熱的思考の産物」とみなすこの論理から、袁が最も啓発をうけているのは、その基幹にある弁証法的思考態度であろう。(18)

袁はできるだけ具体的、論理的に論じるためにオーデンらの英詩を掲げ、ニュークリティシズムの批評の立場も用いているが、あくまでも問題意識は自国の詩壇の病弊を解剖し、中国式の現代化された新詩をいかに創造していくかにある。それは従来の書き手と読み手の、思考と感覚を一つに統合させる能力としての〈感性〉の変革を求めるものでもあった。それは同時に詩だけの問題にとどまらず、文明に働きかける言語の機能の問い直しともいえるだろう。袁がニュークリティシズムを鵜呑みにしているのでないことは、それが陥りがちないわゆる相対主義の危険性を指摘していることからもうかがわれる。また「粗暴／力強さ」「感傷／感動」「滑稽／ユーモア」「幻想／想像」「混合／総合」といった一見似通った概念を曖昧にしたり、混同することを避けるため、きめ細かく分析しながら概念を明瞭に規定していく態度は西洋の現代批評から学んだものといえる。

ニュークリティシズムはその背景に、現代化・工業化していく西欧社会の卑俗化、商業主義化する現代文明への危機意識があった。(19)一方、国の存亡の危機に立たされていた四〇年代中国知識人の危機意識はむろんそれとは異なっている。しかし、「国難」時期の文学の宣伝性と功利性が強調される中で、文学、特に詩の価値が皮相的で短絡的な宣伝性、功利性にすりかえられ、詩的言語が本来もつ活力を失っていくことに袁は危機感を抱いたといえるだろう。民族文化の根底には言語があり、文学者は言語を通して文明に参与しうる。特に詩的言語には単に意味を載せる道具としての機能だけではなく、その時代の人間のパラダイムを突破しうる（袁の言葉をかりれば「感性革命」の）力が備わるべきである。科学的思考が優勢になる二十世紀、排除や抽象という操作の中で単一化に向かう「排除的言語」（リチャーズの語。袁は「談戯劇主義」の中で引く）が重視される時、経験の豊富な多様性、複雑さ、矛盾をそのまま捉えて表現する「包含的言語」（同前）が果たす役割を見直したのが、リチャーズを祖とするニュークリティクスに共通する認識であった。この「包含的言語」を駆使し「思考と感覚の融合」する優れた現代詩の必要を説くニュークリティシズムは、袁の詩的言語についての問題意識をかきたてたといえる。実際、四〇年代前半、袁が昆明の西南聯合大学に学んだ時、エンプソンをはじめ、詩人でもある馮至と卞之琳が同校で教鞭を執っていたことで、戦時にもかかわらず、学問的に充実した稀有の環境が彼に与えられていたのである。同窓の詩人の穆旦や杜運燮の創作実践も、抗戦期の中国に大量の凡庸なスローガン詩のレベルをはるかに超えた現代化した新詩が生まれうることを彼に確信させたに違いない。

袁の言語観は基本的にニュークリティシズムに負うところが大きい。一方、詩、批評、民主の問題を通底する彼の理念は〈戯劇化〉という言葉に集約されている。その発想を支える弁証法は西欧社会が獲得した、糊塗しない対立をぎりぎりまで押し進めることを通して真の協力関係にはいる人間社会成立の原理である。彼はそれを詩の創作から民主にまでわたる根本理念としている。彼が「新詩的戯劇化」の中で、不必要で過度な「欧化」とは別に、思考様式、技巧表現の「欧化」は「感性改革の重要な精神」として必要だと誤解を恐れず大胆にのべているのも、この理念を追求する彼の徹底した姿勢を示すものである。

二　思弁性と触覚性の融合——穆旦の詩

九葉派の中で最も特異な言語感覚と抒情のスタイルを持つのは穆旦である。また九葉詩人の特色としてしばしば「思想の知覚化」が指摘されるが、この点を最もよく体現しているのも、おそらく彼の作品である。まず、穆旦の経歴を簡単に紹介しておきたい。

穆旦は本名査良錚、天津市の生まれ。祖籍は浙江省海寧県、清の文人査慎行はその先祖に当たる。一九三五年、北京清華大学地質学科に入学後、翌年外国文学部英文学科に転学。日中戦争の勃発と共に大学の教員学生と共に長沙へ移動し、三八年昆明に到着し、昆明西南聯合大学で英文学を学ぶ。四〇年卒業し、助手として大学に残る。四二年、通訳としてビルマ戦線に従軍。戦後、シカゴ大学に留学し英文学とロシア文学を専攻。(20) 五三年、南開大学外国文学部助教授。反右派闘争で批判を受け、五八年、反革命と決定されて職を剥奪された上、一切の著作の発表公刊禁止処分を受ける。文革中も迫害される中で翻訳に専念する。七七年、骨折が悪化したための手術により死去。詩集に『探険隊』（昆明文聚社、一九四五年一月）、『穆旦詩集一九三九―一九四五』（沈陽私家版、一九四七年五月）、『旗』（上海文化生活出版社、一九四八年二月）、『穆旦詩選』（人民文学出版社、一九八六年一月）がある。(21)

穆旦の詩について最も早い時期にその本質を的確に言い当て高く評価しているのは、王佐良（一九一六〜九五）の「ある中国詩人」(22)（一九四六）と九葉派の一人唐湜による「闘い求める人穆旦」(23)（一九四八）であろう。共に印象批評的な文章ではあるが、同時代のものだけに穆旦詩の受け止め方が時代の空気と共に伝わってくる。前者はまず昆明の西南聯合大学で、若い詩人たちが戦時の窮乏生活に耐えながら、なお彼らの知的渇望感を情熱的に満たしていった様子を回想することから始める。そして穆旦のビルマ戦線での密林脱出行、疫病・飢餓をも含む瀕死の体験が語られた後、王佐良は彼の詩について次のように述べている。

……彼には一般的中国の詩人がもつ気取りが無い。……彼の焦燥は本物である。……だが主たるトーンは痛苦である。……この種の受苦の資質が穆旦をその他大勢とはっきりと異ならせている。……

〈痛苦〉、〈焦燥〉の感覚と〈受苦〉の資質については唐湜も指摘しているように、穆旦詩の第一の特色に挙げられる。それは本来自然のリズムの中で肉体と調和しながら成長していくはずの精神（意識）が、直面する現実の中で常に死に向かって成長（老化）を駆り立てられるギャップから生じる〈ねじ曲げられた〉感覚にも似ている。詩中にしばしば現れる「徒労」（枉然）という語彙や「私が私の錯誤の幼年時代を縊死させた時」（「曠野にて」[24]）「新生の希望は押し潰され、ねじ曲げられ、／粉々になって初めて安全になる。……／明日を改変するものはすでに今日改変されている」（「成熟（二）」[25]）といった表現にそれを見ることができるだろう。例えば穆旦にとって〈春〉は決して屈託なく生命力を謳歌できる季節ではなく、呻き苦しみながら生成していく青年の心の季節である。「緑の炎は草の上で揺らめき、それはあなたを抱き締めようと心から求めている、花よ」で始まる「春」（一九四二）[26]はディラン・トマスの出世作「緑の導火線を通して花を駆りたてる力」（一九三三）を想起させる。しかしトマスの詩では自然界の生成と破壊の力に人間との一体感が見出されているのに対し、穆旦の「春」は自然界の「みごとな」「庭をおおいつくす欲望」と対照的に、「二十歳の堅く閉ざされた肉体」は「青空の下、永遠の謎に戸惑っている」のである。抑圧されて噴出されないエネルギーは「帰依するところが無い」。最終二行「ああ、光、影、音、色、全てが真裸で、／苦しみながら、新たな組み合わせを待っている。」ここからは変貌を遂げようとするものの、解体感覚とともに融合の前のもがきが伝わってくる。これはもはや生命力溢れる自然とのびやかに一体化できる牧歌的な時代の感性ではない。ここには王佐良のいう「肉体と精神のある種の飢餓感」が認められる。

王佐良も唐湜も、穆旦の新しさが中国の伝統的抒情のスタイルと無縁のところにあると指摘している。「中国式のきわめてバランスのとれた心の風土」（王佐良の語）の中にあって、彼の詩は自己の中の衝突する思いや懐疑、つまり「バランスのとれていない心」（唐湜の語）を凝視する強靭さを備えている。それを唐湜はさらに「自我に対する無情な分析と苛み」といい、他の詩人にはこれまでほとんど見られなかったものとする。穆旦が描くのは決して情熱的で自信に満ち溢れた自己ではない。

我（一九四〇年一一月）(27)

從子宮割裂，失去了溫暖，
是殘缺的部分渴望着救援，
永遠是自己，鎖在荒野裏，

從靜止的夢離開了群體，
痛感到時流，沒有什麼抓住，
不斷的回憶帶不回自己，

遇見部分時在一起哭喊，
是初戀的狂喜，想衝出樊籬，

わたし

子宮から引き裂かれ、ぬくもりを失い、
損なわれた部分が救いを渇望している、
永遠に自分は、荒野の中に閉ざされている、

静止した夢から群体を離れ、
時の流れを痛感するが、摑む何かはなく、
絶え間ない追憶では自分を連れ戻せない、

部分に出会えば共に泣き叫ぶ、
初恋の狂喜、障壁を突き破りたくて、

伸出雙手抱住了自己
幻化的形象，是更深的絕望，
永遠是自己，鎖在荒野裏，
仇恨着母親給分出了夢境。

両腕を伸ばし抱きしめた自分の
変幻した形、それはいっそう深い絶望、
永遠に自分は、荒野の中に閉ざされている、
母が夢の国を分けてくれたことを呪いながら。

この詩は穆旦の自意識の原型となる感覚を含んでいる。「子宮」という語は、英詩、特にオーデン、ディラン・トマスなどに性的イメージと共に好んで用いられるが、中国の同時代詩には珍しいものである。まさに自意識という「事物の暗闇の秘密を尋ねる」（王佐良の語）のに恰好のイメージであろう。自分は大きな存在から切り離された一部分にすぎない不完全なものであり、外界という広漠とした荒野に投げ出されて身を竦ませている脆弱な存在である。何かを摑めず自己の存在を確信するすべがないまま、ただ時の流れにだけ痛切な感覚をもつことができる存在。分身アニマ（アニムス）に出会ったと思っても、結局は自分の幻想にすぎない。母という夢の世界から分離させられ、生まれ落ちたことを恨みながらも、焦燥と痛苦の中で荒野にひとり身動ぎもせず立ち尽くしているのがやはり自分だという感覚。穆旦特有の〈テンション〉に満ちた自意識の世界である。

しかし、穆旦は生命についての認識をこうした抽象的思考として深めていくのではなく、関心は現実社会の自分を含めた人間生活そのものに向けられていく。例えば次に掲げる詩は、長詩「五月」（一九四〇年一一月）[28]と共に異色の構造を持つ作品であり、手法的にはエリオットやオーデンの長詩を彷彿とさせるが、どこにも西洋モダニズムの香りはない。

防空洞裏的抒情詩（一九三九年四月）(29)

他向我，笑著，這兒倒涼快，
當我擦着汗珠，彈去爬山的土，
當我看見他的瘦弱的身體
戰抖，在地下一陣隱隱的風裏。
他笑著，你不應該放過這個消遣的時機，
這是上海的申報，欸這五光十色的新聞，
讓我們坐過去，那裏有一線暗黄的光。
我想起大街上瘋狂的跑著的人們，
那些個殘酷的，爲死亡恫嚇的人們，
像是蜂踊的昆蟲，向我們的洞裏擠。
………
當人們回到家裏，彈去青草和泥土，
從他們頭上所編織的大網裏，
我這是獨自走上了被炸毀的樓，
而發現我自己死在那兒
僵硬的，滿臉上是歡笑，眼涙，和嘆息。

防空壕の中の抒情詩

彼は僕に、笑いながらいう、ここは涼しいよ、
僕が汗を拭きながら、山を上った土を払い落とした時、
彼の痩せて弱々しいからだが
地下のすきま風の中で震えているのを僕は見た。
彼は笑いながらいう、君、上手に暇つぶししなきゃだめだよ、
これが上海の申報だ、ほら賑やかなニュースだね、
向こうへ行って座ろう、あそこに薄暗い光がさしている。
僕は大通りを狂ったように走り続ける人たちを思い出す、
あの悲惨な、死に威嚇された人たちは、
群がる昆虫のように、僕たちの洞穴へ押し寄せて来る。

人々が家へ帰り、青草と泥を払い落とす時、
その頭上に編まれた大きな網をかいくぐり、
僕はひとりで爆破された建物に上がっていった、
そして見つけた、僕自身がそこで死んでいるのを
硬直して、満面に笑み、涙、そして嘆息。

これは、全五十三行にわたる長詩の冒頭十行と最終五行である。ここには引用しなかったが、亡者の世界を暗示する象徴的幻想的場面が二段（一段七行四文字下げ）挿入されている構成も特異である。詩は防空壕の中で「僕」が見た光景――避難しに集まった者たちの様々な表情と生活臭のある断片的会話から始まる。その中にかつての記憶――本の頁に挟まれた「純白のリラ一輪」、「薄紫のインク」など――も交錯する。次第に「僕」に見えてくるのは目の前にいる人たちだけではない。防空壕の外の「原野に立つ多くの人々」そして「もはや見ることのできない無数の人々」。目の前の光景は意識の中の光景とオーバーラップしながら増幅されていく。死と隣合せの状況の下でも、他人に言葉をかけ、生活の瑣事を忘れず、暗闇の中の一条の光を求めて外界を知ろうとする人間。その一方、死の運命を強いられ、狂ったように走り回り、虫のようにぞろぞろと穴の中に逃げ込むしかないのも人間。この詩は血肉の身体の中に一つの宇宙を宿す人間の生と、現実にはいとも簡単に尊厳を奪われていく数え切れない死を対比させ、それぞれの温度までも触知させるようなリアリティを喚起する。空襲が収まり安堵して防空壕から家へ戻る人々の群れの中で、ただ一人「僕」は崩れかけた建物に上がり、自分の死に出会う。読者を一瞬たじろがせるこの最終部は、パウンドがいう「イメージとは瞬間のうちに知的・情緒的複合を表現するもの」で「不意の解放感」「不意の成長の意識」（『ポエトリ』第一巻六号、一九一三年三月）を与えるというのに相当するだろう。生と死、過去と現在と未来が交錯する覚めた現代人の荒涼とした自意識の心象風景を描いた現代詩として出色である。

穆旦はこのように人間の生命の自由をねじ曲げる外界の力を、その冷徹な観察によってえぐり出して見せる。しかし彼はその冷徹なまなざしを彼自身の内部へも容赦なく向けている。次に掲げるのは「控訴」（告発）(二)（一九四一年一二月）[30]の冒頭と最終聯である。

我們做什麼?我們做什麼?
生命永遠誘惑着我們
在苦難裏，渴尋安樂的陷井
欸，爲了它只一次，不再來臨：
我們做什麼?我們做什麼?
呵，誰該負責這樣的罪行：
一個平凡的人，裏面蘊藏着
無數的暗殺，無數的誕生。

僕たちは何をするのか？　僕たちは何をするのか？
生命は私たちを永遠に誘惑し続け
苦難の中で、安楽の陥穽をひたすら求めさせる
ああ、それはただ一度だけ、再びは訪れぬものだから。
僕たちは何をするのか？　僕たちは何をするのか？
ああ、誰がこのような犯罪に責任を負うべきなのか。
一人の平凡な人間が、その中に潜ませている
無数の暗殺、無数の誕生。

「僕たちは何をするのか?……」というリフレインは、第六聯第二行の「什麼也不做，因為什麼也不信仰」と呼応している。何も信じないから何もしない、しかし「何もしない」のもつまりは「何もしない」ということを「している」のである。だからこそ主調になるリフレイン「僕たちは何をするのか?」という自問は、何も信じられず、何もしないままに、実は何かをしているかもしれない自分自身への告発でもある。

人間はそれと気付かないうちに自分を欺き、惰性のままに過ごすうち自ら描いた円の狭い領域からもはや抜け出せなくなることにも穆旦は敏感である。

被圍者（一）（一九四五年二月）(31)

這是什麼地方?年青的時間
每一秒白熱而不能等待，

取り囲まれた者（一）

ここはどこだろう？　若い時間が
毎秒白熱して待つことができず、

墮下來成了你不要的形狀。
天空的流星和水，那燦爛的
焦燥，到這裏就成了今天
一片砂礫。我們終於看見
過去的都已來就範，所有的暫時
相結起來是這平庸的永遠。

落ちてきてあなたの要らない形になる。
大空の流星と水、あのきらきら光り輝く
焦燥が、ここにいたって今日の
一面の砂煙となる。僕たちはとうとう見た
過去の全てが手本どおり、あらゆる暫時が
結合したものそれがこの凡庸な永遠。

これに続く第二聯のはじめでも「ああ、ここはどこだろう?」と発問し、「暗がりの中で／あなたはついに根を下ろし、心から願わない中で／ついに形を成す」という場所が仄めかされる。その場所を「突破」し、「人々を失望させる」ことができるのは「勇士」だけだと。この場所とは一体どこだろうか？　第二首の冒頭に「ほら、青い道がここから伸びて、そしてまた回帰する。」とあるのは示唆的である。「你」も「我」も位置している場所は一定の大きさの円周の内側でしかない、そういう場所であるらしい。

一個圓，多少年的人工
我們的絕望將使它完整。

一個の円は、何年もかかって人がつくるもの
僕たちの絶望がそれを完璧なものにする。

円を描くように決まった軌跡から逸脱することのない私たちの生活行動や意識。幻滅や挫折、希望を絶たれる中でそれはいよいよ完全な円の内に収められていく。パラダイムの転換は容易にはなされない。それでも「それをたたき壊せ、友よ！」という叫びは最後、次のように結ばれる。

閃電和雨，新的氣溫和希望
才會來灌注：推倒一切的尊敬！
因爲我們已是被圍的一群，
我們翻轉，才有新的土地覺醒。

稲妻と雨、新しい気温と希望こそが
注ぎ込むことができる、あらゆる尊敬を覆せ！
僕たちはすでに取り囲まれた一群だから、
僕たちが反転してこそ、新しい土地が覚醒する。

穆旦は、人間の生を損なう外部の暴力と共に個々の人間内部の鈍化していく感性もまた自分たちを「取り囲んでいる」と意識している。時に彼は生の意味を懐疑し、空虚感にとらわれているようにも見える。しかし、彼はその現実を抜け出して、深遠な宇宙観や哲学まして宗教に救いを求めることはしない。

活下去（一九四四年九月）[32]

活下去，在這片危險的土地上，
活在成群死亡的降臨中，
…………
希望，幻滅，希望，再活下去
在無盡的波濤的淹沒中，
誰知道時間的沈重的呻吟就要墮落在
於詛咒裏成形的
日光閃耀的岸沿上；

生きていく

生きていく、この危険な大地に、
群れ成す死が降り立つ中に生きている、

希望し、幻滅し、希望し、また生きていく
際限なく波濤が覆い呑み込む中で、
誰が知ろう　時間の重苦しい呻きが
呪いの中で形作られる
陽光輝く岸辺に今にも落ちようとすることを、

孩子們呀，請看黑夜中的我們正怎樣孕育
難產的聖潔的感情。

子供たち、ごらん闇夜の中の僕たちが今どんなふうに
難産の清らかな感情を育んでいるのか。

人間の希望と幻滅の繰り返しの中で、その「呪い」の中で形を成していく「陽光輝く岸辺」とはあまたの生の呻きを堆積して形成される未来というものの象徴だろうか。最後の二行は自分たちが「依然として幸福が到来する前の人類の祖先にすぎない」（「時感」）[33]と自覚する者からの次世代への呼びかけである。「希望を持てることを希望し、／そして辱めを受け、苦しみ、もがき、死んでいく」「僕たち」（同前）が「ただ空虚があるだけ」の「無名の暗闇の中」（同前）で育んでいくものは「難産の清らかな感情」である。翻弄される生への空虚を覚えながらも、それに抗うのは結局、生命自身の中に孕まれる人間精神でしかないとする認識がこの表現に結晶しているのではないだろうか。

穆旦のほとんどの詩に共通してみられるのは生と死の緊張関係である。そして血のたぎるような情熱や野性、破壊性を喚起する言葉の運用によって、彼の詩は大半が動的な印象を与える。しかし中には人間の生死と自然の共生を静かに見つめる彼のまなざしを感じさせる作品もある。次に掲げるのは詩劇構成の「森林の魑魅――フーコン渓谷の白骨を祭る」（一九四五年九月）[34]の最終四行である。

靜靜的，在那被遺忘的山坡上，
還下著密雨，還吹著細風，
沒有人知道歷史曾在此走過，
留下了英靈化入樹幹而滋生。

ひそやかに、あの忘れられた山の斜面に、
なお小糠雨はふり、なおそよ風はふいている、
誰も知らない、歴史がかつてここを通り過ぎ、
英霊を残して樹幹に融けいり増殖していることを。

創作の背景にはビルマ従軍体験の特に密林の逃避行で彼が目のあたりにした数々の無残な死があるだろう。それらの死に対して抱いた諸々の思いを反芻し止揚した結果たどりついた、宇宙的静謐を感じさせる認識と祈りの詩句である。特に最後の一行には、生から死そして再生という認識が「樹幹」という形象と「増殖」という動詞を通して、植物の生命力を与えられ伝わってくる。袁可嘉のいう「沈雄の美」(35)をも感じさせる。唐湜は、穆旦がおそらく中国で「万物に生命の同化作用（identification）を与えることができ」しかも「肉感と思想を合わせた感性（sensibility）をもつ」抒情詩人の一人だと評価している。生と死の連関と緊張関係は彼のほとんど全ての作品に通底するテーマであるが、穆旦は生と死が隣接する世界に、官能と形而上的思索が融合する独特の境地を与えたといえる。彼の詩は思弁性に貫かれながらなお抽象的な語彙と語彙の葛藤の中にすら、ある触知できる感覚を生み出している。

結局、穆旦詩の個性は官能性を伴う自意識が個体を越えて外界へ浸透し、ある同時代人が共有する感覚にまで高められている点にある。それはエリオットのいう〈非個人化〉を具現しているともいえる。しかし異なるのは自らが抗う対象への告発は同時に自分自身の中に潜む悪意や脆弱への告発にもなる点である。外界に鋭く向けられた視線は、再び彼自身の内部にも向けられ、さらにそれは「あなた」を照射し、「僕たち」自身の問題となる。「僕たちは何をするのか?」（「控訴」）「ここはどこだろう?」（「被圍者」）という素朴な発問は冷徹に観察を続け分析する傍観者の言葉ではない。同じ現代詩でもエリオットやオーデンには見られない、あるいは彼らが最終的に宗教的傾向を帯びていくのとは異なり、しかも中国人には最も欠ける「『心を挟り自ら食す』剛性の精神」(36)ともいえるだろう。例えば権力者をアイロニカルに表象化した穆旦の「手」（一九四八）(37)という作品は、構想においてディラン・トマスの「書類にサインした手」（一九三六）とかなり似通った印象を与える。しかし、大きく異なるのは穆旦の詩には「僕たちはどこからこの国へ入っていくのか?」というリフレインが四回挿入（全二十四行中の四行）され、詩の低音部に響いている点である。

彼の詩に「社会的使命感と芸術的使命感の統一」[38]を見るものがあるのも、自らが居合わせている「いま」と「ここ」に関わり、人と共に生きる人として現実に参与しようとする穆旦の誠実な声をそこに聞くからではないだろうか。

三　むすびに

聞一多は「新文芸与文学遺産」（一九四四・五・四）[39]の中で、詩は旧文学の中の最も優れた遺産であるからこそ、新文学の中で（つまり新詩）はかえって最も成果を上げにくいこと――いわば新詩のアポリアを指摘する。そして「現在、詩を書かなくなった卞（之琳）先生は賢明である」とも述べている。ロイド・ハフトはその著書『卞之琳――中国現代詩研究』（一九八三）[40]の中で、ニューヨークの雑誌《Asia and Americas》（一九四三・七）に掲載された中国の抗戦詩歌の動向を紹介する記事を引いている。その中で、一般に艾青・田間のリアリズムの詩が広く受け入れられてはいるが、その観点は必ずしも一致を見ておらず、卞之琳は「詩は『切り刻まれてできた散文』以上の何かである」として彼らにくみしない発言をしたとする記者の言葉を引き、卞が当時流行の「付加的」な詩を「彼自身の、あるいは別の誰かの水準で」書くことはできなかったとしている。

確かに一九四二年の『十年詩草』（桂林明日社）以降、卞之琳の主な仕事は翻訳に移行している。それは新詩創作についての彼の苦衷を示すものである。しかしその時彼が訳したオーデンの「戦いのときに」（「戦時在中国作」）五篇[41]（《明日文芸》第二号、一九四三・一、後に《中国新詩》第二集（一九四八・七）に転載）は九葉派詩人たちに少なからぬ影響を与えることになった。彼は新詩の取るべき方向を現代英詩の翻訳を通してなお模索し続けていたといえる。それは卞が彼自身の中に根強い旧詩の伝統を感じていたことと無縁ではないだろう。

馮至、卞之琳と比べて比較的伝統の呪縛が少ない少し下の世代の詩人たちは、両詩人に啓発されながらも、両者のバランスのとれた歩みとは別に、自らの感性に忠実な現代詩を渇望して理論と創作に真正面から取り組んでいったといえる。種々の〈テンション〉に満ちた穆旦の詩やニュークリティシズムなど同時代の現代批評を受容しながら展開する袁可嘉の詩論を読むと、四〇年代後半すでに一部の新詩は理論と創作の両面において我々が思うよりはるかに多様な模索を行い、成果を上げていたことがわかる。新詩は五四時期から伝統詩詞との葛藤と西洋詩の啓発との間で揺れ動きながら探索を続けてきたが、戦時という極限状況の下で最も中国的で現代的な色彩を帯びることになった。「国難」に耐え、文明に働きかける言葉の可能性に希望を託して、詩的言語の探索を続けた九葉派詩人は分裂していく思考と感覚を融合させる契機をかえって持ちえたといえるかもしれない。四〇年代新詩のこうした複雑さと豊饒さを見るために、穆旦をはじめとする九葉派詩人それぞれの作品に即した個別的研究が今後いっそう必要になるだろう。また、九葉派への影響が大きかった馮至と卞之琳の四〇年代の創作とともに、昆明西南聯合大学のもっていた自由と民主の空気[42]が文芸の発展に果たした役割も諸方面から検討されるべきだろう。それは四〇年代国統区文学のもつ様々な特色を明らかにすることにもなる。

昆明時期の袁可嘉のある友人の回想[43]では、当時の袁は「芸術のための芸術を主張していた」という。事実はむしろその逆といってよい。この種の誤解は「感性の変革」を志向する中国新詩に課せられた困難の大きさを改めて考えさせる。

注

（1）この他に、九葉派のアンソロジーとして『九葉派詩選』（人民文学出版社、一九九二年二月、藍棣之「前言」）、『九葉之樹常青――〈九葉詩人〉作品選』（華東師範大学出版社、一九九四年一〇月、王聖思「前言」）、『八葉集』（香港三聯書店、一九八四年、抗約赫を除く八名の合集。未見。）があるが、収録作品及び詩句に異同がある。松浦恒雄編「九葉派関係資料目録（初編）」及び「同編補訂」、『野草』六一・六二（一九九八年二月・八月）参照。

（2）《詩創造》（一九四七・七―一九四八・一〇）と《中国新詩》（一九四八・六―一九四八・一〇）の創刊時の事情から国民党の発禁処分を受けるまでの経緯については、林宏・郝天航「関於星群出版社与《詩創造》的始末」（《新文学史料》九一―九三）、唐湜の「九葉在閃光」（《新文学史料》八九―四）、「我的詩芸探索歴程」（《新文学史料》九四―二）に詳しい。

（3）近年九葉派を論じたものの中に張欣「『中国新詩』派詩論現代性探索」（《中国現代文学研究叢刊》九二―二）がある。なお、孫玉石「新詩流派発展的歴史啓示」（《詩探索》八一―三）は、解放前三十年の新詩を十二の流派に分けているが、その九番目に、戴望舒・卞之琳・何其芳らの現代派と共に《中国新詩》に拠った穆旦・辛笛・抗約赫を挙げている。九葉派という名称こそ用いていないが、《中国新詩》を現代派の流れに位置付け評価した最初のものである。

（4）唐弢『中国現代文学史簡編』（一九八四年三月）の第一一章「艾青与其他詩人的創作」の第三節「七月派」の後に抗戦詩歌の支流として言及されたのが文学史における最初の紹介である。最近では謝冕『新世紀的太陽――二十世紀中国詩潮』（時代文芸出版社、一九九三年六月）の第十章「暗流湧出地表」が、四〇年代初期の西南聯合大学における馮至の『十四行集』をはじめ、穆旦らの創作の「現代性」について述べている。〈九葉派〉を生んだ土壌を分析し解説している点で従来の現代詩史には欠けていたユニークな視角を提供している。

（5）『九葉集』刊行直後の論文に、厳迪昌「他們歌吟在光明与黒暗交替時――評《九葉集》」（《文学評論》八一―六）がある。袁可嘉「西方現代派詩与九葉詩人」（《文芸研究》八三―四）と王佐良「中国新詩中的現代主義―一個回顧」（同前）は九葉派を論じる上で核になる基本的特徴を提出して、その後同派を論じるものの布石となった。

（6）陳維松「論九葉詩派与現代派詩歌」（《文学評論》八九―五）、李復興「九葉詩人――新現代派的発展与演化」（『中国現代新詩人論』山東教育出版社、一九九一年一〇月）、毛迅「論九葉詩派的現代主義背景」（《中国現代文学研究叢刊》九一―四）、張岩

泉「『九葉』詩人：中国式現代主義詩芸探求」（《江西師範大学学報》九二―二）などはモダニズム詩としての特色に注目している。

（7）袁可嘉『論新詩現代化』（生活・読書・新知三聯書店、一九八八年一月）所収。

（8）李怡「黄昏裏那道奪目的閃電――論穆旦対中国現代新詩的貢献」（《中国現代文学研究叢刊》八九―四）は新詩三十年を「早晨」「中午」「黄昏」の三時期に分け、四十年代は「黄昏」であるが、穆旦の詩は例外的に「黄昏の中のひとすじのまばゆい稲妻」であるとその個性を評価している。

（9）袁可嘉「自伝：七十年来的脚印」（《新文学史料》九三―三）の中で、彼は一九四二年に相前後して卞之琳の『十年詩草』と馮至の『十四行集』を読んで「詩は全く違う書き方ができるということに驚きをもって発見した」と述べ、それを契機にそれまで傾倒していた十九世紀英国ロマン派の詩からモダニズム詩へ興味を転じていったことが回想されている。また、作品の上でも袁可嘉には卞之琳、鄭敏には馮至の影響が認められる。

（10）袁可嘉（一九二一～二〇〇八）の略歴を紹介しておく。

浙江省余姚県の商家に生まれる。一九三八年夏、抗日戦激化に伴い、戦時工作幹部訓練団にはいり訓練を受けた後、国軍第一〇三師政治部見習に派遣され、従軍。三九年夏、重慶の南京青年会中学に入学。四〇年冬、南渝中学（重慶南開大学）に転学。四一年秋、西南聯合大学外文系に入学。四六年卒業。同年一〇月、北京大学西語系の助手となる。五〇年夏から五三年まで中共中央宣伝部毛沢東選集英訳室の訳校員となる。五四年、外文出版社英文部で翻訳に従事。五七年、中国科学院哲学社会科学部文学研究所の助手研究員となる。文革期に五七幹校で肉体労働に従事。七三年、旧友アメリカ籍作家許芥昱との交際からスパイの嫌疑をうけ「反革命罪」により、四年間業務停止を命じられる。七九年、名誉回復。

（11）常文昌『中国現代詩論要略』（蘭州大学出版社、一九九一年六月）は全十二章中、袁可嘉の詩論に「専章を立てて、重点研究の対象としている。」（陸志明「序言」）。

（12）許道明『京派文学的世界』（復旦大学出版社、一九九四年一二月）は第八章「京派批評」の中で朱光潜の流れをくむ批評として袁可嘉の詩論を扱う。

(13)「自伝：七十年来的脚印」。注（9）に既出。

(14)「抒情的放逐」（原載《頂点》第一巻第一期、一九三九・七・一〇、『徐遅研究専集』浙江文芸出版社、一九八五年二月）。

(15) *The Well Wrought Urn: Studies in Structure of Poetry* (Harcourt, Brace&World.N.Y., 1947).

(16) *Seven Types of Ambiguity* (1930, 1947, 1953) 星野徹・武子和幸訳『曖昧の七つの型』（思潮社、一九七二年一一月）。岩崎宗治「『曖昧の七つの型』と文学理論の風土」（『東海女子大学紀要』一九号、一九九九年）参照。

(17)「詩的散文美」『詩論』（人民文学出版社、一九八〇年八月）所収。

(18) ケネス・バークについては森常治訳『文芸形式の哲学──象徴的行動の研究』（国文社、一九七四年二月）、赤祖父哲二・栗原裕訳『スタンレー・ハイマン　批評の方法二二　ケネス・バークの方法』（大修館書店、一九七四年四月、Frank, *Kenneth Burke* (Twayne Publishers. Inc. N. Y., 1969) を参照。

(19) 川崎寿彦『ニュークリティシズム概論』（研究社、一九六四年六月）第一章「背景──危機意識」参照。なおニュークリティシズム関係の用語等の概念については小川和夫・橋口稔『ニュークリティシズム辞典』（研究社、一九六一年一一月）、『現代批評の展望（シンポジウム英米文学8）』（学生社、一九七四年一一月）を参照。

(20) 穆旦のシカゴ大での学業成績等を調査した文章に、張新潁著・拙訳「シカゴ大学における穆旦─成績表に隠された情報及びその他」『九葉読詩会』第三号（二〇〇七年一一月）がある。

(21) 日本における穆旦の紹介は秋吉久紀夫訳編『穆旦詩集』（土曜美術社出版販売、一九九四年五月）がほとんど唯一のものである。民国期の穆旦の詩集は入手しにくいので、特に資料面で有用である。なお本稿で引用した詩は『穆旦詩集（一九三九─一九四五）』（沈陽私家版、一九四七年五月）に拠った。

(22)「一個中国詩人」*LIFE AND LETTERS* (London, June-1946) 原載。『穆旦詩集（一九三九─一九四五）』所収。

(23)「摶求者穆旦」唐湜『新意度集』（生活・読書・新知三聯書店、一九九〇年九月）『意度集』（平原社、一九五〇年）所収。

(24)「在曠野上」一九四〇年八月作。詩集『探険隊』所収。

(25) 一九四四年六月作。天津《大公報・星期文芸》（一九四七・三・一六）原載。詩集『旗』では「裂紋」に改題。

(26) 一九四二年二月作。天津《大公報・星期文芸》（一九四七・三・一二）原載。『穆旦詩集（一九三九―一九四五）』所収。
(27) 詩集『探険隊』、『穆旦詩集（一九三九―一九四五）』所収。
(28) 『穆旦詩集（一九三九―一九四五）』所収。この詩については次の専論がある。馮金紅「穆旦詩〈五月〉分析兼論穆旦詩思」（《中国現代文学研究叢刊》九五―二）。
(29) 『穆旦詩集（一九三九―一九四五）』所収。この詩は Walliam Yip (ed.), *Lyrics from Shelters, Modern Chinese Poetry* 1930—1950（Garlard Publishing Inc, New York&London, 1992）の標題作。なおこの詞華集が選んだ現代詩人は合わせて十八人であるが、馮至、戴望舒、艾青、卞之琳、何其芳、曹葆華、臧克家、呉興華、緑原、〈九葉派〉の九人という顔ぶれから、中国式モダニズム詩に重点をおいたユニークな編集であることが分かる。
(30) 『穆旦詩集（一九三九―一九四五）』所収。
(31) 同前。
(32) 同前。
(33) 「時感」天津《益世報・文学周刊》（一九四七・二・八）原載。
(34) 「森林之魅―祭胡康谷上的白骨」《文芸復興》第一巻第六期（一九四六・七）原載。『穆旦詩集（一九三九―一九四五）』所収。
(35) 袁可嘉「詩人穆旦的位置―紀念穆旦逝世十周年」（『半個世紀的脚印――袁可嘉詩文選』人民文学出版社、一九九四年）。
(36) 李怡「黄昏裏那道奪目的閃光――論穆旦対中国現代新詩的貢献」。注（8）に既出。なお「抉心自食」は魯迅「墓碣文」（『野草』）に見える語。
(37) 《中国新詩》第一集（一九四八・六）原載。
(38) 張欣「『中国新詩』派詩論現代性探索」。注（3）に既出。
(39) 「新文芸和文学遺産」『聞一多全集』三「己集」（上海開明書店、一九四八年八月初版）所収。
(40) Lloyd Haft, *PIEN CHIH-LIN—A Study in Modern Chinese Poetry*　(FORIS PUBLICATIONS, USA, 1983).
(41) 原詩は 'In Time of War'。ソネット連作二十七首（*Collected Shorter Poems 1930—1944*, London, 1950）。なお卞は《詩刊》

八〇―一に再びその中の訳詩二首とオーデンを紹介する文「重新介紹奥頓的幾首詩」を掲載している。

(42)　馮至「昆明往事」(《新文学史料》八六―一、『立斜陽集』一九八九年七月所収)は、「生活は最も苦しかったが」「一生の中で最も懐かしい」場所は「抗日戦争期の昆明である」として当時の西南聯合大学の自由な気風を回想している。

(43)　楊天堂「西南聯大時期的袁可嘉」(『笳吹弦誦情彌切――国立西南聯合大学五十周年紀念文集』中国文史出版社、一九八八年一〇月)。

〔補注〕

この十数年の間に九葉派＝中国新詩派および穆旦への評価は急激に高まり、西南聯大に関する研究書も数多く出版されている。戦時にもかかわらず多くの人材を輩出した稀有の知的空間としての西南聯大への関心が集まっていると思われる。以下、主なものを幾つか掲げておきたい。

○遊友基『九葉詩派研究』(福建教育出版社、一九九七年八月)
○蔣登科『九葉詩人論稿』(西南師範大学出版社、二〇〇六年三月)
○謝泳『西南聯大与中国現代知識分子』(湖南文芸出版社、一九九八年一一月)
○姚旦『西南聯大　歴史情境中的文学活動』(広西師範大学出版社、二〇〇〇年五月)
○趙新林・張国龍『西南聯大：戦火的洗礼』(上海教育出版社、二〇〇〇年一二月)
○李洪濤『精神的彫像　西南聯大記実』(雲南人民出版社、二〇〇一年六月)

以上、第Ⅰ部（全六章）では、馮至と直接的あるいは文学的資質において関わりをもつ文学者たち、広義の「芸術派」の詩学課題――一つは芸術と生活を貫く倫理の探索、一つは西洋詩学を資源とする新詩形式の模索――について考察を加えた。馮至は基本的に彼らとこうした詩学上の課題を共有していたと考えられる。第Ⅱ部では馮至を中心に、その詩的テクストのテーマと表現手法について具体的考察を進め、彼の〈問いを生きる〉詩学が切り拓いた文学的世界の特色を明らかにしたい。

第Ⅱ部　〈問いを生きる〉詩学

概説３　第七章・第八章・第九章

抒情と思索

三章いずれも、魯迅に「中国で最も傑出した抒情詩人」と評された馮至の作品を論じる。彼の抒情詩は平易な語句で濃やかな情感を表現するところに特色があるが、さらに短篇か長篇かを問わず、いずれもある「展開」を持つことが同時代詩人の中でも際立ち、特に長篇詩にはよりはっきりとその個性が現れている。この「展開」はストーリー性というよりむしろ詩人の思索の跡を示すものである。どの抒情詩にも内向的青年特有の憂鬱な気分と時代の暗く重苦しい雰囲気がにじみ出ているが、同様の詩にありがちな感傷や詠嘆に流れることはあまりない。また、各篇のエンディングでは最終的な解決（団円）や収束感がもたらされることはなく、むしろ永遠に解けない謎、終わりのない悲しみや喪失感を伴う問いを残したまま、一篇の世界が閉じられることが多い。

第七章では馮至の一九二〇年代の愛情をテーマとする「蛇」をはじめ、あまり目に触れる機会のないテクスト「冬の人」を通して、独特のイメージを用いた孤独感の表現手法、自他の人間関係についてどのような思索の展開が見られるかを考察する。詩をはじめ翻訳や小説にも言及し、初期作品の抒情性の中に現れる思索性について指摘する。

第八章は二〇年代末、馮至が大学卒業後、赴いたハルピンでの体験をもとに書かれた長篇詩「北遊」の展開に注目して考察を加え、詩人がどのように自分と周囲の世界を見つめ、揺れ動く心理の中で、いかにして旧い自分から新しい自分に変わろうとしているか、その思索のプロセスを明らかにするものである。

第九章は一九四〇年代抗戦期の作で、詩史的にもとりわけ評価の高い『十四行集』―ソネット二十七首を論じる。同作は形式・内容ともに馮至の詩人としての成熟のみならず、中国新詩の成熟をも示す代表的詩集の一つとされ、近年は特に人間存在への問いを表現した詩篇として評価されることが多い。各篇の主題と全篇の構成を分析し、同作が抗戦期には稀有な〈主体〉構築の表現であると位置づけている。

第七章　憂鬱と焦燥――馮至初期詩篇の特色

はじめに――馮至略歴

馮至（一九〇五～九三）は本名を馮承植といい、河北省涿県に生まれた。一九二一年、北京大学予科に入学、この頃より新詩の創作を始める。同大国文科教師張定璜の推薦で《創造季刊》第二巻第一号（一九二三年五月）に掲載された組詩「帰郷」十六首を含む二十三首がデビュー作となった。二三年秋、北京大学独文科へ進学。この頃上海の文学同人「浅草社」に参加し、二五年には楊晦、陳翔鶴、陳煒謨らと「沈鐘社」を結成し、《沈鐘》を拠点に創作及び翻訳活動を行った。一九二七年北京大学卒業後、ハルピン第一中学、その後は北京孔徳学校で教鞭をとる。詩集に『昨日之歌』（一九二七年四月）と『北遊及其他』（一九二九年八月）がある。三〇年からドイツ・ハイデルベルグ大学に留学。リルケをはじめ、キルケゴール、ニーチェ、ヤスパースの哲学に親しむ。三五年、ノヴァーリス研究で同大博士号取得の後、[1]帰国して上海同済大学教授を務める。抗戦期間中は雲南省昆明の西南聯合大学で教鞭をとった。この時期の著作には、詩集『十四行集』（一九四二年五月）、中篇小説『伍子胥』（一九四六年九月）、散文集『山水』（一九四七年五月）等の創作の他に、ゲーテ、杜甫に関する学術的著作も多く、生涯で最も豊かな成果をあげている。とりわけ近年、『十四行集』は四〇年代中国モダニズム詩の先鞭をつけたものとして、また当時としては異色の実存哲学の色彩を帯びた詩篇として再評価が進んでいる。[2]

共和国成立以後は北京大学、中国社会科学院外国文学研究所に在籍し、杜甫、ゲーテに関する論文をはじめ翻訳、散文等の執筆活動を行った。五六年、入党。文革後期（七〇〜七二年）は河南息県「幹校」に数年間送られた。文革終息後、ドイツ文学の翻訳や研究の功績に対して、八三年には海外のドイツ文学研究者に与えられる（西）ドイツの「ゲーテメダル」を、八五年には（東）ドイツの「グリム兄弟文学賞」を受賞している。

一　初期詩篇（一）

馮至は五四退潮期、出口のない閉塞した時代の気分を反映するかのような青年の憂鬱を、その素朴にして濃やかな表現に托して詩壇に登場した。後に魯迅から「中国で最も傑出した抒情詩人」と称される。彼の詩には少なくとも直接的な形での激しい情熱の吐露、政治や社会への憤懣や批判のメッセージといったものは見られない。あるのは、内向的な青年のひたすら自分の弱さを見つめ、時にそれが自己卑下にまでいたる痛々しいほどの自己凝視の姿勢である。第一詩集『昨日之歌』や第二詩集『北遊及其他』が収める初期詩篇の多くは、愛情への渇望や苦悶を情感豊かに表現している。異性間の愛情は一九二〇年代草創期新詩の主たるテーマの一つであるが、馮至の愛情詩は独特の素材や表現形式によって複雑な情感を表現し、同時代新詩の新生面を切り拓いたものが多い。特に、『昨日之歌』の叙事詩「吹簫人的故事」、「帷幔」、「蚕馬」や詩劇「河上」、「鮫人」は「卓越した」（朱自清の評語）[3]構成を持ち、それらの決して団円に終わることのないストーリーは、愛する者との永遠の隔絶を運命づけられているような悲劇的色彩と喪失感を伴う。これはこの詩人が生来憂鬱気質であることに加えて、生母と継母の二人の母との死別（それぞれ馮至が八歳と十六歳の多感な時期のことであった）[4]体験が大きく作用していることが彼自身の回想の中からうかがわれる。もっとも作品は悲観的色彩を帯びているものの、その悲しみに陶酔するようなナルシシズムは見られない。

まず、第一詩集『昨日之歌』（以下『昨』と略称）に収められた代表作「蛇」（一九二六）を読んでみたい。ここには抑制された激しい恋情と、強い自意識が渦巻いている。なお、テクストは執筆時の心情を重視する立場から、全集版（『馮至全集』全十二巻、一九九九年。以下『全』と略称）ではなく、二〇年代の北新書局版（北京図書館蔵）を掲げる。

我的寂寞是一條長蛇,
冰冷地沒有言語……
姑娘,你萬一夢到它時,
千萬啊,莫要悚懼!

它是我忠實的侶伴,
心裡害著熱烈的鄉思,
它在想著那茂密的草原,……
你頭上的,濃郁的烏絲。

它月光一般輕輕地,
從你那兒潛潛走過;
爲我把你的夢境銜了來,
像一隻緋紅的花朵!

僕の寂しさは一匹の長い蛇、
ひんやりとしてものをいわない——
少女よ、もし君がそれを夢に見ても、
お願いだから、どうぞ恐がらないで!

それは僕の忠実な伴、
狂おしい望郷の念にかられつつ、
思い焦がれるのは鬱蒼とした草原——
君の芳しい濃い黒髪。

それは月明かりのようにそっと、
君のかたわらをひそかにすり抜けて、
僕に君の夢を銜えてきてくれる、
一輪の深紅の花のようなその夢を!

これは寂しさを一匹の蛇にたとえるという発想の大胆さによって、特に印象深い一篇である。[5] 恋する相手に受け入れられない寂しさは、幾分自己卑下の情感を伴いながら、しだいに幻想の世界を紡ぎ出し、相手との結合を夢見るのだろう。少女にとって異形の者でしかない「僕」＝「蛇」は、言葉もなく、手も足もなく、ただ「そっと」少女のそばを「すり抜けて」「一輪の花」（少女の意識の一部）を「銜えて来る」ことしかできない。「蛇」（＝寂しさ）が深紅の花の様な少女の夢を「銜えて来る」という寂しさの能動的な捉え方は従来の詩にはない斬新さがある。一見素朴な恋愛詩のようにも見えるが、より特徴的なことは、憧憬と郷愁そして孤独感の交錯する自意識と憂鬱な気分が官能的なイメージを用いて形象化されている点である。同様の手法は、黄昏の人影に「過ぎし日の夢の痕」を重ね見る「如果你」（『昨』所収）、新聞売りの少年の売り声に愛への渇きを重ね合わせる「『晩報』」（『昨』所収）等にも見ることができる。

現実のある場面において生まれた孤独感、寂寞、憂愁といった感覚は、ともすれば感傷に流されやすい性質を持っている。しかし馮至は一時の詠嘆にひたり流されることなく、しばらくその感情を反芻したのち、独創的なイメージによってそれを形象化している。第一詩集『昨日之歌』に収められた詩篇には婉約派的「詞」の世界の雰囲気を漂わせるものが多い。しかし、自身の感覚と情念を形象化することで、内面世界を把握するための新たな視点が生まれ、繊細であっても感傷に堕さない馮至独特の抒情が生まれている。

翻訳がそれに果たした役割も考慮に値する。馮至はハンガリー生まれのオーストリアの詩人N・レーナウ（一八〇二〜五〇）の代表作『葦の歌』第一・第二・第三・第五の訳を《沈鐘》半月刊第十期（一九二六・一二・二六）に発表している。[6]

空はほの暗く、陰雲ははしり、／雨粒も点々とほとばしる。／風は哀しく叫び訴える、／「池よ、おまえの星あかりはいずこにきらめくか?」／／消滅した星あかりを、／激しく波立つ湖の底深くさがし求める。／あなたの愛は私の深いなやみの底へ／たえて微笑を向けてくれない！

（「葦の歌」第二首）

N・レーナウはナポレオン戦争動乱後の反動時代、政治的幻滅の続いたヨーロッパにおけるドイツ語抒情詩人である。ハイネの作風に近いが、レーナウはむしろ暗澹とした気分の表現に特色がある。生来の鋭い感受性による独自の憂愁と世界への懐疑、絶望感をうたい、「世界苦」の詩人ともいわれる。「この世界に生きること自体が苦痛であるという自覚は実存主義につながるものだが、彼の場合は『世界苦』は主として失恋の悩みとともに受けとめられることになった」(7)。馮至がこの「葦の歌」を訳した時、仲間からまるで彼自身の創作のようだといわれたという(8)。ところでレーナウには次の「メランコリーに寄せる」（An die Melancholie）という三連（四行一連）構成の詩がある。

おまえは生涯わたしについてくる、／物思うメランコリーよ、／私の星が光を放って昇ろうとも、／下ろうとも、おまえはついてくる。／／ワシが独りで棲んでいる岩の裂け目に／おまえは私をよく連れて行く。／モミの木立が天を衝き、／森の渓流が岩にぶつかり、とどろく。／／親しい死者たちのことが偲ばれ、／烈しく涙があふれ出る。／そしておまえの胸に、私の／真っ暗になった顔を埋める(9)。

細部のイメージは異なるが、発想は馮至の「蛇」に通じるものがある。レーナウがメランコリーを「生涯わたしについてくる」とうたい、馮至は寂寞＝蛇を「忠実な伴」とよんでいる。レーナウの「メランコリーが連れて行ってくれる場所は、いつも過酷で不毛な魂の風景である」(10)のに対して、馮至の寂寞＝蛇がもたらす世界は優美な幻想性に満ちたものである。馮至がレーナウの同詩を読んでいたかどうかは分からないが、同じような時代状況の下、レーナウが鋭くとらえた憂鬱と自意識の表現に馮至が資質的にも深く共鳴し啓発されたことは間違いなく、馮至にとって親和性のある詩人の翻訳は創作と同じ重みを持つものであったことも確かであろう。

一方、同時期に書かれた短篇抒情詩の中には、情感的表現を切り捨てた直線的な表現を用いて混沌とした時代に生きる苦悩と孤独と焦燥を、希望と絶望のはざまでじっと見据えているような作品もある。「可憐的人」（《沈鐘》半月刊第六期、一九二六・一〇・二五、『全』第一巻「集外」）は「僕は憐れな人間だ／僕はどんなことをすべきなのか？」という自嘲的自問を繰り返す。同詩と共に発表された「在陰影中」（同前、『昨』所収）は詩の冒頭で「死を模索している」「僕」と「光明を握りしめている」「彼女」が対比されるが、この両者は一人の中にあって葛藤する二つの部分を象徴していると見ることもできる。あるいは強く引きあうもの同士が引き裂かれなければならない愛の運命を象徴しているとも読めるだろう。

……………

神呀，我願一人走入地獄裏，　神よ、僕ひとり地獄の中に進み入らせたまえ、
森森地走入了最深層；　薄暗く最も奥深い層に進み入らせよ。
在地獄的中途嘗遍了　地獄の道のりで嘗めつくすのは
冰雹同烈火，暴雨和狂風。　雹と烈火、暴雨と狂風。

……………

從此我轉頭不顧，　ここから僕は振り返らない、

莫盡在淡淡的影裏求生！　ひたすらかすかな影の中に生を求めることがないように！
我一人棱棱地昂首，　僕ひとり厳かに頭をもたげ、
在那地獄的深層——　その地獄の奥深い層で——
望著她將光明緊握，　彼女が光明を握りしめ、
永久地，永久地向上升騰！　永久に、永久に高く上がるのを見あげている！

「僕」が徹底して「地獄」に生きる苦悩を見つめることで、もう一人の自分である「彼女」は何らかの光明＝生きていく意味を見出していく。これは苦悩に徹底して対峙する時、そこを突き抜けていく別の自分が獲得される可能性を意味しているのではないだろうか。

「南方的夜」（一九二九、『北遊及其他』所収。以下『北』と略称）は馮至の愛情詩の中でも出色の一篇である。ここに登場する男女二人も対照的な性格を持つ。北方にすむ二人が湖のほとりに並んで座ると、寒々とした星座や木を見て「あなた」は寒さを嘆く。そこで燕は魔法のように南方の夜の情景をもたらしてくれる。秋冬を心に抱える二人にとって、想像の中での「南方」は実在の南方よりはるかに魅惑的な象徴の空間となる。特に印象的なのは最終連である。

總覺得我們不像是熱帶的人，　やはり僕たちは熱帯の人のようではない、
我們的胸中總是秋冬般的平寂。　胸中はいつも秋冬のように寂しい。
燕子說，南方有一種珍奇的花朵，　燕が告げる、南方には珍しい花があり、
經過二十年的寂寞才開一次。……　二十年の寂寞を経てやっと開くと。……
　這時我胸中覺得有一朵花兒隱藏，　この時僕の胸に隠されていた一輪の花が

它要在靜夜裏火一樣地開放！　　静かな夜に火のように開こうとしている！

二十年の寂寞を経て静かな夜に火のように開く花は愛情の比喩だが、そこには当然感覚を形象化する知的操作が含まれていることに注意したい。因みに同篇は、後に何其芳が『詩歌欣賞』（一九六二）の中で、二〇年代当時最も心引かれた馮至の作品として「蛇」と共に挙げている一首である。この詩に醸し出される濃厚なロマンチシズムの気分は何其芳の第一詩集『預言』の世界に通じるものを含んでいる。

二　初期詩篇（二）

馮至初期詩篇のもう一つの主題は焦燥感である。「遅遅」（《沈鐘》半月刊第九期、一九二六・一二・一一、『北』所収）では「落日はもはや一刻もとどまらず／夜はすでに僕たちの後ろに迫る。／……僕がたずねても……／あなたはおずおずとしていつまでも口を開かない。」と、ロマンチックな調べの中にもある種の焦燥感を漂わせている。さらに一九二七年に書かれた「飢獣」（《新中華報・副刊》第五十八号、一九二八・一・二、『北』所収）では、凶暴性を帯びた飢餓感を、飢えてさまよう獣に形象化し、最終連にその獣を狙う弓矢の存在を暗示することで重層的な危機感を構成している。

飢獸　　飢えた獣

我尋求著血的食物，　　僕は血の食べ物を探し求め、
瘋狂地在野地奔跑。　　狂ったように野を駆け回る。

胃的飢餓，血的缺乏，眼的渴望，
使一切的景色在我的面前迷離。

我跑上了高山，
盡量地向著四方眺望；
我恨不能化作高空裏的蒼鷹，
因爲它的視線比我的更寬更廣。

我跑到了水濱，
我大聲地呼叫；
水的彼岸是一片沙原，
我正好到那沙原上邊奔跑。

我跑入森林裏迷失了出路，
我心中是如此疑猜：
縱使找不到一件血的食物，怎麼
也沒有一枝箭把我當做血的食物射來？

胃の飢餓、血の欠乏、眼の渇望、
全ての景色を僕の眼の前で曖昧にする。

僕は高い山に駆け上り、
できるだけ四方を見渡してみる。
大空の鷹になれたらどんなにいいだろう、
その視界は僕よりずっとずっと広いから。

僕は水辺に駆けつけた、
僕は大声で叫ぶ。
向こう側は一面の砂原、
僕はまさにその砂原を駆け回る。

僕は森に駆けこみ出口を見失い、
心の中でこんなふうに疑っている。
たとえ血の食べ物は見つからなくても、
一本の矢が僕を射て血の食べ物にするのではないか。

このように馮至の抒情の主調である憂鬱と焦燥感は時代の重苦しい雰囲気を反映している。それを徹底的に感受し、鋭敏な感覚で周囲の空気と自身の気分を形象化することによって、抒情が感傷に流れることを阻止し、現在の自分を相対化する視点を獲得している点に注意したい。

次の対話から成る詩「橋」（一九二六年作、《新中華報・副刊》第四十号、一九二九・一・九、『北』所収）は、詩句そのものの放つ美しさではなく、意味内容の持つ倫理性と緊張感に支えられた一篇である。

"你同她的隔離是海一樣地寬廣。"　『君と彼女の隔たりは海のように遙かだ。』

"縱使是海一樣地寬廣,　『たとえ海のように遙かでも、

我也要日夜搬運著灰色的磚泥,　僕は日夜灰色の煉瓦を運び続けて、

在海上建築起一座橋樑。"　海の上に橋を一つ架けるのだ。』

"百萬年恐怕這座橋也不能築起。"　『百万年たってもその橋はできっこないだろう。』

"但我願在幾十年內搬運不停,　『でも僕は数十年間休まず運び続けたい、

我不能空空地悵惘著彼岸的奇彩,　向こう岸の美しい花をただ空しく茫然と眺めたまま、

度過這樣長、這樣長久的一生。"　こんなに長い、こんなにも長い一生をおくることはできない。』

理想と現実の間にははるかな隔たりがあると分かっていても、そして限りある生は、理想に架ける橋のごくわずかな部分にしかならないと分かっていてもなお自らの生を憬れに向けて燃焼せずにはいられない静かな意志と情熱が対話体で表現される。「絶望」による「無為」を否定し、〈遠方〉＝目に見えても届かぬ（「可望而不可及」）ものに向かう行為そのものに「希望」を見出そうとする態度。ここに見られる自覚と意志はすでに「永久」（『昨』所収）の中でも、民族に運命づけられたものの覚悟から出発していかに真に恒久的なものへ向かっていくのかという自問として表現され

る。一九二八年作の「艱難的工作」（《新中華報・副刊》第四十六号、一九二九・一・一六、『北』所収）は「神よ、あなたはこんなにも苦難に満ちた仕事を僕に与えた――」という十二回もあるリフレインが象徴するように、全てが死の静寂と闇に覆われる中、何も持たずただ独り、ほかの誰にも変わってもらえぬ「仕事」を引き受けることを決意するうたである。もちろん依然として不安と迷いはぬぐい去れず、決して楽観はしていない。

しかし、現実から感受した不安と焦りを持ちこたえながら、主体的生を志向する態度は常に馮至の詩には一貫していて、ここに思索とある種の倫理性が一体化した抒情表現の特色が認められる。

さて、この時期の馮至の短篇小説はほとんどが習作の域を出ていない印象を与えるためか、その後の自選集や選集類にはほとんど採られていない。しかし《沈鐘》に掲載された小説の中には、当時の社会に漂う雰囲気と馮至の気分がよく現れているものもある。

「Cassiopeja」（《沈鐘》八期、一九二六・一二）は現実的な社会問題への関心と芸術上の欲求との間で葛藤しながら、人知れず恋に悩む北京の一大学生の生活を描いたものである。また「〝北上雑筆〟」（《沈鐘》第十期、一九二六・一二）は、田舎から都会北京へ出てきた青年が、仕事も友人も得られぬまま、故郷の母親には万事順調であるかのような偽りの手紙を書き続け、しだいに抜け出しようのない孤独の深淵に落ち込んでいく姿が描かれている。両篇はいずれも「どんよりとした灰色におおわれ、街中いたるところ貧困の赤裸々なありさまと声がひしめき合」う中で、「当時青年たちが好んで使った『花もない、光もない、愛もない』という言葉を口ずさんでいた」（馮至『西郊集』）時代の、内向的文学青年の憂鬱が描かれている。主人公の青年たちは家族の愛を感じながらも孤独感にさいなまれ、時に絶望的になりながら時代におもねるような生き方ではなく、自分自身に最も誠実にあるにはいかに生きるべきかを常に模索している。しかし自暴自棄に陥るのではなく、重苦しい気分のまま徹底的に苦悩することで、最後にはそれ以上落ち込めない地点に到達したところで、ようやく新しい自分に出会うかもしれないことが仄めかされる。これらの結末部分は、徹底してそのように何もない、何も持たない状態にあることが主人公の新たな出発を予想させることで、かろうじて救いが与えられている。

三　「雪中」と「冬天的人」

さて、第二詩集『北遊及其他』に収められた「雪中」も馮至の代表的愛情詩の一つである。これは四連（一連四行）から成る短篇抒情詩で、「蛇」や「南方的夜」等四首と共に『中国現代愛情詩選』（長江文芸出版社、一九八一年九月）等にも採られ、近年は評伝類の中で「きわめて優美な」(11)「細やかにして柔弱ではない」「自然な口語」(12)を用いた精錬された形式を持つ愛情詩として注目され、引用されることも多い。

ところが同詩がもともと「冬天的人」と題する長篇詩の中の一章であることについては、選集類でも注記がなく、十分認識されていない。「冬天的人」は全七十二行、十八連、全九章から成るもので、初め《沈鐘》半月刊第十二期に（一九二七年一月二六日）に掲載された。明確なストーリーこそないものの、物語的展開を持つという点では、先に挙げた叙事詩や長詩「北遊」に近い趣向の作品といえる。

この「冬天的人」の全九章中第六章だけ独立させたものが「雪中」なのである。「冬天的人」は初出後、『北遊及其他』には採られず、その後の選集類も専ら「雪中」を採るため、いつのまにか「冬天的人」の方は顧みられることがなくなったのである。それは作者馮至の意向でもあったといえよう。結局、同詩は一九二七年の初出誌《沈鐘》半月刊か、一九九九年の『馮至全集』（第一巻「集外」詩）、そして王聖思編『昨日之歌』（珠海出版社、一九九七年四月）等、限られた選集類でしか読むことができなくなった。こうして「冬天的人」はもちろん、同詩と「雪中」の関わりも今ではほとんど忘れられてしまっている。

もちろん、馮至自身が「雪中」を独立した一篇としている以上、両者はすでに別個の作品だと考えることもできる。また一般的には「冬天的人」がまず生まれ、そこから「雪中」が取り出されたと考えられるが、実際のところ、馮至の中ではどちらの詩想が先に成立していたかはわからない。ただ少なくとも両者がいわば血縁関係にあることは明らかである。興味深いのは、「雪中」を単独で読む場合と、「冬天的人」の中の一章として読む場合とでは詩の理解が少し違ってくること、さらに「冬天的人」が馮至の初期創作の特色をなす叙事詩の趣を持っていること、また、彼の愛情詩によく現れる「あなた」と「僕」という一対の人間の愛情関係が、自己—他者の対称性、孤独や死との関わりを通して思索されている点など、馮至の初期創作を考える上で重要な手がかりを多く含んでいることである。しかも優れた質感に溢れる作品である。

前置きが長くなったが、ここに同詩の全文を初出誌《沈鐘》に拠り訳出する。なお初出テクストでは、章ごとの区切りを示す印として蝶のマークが四個並ぶが、便宜上ここでは「#」で示し、それに代える。

冬天的人

手攜著手兒，做一對冬天的人，
沿著這凝凍的，僵死的湖濱：;
我們從早晨走到了黃昏，
脚踏著時間的，片片的傷痕。

冬の人

1
手に手をとり、一対の冬の人となる、
凍りつき、こわばった湖のほとりに沿って。
僕たちは早朝から夕暮れまで歩きとおす、
時の傷あとを一つ一つ踏みしめながら。

＃　＃　＃　＃

你說冬天是一個深沈的，銀髮的祖母，
我們遲遲地走啊，在她的身邊，
她引我們穿過了風雪，走入濃霧，
在霧裏我們望見了，遠遠的春天。

我說姑娘呵，不要那樣癡癡地想，
陳舊的春天裏，沒有我們的希望——
它是陳舊的，像你脫却的裙衫，
它是陳舊的，像我昨日的詩篇。

＃　＃　＃　＃

我們最好走入了，前面的疏林，
在林裏會聽見，一種沈重的聲音
它說，你是少女，我是少年，
霎時我們便看到了，永久的新鮮！

＃　＃　＃　＃

我從林裏摘下來，赭色的枯枝，
你從林中拾起來，衰黃的殘葉；

2

君は言う、冬は思慮深い銀髪のおばあさま、
ゆっくり行きましょう、おばあさまの側を、
その導きで風雪を潜り、深い霧の中を進めば、
霧の中で僕たちは遠く遙かな春が見える。

3

ねえ君、そんなお馬鹿を言うんじゃない、
古びた春の中に、僕たちの希望はない——
それは古びている、君の脱ぎ捨てた衣装のように、
それは古びている、僕の昨日の詩のように。

4

できるだけ前方の疎らな林に入っていこう、
林の中で聞こえるのは重々しい声
それが言う、君が少女で、僕が少年だと、
その刹那、僕たちは見た、永遠の新しさを！

5

僕は林の中から、鳶色の枯れ枝を手折り、
君は林の中から、黄ばんだ落ち葉を拾い集める。

我們抱著它們回來，在爐裏焚燒，
在爐旁度我們慢慢的長夜。

夜半了，滿屋都是樹枝香，
火焰跳蕩著，渲染我們的面龐；
只相對默默地，坐到天亮，
我們不要燈光，也不要月光。

枯枝衰葉都漸漸地燒盡，
我們的心中却都燃起熊熊的火——
我們的心中各有一個烤火的人，
我的心中是你，你的心中是我？

＃　＃　＃　＃

寒風兒童一般地，戲弄在我們窗下，
窗外是那重病的，垂死的花圃；
我再也不把你比做桂樹，比做櫻花，
如今呀，再沒有一點兒櫻紅，一些兒桂綠！

＃　＃　＃　＃

感謝上帝呀，畫出來這樣的畫圖，

僕たちはそれを抱えて帰り、ストーブで燃やし、
その傍らで僕たちの果てしなく長い夜を過ごす。

6 夜半になると、部屋中に樹の香りが立ち込めて、
火は飛び跳ね、僕たちの顔を明るく照らし出す。
二人はただ黙って夜明けまで向かい合っている、
僕たちに明かりはいらない、月の光もいらない。

7 枯れ枝や朽ち葉がしだいに燃え尽きても、
僕たちの心の中に火がぼうぼうと燃えさかる——
僕たちそれぞれの心の中に火にあたる人がいる、
僕の心の中には君が、君の心の中には僕がいる？

8 寒風は子供のように僕たちの窓の下にまとわり、
窓の外には重病で瀕死の花園が広がっている。
僕はもう君を木犀や桜の花にたとえたりしない、
今やもう僅かな桜色、僅かな若緑さえない！

9 神に感謝します、こんな絵を描いてくれて、

在這寂寞的路旁，畫上了我們兩個，——
雪花兒是夢一樣的繽紛，
中間更添上，一道僵死的小河。

我懷裏是灰色的，歲暮的感傷，
你面上却浮蕩著，緋紅的春光——
我暗自思量啊，如果畫圖裏也有聲音，
從我內心裏一定要迸出來，"親愛的姑娘！"

你是深深地，懂得我的深意，
你却淡淡地，沒有一言半語；
一任遠遠近近的有情無情，
都無主地，飄蓬在風裏雪裏。

最後我再也忍不住這樣的靜默，
用我心內唯一的聲音，把畫圖撕破！
雪花兒還是夢一般地迷濛濛，
在迷濛中，再也分不清楚你我。

# # # #

寂しい道端に僕たち二人を描いたことを、——
雪の花は夢のように乱れてふりしきり、
真ん中に更に凍えこわばる小川が添えられた。

10 僕の心は灰色で、年の暮のように感傷的なのに、
君の顔には緋色の春の光が浮かんでいる——
僕は密かに思う、もし絵の中に声もあるなら、
心からきっと迸る、「愛する少女よ！」と

11 君は深く僕の気持ちを分かっているのに、
むしろ淡々として、一言も口にしない。
遠くなったり近くなったり有情無情のなすがまま、
ただよるべなく、風雪の中を漂っている。

12 終に僕はこんな沈黙にはもう耐えきれず、
心の中の唯一の声で絵を引き裂いた！
雪の花はなおも夢のように濛々とけぶる、
濛々とけぶる中、もはや君と僕を区別できない。

我孤獨地走入了，我們昨晚園林，
一宵的風雪呀，就變了一切；
再也聽不見，你那輕俏的步音，
厚厚的湖上冰，薄薄的途中雪！

# # # #

夜半獨立在山坡上，
靜聽著湖裏的冰裂的聲音；
彷彿是從松間，我的憂傷，
舊病一般地，侵入了我的深心！

我凝望那繁雜的燈盞星光，
望它們都在我的面前幻滅；
不知是什麼，濕變了我的襟裳，
天空啊，只是冷冷地一輪明月。

在這靜默的，月下園林，
眞像是一個女人的，蒼白的屍體，
悚悚涼涼地，我蒼白的女人，
宇宙眞是這樣嗎？這樣冷寂？

13
僕は独りぼっちで、僕たちの昨夜の園林へ入った、
一夜の風雪が一切を変えてしまった。
もはや聞こえない、君の軽やかなあの足音、
厚く張った湖の氷、薄らと積もる路上の雪！

14
夜半に独り山の斜面に立ち、
湖の氷が裂ける音に静かに耳を澄ます。
まるで松の間から、僕の憂いが、
宿痾のように、僕の心の奥へ侵入する！

15
僕は入り乱れるランプの光をじっと見つめ、
僕の目の前で幻のように消え去るのを眺めている。
何が僕の服の胸元をくまなく濡らしたのだろう、
天空には、ただひんやりと一輪の明月。

16
沈黙する月下の園林で、
まさに一人の女の青白き死体のように、
ぞっとするほどひんやりした、僕の青白き女、
宇宙は本当にこうなのか、こんな物寂しいのだろうか？

\# \# \# \#

人間如果有，這樣優美的葬禮，
我應該當你在我身旁時死去——
你的嘆息化做我的靈幡，
你的淚珠便是我唯一的祭奠！

17 この世にもしもこんな優美な弔いがあるのなら、
僕は君が傍にいる時死んでいかなくては——
君の嘆息は僕の出棺の旗に変わり、
君の涙は僕の唯一の供物となる！

人間如果有，這樣優美的葬禮，
我應該當你在我身旁時死去——
把你的衣裳做我的棺槨，
把湖裏的寒冰，做我永久的壙穴！

18 この世にもしもこんな優美な弔いがあるのなら、
僕は君が傍にいる時死んでいかなくては——
君の衣装を僕の棺として、
湖の冷たい氷を僕の永遠の墓穴として！

まず、各連の押韻形式を見てみよう。ａａａa型は1・6連、ａｂａb型は2・5・7・8・13・14・15・16連、ａａb型は3，4、17、18連、ａａｂa型は9・10・11・12連、以上四種の押韻が用いられる。決して厳密に統一された韻律構成ではないが、全体に緩やかな形式感を持っていることが分かる。また、第六章（第9〜12連）のみ脚韻構造（ａａｂａ）が統一されていて、後に「雪中」を独立した一篇とすることが十分可能な、形式上も完成度の高い一章だということが分かる。さて、九章全体の展開を見るために、便宜上各章での人物の行為に注目して要点のみ示すと次のようになる（括弧内は連の番号）。

第一章（1）　二人で手をつないで湖畔を歩く。

第二章（2〜3）二人の考え方（発言）の対比。

第三章（4）　二人で疎林に入っていく。

第四章（5〜7）二人で火を焚き、向かい合って夜を過ごす。

第五章（8）　二人の世界（家）の外にある荒廃した花園を眺める。

第六章（9〜12）⇒「雪の中」として後に独立。雪が降る中、二人は凍る河を間に立つ。「僕」は終に声を発する。

第七章（13）　「僕」は独り、前夜の園林へ戻る。

第八章（14〜16）「僕」の憂愁、幻滅、孤独の深まり。

第九章（17〜18）「僕」の葬礼、理想の「最期」を思い描く。


第六章つまり「雪中」を単独で読むと、詩中の青年が恋する相手になかなか思いを告げられず、終に思いを声にした時、「僕」と「君」は降りしきる雪の中で抱擁しあう場面のように想像できる。凍る河を間にして向き合う構図で二人の隔たりを表し、最終行「君と僕は区別できない」という表現によって二人の一体化がそれとなく示されている。こうした二人の位置を構図化した手法はなかなか効果的であり、恋愛の直截的感情表現が抑制されているからこそ、かえっておずおずとした青年の懊悩や不安が繊細な感覚となって伝わってくる。

しかし雪の中での抱擁（一体化）を思わせる表現は果たして恋愛の成就を意味しているのだろうか。

あらためて「冬天的人」全体の展開を見てみよう。まず二人を取り巻く現実を表象する第五章を境に、前半部と後半部には大きな展開がみられることに注意したい。前半第四章までは、「君と僕」は手をつないで一日中歩き続け、火を間に一晩中向かい合い、一緒の空間にあって二人の永遠に古びない世界を作り上げている。しかも異質な二つの個は相手をそれぞれの心に存在させながらも同化はしない。これは「僕」の目から捉えた二人の理想的構図、つまりは「僕」の幻想の中での二人の姿ではないだろうか。そうでないと後半部第六章が表現する二人の関係が分かりにくくなる。同章ではまだ相手の思いを確認できず、だからこそ「僕」は苦しんでいる。二人は沈黙して立ち、耐えきれなくなった「僕」が声を発した瞬間、二人の構図は壊れて溶け合ってしまう。しかし、互いの区別を消失させるような一体化の中で果たして愛は成就したのか？ そもそも愛の成就はあり得るのか？ むしろ融合によって相手（他者）が喪失したことで愛の可能性は断たれ、冷たい孤独だけが残されたようにも見える。続く第七〜第九章では、ついに死との関連で愛が語られることになる。

結局、全篇を通して登場する二人の関係は〈幻想〉から〈現実〉そして〈理想〉の中でのものへと順次変化しているのではないだろうか。この詩の展開の分かりにくさ、「僕」と「君」の関係にどこかすっきりしない印象を残すのはこうして揺れ動く展開のためではないかと思われる。唯一整合感のある第六章を独立させたのは、思いきった推敲の結果だったかもしれない。

しかし混沌とした部分も含め、詩全体を貫く思弁的情調はやはり愛の（不）可能性の模索から生じている。すなわち「個」と「孤」の自覚がないところに「愛」は発生しないこと、「愛」は結合や融合という自他の一体化の中に存在するのではなく、分離と断裂の中でこそ認識されること、それゆえ「愛」は孤独と死と不可分であること、すなわちリルケの言うような、二つの孤独が互いに触れ合い、守りあい、迎えあう時、生まれる「愛」とその困難な「仕事」が、「冬天的人」には表現されていると読むことができるだろう。これは同時代の愛情詩には稀有な、恋愛についての認識であるといえる。

もちろん詩はこうした哲理の表現を目的とするものではない。同詩の魅力は人を思索へ誘う様な、人間関係についての構図と豊かな質感を喚起する言葉そのものにある。まず全篇を貫く冬の冷たさは、凍りついた湖、冬枯れの林、降りしきる雪、白く冴えわたる月光や死体などのイメージによって感覚的に訴える。これに対し、前半部の二人が手をつないで歩き続け、一緒に拾い集めた枯れ枝や落ち葉をくべて燃やした火を間に黙って向き合い、火が消えた暗闇の中でも見つめ合う時の、色彩・温度・硬度・光度などに関わる豊かなイメージが、二人の行為が発する熱の温度をきわだたせる働きをしている。また、構図としては、並列移動⇓対座（室内）⇓対峙（路上）⇓一体化（雪の中）⇓一方の消失⇓独座⇓隣接（想像）⇓分離という過程が順番に脳裏に浮かび上がるような展開を取り、二人の関係を感覚的に把握するのに有効に機能しているといえる。

馮至の作品は一九二〇年代から一貫して、言葉づかいは素朴で平易であるのに、ごく日常的な言葉が読み手を立ち止まらせ、自ずとその内包するものの吟味へ向かわせる静かな力をはらんでいる。「冬天的人」も各連の表現自体は少しも難解ではなく、表面的には浪漫的気分を基調とする素朴なバラッドのようにも見える。しかし全篇の周到な展開には、一般的抒情詩にはない、特に同時代の新詩にはほとんど見られない思索のうねりの様なものが底流にあることに注意したい。第六章のみ独立させた一篇「雪中」の純度は高いかもしれないが、内包する情感の屈折度と複雑さにおいては「冬天的人」に及ばない。この「思索のうねり」という点は先に述べた『昨日之歌』所収の叙事詩や次章で扱う長詩「北遊」に共通するもので、こうした初期詩篇における馮至の個性は、短い抒情詩よりもある程度篇幅のある詩篇により顕著に現れることになる。

注

（1）ハイデルベルグ大学に提出した馮至の博士論文の審査記録には審査教授の一人であるヤスパースの署名がある。

（2）巻末に掲げた主要参考文献の中の解志熙の一連の著作は、「存在主義」の観点から馮至を論じている。

（3）朱自清『中国新文学大系・詩集』「導言」「詩話」に「堪称独歩」とある。

（4）馮至「北遊及其他」序（『馮至選集』四川文芸出版社、一九八五年八月）第一巻（二五二頁）には継母が周囲の反対を押し切って北京へ送り出してくれたことが書かれている。生母、継母二人の母のことは小説「両個姑母――《杜甫伝》副産品之一」のモチーフになっている。

（5）岩佐昌暲「世紀末の毒――馮至の「蛇」を中心に――」（『九州中国学会報』三十一巻、一九九三年五月）参照。なお馮至「在連邦徳国国際交流中心〝文学芸術賞〟頒発儀式上的答詞」（一九八七年六月四日作）（『文芸辺縁随筆』所収）に、一九二六年当時、ビアズレー風の白黒の線条画に、口に花を銜えた蛇が描かれているのを見て「その沈黙の風情は青年が感じている寂しさのようで、その花は一人の少女の夢の世界のようだった。そこで私は「蛇」と題する短詩を書いた」と、詩作のきっかけとなる体験を述べている。

（6）初出のタイトルは「蘆葦的歌」で『北遊及其他』第一輯「無花果」所収。

（7）神品芳夫『自然詩の系譜　二〇世紀ドイツ詩の水脈』（みすず書房、二〇〇四年六月）一九二～一九四頁。レーナウについての紹介及び詩の引用は同書該当頁を参照した。

（8）馮至「詩文自選瑣記」（『馮至選集』四川文芸出版社、一九八五年八月）第一巻、一七頁。

（9）注（6）に同じ。

（10）注（6）に同じ。

（11）蔣勤国『馮至評伝』（人民出版社、二〇〇〇年八月）八七頁。

（12）周良沛『馮至評伝』（重慶出版社、二〇〇一年二月）二一〇～二一一頁。

第八章　意識と内在律——馮至の長詩「北遊」について

はじめに

馮至は自選詩集『馮至詩選』（四川人民文学出版社、一九八〇年八月）の「序」で、自らの創作生活を代表的詩集によって大きく三つの時期——第一期・『昨日之歌』（一九二七）と『北遊及其他』（一九二九）、第二期・『十四行集』（一九四二）、第三期・『十年詩抄』（一九五九）——に分けている。馮至という文学者をトータルに把握する上ではいずれの時期も同様に重要であるが、二十世紀新詩への貢献度という点では、やはり民国期の第一期（二〇年代）と第二期（四〇年代）の成果が共和国時代第三期の作品を凌駕することは間違いない。おそらく馮至の名を広く詩壇に知らしめることになったのは、魯迅の「中国で最も傑出した抒情詩人」（『中国新文学大系・小説二集』「導言」一九三五）という評語であろう。具体的な作品についてのコメントはないが、馮至の二〇年代沈鐘社を拠点とした文学活動（詩作）が評価されたものである。八〇年代になって、二〇年代新詩を流派に分類するものが「馮至を代表とする〝新婉約派〟」（李旦初）[1]や「馮至を代表とする沈鐘社のロマン主義に近い詩派」（孫玉石）[2]という一派を立てているが、「馮至を代表とする……」といっても実際には彼一人が独立して一家を成しているので（沈鐘社の詩人は彼一人である）、他の流派のいずれにも帰納できない独特の存在として位置付けられていることがうかがえる。[3]

馮至第一期の作品は「情熱と憂鬱に富み」（王瑤）「言葉は少しも飾っていないのに、濃密な情感を伝えている」（何其芳）点に特色があるとされてきた。馮至自身は五〇年代に当時の詩作を「狭窄な感情、個人の哀愁」にすぎないと批判的に振り返る一方で「五四以降の一部の青年たちの苦悶を見ることができる」と回想し、五四退潮期から二〇年代後半にかけての重苦しい社会の閉塞感の反映を認めている。(4)(5)(6)

八〇年代「新時期」以降の文学史においては、二〇年代の馮至についてより多く記述されるようになった。その先駆的仕事である唐弢主編の文学史では、馮至の詩に対しそれまでになく具体的で総合的な評価を下している。たとえば第二詩集『北遊及其他』（一九二九）所収の作品については、現実的内容をもち、思想感情も以前に比べ拡大深化しているが、それでいて「戦鼓やラッパではなく、依然として人の心を動かす美しい音色の笛」を用いているとして、その特色が「感受の深さと表現のしなやかさ」にあることを指摘している。こうした馮至の二〇年代の詩篇についての印象的評価は基本的にその後も文学史の中で継承されていくのだが、それを生む馮至独自の表現方法については、いまだ十分な考察はなされていない。それは九〇年代以降、馮至の創作第二期の『十四行集』への評価が急速に高まり、具体的考察が進められていったのとは対照的である。(7)(8)(9)(10)

本章は前章に続き、馮至の創作第一期における表現手法を、一九二八年の長篇詩「北遊」を通して具体的に検討する。その考察から、馮至の詩作における基本的姿勢を明らかにし、二〇年代詩人としての馮至の個性を浮き彫りにしたい。(11)

初期（第一期）作品の中から、あえて「北遊」を取り上げるのは次のような理由からである。まず、同時代の新詩にあっても、馮至自身の作品の中にあっても、形式上異色であることである。叙事詩を別にすると、五百行にもおよぶ長篇の抒情詩はそう多くない。こうした形式が馮至独自の方法と関わっていると考えられる。

第二に、同作が馮至自身にとってとりわけ思い出深く、愛着の強い作品だと考えられるからである。五〇年代と八〇年代の二つの自選集いずれにも収められている事実、そして自伝的資料の中でも「北遊」成立の背景と事情は他に(12)(13)

はないほど詳しく、熱のこもった口調で語られている。

早い時期に「北遊」を具体的に論じたものに、ジュリア・C・リン『Morden Chinese Poetry : An Introduction』（一九七三）の「Feng Chih」[14]と陸耀東「論馮至的詩」[15]（一九八二）があるが、両者ともに同詩を丹念に分析しながらその全体像を捉えようとした点で「北遊」に新たな視座を提供した。リン氏は同詩の文明批評的要素を評価し[16]、陸氏も当時馮至が直面した社会の現実を批判的に捉えた部分を高く評価している。両者が指摘するように同詩の実感あふれる現実生活の描写は、たしかにそれ以前の馮至の主として愛情を主題とする作品には見られなかった顕著な特色である。しかし、同詩はそうした現実描写だけが突出しているわけではなく、むしろそれに伴って展開される内面描写に、独特のものが見えるのである。そこで同詩の質量ともに豊かな内容を、全章の時空間と内面的心理の展開を通して見ていく必要があるだろう。

なお、「北遊」はもともと「鳥影」の筆名で《華北日報・副刊》（一九二九年一月六日〜一七日）に連載された全十三章からなるものである。その後、詩集『北遊及其他』（一九二九）に収められる際、なぜか第五章「雨」が脱漏し[17]、全十二章となった。八〇年代に入って、ある研究者（張曉翠）の初出誌調査により、同章が「発掘」され、『馮至選集』（一九八五）と『馮至全集』（一九九九）に収められる際には「復活」して、初出通り全十三章となった。初版テクストと各種選集や全集のテクストの間には異同が認められるが、ここでも二〇年代初出時のテクストを重視する立場から、沈鐘社版『北遊及其他』（北京図書館蔵）を底本とし、遺漏部分第五章のみ初出誌《華北日報・副刊》（『全集』所収）に拠った。

一　長詩「北遊」の構成と展開

馮至は一九二七年夏、北京大学を卒業した後、教職に就くためひとりハルピンに赴く。[18]その地での半年余りの孤独な生活が「北遊」を生む背景になったことが、『北遊及其他』序文の中で詳しく語られている。

しかし、そのまち（ハルピン—筆者注）は僕にとってあまりによそよそしく、触れるもの全てが、きわめてグロテスクな人間が行うグロテスクな事柄であった。しかも僕自身、突然温暖な地帯から荒涼とした地域に入り込み、一切が予期しないものであったため、冷気に襲われて手も足も出ないように縮んでしまった。ただ空しく、持ってきた数十冊の書物にぼんやり向かうだけで、一ページも読み進んでいけなかった。そうして、ある月夜に小舟をS江（松花江—筆者注）の中央まで漕ぎ出し、自分こそは最も満たされぬ人間であると感じる時もあった。夜半、寝ている時に『人の空しさも終に斯くまでに至れり』と叫んだ寝言が隣室の人間に聞かれ、翌日物笑いの種にされることもあった。……雪がどんどん降り積もり、地面も白くなって、夜が次第に長くなってくると、山東人のやっている酒場に逃げ込み、彼らの地酒を飲まずにはいられなくなる。また四方の壁にアテネの絵が描かれているギリシャ風レストランの歌や踊りの中で、一杯のレモンティーに向き合って一晩中ぼんやりと座っていることもあった。こんなふうに、油のように水の表面に浮かび、人魂のように人の群れの中をふわふわ飛んでいた。

（『北遊及其他』「序」・一九二九年五月九日）

ここから、当時軍閥の支配下にあった猥雑で奇怪な様相を呈する都市ハルピンで、馮至は語りあえる友もなくしだいに孤独感を募らせて、時に絶望の際まで追いつめられていった心理が窺われる。このように「北遊」は、異郷にあって徹底した孤独に置かれた詩人の、自分自身に向き合わなくてはならない凝縮された現実体験の中から生まれた自伝的作品であることがわかる。

この序文の中でさらに馮至は「北遊」を書き上げた後「終に自分というものがよくわかった」と述べている。この言葉に象徴されるように、「北遊」は、自己のアイデンティティを模索する、内面に向かってすすめられた漂泊の記録であるともいえるだろう。

さて「北遊」の構成上の手法を具体的に見ていくことにしたい。この長篇抒情詩は、五百十数行、全十三章（第一章（無題）、第二章――別れ、第三章――車中、第四章――ハルピン、第五章――雨、第六章――公園にて、第七章――Cafe、第八章――中秋、第九章――礼拝堂、第十章――秋はもう……、第十一章――『Pompeji』、第十二章――追悼会、第十三章――『雪五尺』）から構成されている。

全章の構成上最も特徴的なことは、相対立するもの――自我と社会環境の衝突、また「生」と「死」へ向かう意識の葛藤といったものが互いに作用しあいながら新しい認識に向かって展開していく点である。今、このことを最も典型的に現している第七章から具体的に見ていきたい。この章は全篇のクライマックスとなる章でもある。さらに同章をいくつかの部分に分けて展開を見ていくことにする。

中秋節的夜裏，家家都充滿了歡喜，　　中秋節の夜、家々は歓びに満ちあふれ、
到處是麻雀牌的聲息，　　いたるところにあるのは麻雀パイの音、
男的呼號，女的嘻笑，　　男の大声、女の嬌笑、

大屋小屋都是惡劣的煙氣，	大小の家はみな劣悪な煙草の臭い、
鑼鼓的喧豗振破了九層的天，	銅鑼や太鼓が鳴り響いて九層の天をつんざき、
雞鴨的殘骸扔遍了這無邊的大地。	鶏やあひるの残骸は無辺の大地にばら撒かれる。
工人、買辦、投機的富豪，	労働者、買弁、投機に走る金持ち、
都是一様地忘掉了自己——	みな一様に自分を忘れてしまった——
不知道他們的背後有誰宰割，	彼らの背後で誰が搾取しているのだろう、
不知道他們的運命握在誰的手裏？	彼らの運命は誰の手に握られているのだろう？
女人只看見男子衣袋中裝著的金錢，	女は男のぽけっとに詰まった金しか見えず、
男子只知道女人衣裙裏裹著的肉體。	男は女のどれすに包まれた肉体しか知らない。

まず初めに、当時のハルピンで目にした生活の現実が批判的に観察されている。ここから作者は植民地的様相を呈する都会で、人びとが支配と抑圧の構造には目をつぶり、己を失い享楽に耽溺する様子に精神の荒廃を感じ、危機感と憤りを募らせていることがうかがえる。

しかしここで、外界の現実に鋭く向けられていた視線は、その現実の中で異質なものとして存在する自分自身に対して向けられていく。

我也參加了一家的宴會，	僕もある家の宴会に加わった、
一個赭色面龐的男子向我呼叫：	赤ら顔の男が僕にむかってこう叫ぶ。
"朋友啊，你來自北京，	「ねえ、君は北京から来たんだから、

請爲大家唱一齣慷慨淋漓的京調！"　　皆の為に意気揚揚たる京調の一節を歌ってくれ！」
我含笑無語地謝絕了他，　　僕は微笑み何も言わず、断った、
我含笑無語地離開了這座宴席——　　僕は微笑み何も言わず、宴席から立ち去った——
我走出那熱騰騰的蒸鍋，　　その湯気の立つ熱々の蒸し器を逃れ出ると、
冰冷的月光澆得我混身戰慄！　　冷え冷えした月光が僕に注がれ体中を震わせる！
我望著明月遲遲自語，　　僕は明月を眺めながらおずおずとひとりごつ、
我到底要往哪裏去了？　　僕はいったいどこへ行こうとしているのか？

こうして内気な詩人は周囲の狂騒と無神経に傷つけられ、いよいよ孤独に陥っていく様子が独白を通して浮き彫りにされていく。そして行き場のないまま、松花江の中央まで小舟を漕ぎ進めた詩人は、さらに自分の意識の内部へ視点を降ろしていく。

我像是一個溺在水裏的兒童，　　僕はまるで水に溺れた子供のように、
心知這一番再也不能望見母親，　　これでもう母の顔を見られないことを知っている、
隨波逐流地，意識還不曾消去，　　波に任せて流れのままに、意識はまだ消えていかない、
還能隱隱地望見岸上的鄉村——　　まだぼんやりと岸辺の村が遠くに見える——
在那濃綠的林中，　　あの濃い緑の林の中で、
曾經期待過妖美的花精，　　かつて美しい花の精を心待ちにした、
在那泥紅的牆下，　　土色の壁の下で、

曾經聽過寺院裏的鐘聲：　かつて寺院の鐘の音を聞いたことがあった。
一閃閃地在他幼稚的面前，　一つ一つの場面がその幼い目の前にきらめく，
他知道前面只是死了，沒有生。　彼は知っている、前方にあるのは死だけで、生はない。
我只是想就這樣地在江心沈下，　僕はただこんなふうに河の中央で沈んでしまいたい。
像那天邊不知名的一個流星，　あの空の彼方の名も知らぬ流星のように、
把過去的事想了又想，　過ぎ去ったことを何度も思いめぐらし、
把心脈的跳動聽了還聽――　脈拍の鼓動を何度も聞き――
一切的情，一切的愛，　あらゆる情、あらゆる愛は、
都風吹江水，來去無蹤！　全て風が川の水を吹きつければ、跡形もない！

ここで詩人は、ついに絶望と自棄の一歩手前にある死の幻想に引きずられていることが分かる。しかし、こうして死に接近した意識も、「生」と「死」をつないでいる「秘密の輪」から逃れることはできない。

生和死，同是一樣地祕密，　生と死は、ともに同じく秘密のもの、
一種祕密的環把它們套在一起；　秘密の環がそれらを一つにつないでいる。
我在這祕密的環中，　僕はこの秘密の環の中にいて、
解也解不開，跑也跑不出去。　切り離そうにも切り離せず、逃れようにも逃れられない。

ここから詩人の意識は、これまで自分は本当に生きたのだろうかという、自らの生への問いかけに転じていく。

我望著寧靜的江水，拊胸自問：
我生命的火焰可會有幾次燒焚？
在這幾次的燒焚裏，
可會有一次燒遍了全身？
二十年中可有過超越的歡欣？
可經過一次深沈的苦悶？
可會有一刻把人生認定，
認定了一個方針？
可眞正地讀過一本書？
可眞正地望過一次日夜星辰？
欺騙自己：我可曾眞正地認識
自己是怎樣的一個人？
我全身的血管已經十分紊亂，
我腦裏的神經也是充滿糺紛：

僕は穏やかな河の流れをながめながら、自らに問うた。
僕の生命の炎はかつて幾度燃やされたか？
その幾度かの燃焼の中で、
全身をくまなく燃やしたことはあったか？
二十年のうちにずば抜けた歓びはあったか？
深い苦悶を経験したことがあったか？
人生を見極め、
一つの方針を定めた時があっただろうか？
真に一冊の本を読んだことがあったか？
真に日夜の星辰を望み見たことがあったか？
僕は自分を欺いていた。僕はかつて自分が
どのような人間であるか本当に分かっていたか？
僕の全身をめぐる血管はもはや十分に乱れ、
頭の中の神経ももつれ切っている。

このように第八章の最終部では自身の生に対して強い疑問が投げかけられている。それこそが詩人を死への幻想から一転、不安と焦燥のままに生へ向かわせる契機となっている。

以上の展開に典型的に示されているように、十三章全体もまた、対極にあるものの中で揺れ動く詩人の意識を中心に、時に激しい悲憤、時に沈鬱な情緒を織り交ぜ展開していくのである。その結果、全篇にはある律動感というものが生まれている。これは言いかえれば、対極にあるものへ向かう意識の振幅が引きだす内面のリズム——内在律である。

例えば、第八章に続き、第九・第十・第十一章では、かつて「盛ん」だったのに、今は「衰えてしまった」あるいは「滅びてしまった」ものたち——今やすでに尊厳を失っている礼拝堂の鐘、乞食、そして火山の灰に埋もれていった古代都市ポンペイなどが有した一定の時間へ思いを馳せ、「盛」と「衰」の関連を見出している。第十二章、第十三章では自分の内部において死の幻想が葬送されると同時に、確実に何かが生成されていることを感じ取ることで、一つの流動する生命の中に「消滅」と「生成」が胚胎していることを発見している。しかもこうした対立物へ向かう意識の振幅が生む内面のリズムは特に第八章以降、季節の推移の中でその特性と溶け合って進行するため、より自然に引き出されることになる。

すなわち第九章以降は、秋が深まる中でものの盛衰を思い、葬送の色である白一色に覆われた冬の世界の中で葬られていくものの「消滅」と、内部に閉ざされながら春を待つものの「生成」を感じ取っていく意識の経過がうたわれているのである。これを仮に図式化して言えば、季節といういわば外的時間の直線的進行を基軸として、そこに詩人内部で意識される振幅のある時間が絡み合って、二重の曲線を描くということになる。詩人の内面の旋律が変化に富みながら、なおかつ自然な流れとして読むものに伝わってくるのは、このように季節の進行と詩人の意識の流れが重なり合って明瞭な律動感を生みだしているからだと考えられる。

以上の様な「北遊」を特色づける構成上の手法から言えるのは次のようなことである。

それは作者馮至が単に自分の意識や感情の混じりけのない一部分、また特殊な一断面に注目しているのではないということである。むしろそれらが複雑に絡み合い、連鎖していく過程を流動的に捉えようとしていることである。そしてその流れの中で詩人自身が思索し、「生」と「死」のように対極にあるものを関連する一つのものとして捉えていくような新たな認識を順次生み出していることである。これが「北遊」に現れた馮至独自の内面の律動を構成する方法だと考えられる。

二　二つのエピグラフ

ではこうした方法を用いて「北遊」が導き出した認識とは何だろうか。

それは「北遊」の題の下に引用されているエピグラフ（題句）と『北遊及其他』第二輯（「北遊」所収）の扉に掲げられた杜甫の詩句一聯が端的に言い表していると思われる。いずれもその性格上、「北遊」の主題を集約するものとして引用された詩句だからである。

前者のエピグラフはオランダの作家ファン・エーデンの童話詩『少年ヨハネス』の一節である。この童話は一九二八年一月、魯迅の訳で未名叢刊の一つとして出版されたものである。[19]「人間精神の遍歴が象徴的に語られた」（魯迅「『小約翰』引言」[20]）というこの童話詩の最後の一節「彼は身を切る夜風に逆らい、あの大きな暗黒の都市すなわち人間とその苦痛の在り処へ向かう険しい道へ足を踏み入れた」を引用しているのは、この言葉の中に「北遊」を貫く主題に通じるものを見ているからであろう。ここには人間社会が苦難に満ちた巨大な暗黒の世界であると認めながらも敢えてそこへ向かっていくことが人間の生であるとする認識を見ることができる。つまり進めば進むほど苦痛を増す道のりであると分かっていてもなお「人間とその苦痛の在り処」である大都会に向かって足を踏み出していこうとする、不安と苦痛の自覚に立つ人間存在についての認識が見られる。これこそが「北遊」が到達した人間の生についての認識だと考えられる。

また『北遊及其他』第二輯の扉に掲げられた杜甫の詩句「此の身飲み罷みて帰する処なし　独り蒼茫に立ちて自ら詩を詠ず（此身飲罷無歸處 獨立蒼茫自詠詩）」について、一九八〇年の自選集『馮至詩選』所収の「『北遊及其他』序」の中で次のように引かれている。[21]

……しかし時には氷が厚くはり、雪が激しく風がとりわけ冷たい晩にひとり町中に立ちつくしていると、自分はまだ前に進んではいないけれども落ちぶれて（「沈淪」）もいないと感じた。こうした状況の中で、一行一行、一段一段、長詩「北遊」を書きすすめていった。詩を書きおえると思わず杜甫の詩句――此の身飲み罷みて帰する処なし　独り蒼茫に立ちて自ら詩を詠ず――が浮かんできたのである。

ところで杜甫の同句「独り蒼茫に立ちて自ら詩を詠ず」については従来二通りの解釈がある。[22]簡単にいえば、この中に杜甫の憂い落胆した気分を見るか、奮い立つ気概を見るかで対照的な解釈に分かれることになる。ただし馮至の引用の意図については、先の『少年ヨハネス』の句や、先に引いた詩集序文の中の「自分はまだ前に進んではいないけれども落ちぶれてもいない」という言葉を手掛かりに考えてみる時、むしろ後者に近いというべきかもしれない。馮至は同句に、周囲の荒涼たるさまを全身で痛切に感じ取りながらも敢えて毅然として立つ杜甫の気概を見ていたのだと思われる。それは困難を全身で受けとめながら楽観もせず、かといってみだりに絶望もしない心打ち震える高揚感に似ている。

三　通奏低音「陰沈、陰沈……」

このように二つのエピグラフに集約されている主題は、人間を取り巻く暗黒の時代の影の認識と、不安のままにそれに対峙する人間精神の在り方の発見である。それが「北遊」の中で特徴的に現れている部分を見ておきたい。最も印象的なのは各章の最終句で用いられている「暗く重く、暗く重く……（陰沈、陰沈……）」というリフレインで、それは全篇の通奏低音となり、重くのしかかるような時代の空気を伝えている。幾つかの例を挙げてみよう。

寂寞無言的先生好像對著我的面前微笑，
他微笑的情調啊，陰沈，陰沈……
寂しげに物言わぬ人はまるで僕に微笑みかけるように、
その微笑みの情緒は、暗く重く、暗く重く……　（第二章）

我不敢望那欲雨不雨的天空，
天空充滿了陰沈，陰沈……
僕は雨が降りそうで降らない空を見上げられない、
天空はどんよりと、暗く重く、暗く重く……　（第四章）

我的心并不曾感到一點輕鬆，
只是越發加重了，陰沈，陰沈……
僕の心は少しも軽くならず、
ただますます重苦しく、暗く重く、暗く重く……　（第七章）

低著頭望那靜默的江水，
死一様地，陰沈，陰沈……
頭を垂れてその静かな河の水を眺めやる、
それは死のように、暗く重く、暗く重く……　（第八章）

明天，一切化作殘灰，
日月也沒有光彩，陰沈，陰沈……

明日、全ては灰と化す、
太陽にも月にも光はなく、暗く重く、暗く重く……

（第十一章）

在這樣的追悼會裏，
空氣是這樣的陰沈，陰沈……

この追悼会の中で、
空気はこんなにも暗く重く、暗く重く……

（第十二章）

這時的瓦斯像是月輪將落，
懷裏，房裏，宇宙裏，陰沈，陰沈……

今のガスはまるで月が沈んでいくときのよう、
心の中に、部屋の中に、宇宙の中に、暗く重く、暗く重く……

（第十三章）

しかもこれらのリフレインは単調に繰り返されているのではない。各章、「陰沈」で示されるものが「物言わぬ人の微笑」、「天空」、「僕の心」、「河の水」、「太陽と月」、「空気」、「ガス」というふうに変化することで、ヴァリエーション豊かに空間を広げながら展開していく。そして最終的には一切が「暗く重苦しい（陰沈）」ものに覆い尽くされていく濃厚な雰囲気を醸成したまま、この長篇抒情詩は閉じられる。第十三章（「『雪五尺』」）最終八行で引用されている小林一茶の句「これがまあつひの栖か雪五尺」（『七番日記』所収）は、降りしきる雪に埋もれたみすぼらしい我が家を眺めての感慨を歌ったものである。これを当初、章題とした当時の馮至の胸に去来したのは単なるわびしさだけではないだろう。馮至はこの句に、深々と雪に埋もれた「終の棲家」＝死場所を一茶が自分自身の存在の場として受け止めようとする、一種の「愛着」とともに生じた決断を見たのではないか。[23][24]

「北遊」で注目すべきは、全篇を通してこうした危機的時代の重苦しい空気を表現しながら、同時にその中にある自分を見つめ、審判する内なるものの声を詩人は徐々に感受していく展開である。第十二章の中で詩人は「いつもぼんやりと遠くを眺めているばかりではいけない／ただぼんやりと遠くを眺め空想しているだけではいけない！（不要總是呆呆地望著遠方／不要只是呆呆地望著遠方空想！）」という、自分を叱咤する声を聞く。第十三章の中でも「老いるのはちっとも怖くない、ただこんなふうにいつまでも眠ったまま死んでしまうのが怖いのだ（老並不怕，我只怕這樣長久地睡死）」という焦燥感に満ちた叫びを繰り返し発する。こうした内なるものの叫びがあることによって、「北遊」は全篇に時代の不安と危機感を象徴する沈鬱な調子が流れているものの、決して悲観的あるいは厭世的色彩一色に塗りつぶされてはいない。それというのも、「北遊」の構成上の方法つまり自分の内面を流動状態のままに捉え、その中で思索を巡らしていく方法によって、馮至は常に自分の中に新しい認識を導き出し、苦しみの中で新しい自分を発見しようとしているからである。

四　内在律と形式感

ところで「北遊」とほぼ同時期に書かれた作品に、後に革命文学を提唱する太陽社の蔣光慈（一九〇一～三一）の「写給母親」(25)（一九二七年一〇月）という百数十行にわたる長篇詩がある。同詩も時代の暗黒とその中を生きる自分の魂の苦悩を歌うという点では基本的に「北遊」と共通する主題を持っている。しかし両者が異なる点は、蔣光慈の長詩は主人公が革命に身を投じようとする自らの意志と、それをおしとどめようとする母親の懇願との間で葛藤することを歌いながらも、一貫して強い語気と情熱的姿勢、言い換えれば主体そのものは迷いのない不動の姿勢を貫いているのに対し、「北遊」の主人公は迷いをその揺れ動きのままに見据えていく、言いかえれば迷いに徹する中で、自らの新しい主体を構築していく点がよりきわだっていることである。これは馮至が作品のテーマとして抽出される観念（理念）よりも、内省のプロセスに重きをおいて表現しているためである。

他の二〇年代詩人と同様に、馮至も西洋文学、中でもドイツ文学から大きな啓発を受けている。第一詩集『昨日之歌』（一九二七）に収められる短い愛情詩にはハイネの影響が認められるし、同人であった沈鐘社の雑誌《沈鐘》半月刊で一九二六年から二七年にかけて紹介している対象はホフマン、レーナウなどいわゆるドイツ・ロマン派に属する文学者たちの作品である。(26)「北遊」に見られる対立するものの間で揺れ動く主体を捉える方法は、あるいはこうした内省的傾向の強いドイツ・ロマン派の哲学的要素に示唆されたところがあるかもしれない。(27) 仮にその影響があったとしても、二八年当時こうした方法を用いて、時代の不安と自分の生を直視しながら主体を構築していく内省的姿勢はやはり馮至独自のものだといえる。(28)

白話の使用と自由律への欲求が一挙に結びついたところから出発した新詩は、いきおい詩形式の本質を見失う傾向に流れていった。二〇年代半ば、このような芸術上の表現形式を忽せにする傾向に危機感を抱いた一群の詩人たちは、現代詩の格律を模索し、「新月派」と呼ばれるグループを形成していく。彼らの主張は一篇の詩の生命力を回復させる形式によって、確固たる詩的宇宙を打ち立てようとする純粋な芸術的精錬への欲求に基づくものであった。当時、馮至は詩の形式に関する特別な主張を残していない。しかし後に、当時抱いていた考え方を次のように述べている。

当時、私はまだ若く、詩について何らかの主張をもっていたわけではないが、一定の形式の決まりの下で詩句が生き生きと自由自在に躍動できるのを望んでいた。私が最も好まなかったのは、ある種の詩が字数や行数や押韻を無理にそろえるために単調で生気なく書かれていること、あるいは華やかな詞藻を積み重ねて、読むものを息苦しくさせることであった。

（『馮至選集』「詩文自選瑣記」（代序）一九八三年五月）

当時の馮至の作品はその大半が何らかの形式への配慮を見せているという意味ではゆるやかな格律詩とよんでもいい。このことと先に述べていることとを考え合わせると、基本的には馮至も新月派と同じ問題意識に立って、情感を律するある程度整合性のある形式の必要性を感じ模索していたといえるだろう。しかしそれは必ずしも聞一多が「詩的格律」(29)で説くような三つの美（音楽美、絵画美、建築美）を追求する方法であったとはいえない。

馮至に当時性急な課題があったとすれば、それはいかにして混沌とした内面の複雑な揺れ動きを構成し、表現するかという点であろう。具体的には、一篇の詩を構成する幾つかの章や節をどう関連させ、どう展開させるか。その展開の中で新たな認識を生んでいくような内面の律動をどう構成するか、それを表現する方法を馮至は終始模索していたのだろう。自由律の長詩「北遊」はその関心の存在を証明している。

馮至は「北遊」において自身の意識の流れを構成する方法を用いて自己の内部を掘り下げていった。その過程で時代の不安を捉え、同時にその不安にさらされながらもそこに対峙する新しい自分を発見しようとしている。詩の世界は完結して閉じられることはなく、不安を持ちこたえながら未収束のままに終わる。こうした自身の流動する内面世界をある律動感の下に構成し、新たな認識を生みだそうとする方法、そして自己の内部を倦むことなく見つめていくストイックなまでの凝視の姿勢、これらにこそ二〇年代詩人としての馮至の独自性があると考えられる。この意味では「北遊」はその後も一貫する馮至の詩人としての内省的姿勢を決定的なものとした記念碑的作品であるといってよい。それは単に馮至自身の青春の悲歌であるだけではなく、当時の内向的文学青年たちに共通する普遍的心性を備えた時代の悲歌とよびうるものだと思われる。

注

(1) 李旦初「『五四』新詩流派初探」(《中国現代文学研究叢刊》一九八一—二)。
(2) 孫玉石「新詩流派発展的歴史啓示——《中国現代詩歌流派》導論」(《詩探索》一九八一—三)。
(3) 王瑤『中国新文学史稿』(一九五三)。
(4) 何其芳『詩歌欣賞』(一九六二)。
(5) 『馮至詩文選集』(一九五五)の「序」。
(6) 同前。
(7) 唐弢『中国現代文学史』(三巻、一九八〇)。
(8) 前掲書の圧縮修訂本『中国現代文学史簡稿』(一九八四)の中の記述。
(9) 同前。
(10) 近年の代表的なものに陳思和「探索世界性因素的典範之作:『十四行集』上・下」(『中国現当代文学名篇十五講』第八・九講、北京大学出版社、二〇〇三年二月)がある。
(11) 初版には執筆年が「一九二七冬」とあるが、その後の選集の末記には「一九二八・一・一—三」とある。「著作年表」及び「自伝」でも一九二八年新年休暇の作とあるのでこれに従う。
(12) 『馮至詩文選集』(作家出版社、一九五五)と『馮至詩選』(四川文芸出版社、一九八〇年)。
(13) 『中国現代作家伝略』(一九八一)「自伝」と馮至「詩文自選瑣記」(《新文学史料》一九八三—二)。
(14) リン氏は、聞一多、徐志摩、馮至の三人を"The　Formalists"に分類して論じている。
(15) 《中国現代文学研究叢刊》一九八二—二。
(16) リン氏は同詩にT・S・エリオット「荒地」の影響があると指摘している。

(17) 拙稿「馮至の『北遊』未収の一章「雨」と筆名〝鳥影〟について」(『お茶の水女子大学中国文学会報』第四号、一九八五年四月)参照。
(18)「自伝」によれば、ハルピン第一中学で国文を教えたとある。
(19)「北遊」が書かれたのは一九二八年一月である。馮至はおそらく、この年の一月以降に未名叢刊の『小約翰』を読み、翌二九年八月に詩集『北遊及其他』を刊行するまでの間に、その一節を「北遊」のエピグラフとして附け加えたと思われる。
(20)《語絲》第一三七期(一九二七・六・二六)掲載。
(21)「楽遊園歌」(天保一〇、杜甫四十歳の作)。因みに、馮至の『杜甫伝』(一九五二)は採らない。
(22)『杜詩詳注』(清・仇兆鰲)によれば、宋・趙次公は「以蒼茫為荒寂貌」とし、『杜臆』は「蒼茫詠詩、乃勃然得意処」とする。仇氏は「今按……上文語渉悲涼、末作発興語、方見後勁」としていることから、後者の説をとっている。
(23) 初出誌《華北日報・副刊》及び詩集『北遊及其他』所収テキストの最終八行は次の通り。

　夜半我走上了一家小樓,
　我訪問一個日本的歌女……
只因我忽然想起一茶:
「嚄,這是我終老的住家嗎?――雪五尺!」
這時的月輪像是瓦斯將滅,
朦朧朦朧彷彿在我的懷内銷沈;
這時的瓦斯像是月輪將落,
懷裏,房裏,宇宙裏,陰沈,陰沈……

その後の選集ではこの八行が以下の四行に大きく改変された。

　我不能這樣長久地睡死,
這裏不能長久埋葬著我的青春,

我要打開這陰暗的墳墓，
我不能長此忍受著這裏的陰沈。
「詩文自選瑣記」（注13）によれば、「とりわけ詩の終結部があまりに悲観的あるいは希望がなくかかれているところは、かつての暗澹たる情緒が今日の読者に感染してほしくなかったため改変を行った」とある。

(24) 馮至は周作人「日本詩人一茶的詩」（《小説月報》一二―一一、一九二一・一一・一〇）で紹介された一茶の同句を読んでいたと思われる。周作人は「一茶は以前故郷についていくらか悪口を言ったが、そこに住んでからはむしろ愛着をもつようになった」と記し、同句を故郷への思いを詠んだ句の一つとして紹介している。

(25)『郷情集』（北新書局、一九三〇）所収。

(26) 恋愛詩の他にも例えば《創造季刊》二―一（一九二三・七・一）に掲載された一連の短詩による組詩「帰郷」などは形式の上でハイネの『歌の本』（一八二七）に収める「帰郷」「北海」等の諸篇の影響を思わせる。また共和国成立後の翻訳『哈爾茨山旅行記』（一九五四）、『海涅詩選』（一九五六）、『徳国、一個冬天的話』（一九七八）等はハイネのすぐれた諷刺詩人としての面を紹介している。

(27)「N. Lenau 蘆葦的歌」（《沈鐘》半月刊第一〇期、一九二六・一二・二六）や「談E・T・A・Hoffman」（《沈鐘》特号、一九二七・七・一〇）等がある。

(28) シェリング（一七七五〜一八五四）は自然界全体を一つの有機的生命と考え、それは二種の相反する力によってたえず流動の状態にあるものとし、その流動を統一させる高次の力として〝宇宙霊〟というものを想定した。こうした自然哲学は、ヘーゲル哲学等と合わせてドイツ・ロマン主義の基盤となった（佐藤晃一『ドイツ文学史』明治書院、一九七二）。

(29) 初出は《晨報・副刊》「詩鐫」第七号（一九二六・四・一五）。

第九章　〈主体〉形成の変奏曲——馮至の「十四行」二十七首について

はじめに

かつて馮至は『馮至詩文選集』(1)「自序」（一九五五年一月）の中で、一九四〇年代初めに書いたソネット二十七首（『十四行集』所収。桂林明日社、一九四二年）について「西欧資産階級文学の影響を強く受けたもので、内容も形式も不自然で大げさである」として一首も採らなかった。(2)それらが約四十年ぶりに陽の目を見たのは文革終息後、最初に編まれた自選集『馮至詩選』(3)（四川人民文学出版社、一九八〇年八月）においてである。同詩選は一九二一年から一九五九年までの詩百四首を選び、それらを三つの創作時期（二〇年代、四〇年代、五〇年代）の所産として分類したものだが、ソネット二十七首は第二期四〇年代を代表する作として、改めて各首小題を付して全篇収められることになった。一九五五年の自選集編集時、時代的制約から遺棄された同ソネットは、作者自身の手でようやく蘇ったのである。(4)本章はこのソネット二十七首について構成と表現手法の面から検討し、四〇年代馮至の主体形成といかに関わっていたかを論じるものである。

一　漢語ソネット史概観

「詩体の大解放」を掲げた胡適は留学中の一九一〇年代にすでにソネットを試作しているが、積極的にこの詩型に注目したのはやはり新月派の聞一多である。彼は「律詩底研究」（一九二二）の中で律詩の美学的特質をいうのに最も完成された西洋詩型としてソネットを引き合いに出しているし、後に同派の陳夢家に宛てて理想的漢語ソネットの構成・韻律について具体的な提言をしている。E・ブラウニングのソネット連作を紹介したのも[5]、この詩型への並々ならぬ関心を示すものだろう。因みにこの時、聞一多はソネットに「商籟」という訳語を当てている。

新月派の詩人たちは多かれ少なかれこの詩型を試みているが、とりわけ熱心にソネットを創作したのは朱湘（一九〇四〜三三）である。死後出版された『石門集』（商務印書館、一九三四年六月）にはイタリア体、イギリス体合わせて七十一首を収めるが、各体いずれも正式なソネットに倣ってかなり厳密な脚韻構造を施すなど技術面での完成度は高い。ただしこれらの作品が全体として一つの主題をめぐる連作ではないせいもあり、断片的詩想の習作群という印象はぬぐえない。このように三〇年代は新月派を中心にソネットが最も積極的に制作された時期であり、最初のソネット集、李唯建の組詩『祈禱』（新月書店、一九三三年六月）も生まれている。

しかし作品の成熟度、新詩への貢献度からいえば、梁宗岱（一九〇三〜八三）と卞之琳（一九一〇〜二〇〇〇）を挙げるべきだろう。梁宗岱は西洋ソネットの脚韻構造をほぼ踏襲しながら、双声畳韻など漢語の特色を生かして、数は少ないが純度の高いソネットを書いている。一方、三〇年代前半フランス象徴派に学んだ卞之琳は抗戦期の従軍体験をもとに『慰労信集』（一九四〇）に収めるソネット五篇を書き、さらにオーデンのソネット「戦いの時に」を原詩の脚韻構造にほぼ忠実に翻訳している。特に後者の翻訳は、ソネットが平易な日常的語彙を駆使しながら、時代性・社会性のあるテーマに新しい抒情表現を与えうることを示した点でその意義は大きい(6)。

何といっても内容面と形式面での深まりを見せたのが馮至のソネットである。それは「中国十四行詩の基礎を打ち立て、これまでこの詩体に疑問を抱いていた人々にも、それが中国の詩の中に生きていけると信じさせることができた」(朱自清「詩的形式」『新詩雑話』一九四七)と評価されるだけの充実が認められる。形式面についていえば、幾通りかある西欧の伝統的脚韻構造をふまえつつも自由に変化させ新たな型を創造している点ですでに形式的模倣の域を脱している。ソネットの前半八行(オクターブ)の脚韻構造も、抱韻(ａｂｂａ)と交韻(ａｂａｂ)式はほぼ半々で、二十七首中一つとして脚韻構造が同じものはない。一首中の一句の字数はほぼ一定で、視覚的には「豆腐乾」の印象を与えるが、統一されているのはむしろ一句の頓数であり(7)、自然な口語のリズムを保っている。馮至自身はソネット形式を用いたことについて「序」で次のようにのべている(8)。

純粋に自己の方便のためである。この形式を用いたのはただそれが私を助けたからである。それはまさに私が表現したい事物を表現するのにふさわしく、私の躍動する思いや考えを制限することがなく、しかもそれらを受け取ってちょうどよく配置してくれるのだ。

つまり内容と不可分な必然的選択であったというのである。同時に創作のきっかけを「私は歩くリズムに従って口をついて出た有韻の詩を家へ戻って紙に書きつけたが、それはまさしく変体のソネットだった」(同前)とのべるように、ソネットはもともと音楽性と深く結びついている。それゆえ理性でのみ捉えられがちな哲学的認識を感性的認識に化して「うた」として表現することにこの形式は大いに役立ったのである。またしばしば指摘されることだが、十四行の四・四・三・三（馮至のソネットはすべてこの型である）という分行法が、ちょうど中国旧体詩の絶句形式〈起・承・転・結〉に対応しているため、各首の主題を展開する上で有益かつ身近な詩型であることもこの詩体の選択が自然に行われた要因かもしれない。[9]

文学史的には、後述する同時代の李広田による馮至のソネットへの評価は意義深い。彼は『詩的芸術』（一九四三）の冒頭論文の中で、抗戦当時、詩歌の大衆化が進む中で詩歌があまりにも散文化し粗製乱造される傾向を指摘し、詩における形式の重要性をあらためて提起している。つまり『十四行集』評価は、当時の新詩の散文化への警鐘をならすという役割もその側面に担っていたことになる。[10] 馮至のソネットは漢語ソネットに明確な意義を与えただけではなく、新詩史においても一つのメルクマールとなり、近年は中国新詩の「経典」の一つに数えられるようになった。また卞之琳や馮至が教鞭をとった昆明西南聯合大学の学生詩人たち――鄭敏（一九二〇～　）や唐湜（一九二〇～二〇〇五）も彼らの影響下ソネット創作を盛んに試み、詩人としての才能を花開かせることになったことも付け加えておきたい。

卞之琳は「新詩和西方詩」（《詩探索》一九八一・四）の中で、新詩の中の自由詩（有韻か無韻かに拘らず）が詩の表現方式を豊かにしたことを認めながらも「かえって詩作せず、だらだらと気ままに『詩』を書く口実を与えてしまったことは警戒に値する」とし「定型詩は今日西洋では今なお流行し、ソネットもまだ生命力を失っていない」とのべている。外国詩の翻訳についても「内容に忠実なだけではなく、形式にも忠実であるべきで、詩を訳す際には原詩がいかなる形式か、すなわち自由詩か定型詩か、どの格律を用いているか、特に原詩の形式を訳しきれなかった場合、それを明記しなければならない」とし、「定型詩を訳す場合は結局その人が格律の束縛を受けているか、それとも格律を御しえているか、ポイントはまさに訳者の言語感覚と言語運用能力にある」（「訳詩芸術の成年」《読書》一九八二・三）とのべている。この指摘はこれまで新詩に影響を与えて来た西洋詩の翻訳がほとんど形式を無視して行われてきたことへの反省に基づくものであり、同時に優れた言語感覚と運用能力を持つ文学者による現代定型詩創造への期待を暗に語るものではないだろうか。

現代旧体詩がいまなお生命力をもつことは周知の事実であるが、二十世紀中国新詩の中にも一貫して緩やかな格律への志向があることは明らかである。その具体的な現れの一つが漢語十四行の存在である。十三世紀イタリア・シシリアの宮廷詩に起源をもつ西洋の詩体が、二十世紀にはいってリルケやオーデンらによって現代的な問題意識と思索の跡を抒情の奥底に沈潜させる作品を生み、ソネットは哲学的、社会的テーマを表現しうる詩型であることが広く認知されるようになった。日本では一九三〇年代に、夭折した立原道造と短命に終わった四季派のマチネ・ポエティックの定型押韻詩運動が想起されるが、[11]詩歌の伝統と言語の性質からいっても、中国にはソネットを受け入れ、さらに独自のものに発展させていく十分な土壌があったというべきだろう。

五〇年代、誰が提唱するわけでもないのに、なぜか反対するものだけがいるという過敏な反応を引き起こしたこの形式が、水面下では脈々と一部の中国現代詩人たちに用いられてきたという事実は、それが持つ表現力の可能性を暗示している。およそ百年にわたる新詩の歴史の中で白話表現を芸術的に高めた詩人たちの多くがソネット体を試みているのは示唆的である。しかもそれは無韻で行数が単に十四行だというだけのものから、かなり複雑な脚韻構造をもつものまで多岐にわたり、詩人の個性と漢語の特質を生かしながらこれまで途切れることなく（文革中は別として）創作されてきた事実は、この詩型がすでに中国に根づいた漢語十四行として独自の発展を見せ、新詩の魅力的な一領域をなしていることを物語っている。

二　瀰漫と凝結――ソネット二十七首の構成と手法

『十四行集』初版[12]（明日社版）の刊行当時から、この詩集を正面から取り上げた唯一の論文で、その後馮至のソネットを論ずるものの嚆矢となったのが李広田「沈思的詩・論馮至的『十四行集』」（『詩的芸術』一九四三）[13]である。この中で李広田はソネット二十七首が馮至の哲学（宇宙観）の根源を表現していると指摘した上で、この主題を多方面から考察しようと適宜ソネットを取り上げ、個別に精細な解釈を試みている。その後の馮至のソネットを論じるものも結局は李の論考を超えることはなかった。しかし、大きな主題をめぐってこれら一連のソネットがどのように構成されているかを論じたのは、陳思和の『十四行集』解読が初めての体系的な論考といえる[14]。

『十四行集』序文には、最初に書かれたのは第八首であること[15]、二十七首全てを書きあげてから改めてそれらを「整理謄録」した、とある。また「自伝」（一九七九年六月『中国現代作家伝略』所収）にも「私はこれらの詩を内容に照らして配列して詩集とし『十四行集』と名づけた」とあることから、二十七首は漫然と、あるいは単に執筆順に並べられたものではなく、一定の方法意識のもとに構成されたことは明らかである。さらにソネット形式は性質上その多くが連作によって統一主題とコンパクトな詩想を盛り込むのに用いられたことを考えると、まずは全体の構成について注意をはらう必要があるだろう[16]。

陳思和は全体を六つの部分に分けて論じているが[17]、筆者はすでに八〇年代前半に指摘したように[18]、同ソネットは以下のような大きく四つの部分から構成されると考える。まず冒頭二首（第一・第二）と最後の二首（第二十六・第二十七）が真ん中に挟まれた部分とは主題が異質であることに注意したい。この四首は詩作という創造行為そのものに関わる問題をうたっている。これに対して、第三首から第二十五首までの中央部は基本的に「生」という命題に関わる認識を主題としている。またさらにそれらの前半部分第三首から第十四首までと、第十五首から第二十五首までの後半部分とでは内容の基調に転換が認められる。便宜上これを図式化すると、二十七首の展開は次のように整合性のあるものになる。〔　〕内はソネット作品番号である。

○詩作のプロローグ〔1・2〕

◎「生」をめぐる主題――（A）群〔3〜14〕――（B）群〔15〜25〕

○詩作のエピローグ〔26・27〕

詩作の発端をうたうプロローグ部分と詩作の帰結をうたうエピローグ部分にはさまれて、中央部分は「生」をめぐる認識を主題（A）から（B）へと展開させている。この（A）から（B）への移行（転換）を対照すると、まずうたわれる対象は〔個別・具象的〕なものから〔普遍・抽象的〕なものへ、認識の方法は〔経験的〕から〔思弁的〕に、うたいかたのスタイルは〔献辞〕から〔独白〕に変化している。そしてそれらに貫かれている態度についていうならば、（A）群では外（＝他者）へ向かう凝視の姿勢であり、（B）群では内（＝自己）へ向かう探求の姿勢であるということができる。それぞれに属す詩篇を具体的に見ていきたい。

主題（A）群について

馮至は『十四行集』序の中で次のように述べている。

……この発端は偶然だった。しかし自分の心の中ではしだいに一つの責任を感じていた。幾つかの体験は永遠に私の脳裏で再現され、ある人々から、私はたえず養分を吸収し、いくつかの自然現象は、私に多くの啓示を与えてくれた。わたしはなぜ彼らに感謝の記念を残さないのか?……すべて私の生命と深い関わりを持ったものたち、その一つ一つに詩を書く……こんなふうにして書いて全部で二十七首になった。秋になって大病を患い、病後はよるべなく空っぽになってしまったように感じたが、体力がしだいに回復してから、この二十七首を取り出し、あらためて整理し清書した時には、ほっとした気持ちになった。それは一つの責任を全うしたからである。(19)

このように馮至のソネットは啓示を与えてくれた人物や自然など自らが関わった地上の諸々の存在に感謝を記したいという思いから生まれた作品なのである。第四首を見てみよう。

我常常想到人的一生,
便不由得要向你祈禱。
你一叢白茸茸的小草
不曾辜負了一個名稱:

いつも人の一生に思い到ると、
あなたに祈らずにはいられない。
ひとむらの白く柔らかな小さな草よ
あなたはその名にそむかなかった。

但你躲避著一切名稱,
過一個渺小的生活,
不辜負高貴和潔白,
默默地成就你的死生。

けれどあなたはあらゆる名を避け、
ささやかな生活をおくっている、
高貴と潔白にそむくことなく、
黙々と自らの生と死を全うする。

一切的形容,一切喧囂

あらゆる形容、あらゆる喧騒は

到你身邊，有的就凋落，
有的化成了你的靜默：

這是你偉大的驕傲
却在你的否認裏完成。

我向你祈禱，爲了人生。

あなたのそばで、あるいは凋落し、
あるいはあなたの沈黙となる。

これはあなたの偉大なる誇りで
むしろあなたの否定の中で完成する。

私はあなたに祈りを捧げる、人の生の為に。

ここでは鼠麴草（エーデルワイス）に寄せて、その卑屈でない謙虚さ、純粋さ、尊大ではない堅強さに満ちた小さな生命を讃えている。ただひたすら自らの生を全うする可憐さ、作為のない素朴な生の中にこそある真摯な生き方を発見している。第三首でも同様に、ユーカリの樹のたえず殼を脱ぎ捨てる「凋落」のうちに「生長」を見ようとしている。このように第三首から第八首までは全て、抗戦期に馮至が仮住まいをすることになった昆明の山林地帯で、彼が目にした諸々の自然に触発されて生まれたと思われる。

これらに共通するモチーフは散文集『山水』（一九四七）[20]に収められた「一個消逝的山村」（一九四二、昆明）、「人的高歌」（同前）、「山村的墓碣」」（一九四三、昆明）の中にも見ることができる。すなわち人知れず難事業に命をかけた名もない庶民あるいは慎ましやかに淡々と自分の仕事を全うした人々、奇観ではなくどこにでもあるありふれた景観を形作る自然、こうした平凡な数多くの「生命」の中にこそ最も貴いものが隠されていることの発見。馮至は『山水』「後記」の中で、日に日に社会が腐敗に向かう中で、小さな草や木々のように自らの生を運命として積極的に受けとめ全うしていく質朴な存在こそがどんな人類の名言や偉業よりも自分に本当の意味での「生長」「忍耐」ということを教えてくれた、と当時の精神の在り様を回想している。[21]この他にも一九四二年冬から四三年にかけて書かれた歴史小説『伍子胥』（一九四六）の中で、従来は伍子胥に関わる重要な人物として個性ある性格付けをされる二人――漁夫と「浣衣女」を、馮至はあえて善良で平凡な一庶民の典型に変えている点[22]も基本的にはこうしたモチーフに発しているとみなすことができるだろう。

第九首から第十四首までは馮至に精神の糧を与え、その精神形成に深い関わりをもった人物――いずれも死者――に呼びかけたものである[23]。そのうち第九首は一人の戦士に、第十首は蔡元培に、第十一首は魯迅に捧げられたものである。彼らはみな同時代の戦士であり、身は滅びてもその戦闘精神そのものは不朽であり、永遠の輝きを放っていることを讃えている。第十二首から第十四首までは内外の芸術家――杜甫、ゲーテ、ゴッホをうたう。馮至の敬愛する詩人や画家の仕事がいかに他者と現実に関わり、どのように自らの理想との橋渡しを果たしてきたかを見つめている。こうした文学者や芸術家の仕事を問うことが自らの「生」への問いと重なるのである。このように（A）群詩篇において馮至はまず自分の生活に関わっている様々な存在が秘めている虚飾のないあるがままの「生」と、自分の精神に深く関わった人間たちの「死」を凝視することから始めている。特異な事物や現象に目を奪われるのではなく、現実生活の中で最も普遍的で平凡にみえるものの中に、そして自分の精神に最も親密に感じられるものの中に潜むものを「凝視」という姿勢によって探りあてようとしている。

主題（B）群について

李広田がその著の中で、『十四行集』の主要部分であり、芸術的完成度からいって最も精彩ある部分であるとした幾つかの詩篇は全てこの（B）群に含まれている。李が指摘するように、馮至のソネット二十七首が「哲理」の詩であるとされる要因はこの（B）群詩篇にあるといえる。具体的対象に呼びかけた（A）群から、詩の基調は一気に思弁的色彩を強めていくことになる。(B)群はソネット全体を特色づける高峰部分であり、言葉は平易ながらも哲理性の強い難解な詩が集中している。

看這一隊隊的馱馬
馱來了遠方的貨物，
水也會沖來一些泥沙
從些不知名的遠處，

風從千萬里外也會
掠來些他鄉的嘆息：
我們走過無數的山水，
隨時佔有，隨時又放棄，

彷彿鳥飛翔在空中，
它隨時都管領太空，
隨時都感到一無所有。

什麼是我們的實在？
從遠方什麼也帶不來，
從面前什麼也帶不走。

見よこの一隊一隊の駄馬は
遠方の貨物を載せて来た、
水さえ幾らか泥沙を押し流すだろう
名も知らぬいくつかの遠い場所から、

風も千万里の外から
他郷のため息を少しかすめ取ってくる。
私たちは数えきれない山河を通り、
いつでも占有し、またいつでも放棄する。

あたかも鳥が空を飛ぶように、
いつでも大空を支配していて、
いつでも何一つ持てないのを感じる。

私たちの実在とは何か？
遠方から何も持って来れず、
眼の前から何も持って行けない。

（B）群の先頭に置かれた第十五首は、まず荷を運ぶ「駄馬」、「水」、「風」のように刻々と居場所を変えつつ、何かをもたらすもののイメージを提示する。その後、それらと対照的に人間は大空を翔る鳥に似て、「占有」と「放棄」を繰り返しながら何ものも所有せず何ものにも連なることのない孤立した存在であるとの認識が示される。最終聯の「私たちの実在とは何か?」という問いかけに呼応するように、続くソネットは有限の人間存在の意味を問い、悲観を克服していくための認識が順次展開されていく。第十六首では、「我走過的城市，山川（私たちが通り過ぎた町、山河は）／都化成了我們的生命（みな私たちの生命と化した）」とうたい、第十七首では自分が関わりを持った人間たちが「心の原野」[24]に生命の小道を踏み残していった、とうたう。

中でも第十八首と第二十一首は馮至が探索する生存の哲理と審美意識が最もしっくりと融合した、全篇中の精華といってよい。陳思和と鄭敏は第十八首を愛情詩とみなし、[25]陳思和はこの詩が「妻、姚可崑にあてたもの」で、「この上なく具体的でこの上なく秘められた愛情の表出をしている」とまで断じている。かりにそうだとしても、同詩は一般的愛情詩をはるかに超える意味の多層性を生みだしていることに注目したい。

我們常常度過一個親密的夜
在一間生疏的房裏，它白晝時
是什麼模樣，我們都無從認識，
要不必說它的過去未來。原野……
一望無邊地在我們窗外展開，
我們只依稀地記得在黃昏時

私たちはいつも親密な夜を過ごした
なじみのない部屋で、それが昼間は
どんな様子か、二人とも知る由がない、
ましてその過去未来など。原野は……
見渡す限り果てしなく私たちの窓の外に広がり、
私たちがただおぼろげに覚えているのは黄昏に

來的道路，便算是對它的認識，　来た道、どうやらそれでわかるとしよう、
明天走後，我們也不再回來。　明日行けば、私たちはもう戻ることはない。

閉上眼吧！讓那些親密的夜　目を閉じよう！　あの幾つかの親密な夜と
和生疏的地方織在我們心裏：　なじみのない場所を私たちの心に織らしめよ。
我們的生命像那窗外的原野，　私たちの生命はまるであの窓の外の原野のように、

我們在朦朧的原野上認出來　私たちは朦朧たる原野に見分けられる
一顆樹，一閃湖光；它一望無際　一本の樹、湖水の煌めき。それは見渡す限り果てしなく
藏著忘却的過去，隱約的將來。　忘却の過去、ぼんやりとした未来を隠している。

詩中の「なじみのない部屋」「なじみのない場所」とは何を表現しているのだろうか？　孤独と不安から逃れようのない人間存在を表しているのか？　また詩中に三回「原野」という語を繰り返しているのは「見渡すかぎり果てしない」「朦朧」として捉え難い人生を表現しようとしているのだろうか？　陳思和は『十四行集』を分析した時、「遠方志向（曠遠性）」というキーワードを用いて「過去の時空の経験を連結、伝承し」、「自身の生命経験を放散、拡大する」と指摘している。しかし、それだけではなく地上の諸物が固有に持っている過去―現在―未来にわたる連続した時間をも「心の原野」に刻みつけていこうとする詩人の意志も読み取るべきだろう。しかも同詩はそこはかとなく寂寞の思いを伝えると同時に、静謐な遼遠へ向かう雰囲気を作り出している。それでいて「親密な夜」は二人の人間が寄り添わずにいられない時の本能的な愛の温かな感覚を含んでいる。原野に存在する「来た道」、「一本の樹」、「湖水の煌

めき」はすべて個人の経験した時間が凝結して形あるものに転化した、その象徴として、広漠たる原野のイメージと相互に引き立て合っている。

注意すべきは、「目を閉じる」と「織る」という動詞が詩中で重要な役割を果たしていることである。本来ありふれた動詞がここでは人に思索させる力を発揮している。「目を閉じよう！」リルケを彷彿とさせるこの表現だが、これは誰が誰に向かって呼びかけているのだろうか？　詩中の「私」から「あなた」へだろうか？　あるいは天から読者への呼びかけだろうか？　いずれにせよ、この動詞は時間を瞬時止めて人に沈思を促すものであり、馴染んでしまった時間の流れに一種の減速感をもたらしている。思索は本来順を追ってゆっくり進められるものである。「織る」という動詞も思索と同様、あるビジョンに向かって時間をかけて行う忍耐を伴う行為を意味する。また異なるものが一つの空間にまじりあう意味合い（「交織」）があり、やはり思索に通じる。こうして日常的に使われるごく平凡な動詞が作者の手を経てふたたび新たな生命を注ぎこまれ、詩的言語として蘇っている点にも注意したい。

このように第十八首は一方で放散し瀰漫するもの、一方で凝固し形を為すもののイメージという鮮明な対比を通して、内心世界の風景画を描き出している。古典詩歌にしばしばみられる対偶表現と繰り返しも、同詩を決して陳腐なものにはせず、むしろ思索にふさわしい静寂で調和のとれた雰囲気を醸し出すのに役立っている。

次に第二十一首を見てみよう。

我們聽著狂風裏的暴雨，　私たちは狂風の中の暴雨に耳を澄ます、
我們在燈光下這樣孤單，　私たちは灯の下でこんなにもぽつねんとして、
我們在這小小的茅屋裏　私たちはこの小さな茅葺の小屋にいて

就是和我們用具的中間　身の回りの道具との間にさえ
有了千里萬里的距離；　幾千万里の距離が生まれた。
銅爐在嚮往深山的礦苗　銅製のストーブは鉱山の露頭に思いを馳せる、
瓷壺在嚮往江邊的淘泥，　磁器のポットは川べりの陶土に思いを馳せる、
它們都像風雨中的飛鳥　それらはまるで風雨の中を飛ぶ鳥のように

各自東西。我們緊緊抱住，　おのおのばらばら。私たちはきつく抱きあう、
好像自身也都不能自主。　まるでわが身さえ思い通りにならないように。
狂風把一切都吹入高空，　狂風はあらゆるものを空高く吹き上げて、
暴雨把一切又淋入泥土，　暴雨はあらゆるものを泥土にしみこませる、
只剩下這點微弱的燈紅　ただこの微弱な紅いともし火だけを残し
在證實我們生命的暫住。　私たちの生命の仮の宿りを証している。

暴風雨の夜、貧しい家屋の薄暗い灯火の下で限りなく孤独を感じる「私たち」。使い慣れた日用品すら「私たち」を離れてそれぞれの母胎を求めて飛翔し、疎遠なものに変わっていく時、取り残された者の喪失感覚。「私たち」に帰すべき母胎はない。嵐の中でほとんど消え入りそうに揺らぐ灯火の赤だけが「私たち」の暫時の生命の証。それは抱きあう「私たち」が発する灯火でもある。同詩は、集中最も緊密な構成を持つ一首といえる。冷と暖、硬と軟、乾燥と湿潤、光明と闇、広大と狭窄、拡散と凝集、上昇と下降、これら感覚的にあるいはベクトルの相反するイメージがか

えって有機的統一感を生み、最終カプレットの「暫時」の「微弱」な人間存在のはかなさを、「証している」という認識の力強さが繋ぎとめることで、詩的テンションが与えられている。また「向往」と「抱住」のような外へ向かうことと内へ向かうことの動態イメージ、言い換えればそれらは「瀰漫」と「凝結」という、相反する意識の往復運動を表し、まさしく詩人の絶え間なく揺れ動く「主体」形成の方法を象徴している。先述した第十八首と同様に、ここでも平凡な動詞が意外な効果を発揮している。「きつく抱きあう（緊緊抱住）」は人と人とが最も親密な接触で得られる温かさと慰撫を素朴に現しているが、同時に人生の孤独と寂寞を改めて感じさせる。狂風暴雨の夜に粗末な茅屋に閉じ込められた二つの孤独な人間が「自分ではどうしようもなく」ひしと抱きあい、その時、暗闇の中でかすかに燃える弱々しい灯の赤みは孤単の人間の脆弱、生命のほのかな温かさ、そして一回性のかけがえのなさを伝えている。これは寂寞に満ちた愛の構図であり、この凝縮された情感は一般的愛情詩では表現しえないものである。詩中「私たち」という語が六回も出てくる。こうした人称の繰り返しは一見詩全体の精度を欠いて単調になる上、複数形一人称が抗戦期の集体意識の反映だとする見方も出てくるかもしれない。しかしこれを凡庸で粗雑な使用とみなすのは機械的すぎる。詩中の「私たち」は「あなた」と「私」であり、両者はともに歴史と社会から切り離せない存在である。それゆえ憂患意識を共有するが、ふたりが永遠に別個の存在であることに変わりはない。あなたと私が初めから一体化したものであれば、そもそも「きつく抱きあう」ことはできない。「私たち」という人称を反復しながら、馮至はそこに内包された個と共同体の意味を、孤単と抱擁の中で反芻しているといえる。

第二十二首では母胎をもたない不安にさらされた人間存在として『給我狹窄的心／一個大的宇宙！（私の狭い心に／大きな宇宙を！）』という叫びをあげているが、第二十三首では、長雨の中、晴れ間が見えると母犬が生まれたばかりの小犬を銜えて陽を浴びさせるという行為のイメージを用いて、犬たちには記憶がなくても、その経験が「将来の吠え声に溶け込んで」「深夜光明を吠えだす」とうたっている。こうして個の一回性の有限な生も無意識のうちに生命と経験の連続性を宿しているという認識に導かれる。

そして「這裏幾千年前（ここは数千年前から）／處處好像已經（いたるところすでに）／有我們的生命（私たちの生命があったようだ）」（第二十四首）という生命観に達していく。すなわち自分の生命は自分が関わったあらゆる人間、自然そして空間と関連しあうものであり、しかもそれらに固有の歴史をも無意識の心の領域にとりこんでいるのだとする認識である。

このように（B）群詩篇は個としての人間存在の孤単と閉鎖性をふまえながらも、その有限性に悲観することなく、終には他の一切の存在との関係の中に新たな連続性と永遠性を見出す認識を、順次揺れ動きながらも形作っていくのである。しかも重要なことはこうした認識の形成を促す契機になっているのが（A）群詩篇にうたう諸々の身近な存在、すなわち自分では意識することなく黙々とその誠実な生を表現するものたちや、死してなおその精神の輝きを失うことのない死者たちなのである。それらに励まされ、それらに「感謝の記念」（『十四行集』自序）を記す過程で、（B）群詩篇における認識が導き出されていくのである。

プロローグとエピローグ

同集冒頭の第一首は、生命が戦慄し、魂が揺さぶられて内面世界が大きく転換する「時」すなわち生命と時間の関係をうたっている。

我們準備著深深地領受　　私たちは深く受けとめる準備をしている

那些意想不到的奇蹟，
在漫長的歲月裏忽然有
彗星的出現，狂風乍起：
我們的生命在這一瞬間，
彷彿在第一次的擁抱裏
過去的悲歡忽然在眼前
凝結成屹然不動的形體。

あの思いもよらぬ幾つかの奇跡を、
長い長い年月の中で忽然と生じる
彗星の出現、猛り狂う風の突発。
私たちの生命はこの瞬間にある、
まるで初めての抱擁の中で
過去の歓び悲しみが忽然と目の前で
そそり立つ不動の形体に凝結するように。

ここに見られるのは、新しい時間意識である。「時間」は私たちの外にあってただ私たちを押し流して過ぎていくものではない。果てしなく続くかに思われる日々の中で私たちは「その時」の到来を受け止める準備をしていなくてはならない。だが「その時」は決して降って湧いてくるのではなく、全身全霊をかけて日々積み重ねていく地道な行為の中からしか生まれない。第二首は同じく時間と生命の関わりをうたうもので、「什麼能従我們身上脱落（私たちの身より抜け落ちるものは）／我們都讓它做塵埃（みな塵埃となるにまかせる）」と「脱皮」のイメージを用い、ゆっくりと変貌していくことに生の意味を見出している。このようにプロローグとして示されたのは詩人の時間意識を核とする生命観であり、以下（A）群から（B）群へと変奏曲のように思索を展開することになる。

エピローグの二篇は（B）群詩篇の主題をふまえて、世界への向き合い方を模索した詩篇である。第二十六首の第二連と第三連を掲げておく。

走一條生的，便有些心慌，
怕越走越遠，走入迷途，
但不知不覺地從樹疏處
忽然望見我們住的地方，

像座新的島嶼呈在天邊。
我們的身邊有多少事物
向我們要求新的發現：

知らない道を歩いて行くとどこか落ち着かなくなり、
行けば行くほど遠くなり、道に迷うかもしれない。
だが気づかぬうちに木々の隙間から
忽然と私たちの住む場所が見えてくる、

まるで新しい島が空の果てに現れるように。
私たちの周りではたくさんのものが
私たちに新たに発見されるのを求めている。

一般に道を人生になぞらえる詩の多くは目の前の道が未来へ向かう行程を象徴する。しかしここでうたわれているのは「私たちの住む場所」（自らの本源）へ辿り着くための帰り道である。そこへ至るのは必ずしも慣れ親しんだいつもの道だけではなく、めざすところがあれば、仮に迷ってもいつかは辿りつけるという認識がみられる。R・フロスト（一八七四〜一九六三）の「行かなかった道（"The road not taken"）」は躊躇しながらも人が選ばない道をあえて選ぶ勇気と冒険精神をうたっている。馮至のこのソネットも、本源を求めて見知らぬ道に踏み出す勇気をうたっている点では通じるものがある。しかし、馮至の場合、未来とは決して漠然とした未知のものではなく、目ざす遠方として意識されていることに注意したい。

第二十七首は「捉えがたいもの」を「風見の旗」のように形体を持ちながらも対象の揺れ動きのままに捉えることをうたう。さまざまな思いや考えを詩的言語に化そうとする欲求、あるいは詩的言語と化した諸々の感情や思索の可能性と、それを探求する詩人の仕事が示され、同首はソネット全篇を締めくくるのにふさわしい一首となっている。(26)

以上のような二十七首の整合性ある構成と主題の展開を見ていく時、全体を一種の変奏曲とみなすこともできよう。それゆえ陳思和も全体が六楽章から構成されると考えるのである。そこには馮至の詩的発想と主体形成のプロセスと展開を見ることができる。

三　情感の形式

多くの研究者が指摘するように、馮至の『十四行集』はリルケの影響はもちろんのこと、ゲーテ哲学の〈蛻変論〉、そしてヤスパースの実存主義哲学の〈交流〉理論やキルケゴールの〈決断〉観などに触発されたことが考えられる。しかし同時に中国詩歌の伝統も彼の思想と芸術の源泉になったことを見逃すことはできない。抗戦期間中、馮至の最も精神的支えになっていたのは杜甫であった。かつて『歌徳与杜甫』（一九八〇）の中で彼は「抗日戦争がはじまると、戦争の日々の中で、まず杜甫に、次にゲーテにますます自分が近づいていくのを感じ、彼らから多くの精神的栄養を吸収した」[27]と述べている。抗戦期には、人生の大半を流亡と漂泊のうちに送った杜甫が馮至に戦乱の世を生きていく糧を与え、創作に駆りたて、自分自身を見定めさせてくれたという。杜甫の描く時代と生活の悲惨と艱難及び戦争における個人と国への思考は、馮至の思索に精神的養分を与えたのである。つまり、馮至はこの時杜甫とゲーテという、自己の魂と最も相通じる文学者を中国と西洋にほぼ同時に探しあてたといえよう。しかし、彼らから学んだものは人生哲学にとどまらず、その文学的方法というべきものだった。『十四行集』が哲学ではなく、きわめて平易な言葉を用いた詩篇であることを忘れてはならない。

近年、昆明の西南聯合大学で馮至の学生であった鄭敏が馮至のソネットについて「表層的な閲読はしばしば普通の身辺瑣事に深く埋もれている素朴な言葉の背後にある大きな意味を見逃しがちである。これもまた慌ただしい時代に馮至の詩の深意が完全には感受されていない原因である(28)」と遺憾の意を表している。

一般的に言って、一見素朴な詩語が内に含むものを鑑賞するのは難しく、しばしば等閑視されがちである。四〇年代の馮至もゲーテ晩年の作品について同様のことをのべている。

ここでの言葉は以前の詩の中の言葉に比べてずっと簡単で、文字も素朴であるかもしれない。ただ、どの言葉もその一般的意味を超えてより高度の解釈がなされる。個々の自然、草木一本一本、一筋の虹そして一粒の砂、そのすべてが詩人自ら経験し、その目で見たものではあるが、同時に宇宙の本体に触れない時はなかったのだ。ここでの愛憎、生命についての種々の観察は全て詩人自身のものであり、同時に人類のものである。だからいい加減な読者、視野の狭い読者、修辞を追求する読者は往々にして、素朴な言葉を無味乾燥だと感じ、詩人の描く諸々の対象の表面的描写に彼らの欲望を満足させることができず、その内に含まれる深意を理解するすべがないのである(29)。

馮至がここで強調するのはゲーテがいかにして言葉が簡単で文字が素朴な詩歌の風格を作り出したかということである。その鍵は事物を「観察」することにある。馮至はさらに別の一篇でゲーテの蛻変論について言及していう。「原始の現象は万物の中から観察して得られる。しかし得たのちはまたそれを逆に利用して万物を観察する。……ゲーテはさらに彼が生物界から観察して得た蛻変論を人間に演繹し、一人の人間の一生もまた停滞せず、変化がなければならないと推断したのである(30)。」

注意すべきは、四〇年代から杜甫研究を始めた馮至が『杜甫伝』[31]の中で、杜甫の詩句を高く評価する時は、いつも次のような評語を使っている点である。すなわち「自然で生き生き」「誠実素朴」「質朴で生き生き」「真心がこもり自然」「清潔」「空虚な幻想がない」「心を揺さぶる切実さ」(原文では「自然活潑」「自然生動」「眞實而自然」「誠樸」「樸實而活潑」「眞切而自然」「淨潔」「沒有空虛的幻想」「親切動人」)などである。ここから馮至が何を好み、いかなる詩学と審美価値を尊重したかがうかがわれる。もし一言で概括するなら、それは「自然」である。では、詩人は「自然」という境地をいかにして表現しているか？　馮至の四〇年代の散文がその問いに答えてくれる。

　幾つかの古典の静やかな芸術品の前で、彼(ゲーテ—筆者注)は深く「節制」の必要を認識した。芸術の価値は情感の発動にあるのではなく、情感の凝縮精錬にあるからで、火山の爆発ではなく、海水の忍耐と重荷を担うことにあるからだ。凝縮精錬と忍耐のために、人は随時抑制する時間を必要とする。[32]

さらに馮至は「凝縮精錬」について、賈島の句を引用した散文「両句詩」(一九三五)[33]の中で、「賈島のように山林の静寂を徹底して悟った人間だけが凝縮精錬できる」と述べている。馮至は「凝縮精錬」と「素朴」を文学の真正の価値とみなし、「自然」は決して感情の放縦からくるのではなく、むしろ「節制」「抑制」によってもたらされ、それはある静寂＝沈思を伴うものであると考えていたのではないだろうか。「勢いよく動きまわる思想を制限せず、ただ私の思想を受け取ってそれにふさわしい配置をする」[34]ソネットという形式は、馮至にとって表現を「凝縮精錬」するために「抑制」を与える恰好の詩体だったのである。

四　むすびに

第八章で見てきたように、馮至創作第一期の長詩「北遊」は構成についての周到な配慮が見られ、こうした主題の展開そのものが馮至の詩作のプロセスを体現しているともいえる。この点からすれば、ほぼ十年の詩的空白（翻訳は除く）の後、ソネット二十七首のような構成を持つ主知的抒情詩がうまれたことも決して偶然ではない。すでに初期の段階からソネットを結実させる素地は養われていたのである。

ソネット二十七首の抒情詩としての新しさは、「凝視」によって個々の経験に接し（主題（A）群）、そこから出発してそれらに内在する共通の本質——人間存在の可能性を見出していく（主題（B）群）という認識の展開にある。こうした帰納的方法による生の可能性の探求は、抗戦という極限状況の下で、現実と他者に向き合う主体を構築しようとする意志と無関係ではない。この認識方法が彼の文学者としての姿勢の原型になるならば、それはその後も同様に彼の中で繰り返し、連関し続けるはずである。おそらくソネット創作を通して人間存在についての認識を定着させた馮至は、さらに十余年の詩的空白を経た創作第三期の『十年詩抄』（一九五九）[35]の諸篇で、再びまず目の前の現実——社会主義的新事物——に接した素朴な感動をもとに、新鮮な対象を観察することに戻るのである。これは少なくとも形の上ではソネット（A）群を貫く外界を「凝視」する姿勢を引き継いでいるといえる。しかし彼自身が当時「この中の五十首の詩は作者の党と人民の事業に対する熱愛を表現していること以外、思想は深くない」（傍点は筆者）（『十年詩抄』前言、一九五六）という、単なる謙遜なのか、あるいは苦衷に満ちた自己批判ともとれる微妙な言い方をしているように、それらは目の前の「現実」をひたすらナイーブにうたう詩篇ではあっても、決してソネット（B）群のように内向しながら哲理をきわめていく詩篇に移行することはなかったのである。

また、すでにのべたようにこれらソネットの表現上の特色は、外へ向かう瀰漫する意識と内へ向かう凝結性の意識が交錯しながら循環していく過程を、それぞれにふさわしいイメージを用いて表現している点にあった。こうした動態的イメージは人間の「開放性の孤独」(36)を表現するのにふさわしく、これに象徴される内と外へ交互に向かっていく相反する心理と意識の運動は馮至のソネットに詩的緊張に満ちた「平衡感覚」を生み出し、静謐な雰囲気を作り出している。こうして特色ある「沈思の詩」は誕生した。この「平衡感覚」は多くの中国古典詩特有の境界にも認められるものである。同ソネットの主要イメージは自然界のものであり、時に運用される対偶表現も全篇に古典的形式感を与えている。また情感の抑制や表現の凝縮精錬を求めたこと、これらはいずれも中国古典詩の伝統と旧詩の審美意識を想起させるかもしれない。あるいは馮至という詩人の気質があるタイプの古典詩人たちと近いとも感じさせる。

しかし、こうした中国詩歌の伝統は決して旧詩にのみ属するものではない。新旧問わず、このような風格はすぐれた漢語詩歌にはしばしば見られる特色とすべきであろう。西欧哲学の啓発や影響あるいは中国詩歌の伝統の薫陶を受けていることよりも、馮至のソネットが、二十世紀四〇年代に生きた一人の中国詩人が自己を取り巻く外界の現実を観察し、同時に自己の内面を凝視する、その往復運動の中から生まれた、主体形成の変奏曲であることに大きな意味がある。

同時に、馮至のソネットは格律を有する新詩表現の可能性を最大限に発揮した現代定型詩のモデルでもある。それは抗戦期詩歌の大音声にかき消されそうになりながらも、今に至るまで「響く詩〈il sonnetto〉」（ソネットの語源）として、厚さ数ミリの薄い一冊の詩集から沈思の声を発しているといえるだろう。

注

（1）人民文学出版社。第一輯には詩十八篇（うち叙事詩二篇、長詩一篇）、第二輯には中篇小説「伍子胥」、散文九篇を収める。
（2）『中国現代作家伝略』（四川人民出版社、一九八一）の「自伝」ではこうした否定的評価を下したことについて「現在回想してみるとそれは適切ではない」と自己批判している。
（3）同書について《詩刊》一九八一―一一「詩苑漫歩」に丁洋による短い書評が載っている。
（4）邦訳に王榕青『風見の旗――ソネット二十七首』（一九五二年四月、限定八十部非売品）があり、これはそのまま雑誌『詩学』七巻一〇号（一九五二年一〇月）に転載された。
（5）聞一多「白朗寧夫人的情詩」（《新月月刊》創刊号及び一巻一期に連載）。徐志摩の「解説」が付されている。
（6）三木直大「卞之琳とオーデン・「戦いのときに」の翻訳と『慰労信集』」参照（『一三十年代中国と東西文芸（芦田孝昭退休記念論文集）』東方書店、一九九八年一二月）。
（7）意味上の一定の単位（一つの詞あるいは二つの詞を合成した語）と一致する音節上の単位。何其芳、卞之琳らの格律詩論の中でよく用いられるターム。聞一多のいう「音尺」、王力のいう「音歩」に相当する。
（8）「十四行集」序。
（9）楊憲益「訳余偶拾」（《読書》一九七九・四）はソネットが唐代中国からヨーロッパに伝わった詩形式だとして中国起源説を提出している。真偽は不明だが、絶句の起承転結の展開に類似性があると考えるためであろう。
（10）解志熙「関於詩的詩――読馮至的『十四行集』（二十七）」（注（14）の孫玉石主編『中国現代詩導読（一九三七―一九四九）』所収）は第二十七首が「散漫で自然なものに、揺るぎない形式と確たる秩序を与える」ことで、詩における調和のとれた審美的境地が生まれることを表現しており、馮至が規範性と制約のある芸術形式に重要な意義を認めている証左だとしている。さらに同氏は馮至が当時、確率の厳格な外来の形式（ソネット）を用いることへの非難を感じていたからこそ、あえてこの形式を用いて芸術表現における形式規範の価値を強調したのだとしている。
（11）詩人で中国文学者小山正孝（一九一六～二〇〇二）に馮至十四行第二十一首、第二十七首及び「招魂」（『十四行集』再版所

収）の三首の翻訳がある。それらは「小曲」と名づけられ、それぞれ小題「Ⅰ　私たちは」、「Ⅱ　あふれ出る」、「Ⅲ　招魂——つつしんで「一二・一」殉難者の霊前にささげる」が付され、『山の樹』一九五六年十二月号に掲載された（『感泣旅行覚書』補遺、潮流社、二〇〇四年所収）。同氏には共訳著『漂泊の詩人杜甫』（平凡社、一九八三年二月）もある。馮至のソネットの、日本での受容の問題だけではなく、「四季」派、四〇年代初めの中村真一郎らのマチネポエティークの運動との関わりから考える上できわめて興味深い仕事を残している。

(12)　初版（桂林明日社、一九四二年五月）にはソネット二十七首の他に「附録」として雑詩六首（「等待」「歌」「給秋心」四首）を収める。再版（上海文化生活出版社、一九四九年一月）はソネット二十七首の他に雑詩四首（「等待」「岐路」「我們的時代」「招魂」）を収める。『馮至詩選』第二輯所収の「十四行二十七首」と再版本のソネットには詩句の異同があるが、ここで引用した詩は全て再版に拠った。

(13)　同論の他、当時『十四行集』を論じたものに、朱自清「詩与哲理」「詩的形式」（『新詩雑話』一九四四）があり、「日常の境界の中に精緻な哲理味を見出す詩人」の作として言及する。

(14)　陳思和『中国現当代文学名篇十五講』（北京大学出版社、二〇〇三年二月）所収の「探索世界性因素的典範之作：『十四行集』（上）（下）」（同書第八講・第九講）はこれまで最も精細かつ全面的に全二七首を解読したもの。それらにはリルケの影響がみられることから「この中国詩人は国際的文脈の中で世界的レベルの巨匠と対話している」（二〇一頁）と述べている。この他に孫玉石主編『中国現代詩導読（一九三七—一九四九）』（北京大学出版社、二〇〇七年一一月）も　全体の三分の一にあたる九首のソネット（第一首、第二首、第六首、第十五首、第十六首、第十八首、第二十首、第二十一首、第二十七首）の「解読」を試みている。

(15)　初出は《文芸月刊》戦時特刊第一一年六月号（一九四一・六・一六）。タイトルは「旧夢」で組詩「十四行集」の第一首。

(16)　『全集』題注に拠り、以下に十四行二十七首の初出と転載誌一覧を示す。初出が『十四行集』初版（一九四二）であるものには＊印を付した。なお、《文芸時代》（第一巻第三期）所収の「十四行十一首」については確認済みだが、《文芸月刊》戦時特刊の同号については欠本のため未確認である。

第一首（＊）	《文芸時代》第一巻第三期（一九四六・八・一五）総題為《十四行一一首》
第二首～第六首（＊）	同前
第七首	《文芸月刊》戦時特刊第一一年六月号（一九四一・六・一六）、題為《郊外》、組詩《十四行詩》第二首。後に、《文芸時代》第一巻第三期（一九四六・八・一五）総題為《十四行一一首》
第八首	《文芸月刊》戦時特刊第一一年六月号（一九四一・六・一六）、題為《旧夢》、組詩《十四行詩》第一首。後に、《文芸時代》第一巻第三期（一九四六・八・一五）総題為《十四行一一首》
第九首（＊）	《文芸時代》第一巻第三期（一九四六・八・一五）総題為《十四行一一首》
第十首（＊）	《文芸時代》第一巻第三期（一九四六・八・一五）総題為《十四行一一首》
第十一首（＊）	《文芸時代》第一巻第三期（一九四六・八・一五）総題為《十四行一一首》
第十二首	《文芸月刊》戦時特刊第一一年六月号（一九四一・六・一六）、題為《杜甫》、組詩《十四行詩》第三首。
第十三首	《文芸月刊》戦時特刊第一一年六月号（一九四一・六・一六）、題為《歌徳》、組詩《十四行詩》第四首。
第十四首～第十八首（＊）	
第十九首	《文芸月刊》戦時特刊第一一年六月号（一九四一・六・一六）、題為《別》、組詩《十四行詩》第六首。
第二十首	《文芸月刊》戦時特刊第一一年六月号（一九四一・六・一六）、題為《夢》、組詩《十四行詩》第五首。
第二十一首～第二十七首（＊）	

(17) 各楽章のタイトルとソネット分類は次の通り。第一楽章・荘厳的序曲——涅槃中的永生(第一—四首)、第二楽章・詩神降臨世俗——速写与警示(第五—七首)、第三楽章・詩人的精神之旅——啓蒙到自救(第八—十四首)、第四楽章・生命的頌歌——人之眩遠与愛情(第十五首—二十首)、第五楽章・存在之歌——狭窄中的宇宙(第二十一—二十三首)、第六楽章・幽遠的尾声——有与無的転化(第二十四—二十七首)

(18) 拙稿「馮至の『十四行集』——ソネット二十七首——について」(『お茶の水女子大学中国文学会報』第二号、一九八三年四月)参照。

(19) 『十四行集』「序」(上海文化生活出版社、一九四九年一月、影印本)。

(20) 上海文化生活出版社、一九四七年五月。散文十三篇と後記一篇を収める。

(21) 『十四行集』の序文や『山水』の後記(『山水』九三〜九六頁)にしばしば現れる「滋養」「精神の糧」「忍耐」「生長」、「啓示」「責任」「感謝」等の語彙は「修養」の観念と結びついている。当時の馮至自身の言葉を借りれば、「修養」の理想は「情理並茂」「美と倫理の結合」「完全なる人間」である(「『維廉麦斯特的学習時代』中文訳本序言」一九四三、『論歌徳』、三八〜五四頁)。また「永遠の美」「素朴」「率直」という言葉が馮至自ら目にした無名の山水や無名の人々が持つ愛惜すべき品質に対して使われているように、倫理と美を一体化させようとする表現の中に馮至の動態性の主体構築の過程を見ることができる。

(22) 拙稿「馮至の『伍子胥』について」(大東文化大学紀要第十九号、一九八一)参照。

(23) Julia C Lin, *Modern Chinese Poetry: An Introduction* (University of Washington Press, 1973) は七〇年代に中国新詩を詳しく分析紹介したほとんど唯一の英文書である。同書は馮至を聞一多、徐志摩と共に「The Formalists」に分類し、主として二〇年代の作(特に叙事詩)と『十四行集』について論じている。題材について、死者の魂を讃える詩六篇はヨーロッパソネットの伝統的主題である〝英雄称賛〟を受け継いだものと指摘している。同時にそれは中国古典詩の「詠史」の伝統を引き継いでいるともみなせる。

(24) 注(10)前掲書は、このソネット第十七首で使われている「十字路」「水路」「平原」等のイメージが、詩人の内面世界を象徴するものとして重要であることはリルケの詩の場合と同様だと指摘する。他に、リルケ『ドゥイノの悲歌』(一九二二)に多用される、「星」「行人」「風景」「飛鳥」なども馮至のソネットに共通するイメージであることからも、リルケの影響の大きさがうかがわれる。

(25) 鄭敏「憶馮至吾師――重読『十四行集』」、《当代作家評論》二〇〇二年第三期、八九頁。陳思和『中国現当代文学名篇十五講』二四八頁。

(26) 張新頴（拙訳）「瓶と水、風見の旗と捉えようのないもの――馮至『十四行集』第二十七首新釈」及び「訳者後記」（『九葉読詩会』第四号、二〇〇九年三月所収）参照。

(27) 『論歌徳』、上海文芸出版社、一九八六年九月、一一六頁。

(28) 鄭敏「憶馮至吾師――重読『十四行集』」。

(29) 馮至「歌徳的『西東合集』」一九四七年九月作（『論歌徳』五六頁）。

(30) 馮至「従『浮士徳』裏的〝人造人〟略論歌徳的自然哲学」一九四四年九月作（『論歌徳』三五～三六頁）。

(31) 『杜甫伝』人民文学出版社、一九五二年一一月（『馮至全集』第六巻、七～一五四頁）。

(32) 「歌徳与人的教育」一九四五年作（『論歌徳』、七七～七八頁）。

(33) 「両句詩」（『山水』、二三頁）。

(34) 『十四行集』「序」、上海文化生活出版社影印本、三頁。

(35) 一九五八年、作家出版社から『西郊集』（五十首が内容別に分けられ、四輯からなる）が出された翌五九年、この中の五首を削除し、代わりに五七年以降書かれた新たな五首を収めて『十年詩抄』として人民文学出版社より出版された。

(36) 張新頴「学院空間、社会現実和自我内外」（《当代作家評論》二〇〇一年第一期、三四頁）は「……しかしこの個人はただ自己の孤独を守るだけではなく、自己の孤独をひたすら深化させている。このような孤独は独り存在し独り成就していく勇気と気高さに満ち溢れている。このような生命体験の深い孤独は隔絶によって引き起こされるのではない（隔絶は生命体験の深い孤独を生む力もない）ため、この孤独の主体もやはり自身を隔絶するはずもなく、ちょうど反対に、為そうとしているのは最大限に自己を開け放し、世界が自身を満たすようにすることなのである」と指摘する。本章第二節で述べたように、馮至のソネットを貫くものが「瀰漫と凝結」のイメージであることはその一証左であると考える。

概説4　第十章・第十一章

彼此の往来

「彼此の往来」は本論考全体を貫くテーマでもある。民国期の文学者の中には、時間やトポス――「彼」「此」――をおのれの感情と論理を振動させながら相対化しつつ、新しい表現――それは精神の自由とも言い換えられる――を模索した者たちがいた。中でも馮至と何其芳は中国現代文学には珍しい〈幻想〉に満ちた詩的テクストによって、新しい時間意識を構築した点に特色がある。本二章では、このふたりの詩人の、主として詩的要素の強い散文や小説を対象として、私／あなた、現実／夢、現在／過去、記憶／予感などの、時空間の往来をテーマとする作品を取りあげ、その表現手法を考察する。馮至については自他のコミュニケーションが成立する瞬間を構図化した表現に注目し、何其芳については、独白と対話を交錯させた新しい語りの手法を分析し考察を加えている。

第十章は、馮至の一九二〇年代の物語性の強い叙事詩数篇と『論語』の一節を題材とする短篇小説『伯牛有疾』および四〇年代の中篇小説『伍子胥』の一章を取りあげ、古典的素材が現代的関心のもとに詩的な処理によって再構成されていることを明らかにした。あわせてふたりの人間が相互の感情と意識の受け渡しをする〈向き合う〉構図の中に、個であり孤である人間存在だからこそ創り出せる時間が象徴されていることを指摘している。

第十一章は、何其芳の一九三〇年代の散文集『画夢録』の物語的構造について、シュタンツェルやジュネットの物語論の概念を援用した分析を通して、同時代には珍しい斬新な重層的時間表現を明らかにした。また回想性の強い散文では「彼」「此」を往来する意識活動――イマジネーションの跳躍――によって、過去と現在の区別に縛られない時空を創造していること、あわせて「彼」の地としての〈郷村〉を描くのに、無名の人々の日常のしぐさや悲しみの表情に焦点をあてることで、いわゆる郷土小説には見られない新しい〈郷村〉のイメージを創造した点も指摘している。

第十章　向き合うふたりの時空――馮至のコミュニケーション観

はじめに

前章で見てきたように、馮至の『十四行集』の主題の一つは、同時代の李広田が「沈思的詩・論馮至的『十四行集』」でも指摘する、「人と人」「人と自然」をはじめとする、いわば「自己」と「他者」の関係性をめぐる思索にある。M・ガリックも「人間間のコミュニケーション」が馮至の初期創作の段階から繰り返し現れるテーマの一つであると指摘している(1)。およそ七十年にわたる馮至の創作には作風の変化はあるものの、その底流には一貫して人と人とのコミュニケーションへの強い関心があるといってよい。数は少ないが馮至独特の境地を見せる叙事詩や小説のようにストーリー性の強い作品ほどそれが顕著に現れている。

馮至が創出した人と人のコミュニケーションの境界とはどのようなものか。本章では従来取り上げられることの少なかった馮至の叙事詩と小説を通してこの問題を考えてみたい。

一　ディスコミュニケーションの悲劇――「河上」「帷幔」「蚕馬」

一九二〇年代の馮至のいわゆる「情詩」の多くは片思いをうたうものである。その思いとは淡い憧憬の情緒などではなく、むしろ思う対象とのコミュニケーションがままならぬことへの焦燥感や憂鬱である。しかもそれは同時代の多くの「情詩」のように直情の吐露や内的告白を通して表現されてはいない。馮至の場合、恋愛の渇望感は〈擬物語性〉[2]の強い詩篇の中で、抒情の主人公と相手の関係が構図化されることで生き生きと伝わってくる点に特色がある。たとえば、二つの八行聯から構成される「何があなたを喜ばせるか（什麼能够使你歡喜）」（一九二六）[3]という詩は傾国の美女――夏桀末嬉と周幽褒姒――をモチーフにして「あなたはどうしても私に笑いかけようとしない／いったいどんな音（第二聯では「もの」）があなたを喜ばせるのか」とリフレインを用いて、一方通行の恋情を効果的に表現している。第二聯の「烽火の遊戯を好んで見たがる」褒姒は〈笑わない女〉として知られている、いわばディスコミュニケーションを象徴する存在である。[4]この歴史的形象によって、読み手はおのずと彼女の笑い（歡心）を得ようとする幽王の常軌を逸した奮闘ぶりの物語を想起させられ、両者の決して通いあわぬ関係の構図を鮮明に捉えることができる。

さて馮至の二〇年代の叙事詩[5]は歴史的民間故事を素材にして、死へ収斂するストーリーを持つものが多い。これらに共通するのはディスコミュニケーションのもたらす悲劇である。夢幻劇と名づけられた「河上」（一九二三）[6]は、『詩経』「秦風・蒹葭」と『古今注』「音楽・箜篌引」を題材とした詩劇形式をとり、川面に立つ美しい少女の幻影を追い求めた男が妻の制止も聞かず、ついに水に溺れ、妻も後を追うという悲劇を描いている。夫から少女へ、妻から夫へ向けられた思いは常に一方通行で、三者間にはどこにもコミュニケーションは存在しないのである。悲劇は死そのものにあるのではなく、むしろ相互にコミュニケーションが成立しない点にある。

さらに早くから高い評価を受けている叙事詩の中でもとりわけ特色のある二篇をここで詳しく見ていきたい。

「帷幔――郷間的故事」[7]（一九二四）は偶数句末に押韻する四行聯の三十七節から成るバラッド形式の物語詩で、家出して尼僧となった一人の少女の短い生涯をつづっている。物語の梗概を紹介しよう。

ふとしたことから親の決めた婚約者が醜く愚昧な男であると知った十七歳の少女は婚礼の前夜にひとりこっそり家を逃れる。俗世への未練を断ち切るべく尼寺に入り、穏やかな日々を送っていたところ、ある日遠方から一組の兄妹が参拝にやってくる。妹の口から、兄は婚約者に見捨てられたことで一生の不婚の誓いを立てたことが語られる。尼僧はその時からこの俊秀な青年こそ自分の婚約者だったかもしれないと思い悩み、ついに病に伏す。ただ死だけを願う日々の中、春が来て窓外から牧童の笛の音が聞こえてくる。高らかに響き渡る音色は尼僧に生気をもたらし、彼女は紅い絹の帳に刺繍を始める。まず帳の中央に白い蓮を縫いとり、窓から聞こえる日々異なる新鮮なメロディーに合わせるように自分の理想の世界を縫いとっていく。しかしとうとう帳の左隅には悲しみの世界を縫いとれず、空白を残したまま秋は深まっていく。終に彼女は窓を開け（独白の形で）半年来牧童の笛の音が多くの幻想を与えてくれたことに感謝し、自分が長患いで先のない尼僧であり、帳には人の世への願いが縫いとられていると語りかける。そして「私たちは永遠に隔てられ離れたまま／二つの異なる世界にいるのです――」と述べた後、帳を窓から放り、窓を閉ざす。翌日（おそらくそれを受け取った）牧童が僧院で剃髪し、尼僧は尼寺で荼毘に付される。最終聯は次のように締めくくられる。「今やすでに二百年余りがたった、／帳はなお大切に僧院に収められている。／ただあの左隅だけは／今なお縫いとれる人はいない。」

背景に色彩豊かな自然物のイメージが散りばめられ、それらが変化しながら季節の移り変わりを現す。そこに尼僧の気持ちの揺れ動きが重ねられ時間軸となる。全篇には運命に翻弄されていく者の悲哀感が漂う。ストーリーに起伏が多く、五四時期に多い因襲的結婚への反抗と悲劇を描く他の叙事詩に比べてもかなり工夫された構成をもつといえる。ストーリーからテーマを読もうとすれば、一つには若い男女がまともに顔を合わせることができなかった旧い時代の家族制度の下で、愛情と自由を求める以上、必ず負わねばならない運命と困難を描いたといえる。またいつの時代にもある偶然の連鎖や運命のいたずらが引き起こした悲劇とも読める。あるいは俗世への思いや煩悩を容易には断ち切れない人間の性を表現していると読むこともできるだろう。しかしそれ以上に印象的なのは、たとえ願望が永遠に満たされなくても、人間は幻想を抱き何かを創造し生きようとするものであること、それは愛と自由と理想を求めた一人の少女が病弱な体で日々命を削りながら行った創造的行為（刺繍）が未完成に終わる結末に象徴されている。

今これを尼僧と三人の青年——会うことのなかった婚約者、参拝に来た青年、牧童（いずれかが同一人物かどうかは分からない）とのコミュニケーションという点から考えるとどうだろうか。前二者と尼僧の間には第三者（親類・友人／妹）が介在するだけで、当事者同志間にコミュニケーションは存在しない。ただ尼僧の側が限られた情報によって相手について想像するにすぎない。一方、尼僧と牧童（尼僧の死後、出家して僧侶になる）の間にも直接言葉を交わすという言語によるコミュニケーションは存在しない。あるいは牧童の「笛の音」が尼僧にイマジネーションを与えて「刺繍」という行為を促し、おそらく後からそのことを知った牧童がその帳を大切に僧院に収めたという点では、一種の非同時的コミュニケーション（交換）が成立したとみなすこともできよう。しかし、一篇を貫く主調は刺繍されなかった帳の空白が象徴するように、尼僧が相手と共有できなかった時間、ディスコミュニケーションが永遠に補完されないまま終わる喪失感にある。

「蚕馬」[8]（一九二五）は『捜神記』「蚕女」[9]の話（養蚕説話）を素材にした叙事詩で、八行聯×五を一節とした全三節（ただし第三節は八行聯×四と十行聯×一）から構成されている。遠方に出かけた父とひとり家に残された娘、そして娘に恋をする馬の三者が織りなすストーリーの基本的骨組みは材源である『捜神記』の話とほぼ同様である。馬は父の不在を寂しがる娘のために父親を探しに出て連れ戻すが、その後、馬の鬱々とした様子に腹を立てた父に殺され皮を剝がれる。庭に晒された馬の皮が終に娘を包み込んで桑の木の上で真白な繭と化すという奇譚である。しかし両者の全体的印象と娘の性格付けはかなり異なる。『捜神記』では、父が馬を殺したのは、娘が馬をからかい、もし父を連れ帰ったら嫁になると約束していたことで馬がその気になったことが不気味でもあり外聞が悪いというためであった。一方、「蚕馬」では馬が娘への思いに悶々として田畑を耕さなくなった（役に立たなくなった）ためであることが娘の口を通して間接的に語られている。

さらに「蚕馬」の構成上の大きな特徴は次の点にある。このストーリーは「私」という語り手が窓越しに「むすめ（姑娘）」にこの馬の物語を歌って聞かせようとするものであり、この語り手の行為そのもの（彼自身の気持ちの変化も語りかける）もまた大きな枠組みとして歌われていることである。こうして物語の馬→娘→父という一方通行の思いは「語り手」→「窓の内側にいる娘」の思いと重ね合わされることでより一層強められている。

さて物語の三者の関係をコミュニケーションという観点から見てみよう。まず父は娘を愛しているが、その寂しさについては無頓着である。娘は馬に優しいが、その恋心には鈍感である。一方、馬の方は父を連れ帰ってほしいと願う娘の寂しさを察し、すぐにそれを実現してやる。そして父に殺され皮一枚になった後もなお、再びひとり残された娘の寂しさと悲しみを知り、一生彼女を守り続けたいと雷鳴直後の月光の中で娘をぐるりと包み込んでしまう。このように馬は包むという行為によって娘を守ろうとする。一方が他方を包み込むというこの行為は激しい愛情の現れであるとともに、ディスコミュニケーションを一気に克服しようとする支配性を帯びた行為でもある。雷鳴と月明かりの中で娘と馬が一体化して純白の繭と化す場面はこの詩のクライマックスである。しかしこの合体は娘との合意に基づくものではない。あくまで馬の幻想の中での幸福な合体に過ぎない。繭はまた美しくも悲しい片想いの積み重なったものであり、〈他者〉との真のコミュニケーションを欠いた幻想の共同体を象徴しているといえるかもしれない。

この二篇の叙事詩の主人公たち、尼僧も馬もともに向き合いたい相手との対話を持てない。それを求めても得られないのは彼らが相手と完全に遮断された世界（一方は尼寺、一方は異類）に属しているからである。言語によるコミュニケーションを断たれた彼らが、その渇望感と幻想を満たすための営為が生成物（刺繍と繭）に象徴されている。それらディスコミュニケーションによる悲哀の時間が凝集された生成物が伝統的なイメージである点にも工夫が施されている。[10]

二　〈窓〉を隔てた対話と接触――「伯牛有疾」

以上三篇は異なるレベルではあるが、ディスコミュニケーションの悲劇を表現している。ここから大きく飛躍したコミュニケーションの在り方を描いているのが短篇小説（歴史故事）「伯牛有疾」[11]（一九二九）である。

この短篇は『論語』「雍也」篇の一節、おそらく不治の病に罹った弟子の冉伯牛を見舞った孔子が窓越しに伯牛の手をとり「之を亡ぼせり、命なるかな。斯の人にして斯の疾あること、斯の人にして斯の疾あること」とつぶやく場面をクライマックスにして、『論語』の他の部分も取り入れながら孔子と弟子伯牛の関係を小説化したものである。ここでは世間の中傷や非難を意に介さず、ひとりの女性（妻）を心から愛し抜こうとする伯牛と、彼に「おまえが徳を大切にするように色（男女間の愛情）をも大切にするように」「いったん愛すると決めたからには最後まで愛し続けなさい」[12]と励ます孔子とのやりとりがきめ細かく描かれる。特に小説の後半部分、伯牛が病を得てから孔子が彼を見舞う部分は細部にリアリティがあり、読む者に緊迫感すら与える。

病人は粗末な小屋に一人ぼっちで隔離され、手伝いの老婆からは穢れたものとして扱われている。かつての仲間たちは家の前を通りかかってもそのまま通り過ぎ、立ち寄る者でもほとんど話もせず慌ただしく立ち去るだけである。尋ねあてて来た孔子と老婆のやりとりを耳にし、聞き覚えのある声に気付いた病床の伯牛はその黄色く干からびた顔と手を小屋から突き出す。一瞬孔子はその姿に驚き後ずさりするものの、すぐに窓の下に駆け寄り、雨の中で差していた傘を手から放し、窓から差しのべられた枯れ枝の様な伯牛の手を握りしめて涙するのである。そして二人の対話が始まる。最後に伯牛が世間の悪評から妻を守るためあえて彼女を家から出て行かせたこと、彼女のためなら自分の苦痛がどれほど大きくなろうと耐え忍ぶことができると、途切れがちに、しかし力強く語る。じっと耳を傾ける孔子。伯牛の言葉がいささか過激とは思っても、死に瀕したその顔を見ると何か言うのは忍びない。その後のクライマックスは次のように描かれて小説は幕を閉じる。

彼（孔子―筆者注）は何とかして伯牛を慰める言葉を言いたかったが、とうとう一言も思いつかなかった。伯牛はなお大きく目を見開きながら、師の口からさらに教えを受けたいと待っていた。長い長い時間が経過し、二人はぼんやりと見つめ合っていたが、最後に孔子はようやく口ごもりながらこう言った――

「こんな人がこんな病になるなんて、なんという運命か！　こんな人がこんな病になるなんて、なんという運命か！」

冉耕（伯牛のこと―筆者注）はそれを聞いてうなだれた。

孔子は全身を雨でぐっしょりと濡らし、ためらい迷いながら窓の前に立ち尽くした。伯牛の手を握りながら、立ち去るべきか、それともそのままそこにとどまっているべきか自分でもわからずにいた。

この小説では伯牛とその妻、そして両者の関係について語り合う伯牛と孔子のコミュニケーションが重層的に扱われている。しかし何といっても圧巻は、窓越しに手を取り合うやつれ果てた伯牛と雨に濡れて佇む孔子によって作られる二人の構図である。病に侵され死を待つしかなく、ただ妻を愛することでようやく持ちこたえている伯牛と、愛する弟子の抗い難い運命を前にただ打ち震え、呟き、立ち尽くすしかない孔子。ここには理解し合おうとするための対話があり、同時に言葉を失う〈永遠〉の瞬間としての沈黙がある。万感をこめた見つめ合いがあり、互いの血の温もりを確かめ合う接触がある。窓を隔てて二人が向かい合う構図は、人と人との間には隔壁が厳然と存在すること、両者が決して互いに代われないただ一つの有限の〈個〉であることをありありと浮かびあがらせる。同時に、人と人とが質的差異を持つ〈個体〉としての認識を持ちながらあえて向き合い、言葉を交わし、見つめ合い、身体を触れ合わせる時、最も美しいコミュニケーションが生まれることをも予感させる。この意味で、「雍也」篇「伯牛有疾」の一節はもともと『論語』の中でもとりわけ詩的な場面の一つといえるかもしれない。[13] しかし馮至はさらに想像力によって孔子と伯牛の性格に豊かな肉付けをしながら、この場面を人間間のコミュニケーションの可能性を象徴する構図として再現することに成功している。

「伯牛有疾」が前節で取り上げた叙事詩から大きく飛躍しているのは、人間間のコミュニケーションの可能性がより積極的に模索されていること、また自己と他者との関係性の認識にも観察の深まりが認められる点である。なお、馮至にはもう一篇、孔子を主人公にした短篇（歴史故事）「仲尼之将喪」（一九二五）[14]があるが、同じく孔子を戯画化した郭沫若や林語堂とは異なり、馮至は『論語』の中の孔子と弟子たちの対話を深く読みこむことで、人間間のコミュニケーションの困難と孤独についての想像力を膨らませている。

三　原野に立つふたりの〈時間〉――『伍子胥』「溧水」の章

抗戦期に書かれた馮至の歴史中篇小説『伍子胥』[15]（一九四六）は、春秋戦国時代の楚の英雄伍子胥が祖国を追われ、様々なタイプの人間と関わり合いながら、父と兄の復讐を果たすべく、呉の国に入るところまでを扱っている。同作は一般によく知られている伍子胥の後半生のエピソードではなく、むしろ復讐を遂げる決意に至るまでの伍子胥の内面の葛藤と経過を描くことに重点があり、様々な人間との接触や新たな体験を通して内面的に成長していく姿を描くという意味では、〈教養小説〉（Bildungsroman）[16]の趣を持つともいえる。全九章中の第七章は流浪の末、呉国に入った伍子胥と溧水のほとりで衣を洗う少女とのある日の出会いと短い交流を描いたもので、全篇中特に詩的な印象を与える一章である[17]。ここには『伍子胥』とほぼ同時期に書かれた『十四行集』のソネットと符合する表現もいくつか見られ、その点からも興味深い一章である。呉国の名もない一少女にとって伍子胥は正体不明の疲れた旅人にすぎない。それが少女にはどのような存在に感じられたか。ごく短い出会いの時間にふたりは何を感じ取ったか。馮至はどう描いているか見ておきたい。

伍子胥に出会うまでの少女についてはこう書かれている。

　傍らのもの、目の前のもの全てを彼女はとっくにまるで自分の身体のように知りつくしていた。……彼女は自分と周囲をどう区別すべきか分からず、それゆえ彼女自身の生存も感じ取ることができなかった。彼女は「私」以外に「あなた」というものがあることを知らなかった。

一方、伍子胥も楚国内の逃亡生活を経て呉国に足を踏み入れた時、初めて呉国で見聞きするものが「異」であるために「いつもと違う孤独」を覚え「全てが新鮮で見知らぬもの」に感じている。つまり両者は互いに出会うまでは真に〈他者〉とよべるもの、その〈他者〉とのコミュニケーションとは何なのかを知らなかったといえる。川のほとりで洗濯をする少女と逃亡生活に疲れ果てて飢えている伍子胥。ふたりは出会ったその瞬間、お互いの姿を見つめながらそれぞれ心の中で呟く。


――この情景は幼いころ、母がまだ少女のように若かったころ、目の前を一度かすめたような気がする。

――このような姿かたち、何処からいらしたのかしら。幼いころ、父が泰伯さまの物語を話して聞かせてくれた時の、故郷を出られた泰伯さまのお姿にどこか似ている。

…………

――この重く汚れた服を身にまとうことが私の運命なのだ。

――私はこの方のためにも洗濯をしてさしあげたい。

――米櫃の飯は実においしそうだ。

――この方はきっとおなかを空かせていらっしゃるのだわ。


口には出さないふたりの思いが見事に符合し行き交う場面である。そして伍子胥が少女に向かって一鉢の飯を乞う言葉を口にした時、少女はその瞬間、次のように感じとる。

彼女の目の前の宇宙は何千年も静止していたのに、この時突然遠方からある人がやって来て、この地の静寂は破られた。

あちこちで共鳴し合う音楽が生まれたようだった――この刹那に少女は多くのことを悟ったように感じた。

このくだりは〈他者〉と呼べるもの同士にコミュニケーションが成立した瞬間の宇宙の生命に触れたような感覚を捉えている。さらに少女が米櫃から飯をよそい、伍子胥に与える場面に、次のような一節が続く。

これは古くて新しい構図である。原野の中央にある一人の女の身体が草の緑の中から生えてきたように、身じろぎもせず一鉢の真白な米飯を捧げ持ち、見知らぬ男の前にひざまずく。この男が何者か女は知らない。戦士かもしれない。聖者かもしれない。この飯が彼に食べられ体内にはいり、ちょうど一粒一粒の種が大地に植えられたように将来は空にそびえる樹木に成長するだろう。この構図は一瞬にして消えてしまった、――しかしそれは永遠に人類の原野にとどめられ、人類史上の重要な一章になるだろう。

米飯が伍子胥の手に渡された時、ふたりはこれが「重い贈り物」と感じる。そして少女はこの中で突如「『取る』とは何か、『与える』とは何かを了解し『取与』の間で『なんじ』と『我』とが画然と分かれた」と感じる。これは他者を意識することで初めて自己を認識し、自己の生存を実感した感覚と言い換えてもよい。

さて第七章のふたりの出会いの場面では、要所要所に「忽然」「驟然」「刹那間」「一転瞬」など〈瞬時〉(18)を表す言葉が繰り返し使われていることに気づく。これは他者との出会いを通して誕生する特別の時間についての作者の意識と関わっている。

求め続け渇望する〈他者〉との出会いそのものの時間は、通常の時の流れからいえばほんのわずかなひとこまに過ぎない。しかしそれは何百年も前の祖先の生命をも実感できるような、いわば脈々と連なる生命としての歴史を感じ取れる貴重な瞬間である。また果てしなく長い時間の経過を耐え忍んだ末にようやく奇跡のように訪れる〈熟時〉とも呼ぶべき瞬間でもある。

亡命者と彼に糧を与える行きずりの少女の短い時間の交流は、人間がある時代のある社会に生きている限り、いかにもありふれた性質のものかもしれない。しかし、そうであればこそかえって人間間のコミュニケーションの原型としてある普遍性を持ちうるものでもある。原野の中で向き合うふたりの時間は数量的には午後の短いひとときにすぎないが、彼らにとっては永遠を宿す刹那としての〈熟時〉である。この溧水の一章は『呉越春秋』に見られるような伍子胥と、彼について決して口外しないと誓って自害する「浣衣女」を登場させる、儒教倫理に支えられた通俗的ストーリーを超えて、人と人とのコミュニケーションが各々の生に〈熟時〉という特別の時間をもたらしうることを示唆しているのではないか。

四　〈窓〉という境界と〈熟時〉の発見

先に見て来た「伯牛有疾」と『伍子胥』「溧水」の一章は、馮至のコミュニケーションを描く作品の中でも出色の二篇であると思う。

前者は孔子と伯牛が窓越しに向き合う構図に意味がある。いうまでもなく、窓は内部と外部を隔て、そして繋ぐ境界であり、いわば〈自己〉と〈他者〉の往き来を断ち、同時にそれを可能にする場でもある。例えば、「帷幔」でも尼寺の窓は俗世間（外界）との障壁である。しかし尼僧にイマジネーションを与える笛の音はそこから入り込んできたのだし、尼僧から牧童へ刺繍した帳が投げ渡されたのもその窓を通してであった。「蚕馬」でも語り手は思いをかける娘のいる窓に向かって「僕の歌を聞いて涙を流してくれさえすれば／窓を開けて『誰なの？』と尋ねるには及びません」と繰り返している。たとえ窓は開けられなくても、悲しい恋物語を歌う声は窓を通して伝わってくるのである。「蚕馬」の語り手や「伯牛有疾」の孔子のように、向き合いたい相手の窓の前に歩み寄り正面から語りかける姿勢は、馮至の他の作品にも見ることができる。[19] そこでは窓は古典詩詞におけるような内から外を見る眺望のための場である[20]より、むしろ外にいる「私」が人のプライベートな内的空間を見るための場となっている。この時「私」は窓の内と外に立ちうる存在となり、〈自己〉→〈他者〉の視線は相対的なものになる。つまり人は見つめ、見つめられる存在であることが構図化される。〈自己〉は〈他者〉の存在によって、その視線を獲得することで自分の内部をのぞきこむことができる。〈窓〉はそのことを可能にする境界の象徴といってよい。このように馮至の〈窓〉は二つの「私」を〈隔てているようで触れ合うこともでき〉〈相手を見、自分をも見る〉不思議な境界の可能性を示唆している。そこは人間が〈人と共に生きていく〉存在であること、その一方で「私」自身の生を生き、一人で死ぬしかない〈個〉という存在であることを同時に感得できるテンションに満ちた場である。これが馮至のコミュニケーション観を体現する一空間ではないだろうか。

一方、『伍子胥』「溧水」は人と人とのコミュニケーションによって発見される〈熟時〉というものを、従来の伍子胥と少女の物語に新たな視角を与えることで描き出したものである。馮至のこうした時間観は、前章で見た『十四行集』の第一首に典型的に現れている。

〈熟時〉を発見するために私たちは果てしなく続くかに思われる日々の中で、その到来を受け入れる「準備」をしていなくてはならない。そして〈熟時〉の存在があるからこそ私たちは自らの生を形ある実体として触知したように感じることもできる。〈熟時〉は飛躍への契機となって、私たちの生成に決定的な重みを持っている。
ふたりが向き合う構図自体は人と人との最もシンプルなコミュニケーションの原風景であり、特に目新しいものではない。しかし馮至の創出した「向き合うふたりの時空」は人間間のコミュニケーションだけが生む不思議な〈境界〉と特別な時間の存在を私たちに生き生きと伝え、人として在ることの意味を改めて問いかけてくる。

注

（1）Marián Gálik, Feng chih's Sonnets : the Interliterary relations with German Romanticism, Rilke and van Gogh "*Milestones in Sino-Western Literary Confrontation (1898-1979)*" (Asiatische Forschungen :Bd.98, 1986)

（2）入沢康夫『詩の逆説』（サンリオ出版、一九七三年）は「擬物語詩」の特徴として「仮構の語り手がある事件の推移を一貫して叙述しているように見える」点、「その事件が現実ではない数多い特色を持つ」点、「一見、非現実的事件の叙述の形を取りながら、しかも、その事件を叙述（伝達）することを目的としない＝擬叙述性」を挙げている。

（3）『北遊及其他』（沈鐘社、一九二九年八月）、『馮至選集』（四川文芸出版社、一九八五年八月）第一巻所収。

（4）馮乃超（一九〇一～八三）にも褒姒を主人公にした小説「為什麼褒姒哈哈大笑」（一九二八年三月一〇日作、《創造月刊》第一巻第十一期掲載。後に小説集『傀儡美人』（上海長風書店、一九二九年一月）が「傀儡美人」と改題して収める）がある。この中で褒姒は、周に侵略された異民族の美しい素朴な娘だったのが、無理やり幽王に嫁がされ、周国の言葉も理解できず、幽王や宮廷の腐敗した生活を憎むうちに、物も言わず笑いもしない〈笑わぬ美女〉に変わっていく。そして王の執心と狂態を操って、終に周を破滅に追いやり、嘲笑と反抗の笑いをあげるにいたる、革命的女性として描かれている。

（5）一般に中国で叙事詩という時には寓言詩、故事詩、童話詩、劇詩等を含む。馮至の叙事詩を「卓越している（「堪称独歩」）」と最初に高く評価したのは朱自清（『中国新文学大系・詩集』「詩話」）である。王榮「認同与自覚：二十年代的中国現代叙事詩」（《文学評論》一九九三―五）は馮至の叙事の風格を「情調型」として、「情節型」の朱湘と共に高く評価し「吹簫人的故事」

摘する。

「帷幔」「蚕馬」「寺門之前」「河上」は隠喩性に富む構成や人の運命をテーマとした新たな美意識を創造することで現代叙事詩芸術の可能性を切り開いたとする。銭理群の文学史『中国現代文学三十年』（修訂本）（北京大学出版社、一九九八年七月）もこうした評価をほぼ踏襲し「馮至の叙事詩はドイツのバラッドから直接の養分を吸収し、中国民間伝説や古代の神話故事に取材している。そこには独特のえもいわれぬ神秘的雰囲気が漂い、中世のロマンの味わいも含まれる。しかし表現しているのは封建的婚姻制度に対する憎恨と愛情の理想の追求であり、それはやはり「五四」時代のものである」とテーマの時代性を指摘する。藍棣之「論馮至詩的生命体験」（《中国現代、当代文学研究》一九九三―一〇）も叙事詩三篇に言及する。

（6）初出は《浅草》季刊第一巻第四期（一九二五年二月二五日）。『馮至選集』第一巻所収。

（7）初出は《沈鐘》周刊第七期。原題は「繡帷幔的少尼」。『昨日之歌』（一九二七年四月、北新書局）、『馮至選集』第一巻所収。

（8）『昨日之歌』『馮至選集』第一巻所収。

（9）『捜神記』巻十四に見える話。『御覧』巻七六一、巻八二五にも引かれる。

（10）馮至の作品に共通する「生成」のイメージについては拙稿「馮至における〈生成〉の概念について」（『お茶の水女子大学中国文学会報』第十号、一九九一年四月）が詳細に論じている。

（11）初出は《華北日報・副刊》第一一七号（一九二九年七月二〇日）。『馮至選集』第一巻所収。拙訳「伯牛、疾あり」（『中国現代文学珠玉選　小説1』二玄社、二〇〇〇年二月）参照。

（12）『論語』「子罕」「衛霊公」両篇の中の「吾未だ徳を好むこと色を好むが如くする者を見ざるなり」に対する馮至の解釈が現れている。

（13）高橋和巳「論語」（『高橋和巳全集』第一二巻、河出書房新社、一九七八年四月）も『論語』「伯牛有疾」で孔子のつぶやく「命なるかな……」を「複雑な人間関係の、無限に広がる感情の一つのシンボル」として機能する言葉としてとらえ、この場面の「美的感動」を敷衍している。

（14）一九二五年四月三日作。初出誌は《沈鐘》周刊第二期（一九二五・一〇）。後に魯迅により『中国新文学大系・小説二集』に収められた。『馮至選集』第一巻所収。

（15）『馮至全集』（河北教育出版社、一九九九年一二月）所収の「年譜」によれば、「伍子胥」は一九四二年冬から翌四三年春にかけて執筆された。章分けして桂林《明日文芸》第一期、重慶《民族文学》第一期に発表され、全章が《世界文学季刊》第一巻第一、第二期に掲載された。全体の構成・内容については拙稿「馮至の『伍子胥』について」（『大東文化大学紀要・人文科学』第十九号、一九八一年三月）参照。

（16）馮至は「修養小説」と訳す。教養小説の代表作であるゲーテの『ヴィルヘルム・マイスター』が四〇年代当時、馮至の関心を引いたことは「『維廉・麦斯特的学習時代』中文訳本序言」（一九四三）（『論歌徳』所収）でも明らかである。またすでに二〇年代沈鐘社の友人に宛てた手紙の中で、ケラーの「緑のハインリヒ」、ノヴァーリスの「青い花（ハインリヒ＝フォン＝オフターディンゲン）」、トーマス・マン等の名に言及していることから、馮至には生来こうした教養小説への嗜好があったと考えられる。

（17）呂丁「馮至的『伍子胥』――現代創作略読指導之一」（《国文月刊》第八〇期、一九四九年六月）は「渓水」が「最も誇張された描写」の一章であり、その手法は「中国新文芸中ほとんど用いられたことがない」もので、「この章を読むと完全に『憂鬱な神秘の情調に支配され』まるでギリシャ神話を読むようだ」と述べている。九葉派詩人唐湜「馮至的『伍子胥』」（初出は《文芸復興》第三巻第一期、一九四七年三月。『新意度集』所収、一九九〇年九月）も同章に言及する。卞之琳「詩与小説：読馮至創作『伍子胥』」（『馮至先生記念論文集』所収、社会科学文献出版社、一九九三年六月）は、素材として「もともと詩情画意に富む」「渓水」の場面に馮至が「哲理の抒情」を与えたとする。

（18）キルケゴール哲学において「瞬時」は重要な観念であり、単に時間を規定するものではない。特に〈永遠〉がはらまれる「瞬時」は聖書に見える語「満ちたる時」すなわち「カイロス（熟時）」の名で呼ばれる。二十世紀中葉の特色ある時間観を展開したティリッヒ（一八八六〜一九六五）もそれを「存在の深みにおける緊張をはらむ時」すなわち主体そのものの内で動的に決定的にとらえられ「永遠なるものが現世的なるものに突発し、現世的なるものを受け入れるために用意されている時」として、人間存在の真の主体性へ駆り立てる原理的契機とみなしている。（藤本浄彦「時と歴史」『知ることと悟ること哲学序説』〔勁草書房、一九八三年〕第八章参照。本稿が用いる「熟時」の概念は、こうした両者の哲学上の用語ほど厳密ではなく、広く新生を自覚する契機となる時別の時間を意味している。なお馮至には『伍子胥』執筆の約一年前にキルケゴールを論じた文章「一個対於時代的批評」（一九四一）があるが、ここで馮至が強調するキルケゴールの「決断」の意義が「熟時」の観念と関わりを持つことは明らかである。拙稿『四〇年代抗戦期の馮至』（『野草』第六十四号、一九九九年八月所収）参照。

(19) 夢幻劇「鮫人」（一九二六年九月。初出は《沈鐘》半月刊第三期、署名琲琲）でも、窓は恋人の出現を待ち、そこを隔てて抱擁しあい、ぴしゃりと閉めることで相手を拒絶するような、両者の関係を表す場として機能している。

(20) 張法「〝遊〟的悲劇意識模式系列」「閨怨模式」（『中国文化与悲劇意識』中国人民文学出版社、一九八九年）に拠れば、古典詩詞とりわけ閨怨詩の中の、窓から外を望む、あるいは欄干に凭れる行為は遠くにあるものを思い、見ようとする行為で、実際には見たいものを見ることができないため、苦しみと悲しみを深めるだけの眺望になるという。また、中国人の意識の中では「出入り口と窓は単に人の出入りや室内の採光のためではなく」「天地自然と交流して」「宇宙のリズムを体得する」ためのものであり、それらを通して「外界の景物を取捨して吸収する」と、古典詩詞における窓の役割を述べている。ただしこの場合「我」はあくまでも窓の内側に位置するという視点に立っている。

第十一章　時空間の往来――何其芳『画夢録』試論

一　はじめに――三〇年代「独語」体散文のモデル

何其芳の散文集『画夢録』（一九三六年七月、上海文化生活出版社）は「超越した深遠な情趣をもつ」「独立した芸術創作である」[1]として一九三七年五月、曹禺の「日出」、蘆焚の「谷」と共に、一九三六年度《大公報》文学賞が与えられた。当時、沈従文や蕭乾が主編であった《大公報》文芸副刊が、いわゆる京派散文の主要な拠点であったことを考えれば、この受賞は『画夢録』が三〇年代前半最盛期にあった京派散文が志向する一つのモデルであったことを意味していよう。

范培松「論京派散文」[2]は、何其芳を廃名と共に、抒情的散文に優美な詩的境地を創出した京派散文における文体の開拓者であると認めるものの、『画夢録』については「個人の感情の精緻な独語」であり、「我」と社会、「我」と読者を遮断して、自己を「完全密閉」するものだとの反感を隠し切れない。他の京派散文と比べ「主観的色彩が濃厚で、ふわりとして神秘、さらに唯美主義と現代派の影響が加わり、時に想像がいっそう奇抜になる」とも評しているが、これらはおそらく『画夢録』についての一般的印象を代弁している。

しかし近年、『画夢録』をこうした自閉性や唯美性の観点から強調する見解とは別に、その「独語」体に積極的に注目するものが現れるようになっている。余凌（呉暁東）「論中国現代散文的〝閑話〟和〝独語〟」[3]は、三〇年代に隆盛を見た小品文の源には五四時期の主要な散文の「談話」体ないし「閑話」体があるが、その一方には魯迅の散文詩集『野草』(一九二四)に見られるような「孤独な個体が独り世界に向き合う心理体験」をしるす「独語」体もあり、これもまた現代散文の重要な伝統であると指摘している。そして『画夢録』は、三〇年代の若い散文家たちの孤独感とメランコリーに満ちた「独語」体散文の典型であるとする。呉氏はまた、「閑話」体の開放性に対し、「独語」体は日常語のコンテクストから距離を拡げ、内部に収斂するいわば自我観照式のものであるとして、これまで「詩人の散文」として片付けられてきた「独語」体散文に新たな光を当てようとしている。(4)

さて、『画夢録』は一九三三年から三六年までの間にかかれた十七篇の散文を収めている。従来『画夢録』は「墓」「雨前」「黄昏」など比較的早い時期(三三)に書かれた作品を中心に論じられることが多かった。(5)それはこれらモノローグ性がとりわけ濃厚で「詩歌創作の延長」ともいえる諸篇が詩的散文としての『画夢録』の特色をよりよく反映するとみなされたためであろう。(6)また何其芳自身の『画夢録』への言及(「我和散文——『還郷雑記』代序」一九三六・六・六)(7)「私はわずかな言葉である種の情調を作り出すことをもくろんだ」「以前詩をかいたときのように夢中になり、私は純粋な繊細さ、純粋な美を性急に追い求めていた」「『人生について私が心を動かすのはその表現だけだ』(『画夢録』代序の中の語——筆者注)」「私に軽率かつ大胆にもこのように書かせたのは驕慢さであった」といった言葉も、『画夢録』の散文は彫琢をこらした精緻な表現であるとする一般的理解に一定の影響を与えてしまったのかもしれない。

また創作当時の彼自身についての次のような自己言及も、『画夢録』評価にバイアスがかかる要因になってはいないだろうか。「それより前、私は幼稚な感傷、寂寞の喜びそして遼遠な幻想に満ち満ちた人間だった」「私は当時虚無的で悲観的傾向があったことを認める」「こうしたことが当時、時に極端な個人主義の思想を持たせることにもなった」「私は自分がまさに死んだ嬰児を抱えている母親であると感じた」(8)等の自己言及である。

しかし、『画夢録』を特色づけているのは決して孤独とメランコリーを基調とする一連のモノローグ調の散文だけではない。何其芳自身が「私の仕事は抒情的散文のために新たな方向を捜し出すことであった」（前出「我和散文――『還郷雑記』代序）とのべるように、その執筆の動機には散文の表現領域を新たに開拓しようとする企図があったことを見逃してはならないだろう。具体的には次のような言葉にその意欲がうかがえる。

中国新文学の部門のなかで、散文は捨て置かれひ弱に育っているとはいえないが、説理、風刺、あるいは知恵を偏重するものを除くと、抒情の大半は身辺雑事の叙述と感傷的個人の境遇の告白に流れている。私は、どの散文も純粋な独立した創作であるべきで、未完の小説の一段でもなければ、一篇の短詩を引き伸ばしたものでもないことを微力ながら証明したい。

（「我和散文」）

特に『画夢録』の後半部、時期的には後になる一連の散文（そのほとんどは雑誌《水星》に掲載されている）になると、一種の濃厚な〈気分〉が前面に出る前半部とは異なり、一見、未完成の習作群のような印象も与えながら、実は「自覚した芸術家」(9)ならではの、考え抜かれたある種の構造が潜んでいることに気づかされる。本章はこれら諸篇の検討を通して、従来看過されていた『画夢録』の構造的仕組みについて考察を加え、同作を特色づける「時空間の往来」の表現を再吟味することにしたい。

二　「彼」「此」の往来――「画夢録」夢三話の構造

『画夢録』第十篇である「画夢録」(10)は「丁令威」「淳于棼」「白蓮教某」の三話から成り、それぞれの材源を晉の『捜神後記』、唐の「南柯太守伝」、清の『聊斎志異』にとる。この一篇が『画夢録』中、唯一古典的素材を再構成した異色の作で、しかも表題作であることはもっと留意されてよいだろう。この三話中、唐代伝奇「南柯太守伝」は〈南柯の夢〉として知られる最も典型的な夢の話であるが、他の二篇は正面から夢を扱ったものではない。「丁令威」(『捜神後記』)は〈不老不死〉への希求を、「白蓮教」(『聊斎志異』)は〈邪教の奇怪な術〉によって現れる不思議な世界を描いている。ではなぜ何其芳はこれら必ずしも夢の話ではないものも含めた三話を合わせて「画夢録」としたのか。なお本章では便宜上この三話を「夢三話」と呼ぶことにしたい。

明らかにこれらの素材に共通するのは、「丁令威」では仙術によって、「淳于棼」は午睡によって、「白蓮教某」では妖術によって、それぞれが存在する時空を越えるという点である。何其芳はさらに主人公たちが「此と彼(異次元)を往復する」点に焦点をしぼり、「彼」「此」両世界の関係とその往来を描いてみせたのではないだろうか。この夢三話は、夢そのもの――人間の無意識の世界あるいは憧憬する理想郷など――を描いたというより、むしろ様々なレベルで「彼」「此」を往来する、すなわち両者を関係づける人間の意識と、広く「夢見る」精神活動(イマジネーション)を描いている点に特色がある。

ところで、唐代伝奇の中に白行簡の「三夢記」という作品がある。これは三種の夢の記述から構成されており、三話とも「此」と「彼」に位置する両者が夢によって現実の空間を越える話である。ただし、夢を見る関係が第一話と第二話では逆方向に、第三話では相互の方向に働いた上、「此」「彼」の関係もついに消滅するという点が「作者の〈意想〉を練り上げた見事な構成を看取できる」[11]ものと指摘されている。

何其芳の夢三話も同様に、主人公の「彼」「此」の往来を描く三種の話を無造作に(原典の時代順に)並べたわけではなく、その構成にはある工夫が凝らされているのではないだろうか。以下、夢三話が「彼」「此」両世界の関係をどのように捉え、描いていくかを見ていくことにする。

第一話「丁令威」の出典『捜神後記』「丁令威」[12]はわずか百字足らずの記述である。遼東の人、丁令威は霊虚山で仙術を学び、後に鶴に姿を変えて故郷に戻ってみる。城門の華表柱に止まっていたところ、弓矢で射殺されそうになり、飛び立って空中を徘徊し「鳥がいるよ、鳥がいる、丁令威。家を去って千年、今始めて帰ってきた。城郭はもとのまま、人々はそうではない。どうして仙術を学ばずに、墳墓を累々と連ねるのか」と歌いながら天高く上っていくという簡単なものである。一方、何其芳の「丁令威」は、丁が懐郷の念にかられて霊虚山を離れ、鶴と化して遼東城の華表柱に下り立つまでの空中飛行の場面から始まる。華表柱に止まりながら、故郷の町を見わたし懐かしみ、自分より何世代も後の人々との出会いを想像しては期待に胸膨らませる。しかし華表柱に止まる珍しい鶴を見に集まってきた人々の好奇心は、次第に不吉なものを見る視線に変わり、ついに一人の若者が弓で射殺すことを提案、丁に矢が放たれる。その瞬間、鶴は空中高く飛び立ち、甲高い鳴き声で先の歌「鳥がいるよ、鳥が……」を鶴の言葉で発しながら、いっそう空高く飛び去っていく、という具合にかなり細部にわたって肉付けされている。

人間世界を「此」とし、異次元である仙界を「彼」とすれば、この話は、「彼」（霊虚山）に住む仙人丁令威（もともとは「此」にいた人間）が「此」（遼東城）に戻ってきて、そして追われるようにして、また「彼」に帰っていく話である。夢三話の第一話としての特色は「彼」と「此」の両者が完全に時空を隔てている点にある。しかも、懐郷の念にかられて戻ってみた「此」の世界は丁を拒絶し孤立させる敵意に満ちた世界として存在している。

第二話「淳于棼」のもとになる唐代伝奇「南柯太守伝」[13]の話は本来かなりの篇幅がある。東平の侠客淳于棼の酒に明け暮れる気ままな生活ぶりから始まり、ある日痛飲して夢の世界、槐安国へ入っていったこと、その国での波瀾万丈の人生と目覚めてからの出来事を微に入り細を穿ち筆墨を費やしている。現実よりも夢の世界の方によりリアリティが与えられているといってもよい。一方、何其芳の第二話は槐安国での様々なできごとは簡潔にしるすだけで、しかもそれらを生起した時間的順序によらず布置している点が大きな特色である。話は、淳于棼が目覚めた後、庭に下りて槐樹の木の根もとに蟻の巣穴を捜し当てた場面から始まる。

この話の「彼」「此」の関係を考えると、まず主人公は「此」（現実）から「彼」（夢）へ、そして「此」へ戻るのであるから、第一話の「彼」⇓「此」⇓「彼」とは逆方向の往来ということになる。しかも両者は地面を境に隣接している（地続きである）点で、時空を隔てた彼此をえがく第一話とは異なる。ここでは「彼」「此」は隣り合わせの世界なのである。

また原典でも何其芳の話でも、主人公は「彼」の地、槐安国を立ち去らなければならなくなった時、「その国以外に故郷があることを思い出せない」くらい自分と密接な居るべき場所と意識されていたとのべる。しかし、原典の主人公は、浮き沈みはあったものの夢の世界にあった時の方により充実感を覚え、現実での生には空虚しか感じていない。これに対し、何其芳の「淳于棼」は「彼」「此」両世界の違いより、むしろ両世界を往復した体験、それによって「大小の区別を忘れ、時間の長短を忘れ」、「此」を相対化したことが、主人公の大きな発見として語られている点に特色がある。

第三話「白蓮教某」は出典の『聊斎志異』(14)の中では、人々を惑わす妖術の使い手とその弟子をめぐるいくつかの奇怪で生々しい挿話がしるされる。何其芳はその中の白蓮教徒某が弟子にある言い付けを残して外出する初めの二つの挿話を順序を換えて用いている。一つ目は（原典では第二の挿話）、巨大な蠟燭の火が消えないよう一晩中弟子に見守らせ、その間に師は不思議な不夜城への道を急ぐというもの。その話の中間に、原典では第一の挿話をその弟子の回想として挿入する。師は水をはった盥に蓋をして、開けるなと言い残して出かける。弟子は誘惑に抗し切れず蓋を開けると水面には草で編んだ船が浮かんでいる。その精巧な作りにひかれ、思わず指先で触れると舟が転覆する。慌てて弟子は元に戻すが、すでにその時、師は怒りに満ちた様子で傍らに立ち、弟子が言い付けを守らなかったため、海で乗っていた舟が転覆し溺れるところだったと彼を責める。ここで盥の中の世界と師が出かけていった世界は対応し連動していたことが仄めかされる。この回想をはさむ第二の挿話も実はこれと同様の趣向で、弟子が少しうとうとした間に蠟燭の火が消えてしまう。その途端、師が戻ってきて、弟子の居眠りのせいで暗闇を十数里も歩かなければならなかったと責めるところで終わる。

ここで「彼」「此」の世界の位置関係を見てみよう。白蓮教徒が弟子に言いつけを残して出かけていったところが「彼」の世界だとすれば、その出入り口は弟子の住む現実の「此」の世界の中に存在する。例えば蠟燭の火や清水をはった盥の中にあるということになる。つまり、「彼」は「此」と一部が重なる、あるいは「此」に内包されていながらそこをつきぬけていく不可思議な空間ともいえるだろう。

第一話では完全に隔たる二つの世界が、第二話では隣接し、第三話になると内包関係になるというのは、この夢三話全体で「彼」「此」両世界が次第に等質のものとして互いに引き寄せ合い、同心円化するダイナミズムを表現しているると見なせよう。それは作者何其芳が両世界の関係性の認識について古典的素材を再構成して比喩化したものではないだろうか。それぞれの話の冒頭部分で、第一話では城門の華表柱、第二話では地表の蟻の巣、第三話では燭台の蠟燭と、いわば「彼」「此」両世界をつなぐ境界に位置する具体物が真先に提示されていることも示唆的である。

このように「夢を画く」ということが、主体の意識が「此」と異次元「彼」を往来することだとすれば、「彼」「此」の関係性についての解釈を最も端的に示すモデルがこの夢三話だといえよう。実際、『画夢録』の中の回想性の散文はいずれも、書き手の意識が他者或いは過去という「彼」の地へ向かい、再び自己が現存する「此」に戻るという構成をもっている。また、全篇ほとんど対話によって進行するドラマ風の散文「炉辺夜話」[15]「楼」[16]「静静的日午」[17]でも、主人公たちの隠された行動の基本的パターンには「彼」「此」の往来がある。例えば「楼」は、主人公の「私」が砂漠のような北方の都市（「此」）に倦んで、気晴らしに友人の故郷である南方の村（「彼」）にやって来るところから始まる。友人と釣りをしながら幼年期過ごした故郷の思い出を語り、友人からはその土地の楼にまつわる物語を聞くうち、再び北方の一都市に戻り創作をする決心にいたるというものである。つまり「此」から「彼」へ、そして「此」へ戻っていく主人公「私」の物語でもある。一方、「炉辺夜話」の、運探しに村を出た三人の若者の物語を少年らに話して聞かせる長楽老人も、「静静的日午」の、近所の娘とおしゃべりしながら息子が遠方から帰ってくるのを待つ柏老太にしても、いずれもかつてその地を出て行き、なぜかまたその地へ戻ってきた人間であることが背景に仄めかされている。つまりこれらは過去に「此」⇒「彼」⇒「此」の移動をした老人たちによる物語なのである。

このように『画夢録』諸篇の深層には様々のレベルでの「彼」「此」往来のダイナミズムがあり、両者がいかに有機的に関わるかを個々の散文が異なる表層構造の中に提示しているといえるのではないだろうか。

ところで、この夢三話がいずれも、原典の話のように、出来事が生起した時間的順序に従って語られていない点、つまり物語内容の時間的切片が物語言説において占めるその布置の順序に、ズレがあることは注目すべきだろう。基本的な物語言説の連続する時間軸に割り込むように物語切片が挿入されるのが、いわゆるG・ジュネットいうところの〈錯時法〉[18]で、西洋の物語や小説における伝統的手法の一つである。もともと中国の伝統的叙事のスタイルは基本的には自然に継起する時間に従った連貫叙述をとるが、清末頃からこうした語りの構造に西洋小説の影響が現れてきていることはすでに指摘されている。[19]

夢三話のように完全な小説とはいえないものの、物語を再構成した散文の場合でも、元の話とはかなり異なる独特の印象を与え、作者の意識をより忠実に表出するのに〈錯時法〉が有効に作用している。

特に第二話「淳于棼」は本来かなりの分量になるストーリーの時間的切片から、必要な切片を五つ取り出した後、各切片を一段落にして全五段とし、時間的順序を無視して布置し直している。それぞれの段に時間的飛躍があることを各段落間の行間が際立たせる役割をしている。次に各段落を要約して示しておこう。

①第一段落　夢から覚めて暫くした後の淳于棼が槐樹の木の根もとにある指先大の穴を捜し当て、側にいる友人にそこが夢で入っていった場所であることを示す。

②第二段落　夕暮れ時、淳于棼は東の縁側で目覚めた直後、宴会で飲んだ酒樽、庭を掃く小僧、足を洗う客の友人の姿を目にする。その友人たちに向かって、夢で使者に迎えられ、槐安国へ赴き南柯郡太守として波乱に富んだ一生を送ったことを話し、車に乗って入っていった道をまだ覚えていると話す。

③第三段落　槐樹の根元に蹲り、見つけた蟻の孔に小指を差し入れながら、夢の中の槐安国の地理を思い出す。目覚めている現在の方が夢境のようにも思える。夕焼けを背に高くそびえる槐樹。淳于棼の想像の中に一匹の蟻が弱々しい姿で蠢くが、彼はその蟻より自分はさらにか弱い存在だと感じる。酒に酔った後の今日の午後も倏忽の間には思えず、物の大小や時間の長短の区別を忘れてしまう。

④第四段落　宴席で泥酔した淳于棼は、二人の友人に支えられ東の縁側に寝かしつけられる。こうしたことは昔、酒の席で上司に逆らい免職されて落胆して以来よくあることである。友人は、彼に眠っていたまえ、その間に馬に餌をやり、足を洗い、彼が醒めてから帰るからと告げる。

⑤第五段落　淳于棼は槐樹の下を徘徊する。夕日はすでに黄昏に沈んでいる。彼が友人に向かって、必ずしも順風

満帆ではなかった夢の中の国への未練を語ると、友人は狐かあるいは木霊に化かされたのだといい、使用人に命じて斧で槐樹を切らせるように勧める。

この五つの段落を事象が生起した時間的順序（古い順）に並べ変えると次のようになる。

④⇓　②⇓　①⇓　③⇓　⑤

このように、「淳于棼」は発話の時点（第一段落）から最終段落まで、時間的順序の上からはフィードバックしながら進んでいくことになる。物語言説の時間（量）ということでは、淳于棼が泥酔の後の眠りから覚め（黄昏時）、槐安国への入口である蟻の巣を確認したあと、様々な思いを抱き、ついに友人たちが心配して槐樹を切ることを勧める（夕日は沈んでいる）までの、せいぜい小一時間に過ぎない。しかし、そこに含まれる物語内容の時間は、彼が酔って眠る前から始まる以上、その数倍に当たる。あるいは第四段落には数年前の出来事、しかも頻度が高い出来事の回想も含まれるため、読者は物語言説の時間よりはるかに錯綜した密度の濃い時間を感じ取ることになる。

第一話でも、物語言説の時間は、丁令威が華表柱におりたってから、弓矢を放たれ飛び立つまでのせいぜい数時間の事である。しかしそこに回想や独白をさしはさむことで、その数時間をはさむ前後には、何百倍もの計測不能の無限の時間が広がっているように読者には感じられる。

第三話では、ある夜の数時間のエピソードの中に、別な日のエピソードを挿入することにより、重層的時間構造を生み出している。これは物語言説の時間が、伸縮自在の枠のように多くのエピソードを内包しうる機能を持つからである。

この夢三話ではストーリーについて多くの読者が共通の認識をもつ古典的素材であるからこそ、何其芳が意識的に用いている〈錯時法〉がより効果的に作用し、これらに独特の重層的時間感覚をもたらしていると考えられる。

同時にこの手法は、先に言及した対話形式の散文でも効果的に用いられている。物語言説の時間ということでは、「炉辺夜話」では炉の火の勢いの変化を時間軸に、老人が語り始めてから語り終わるまでの時間（読者がテキストを読む時間と一致）が物語内容の時間である。これは半時間にも満たない。「楼」では物語は「我」とその友人が釣り糸を垂れ、友人が魚を釣り上げるまでのせいぜい数時間のこととして設定されている。「静静的日午」は壁掛け時計が十一時四十五分をさす客間の描写から始まり、結末部分で時計が十二時を打つまでのわずか十五分である。これらの制約された時間枠の中で、同世代間あるいは異世代間でそれぞれの物語が交換され受け渡されることによって、物語の中に新たな時間が紡ぎ出され、単調な物理的線条的時間を増幅させるような印象を与える。ある人間の物語は、本来その人間だけの時空に属しているが、他者である相手の物語を受け取る対話を通して、相手の時空をしばしおのれの時空に獲得することになる。これもまた他者である「彼」の世界と往来することだと見なせるだろう。こうした「彼」の世界との往来が、通常我々がとらわれている物理的数量的時間とは異なる重層的時間の存在を発見することを可能にしている。〈錯時法〉はこうした点でも「彼」「此」の往来を描くのに適した叙法といえる。

三　「彼」の地としての〈郷村〉

『画夢録』所収の十七篇には、物語性のものであれ回想性のものであれ、様々な「彼」「此」往来のベクトルが認められる。そこでは、「彼」と「此」のいずれか一方を描くことに重点があるのではなく、両者を往来する意識活動、いわば想像力の跳躍を描くことで、書かれる世界の版図を広げていく点に意味がある。冒頭に置かれた「墓」[20]は、夭折した少女鈴鈴と青年雪麟との甘美で切ない束の間の交流を描く、現代版志怪ともいうべき短篇である。鈴鈴の墓の描写から始まり、農家の娘である彼女のかつての快活で夢見がちな生活ぶり、そして墓碑を介しての憂鬱な目をした青年雪麟と鈴鈴との出会いと別れ、最後は、夢見る表情の憔悴した姿の雪麟を映してしめくくられる。ここでは生と死、過去と現在の世界が交錯し（「彼」「此」の往来である）、しばしの間、不可逆的時間に拘束されない世界が成立する。第二篇「秋海棠」[21]は古典詩歌の伝統の中では普遍的なイメージを用いたもので、静かな夜の庭の詩的な描写から始まる。欄干に凭れる思婦の頭や手の物憂げで繊細なしぐさが映し出され、最後の段でそれは庭に咲く秋海棠とオーバーラップし、思婦と秋海棠の区別が意味を失う。古典詩歌に幾度となくうたわれてきた思婦のいくつもの形象が、時空を超えて眼前の植物とその姿態を一体化させる時、過去にも現在にも属さない特殊な時空が生まれる。それは視点が「彼」「此」を往来することで生じるものである。

「彼」「此」の往来という観点からいえば、この初めの二篇における「彼」の地とは、志怪や古典詩歌が醸し出す神秘的情調に包まれた文学的世界である。だが、第三篇以降の回想性の散文においては、「此」にいる「私」の想念が飛来する「彼」の地は、主に郷村の風景や出来事によって構成される。特に、何其芳自身が「意識的に散文を書いた出発点」[22]と述べる「岩」（一九三四年九月）[23]以後の諸篇では、より積極的に幼年期の記憶の中にある郷村の人物をモチーフにするようになる。しかしここで描かれる〈郷村〉は、後に彼が『還郷雑記』（上海文化生活出版社、一九四九年一月）の中でいう「飢えと貧困と暴力と死に支配される」[24]悲惨な現実に満ちた故郷でもなければ、純朴さと健康な生命力を失っていない人間たちの村落共同体でもなく、ましてや詩画の中の永遠にたどりつけない美しい仙郷でもない。

そもそも二〇年代から三〇年代にかけて、何其芳のように四川の田舎から都会北京に出てきて孤独で寂しい生活を送る文学青年たちは、ほとんどが故郷への複雑な思いを彼らの文学の根底に潜ませている。郷村は頑迷な陋習がはびころゆえに脱出を試みた閉塞的空間であると同時に、牧歌的自然に囲まれた良き隣人社会の共同体としての側面をも持っている。いわゆる郷土文学とよばれるものがそうであるように、そうした故郷に対するアンビヴァランスを抱えた「郷土之恋」は当時の普遍的なテーマであったといってよい。[25]しかし『画夢録』の散文は、「彼」の地として、郷村そのものを描いているのではない。あくまでも「此」と往来する場としての〈郷村〉である。だから、その散文の中の〈郷村〉は、必ずしも他の作家たちが目を向けるような土地独特の風俗やそこに生きる人間の具体的な現実、あるいは牧歌的自然や純朴で善意にみちた人間関係によって描かれるものではない。

何其芳にとって〈郷村〉のイメージをかたちづくる核になる要素の一つは、郷村の風景の中に溶け込んでいる無名の物言わぬ人々の寂しげな姿態やしぐさである。ことば以上に雄弁にその生を語る、彼らのしぐさや表情に〈郷村〉が育んできた人間の〈時間〉が映し出される。中でも、語り手である「私」が幼年期の回想の中で、土地のにおいがしみこんだ人物に焦点をあてた一連の散文が目を引く。「哀歌」（一九三五年一月）[26]、「魔術草」（同年三月）[27]、「弦」（同年七月）[28]これら三篇の回想の舞台は「私」が幼年期を過ごした郷村である。ここに登場するのは最も身近な親兄弟というわけではない。当時日常的に接しながら又簡単に忘れ去ってしまった名もない人々である。旧時代と郷村の因習に覆われ、薄幸の影と滅びの予感を背負っている人々。その土地に流れる時間を淡々と生き、閉ざされた世界の内側でひたすら何かを待ち続け、宿命に抗わない沈黙する人々。「哀歌」では、遠く嫁ぐ日を憂い顔でひっそりと待っている、若く美しい三人の叔母。「魔術草」では、妖術を使う代わりに身体の一部が損なわれて生まれてきた貧しい大道芸人。その方術が祈禱師らに崇められてはいたが親戚には変人扱いされていた遠い先祖。易の注釈づくりに没頭する老書生。そして「弦」では、自らの限界を知りながら運勢を占う老易者に、「私」の視線は注がれている。彼らは自分の運命に抗う思いも術もなく、閉塞した郷村の押し殺したような空気の中で、真先に滅びゆく者の感覚をそのまま体現している。固有の顔を持たない哀しい存在。彼らの寂しげな姿態は、「彼」の地としての〈郷村〉を最も良く象徴するものである。中でも「哀歌」では、愛のため勇敢に反逆し不幸になる「都会の少女」ではなく「望みもなく寂しい日々を送り、物も言わず、憔悴した口元に微かに笑みを浮かべる、過去の時代に属する少女」が、〈郷村〉のイメージの核になる、はかなくも美しい存在として選ばれている。

> 一番懐かしく思われるのは、僕たちのあの若く美しい叔母たち。そしてあの消えゆこうとする深窓の暮らし。ああ、僕たちは、蒼白の顔が小楼の、遠い山や青い空、ひとひらの白い雲に向かって開かれた窓辺に現れるのを見た。しばらくするとまた、鳳仙花の花弁の赤い汁で爪を染めたほっそりとした指が、夕闇の中でゆっくりと窓を閉めるのが見える。あるいはうつむいてこしかけにすわり、窓からさし込む陽光をうけて、枕カバーや入り口のカーテンに刺繍し、自らの嫁入り道具を物憂げに、だが注意深く整えていたのかもしれない。

少女たちの「物憂げに、だが注意深く（厭倦的但又細心的）」という表情としぐさの描写に「嫁ぐか、亡くなるか」「二つの帰結」しか持たない郷村の少女が何代にもわたって運命を忍従してきたことへの哀惜が滲み出ている。むろんそれは生身の個の人間に対する共感とはいえず、美化された滅びゆくものへのノスタルジーにも似た感慨である。わずかなしかし鮮明な記憶の断片によって再構成される郷村は、こうして抽象化された人間の姿態を通して「彼」の地である〈郷村〉に作り上げられていく。

「貨郎」[29] は小間物行商人の六月のある夕暮れ時の一こまをスケッチしたものである。自らの来訪を告げる太鼓を鳴らしながら、木箱をかついで小さな村里に現れる「林小貨」。村の誰もが彼と馴染みであるが、彼自身については誰も何も知らない。日頃出入りしている邸の石段に腰を下ろして誰かが出てくるのをぼんやり待っている時、老いた使用人からその邸の主人が病床にある事を知らされ、かつて気さくに言葉をかわした主人とのやりとりを回想する。邸の太太は今ではもう必要なものは直接町へ買いに行かせているので、使用人に適当に選ばせ、林からはほんの少しだけ買う。勧められた食事を断りその邸を立ち去る行商人の痩せて疲れた後ろ姿が夕日の中にベンベンという太鼓の音とともに遠ざかっていく。この最後の段は、消費や情報の流通の形態も変わりつつある郷村生活の光景と、こうした様々な変化を敏感に映し出している人間の姿態を通して、取り残されていくものの哀しさをゆっくりと醸し出している。

何其芳の〈郷村〉のイメージを支えるもう一つの要素は、その土地に根づいた人間の物語を同世代・異世代間で受け渡しする場面である。「哀歌」では、閨室には嫁ぐ娘の新しい花嫁衣装箱があり、その隣には祖母と母の古びたデザインの花嫁衣装が詰まる旧い衣装箱が置かれている。その後「……いずれもすでに時代遅れのもので、彼女（娘をさす――筆者注）がそれらの箱を開けたときには、楽しげなしかしまた涙を伴った笑い声をあげるだろう」と続くが、これも娘が母とその母の生きた時間＝「物語」を受け取る瞬間を映しとった光景といえるだろう。「炉辺夜話」では、若者たちがストーブの回りを半円形に取り囲んで老人に向き合い、これから語られる冒険譚に胸を躍らせるが、まずはこの土地を出ていかない臆病さを老人にたしなめられて、様々に反応する。

ほんのり赤くなった頑丈な顔の大方はうつむいた。押し黙ったまま、まるで炎がかくも盛んになったり衰えたりするのはなぜかと訝かっているかのように。一人が火箸を拾い上げ、焼け切れた薪をあらたに積み上げた途端、はじける音がし、火焔が高く上がった。うつむかなかった顔は恐らく勇敢な者に属するのであろう。彼らはなおこの山間民族の純粋な血を脈内にたぎらせ、常に祖先の事跡にあこがれている。この時彼らは長楽老人の顔に刻まれた皺ときらきら光る白い髭をじっと見つめていた。

ほとんどが対話から成るこの一篇の中では数少ない語り手の叙述部分であるが、変化する炎に照らされて老人の語りかけに各自各様に反応する若者たちの表情が生き生きと伝えられる。これも、ある物語が上の世代から下の世代へ受け渡される瞬間の人の表情である。「静静的日午」でも、肘掛け椅子に腰を下ろして遠方から息子が帰って来るのを今か今かと待つ老婦人と、その膝に頭を乗せて、昔話に耳を傾けながら共に彼の帰りを待つ隣家の少女が登場する。

ここにあげたような対話の光景は、いずれも郷村特有の愛情に満ちた物語の受け渡しの現場であり、純化された美的空間を構成している。異世代がその土地固有の物語を媒介に交流する様子が、人間の構図（配置）と彼らの表情によって描写され、何其芳独特の〈郷村〉のイメージを形作っている。またこれらに特徴的なのは、それぞれの語り手自身が叙述する現場に身を置いているように感じさせる室内空間の描写である。窓からさし込む太陽の光線、変化する薪の炎の勢い、それに照らされる少年の顔の赤み、テーブルの上の紅白のつばき、客間の掛け時計の針の差す位置、十二時を打つ音、そして静寂の中の鈴とひずめの音。いずれも読者の感官に訴えるイメージを用いて、この虚構の物語の受け渡し場面に我々も居合わせているような錯覚を与え、〈郷村〉という場の感覚を喚起することに成功している。

何其芳にとって「彼」の地は、主に郷村の記憶の中から掘り起こされた名もない人々に満たされた場所である。しかも彼らの生は日常的なそのしぐさや表情によって象徴される。また〈郷村〉はそれらの哀しい生が物語として受け渡しされる場でもある。こうした〈郷村〉のイメージを核とした「彼」の地と「此」を往来することによって、「彼」の地は「此」の世界に近付き、接し、内包されていく契機を持つことになるのではないだろうか。それは、「彼」の地としての〈郷村〉を何其芳自身の内部に定着させていく過程でもあったといえよう。言い換えれば、おのれの生に、多くの他者の生を取り込むこうした想像力の働きによって、「彼」「此」を往来する場としての「私」は版図を広げていくことになる。『画夢録』は決して自閉した世界をつくりあげようと意図したものではない。むしろ他者と存在の深奥で繋がっていこうとする開かれた「私」への渇望があることを見逃してはならないだろう。

四　語りの機能――〈独白者〉から〈観察者〉そして〈体験の創造者〉へ

『画夢録』諸篇の深層にある「彼」「此」往来のダイナミズムは、表層的には叙述のスタイルによってもたらされる。前節でのべた「彼」の地〈郷村〉と往来する「此」は、語りの発生する場であるが、具体的にそれはどのように現れているのだろうか。『画夢録』の大半は、幼年時代過ごした故郷の風物と関わる回想性の散文であるが、それらの叙述のスタイルは、大きく二つの型に分けることができる。一つは、一人称形式で作者自身の意識や肉声をありのままに写そうとする独白性の強いもので、もう一つは「語り手」によって「語られる」つまり媒介性という物語的構造を内包するものである。この場合、語り手は一人称の「私」であったり、局外の顕在化しない語り手であったりする。また、この中には主に登場人物の対話から成る非物語的要素が強いドラマ性の散文も含まれる。

前者を代表するのは『画夢録』の前半に置かれる「雨前」（一九三三年春）「黄昏」（一九三三年初夏）「独語」（一九三四年三月）「夢後」（一九三四年六月）の四篇である。ここで語るのは一人称の「私」であり、語られるのも現在雨の少ない北方の都市にいる「私」の心の風景である。「雨前」は雨を待ち望む自然界の景物――ほこりをかぶった樹木の葉、乾燥してひび割れた大地――に現在の自分の心を潤すものへの渇望感を重ねている。眼前の景色から故郷の雨天の景色を思い起こしては、また眼前の風景に戻り、「私」の想念は「彼」（過去、南方の故郷）と「此」（現在、北方）の時空を往来する。

「黄昏」は、日に日に荒涼とした沈黙が支配する街で、生命をもって対峙できる何かを見つけられないでいる「私」

の孤独と憂鬱と倦怠の気分を、光が失われて闇が広がる暮色のイメージに重ねている。ここでも「私」の想念が向かうのは「昔日の郷村」という「彼」の時空であり、その地は「永遠に発掘されない楽しさ」を秘蔵するあずまやによって象徴されている。これら二篇は「私」の心をおおう孤独と憂鬱の気分そのものを映し出すことに成功しているといえるだろう。

「独語」と「夢後」になると、人間の運命や死をめぐる様々な想念と文学作品の一節が錯綜し、混沌としたままに語られる。その叙述がそのまま「私」の想念の入り乱れる様を映し出している。しかし、それは先の二篇の漠然とした気分の描写から、そうした気分の源にある意識を掘り下げようとする自己分析的な視点が生まれている兆しにも見える。「独語」の中の、死者のベッドに長春藤がからみつき、死者の魂がかつて住んでいた部屋に戻っても、生者は「明日」のことだけ語り「昨日」を思い出すことなく談笑するシーン。「私」の独り言を窓の隅にはりついて盗み聞きするものは、かつて自分が描いた蟬だったという象徴的表現。ここには、死者（過ぎ去った時間や営為も含む）によって見つめられている現在の自分、過去と現在、生と死の関連への視線がある。ここに生じる気分はもはや憂鬱、倦怠一色ではなく、ある種の焦躁感とよべるものが加わっている。「夢後」では、四方が壁の墓室のような暗闇の空間に閉じ込められている感覚が主になり、自分を愛せず青春を謳歌できないままに砂漠のような北方の地で老いていくことへの恐れと焦りが基調になる。だが同時にこうも語る。「歴史は一本の線のように無限に向かって伸びている。その間で私たちが占めるのはほとんど零に等しい一点だけだ。こうした見方は悲観的である。だがこの見方から出発してこそ世の中には成すべきことがあるのかもしれない。というのも、彼らは私の理解するところでは、皆理想主義者だからである」と。またこうもいう。「『君は祝福の心で僕を思ったことがないのかい？』と誰か私にこうした恨みごとを吐露したのだろうか？　あるいは私が誰かに？　そうだ。私たちは自分のことだけを考えている時、世界は狭くなってしまう」。こうした独白の低音部に、たとえ荒野の中の闇に閉ざされた空間に押し込められていても自閉しないこと、楽観はしないが悲観もしない者のつぶやきを聞くことができる。

これら四篇のように、一人称形式で「私」の気分や感覚の細部を映そうとする時、どうしてもメランコリックなナルシシズムが現れるのを免れないが、一面ではそれも青年期に普遍の感覚として、ある種のリアリティを伴っている。これらに機能しているのは主として媒介者として語る「私」ではなく、自己表白に駆り立てられる〈独白者〉の「私」である。そして〈独白者〉の語りは「彼」の地を「此」からなお遠いところに位置させたままである。

一方、作者の視線が「私」の心の風景にのみ向かうのでなく、「彼」の地としての郷村の、人間のいる風景に向かう時、「私」の語りは語る対象との距離を持ち始める（語り手が顕在化しない場合はなおさらである）。郷村の人々がその地に溶け込んで風景の一部と化している、彼らの姿態を描写する散文「伐木」[30]「哀歌」「貨郎」「魔術草」においては、〈独白者〉に代わって〈観察者〉が前面に現れて機能する。例えば「魔術草」に出てくる伝説中の祖先は、そのどこか滑稽な「定身法」なる法術の使いぶりが語られた後、次のように描かれる。

　ただ聞くところでは、晩年になるといつも家で年越しのために豚を殺す時は、彼を遠い親戚の家まで送り届けなければならなかったそうだ。さもなければ、彼が豚の悲しげな鳴き声を聞いて、ひとたび心を動かすと、豚はもう殺すことができなくなってしまうのだ。こうしたことで彼は自分の法術に嫌気がさしたのだろう。そうだ。彼はきっと心中あれこれ思いめぐらし、密かに数々の苦しみを味わった。それゆえに彼の法術は人に伝授されないまま彼とともに墓に埋葬されてしまったのである。もっとも、私は当時子供だったから、こうしたことは考えてもみなかったのだが。

伝説あるいは遠い記憶の中の人物に現在の「私」が接近し、過去の〈観察者〉としてこの方術使いの気持ちを推し量っている部分である。前章ですでにのべたように、記憶の中の滅びゆく予感を秘めた人間存在は、彼の〈郷村〉を形作る中心的イメージであるが、ここでもペーソスの中に滑稽さを漂わせる人間の姿態が生き生きと再現されている。この中の「私」は過去と現在を自由に往来する〈観察者〉である。この時、〈観察者〉の語りは、窓の内側から外を見るように、離れていた「彼」「此」を、扉一枚隔てた同一平面にまで近付け隣接させる機能を果たしているのではないだろうか。

さらにこうして語り手である「私」が回想の中に入りこんで〈観察者〉となるだけではなく、語り手であると同時に体験する作中人物として登場してくるのが「楼」と「弦」である。ここでは〈物語る私〉とともにいわば過去を現前化する役割を担う〈体験の創造者〉としての「私」が前面に現れることが大きな特色である。

「楼」は北方の索漠とした町に倦んだ「私」が、友人の故郷である南方の村へ一緒に帰り、釣りをしながら、それぞれの物語（「私」は幼年期すごした故郷の村の思い出、友人はその村の楼に纏わる伝説）を交換する設定になっている。ほとんどが対話から成るが、語り手である「私」の言葉に、作中人物「私」の想念がそのまま重なる、いわゆる「体験話法」[31]が見られる。次に引くのは、魚を釣り上げるタイミングが早すぎると友人から注意された「私」の弁明である。

> それくらいの知識は私もとうに持っていた。ただ私は早すぎるかさもなくば遅すぎてしまうのだ。それに私がまさに関心を抱いているのは、その驚いている魚であった。細く丸いその口がもし私の鉤にかかったらどんなに可哀そうなことか、これからは真っ直ぐな針で釣りをするだろう、諸君、「木に縁りて魚を求む」だと私を笑ってはいけない。

ここに見られる「どんなに可哀そうなことか」の部分は「私」の想念を再現して、一人称の語り手である人物の思考や感情、知覚をも二重に伝える「体験話法」である。さらに「体験話法」による発話と想念の再現形式の間に発話が挟まれている部分を見てみよう。

しかし突然、わが友は夢から覚め、釣竿を引上げた。一尾の魚がその白い腹を空中で翻し、続いて池のほとりの草地に落ちた。可哀そうなやつ。とうとう最後の叫び声一つあげることもできず、必死に跳ねようとしてもかいなく、やはり網の中にはいっていくのだろう。………

『魚ってやつは本当に可哀そうだ、声も出せないんだから。』

この言葉が口をついて出たが、私は悲しくてやり切れなかった。私たちの言葉がいったい何の役に立つのか。ただいたずらに私を滔々とした雄弁に駆り立てて苦しませるだけだ。………でもね、わが友よ、私はまた口を開いた。

ここでの「可哀そうなやつ」「でもね、わが友よ」は発話の再現形式として作中人物の「私」の発話の抑揚を描写するが「とうとう……のだろう」「私は悲しくて……苦しませるだけだ」とともに、語り手の感情や想念をも同時に伝えている。こうした「体験話法」によって語り手と作中人物の視点がダブり、読者は「私」の内面を直接のぞいているように錯覚し、「私」への感情移入を促される。が、こうした二十世紀小説の内的独白に近い話法の中に、十九世紀小説の旧いタイプの語り手の話法が混在している点は興味深い。例えば前に引いた段の最後にある「諸君、……笑ってはいけない」というやや時代がかって聞こえる語り手の声は他の部分にも「でも聞いてください」などと読者に語りかける。小間物売りを書いた「貨郎」にも「彼はすでに門の前まで歩いていった。この機に乗じて我々は彼をはっきりと見てみよう」「我らがこの屈強な痩せた友人は……」などという語り手の声が聞こえている。こうした新旧話法の混在、事態を宙ぶらりんにさせたまま未決定に終わらせる現代小説的展開、そして小説とも散文ともつかない不安定な表現が、この散文の物語的構造にかえって新鮮な感覚を与えているともいえる。

注意すべきは、こうした叙法の中で「物語る私」という虚構が、単なる〈観察者〉に代わって〈体験の創造者〉を生み出している点である。この点においては、一人称小説についての一般的な狭隘な考えを指摘したF・シュタンツェルの次の言葉が示唆的である。

つまり、一人称の語り手は、自分の体験したことと、自分の記憶していることとしか語れない、という考えである。しかしながら〈物語る私〉は、回顧的な能力を意味しているばかりでなく、再創造的な能力も意味しているのである。言い換えれば、一人称の語り手は、己れの過去の生を回想する人物であるばかりでなく、この過去の生を己れの創造力の中で再創造する人物でもある。したがって彼の語りは、〈体験する私〉の経験と知識の範囲に厳しく縛られることはないのである。(32)

このことは「弦」の語り手である「私」の果たす役割の中に見出すことができる。「私」は人の運命というものを考える時、運勢見の占い師の指で弾かれる三弦を思い出す。そして今その郷里の占い師の運命に思いを馳せる。

仮に私たちが田舎の物寂しい古めかしい屋敷の中で育ったならば、老僕、小間物行商人、ふらりとやってきては居候する放浪者、それら一人一人がどんなに身近な存在だったろうか。私たちはかつて彼らに親しんだはずなのに、また忘れてしまう。ある日、私たちはもはや少年ではなくなっていて、時たま、彼らを思い出し、彼らの運命に思いを凝らすことがある。ある日、私たちはその童年の王国へ戻っていく。夕日の中をゆっくり歩いていると、古い小道に一人の老人が現れた。忍耐づよく衰弱する日々を送っているその老人、十年あるいは二十年が、彼にどんな変化を与えたのか。そこで私たちはこう声をかける。「まだ私のこと覚えていますか？　占い師さん」

…………

私たちは過去に思い巡らしながら、過去の亡霊のようなこの老人と歩きながらやり取りする。「明日もう一度私を占ってください」。「あなたがた学問をするお方はもうとっくに信じなくなっているでしょう」。「いいえ、私は信じます」。私たちはどのように彼に私たちの悲観的神秘的傾向を説明したらよいのだろうか？　どのように自分の職業に自信を失ったこの老人を説得したらよいのだろうか？　……今、彼はどんな困苦を味わってしまったのか？　彼は何の前でその屈強な頭を垂れているのか？　彼にも家はあるのか？　どこに？　私たちは聞きたかったが、やはり結局は聞かないことにした。

一見、こうした占い師とのやりとりのディテールが、過去にあった「私」と彼との会話を再現しているようにも見える。だが注意すべきは語り手の人称である。導入部で語り手は「私」という単数形であったのが、回想あるいは想像の世界に入っていくと、いつのまにか人称が複数形の「私たち」に変わっている（「哀歌」でも同様である）。これは、単に「私」個人の回想を語るのではなく、読者をともに「童年の王国」という「彼」の時空へ誘おうとしていることを意味していよう。そして始まっていくのが「私」の想像の中での占い師との対話である。現実には、作者は郷村に昔からいるような運勢見の易者とこんな言葉を交わしたことなど一度もなかったかもしれない。しかし、「私」は想像の中で、この回想の中の人物との一つの体験を創造しているのである。しかもその体験を読者と共有しようとするのである。これは回想性散文の語りの構造が〈体験の創造者〉として機能している典型的な例である。この時「彼」の世界は「此」に内包され、両世界は同心円化していくことになるのである。

五　むすびに

これまで『画夢録』の中の異色の表題作「画夢録」（夢三話）については、古典素材の再話であること以外は特に注意が払われてこなかった。しかし、本章はこの夢三話の中に、『画夢録』全体のライトモチーフである「彼」「此」往来の構造が示されていると考え、考察をすすめた。また『画夢録』後半の諸篇に見られる「彼」の地としての〈郷村〉のイメージは、同時代の郷村を描く他の作家たちとは異なる彼独特のものである。そこでは、運命に抵抗するすべもなくただ黙々と一生を終えていった無名の人々の表情やしぐさ、また都市にはない土着の物語の交換風景が純化され焦点があてられている。そしてその独特の語りの構造が、『画夢録』全篇を通して「彼」「此」両者を近づけ、隣接させ、最終的には両世界を同心円化する試みになっていることにも言及した。

少し大ざっぱにいえば、従来の何其芳研究は、憂鬱な文学青年が現実体験によって目覚め、理想主義者に変貌し、革命に身を投じたという、何其芳理解の図式にそのまま『画夢録』と『還郷雑記』を対置させ、両者の断絶（優劣ではない）をあらかじめ想定していたように思われる。それには何其芳自身の述懐も大きく作用している。むろん、両者の作風には隔たりがあり、『画夢録』は時に浮薄と紙一重の華麗な美と精緻にすぎる感覚描写に覆われる。しかしその深層構造にある「彼」「此」往来のダイナミズム、動的な美的空間を射すくめるような観察力という点では、すでに『還郷雑記』における人間存在の内省的観察に通底するものを胚胎していたことがうかがえる。「此」に止まるのではなく、常に他者としての「彼」の地を見つめながら、その地との往来の中で「私」という場を絶え間なく深化拡大させていこうとする姿勢およびその想像力、共感する力の強さは、その後の何其芳の著作に一貫してあるように思われる。

また、「語り」による物語的構造をもつ散文によって、新たな散文の可能性を提示したことは強調されてよい。これには二十世紀小説におけるジョイスらの表現による精神領域の拡大を模索した試みにもつながる同時代性をみることができよう。身辺雑記や文学的随筆でなく、時事的文章でもなく、また内的独白とも限定できないこうした不可解な魅力をもつ独特の散文のスタイルに、当時京派といわれる人々は単に美文という以上の価値を見出していたのかもしれない。また、回想性の散文に「物語る私」の虚構性を持ち込むことについては魯迅の散文にすでにその例を見ることができるが、時間意識の解体をめざすという点においては、卞之琳、戴望舒らに翻訳紹介されたスペインのアソリン（一八七三～一九六七）の短篇の影響も考えられる。[33]

『画夢録』代序「扇上的煙雲」（一九三六年二月）は全篇対話だけから成り、一人の中の矛盾する部分を相対させた、一種のモノローグの連続交換と見なせる。最後は故郷かどこかに置き忘れてきた、夢を描いた団扇を、一人は一生をかけて探すといい、一人は捜し当てた時にはその扇上の夢が朦朧としているかもしれないと応じるところで終わる。『画夢録』中の散文は物語的構造をもつものでも、ほとんどが特に発端も結末もない宙ぶらりんの感覚さえ与える、まさにとらえがたい「扇上の煙雲」である。しかし、そのつかみどころのない、あるかどうかもわからない「彼」の地と「此」の往来を通して、線条的時間意識に拘束されない時空に他者の生を取り込み、自己の内奥に定着させていこうとした試みは、文学者何其芳の最も本質的な部分と関わるのではないだろうか。

注

(1) 蕭乾「魚餌・論壇・陣地——記一九三五至一九三七年《大公報・文芸》」(《新文学史料》第二輯、一九七九年二月)。

(2) 《文学評論》一九九五年第三期。

(3) 《文学評論》一九九二年第一期。同じ論者余凌(呉曉東)による「夢中的国土——析《画夢録》」(《読書》一九九〇年第六期)がある。

(4) 独語体については他に銭理群『精神的煉獄——中国現代文学従〝五四〟到抗戦的歴程』(広西教育出版社、一九九六年一二月)の第四章(六六頁)「生命体験和話語方式——魯迅散文論」の中で、魯迅の『野草』について「人々は「人」の「個体意識」を自覚すればするほど、『野草』の「独語」言説に心引かれていったのである。しかも「人」は「群体存在」と「個体存在」の統一体として、「群体存在」の体験のゆえに「談話」風の言説に心を引かれると同時に、また必然的に「個体存在」を体験する「独語」の内在要求へ向かうのである」と、談話体にはない「最も個人化した言説」の魅力を述べている。

(5) 『画夢録』あるいはそれに言及した中日の主な先行研究に次のようなものがある。

①周忠厚「〝扇上的煙雲〟——重評《画夢録》」(《西南師範学院学報》一九八五年第五期)

②陳尚哲「論何其芳早期散文的芸術貢献——《画夢録》、《刻意集》試析」(《中国現代文学研究叢刊》一九八七年第二期)

③周忠厚『啼血畫夢　傲骨詩魂——何其芳創作研究』(北京文化芸術出版社、一九九二年五月)

④李曉曄「象徴主義対中国現代散文的影響」(《中国現代文学研究叢刊》一九九二年第三期)

⑤席揚「心態生成与文体建構的互塑——論何其芳的散文創作」(《山西師大学報》一九九二年第四期)

⑥王愛松「論三十年代散文三派」(《中国現代文学研究叢刊》一九九六年第二期)

⑦渡辺新一「何其芳『画夢録』を読む」(『中央大学論集』第二集、一九八一年三月)

⑧中裕史「何其芳の永恒——「花環」と「扇」を中心に——」(『中国文学報』第五十冊　一九九五年四月)

⑨高屋亜希「何其芳『墓』に見る夢想世界の展開——〈王子〉から〈釋迦〉へ——」(『中国文学研究』第二十二期、一九九六年一二月)

②は『画夢録』からは前半部の「墓」「秋海棠」「独語」等を中心に、〈詩的意境〉や〈語言美〉という観点からその散文芸術としての特色を述べたもの。⑥は、三十年代を代表する散文を〈太白派〉〈論語派〉〈水星派〉の三派にわけ、散文芸術を追求した〈水星派〉を代表するのが「独語」体の何其芳『画夢録』だとしている。

(6) たとえば、「黄昏」は、孫玉石「《北京晨報・学園》附刊批評読札〔上〕」(《新文学史料》一九九七年第三期)によれば、《詩与批評》第十八号(一九三四・一一・二二)に掲載された時には「散文詩」と明記されていることから、何其芳は最初、これを散文詩として創作したものだとしている。

(7)《大公報・文芸》(一九三七・七・一一)原載。『何其芳研究専集』(四川文芸出版社、一九八六年三月)所収。

(8)「給艾青先生的一封信――談《画夢録》和我的道路」(一九三九・一二・一〇)《文芸陣地》第四巻七期　一九四〇・二・一原載)『何其芳研究専集』所収。『画夢録』が旧精神、旧美学の復活を企図するものと批判した艾青の「夢・幻想与現実――読《画夢録》」(《文芸陣地》第三巻四期　一九三九・六・一)を読み、「自我解釈」「自我批評」する責任を感じて書いたとする文章に見える自己言及の表現。

(9) 劉西渭『咀華集』(文化生活出版社、一九三六年一二月)所収「画夢録――何其芳先生作」に見える語。

(10) 原載は《文学季刊》第二巻第二期(一九三五・六・一六)

(11) 黒田真美子「唐代の『夢』物語」(『しにか』大修館書店、一九九七年一〇月)四一頁。

(12)『捜神後記』巻一第一条。(中華書局校注本)

(13)『太平広記』巻第四七五「昆虫〔三〕」。

(14)『聊斎志異』巻四に見える話。なお「白蓮教」の話は巻六にも見える。(中華書局会校会注会評本)

(15) 原載は《水星》第一巻第三期(一九三四・一二)

(16) 原載は《水星》第二巻第二期(一九三五・五)

(17) 原載は《文学季刊》第二巻第四期(一九三五・一二・一六)。

(18) G・ジュネット著、花輪光・和泉涼一訳『物語のディスクール』(水声社、一九八五年八月)「錯時法」(物語内容の時間と物語言説の時間という二つの時間的水準の間で生じうるあらゆる形式の不整合の総称的術語）については二九頁～四五頁。
(19) 陳平原『中国小説叙事模式的転変』第二章「中国小説叙事時間的転変」（上海人民出版社、一九八八年三月）参照。
(20) 初出未詳。作者自身「我和散文」の中で、「『墓』は……ヴィリエ・ド・リラダンの短篇をいくつか読んだ後に書いた」と述べているが、鬼女と交わる幻想世界を描く構想の点で、リラダンの短篇「ヴェラ」と似通う所があると、注（5）の②論文も指摘している。
(21) 原載は《文芸月刊》第四巻第二号（一九三三・八・一）。
(22) 「我和散文——『還郷雑記』代序」。
(23) 原載は《水星》第一巻第二期（一九三四・一一）。
(24) 「樹陰下的黙想」（『還郷雑記』所収）。なお、『還郷雑記』の初版本にあたる『還郷雑記』（良友図書公司、一九三九年）は印刷上のミスで、この一篇を含む三篇を収録していない。
(25) 注(3)の論文、余凌「夢中的国土——析《画夢録》」はこの点を指摘している。
(26) 原載は《水星》第一巻第五期（一九三五・二）。なお、宇田禮『声のないところは寂寞——詩人・何其芳の一生』（みすず書房、一九九四年七月）第七章に「理想の女性をめぐる彼の考え方の変遷」として「奔放に行動する自由を叫ぶ断髪の少女より、自分を犠牲にする古風な忍従の少女に惹かれた一時期が彼には存在した」とある。おそらく氏は「哀歌」の一節をふまえているが、これを現実の女性像と見なす必要はないのではないだろうか。
(27) 原載は《水星》第二巻第一期（一九三五・四）。
(28) 初出未詳。一九三五年七月二三日執筆。
(29) 原載は《文学季刊》第二巻第一期（一九三五・三・一六）。
(30) 原載は《水星》第一巻第四期（一九三五・一）。
(31) 英語では「自由間接話法」（free indirect speech）。作中人物の言葉を、直接話法や間接話法によらず、語り手の声にかぶせて再現する手法。これにより語り手と作中人物の（視点）が二重化される。注（32）の同書では「体験話法」（Erlebte Rede）

という語を用いる。一四頁。自由間接話法の要点と魯迅の作品における用法については、中里見敬『中国小説の物語論的研究』（汲古書院、一九九六年九月）の第三章「魯迅『傷逝』に至る回想形式の軌跡」に詳しい論述がある。

（32）Ｆ・シュタンツエル・前田彰一訳『物語の構造』（岩波書店、一九八九年一月）「第三章　対立「人称」――語り手の存在領域と作中人物の存在領域の一致／不一致（一人称による対象指示／三人称による対象指示）」六九頁。

（33）たとえば『朝花夕拾』（一九二八）所収の回想形式の散文。また、前掲注（31）の中里見論文は、「傷逝」の語り手「我」と作中人物「我」の葛藤が自由間接話法を通していかに効果的に表現されているかを分析し、魯迅テキストの独白や自由間接話法の形式がその文学的達成と深く関わっていることを指摘する。

概説５　第十二章・第十三章・第十四章

生と死と再生

馮至と李広田は常に生者の側に属している「死」の体験を独特の視点でとらえることで、生者と死者の連関だけではなく、一個の人間における生死の連関を浮かび上がらせることを生涯の文学的課題とした。馮至は身近な者の死に直面した時、その喪失感を新たな生の認識に変えていくような言葉の創造につとめた点に特色が認められる。李広田は名もなく貧しい人々が死んでいく様を、時には自然の営みの一部として、時には理不尽な人災として、死を内包する人間存在を淡々と観察する点に特色がある。この両者の文学の根底には、一貫して人間の傷つきやすさをいとおしむ眼差しがある。それはしばしばナイーブ過ぎるほどの人間性への信頼となって現れるため、それが彼らの文学に一見あまりに素朴な印象を与えている。しかしそれは彼らが人生に対して楽観的だとか、人間性の不条理に鈍感だったことを意味しない。

第十二章では馮至が教え子（周作人の二女若子）を悼んだ一九二〇年代末の散文、および夭折した友人梁遇春に捧げられた連作詩四首を通して、死者を消失させることなく、自らの生の一部として取り込んでいく思索を展開している点を論じた。また、同詩に見える死に対する哲学的アプローチは中国新詩の中に、思索する抒情詩のモデルとして新たな境地を切り拓いたことを指摘している。

第十三章では四〇年代抗戦期馮至の時代批評の雑文には、集団と個に関わる危機意識が現れていることを示し、ゲーテや杜甫についての学術研究が、無数の死を前にした極限状況の下であらためて生に覚醒し、再生するための精神的養分を得るためのものであったことを明らかにしている。

第十四章は李広田の一九三〇年代～四〇年代に書かれた散文小品を取りあげる。それらの中で作者は幼年時代に故郷の村で目にした、貧しくとも必死で生きる平凡な人々の、その傷つきやすさのゆえに徐々に頽れていく様をつとめて冷静に観察している。自然と同じような人間の〈移ろい〉を淡々と叙述し、刻々と変貌する脆弱な人間存在の、その一回性の生に宿る美的価値を特に植物の形象を借りて表現している点にその散文の詩的品質が認められることを指摘する。

第十二章　死者を抱き続けるために——馮至の追悼表現

一　もう一つの追悼——周若子の死

周作人の二女若子（一九一五〜二九）は一九二九年一一月二〇日、虫垂炎から腹膜炎を併発、手術のかいもなく、わずか十五歳（満十四歳）でこの世を去った。初七日に当たる一一月二六日（出棺）の夜、周作人は娘の生卒年月日とその臨終の様子を簡潔に記した「附記」をそえた一文「若子的死」をやっとの思いで書き上げている。その後、同文には若子を診た山本医師を糾弾する長文の「再記」が付され、同年一二月四日の《華北日報・副刊》に若子の遺影と共に掲載された。実はその数日前、一二月一日と二日の《世界日報》にはすでに「山本医師誤診殺人」と題する周作人の弾劾広告が掲載されている。これがいわゆる周作人の娘若子の死をめぐる「弾劾広告事件」である。(1)

若子の死が、この弾劾広告を通して人々の間に広まるより前、一九二九年一一月二五日の《華北日報・副刊》第二一二号には、馮至の「若子死了！」と題する一文（『馮至全集』第三巻「集外文章」所収）が掲載されている。(2) 末尾の日付によれば、同文は若子の死去二日後にあたる一一月二二日の夜に書かれたものである。この時点で馮至は、山本医師の誤診問題についてはまだ詳細を知らなかったと思われ、同件については特に言及していない。馮至は当時周作人の周辺にいた青年文学者の一人であったが、孔徳《コント》学校に通う若子の国文を担当する教師でもあり、(3) 生徒としての若子を最もよく知る人間の一人であった。

若子とはいったいどんな少女であったのか。その死の直後に書かれた馮至の「若子死了！」が、最も早く書かれ、最も早く公にされた若子への追悼であったことは留意すべきだがそのことが重要なのではない。同文は訃報を得た直後の驚きと悲痛な思いが交錯する中で、若子がどんな少女であったかを凝縮された表現を通して印象深く伝えている。つまり若子という十五歳で夭折したひとりの少女の面影を最も具体的に記したおそらく唯一の記録であることがより大切なのだ。それは娘を失った悲憤の最中にあった周作人とはまた異なるまなざしによって、若子の「生」の一端を照射したものであり、それゆえ「若子」は夭折の少女としての鮮明な像をむすび、読むものの心に繰り返し蘇ることが可能になったといえる。また、一般的な追悼文とはやや趣を異にする同文が、おそらく期せずして、二〇年代散文の新たな可能性を示唆している点も興味深く思われる。

馮至の文に引かれた若子のエピソードは、十五歳の多感な文学少女の面影と同時にその師であった青年教師馮至の姿をも彷彿とさせる。

例えば、若子が亡くなる数日前の授業。馮至が講じた李陵の「蘇武に答うる書」について若子に質問した際、起立した若子が「わかりません」とひとこと言った時の、いかにも悔しそうで、しかも悲しげな様子。さらに馮至は当時この種の文章を若子のような文学少女に講じた「自負」と、それについて答えさせようとした自分の「思いやりのなさ（原文は「残忍」）」に後悔の念を抱き、幸いその時鳴った終業ベルにいかにも残念でつまらなそうに教室を後にした自分の態度に表れた教師の気負いを自嘲的に思い起こしている。また校内に若子の訃報が広まる中、誰かが若子のような少女は木の棺ではなくガラスの棺に納めるのがふさわしいと言った時、そのような伝奇的世界を想像しながらも「突如死者の魂が眼前に屹立して、私は生き残っている者の形体の醜さを感じるだろう」と、生者が死者に向き合った時感じる疚しさと自責の念を語っている。これは彼が、自信や充足感によってではなく、ある対象に対する負い目や一種の罪悪感が生じるところに、より確かなおのれ自身の根拠を見るタイプの文学者であることと関わっている。

またこんなエピソードも語られる。文学、特に戯曲に興味を持つ若子のために、馮至は毎週土曜、一緒に図書館に行き、彼女に相応しい戯曲を選ぼうとしたこと。当時流行していた熊佛西や陳大悲などの「名著」で「彼女の美しい魂を汚すことはできなかった」ため、(4)やむをえず「ロミオとジュリエット」や「シラノ＝ド＝ベルジュラック」などを選んだものの、なかなかぴったりしたものは見つけてやれなかったと、これも教師として最善を尽くせなかったという後悔と共に回想している。亡くなる前の週の土曜にはA・フランスの脚本を借りたことや、若子が入院して欠席した（馮至は理由を知らなかった）授業ではダンセニー卿の「乞食」を講じたが、それは若子に読ませるには比較的相応しい作品だと感じていたことなど、当時の馮至の文学観の下で、形成されつつあった若子の読書環境の一端を窺うことができる。

さらに若子の表情が浮かび上がるエピソードがある。彼女が初めて書いたという戯曲をその場では見ないでほしいと馮至に手渡した時の恥ずかしそうな様子。部屋に戻ってから開くと、原稿の余白に「F先生、これは私が初めて書いた戯曲です。どうか笑わないで下さい。」としるされていたこと。十五歳の多感な文学少女のプライドと気恥ずかしさの入り混じる様子がこうした描写から伝わってくる。それは同年輩の友人が記すような、例えば死の数日前、石座に立って写真を撮る際、「ねえ見て見て！　私は銅像よ」と立像の姿勢をとって見せたお茶目なふるまい(5)や、病院で顔色がしだいに変化していく中で「私おうちへ帰る」「私の襟巻きは？　帽子は？　手袋は？」(6)と訴える臨終間際の痛々しい子供の表情とはまた異なる、大人になりかけた少女の微妙な表情である。花開く前の蕾にも似た、傷つきやすい美しさ、未来という時間に向かって開こうとする若々しい意志の伸びやかさ。それを馮至は「一輪の花がまさに開こうとするその時、散っていった」としるしている。周若子というひとりの少女がこの世に確かに存在し、その「生」

を開花させつつあったことを、繊細な青年教師であった馮至のまなざしは的確に捉え、若子の面影を再現している。

馮至は文中、若子の訃報に接する前の自分についてこう述べている。何百何千という死を日常的に耳にする乱世にあって、自分の身はなんとか持ちこたえ、師友も無事でいることに安堵しながら、まるでぐるりと巡らされた城郭に自分が保護されているような気持ちでいた、と。その保護の中で、時には寂しく、時には悲しく、また時には慰めを感じることもあったが、大きな歓喜は無論、大きな悲惨も自分には関わりがないと思っていた。だが「死はなんとこの城郭に押し入り、その中の最も美しい建物の中のひとつを消し去ってしまい、城郭がいかに堅牢ではなかったかを証明した」。こう述べた後、馮至はその直後にもう一度「私たちの城郭の中の最も美しい建物の中の一つが瞬時に消え去った」という表現を用いて、若子の死を形容している。肉親であれ、友人であれ、心を通わせた身近な人間の、しかも突然の死がもたらす虚脱感と喪失感は、ある共同体の馴染んだ風景を形づくる愛着の深い建造物のひとつが一瞬にして消え去る時の衝撃に似通っている。人ひとりの死はその人と関わった人間の、普段は揺るぎなく思える生命の風景を一変させてしまう。にもかかわらず、おのれはなおもそこに存在し、予告なく様相を変えた風景を茫然と見つめている。

しかも、人ひとりの死は個別にひそやかに訪れる。たとえ側に誰かがいようとも死は一人で引き受けなければならず、誰も代わってやることはできない。まして側にいなければ、声をかけ、手を握り、一時的に感情を共有することもできない。馮至は若子の最期、彼女と全く別の地点に自分が立っていたことを同文の冒頭と最終段で次のように語っている。

一つは最も現実的、一つは最も詩的な、この二つのことがどうしてもまとわりついて脳裡から離れず、夜半すぎまで眠れなかった。翌朝早く目が覚め、窓外の木の葉が風もないのに弱々しげに落ちるさまを眺めながら、夜の間に霜がいったいどれくらい降りたのだろうかと心の中でつぶやいた——その時、突然二人の学生が駆け込んできて、少し金を借りたいという。何に使うのか？——

「若子が死にました」。二人は口をそろえてこう答えたのである。

そして同文の最終段でも再び、こうつづる。

私が最も現実的であった時、若子はすでに病院の中でベッドに身を横たえ、私が最も詩的であった時、若子ははっきりとした意識の中で愛する両親や兄弟姉妹そして全ての若い友人達にすでに永久の別れを告げて、もう一つの世界に入っていたのだ、彼女の青春と共に。——何故だか、その刹那、私はついに「此の身在りといえども驚くに堪えたり」の感にとらわれたのである。

このように一見冗長にも思えるほど、馮至は繰り返し、若子が病に倒れてから死地に旅立つその間、自分はといえば「最も現実的」あるいは「最も詩的」な状態にあったことと引き比べている。若子最期の時間がおのれの生とは全く無関係に進行していたこと、関わりのある人間同士も、実はそれぞれが全く異質の時間を生きているという当たり前の事実に打ちのめされているかのように。そこにはもちろん若子が病に倒れた事実を知らず、その最期に居合わせることができなかったことへの無念さがあるかもしれない。しかしそれ以上に、馮至は若子の死を通して人ひとりが生きて死んでいくその時の絶対的孤独というものに触れて立ちすくみ、慄然とする思いに襲われているのではないか。最終行に引かれた陳与義の詞「臨江仙」からの一句「此の身在りといえども驚くに堪えたり」は、これまでの様々な追想とともに改めて、「生」をかみしめる中で浮かび上がってきた思いを凝縮している。[7] 殺戮が日常化する時世に生まれ、しかも自分と関わりを持った若い美しい命が一つ消えていく時、おのれの生命の風景も大きく変貌していることを実感し、それでも自分が今なおここに生きて在ることの不思議と寂寞をまさに全身で受けとめているのではないだろうか。

馮至の文は若子の訃報を得た直後の驚きと動揺の中で書かれているため、自ずと揺らぎ、後悔、追想が入り混じる、収束感のないものとなっている。肉親ではないから、訃報を得て時間をおかずに、筆を執ることができたともいえるだろう。しかしこうした断片的想念が錯綜する不安定さの中でこそ、馮至は冷静な認識者としての主体を揺さぶられ、すべての確かさが失われていくような経験の只中に放り出されたのである。そうしてはじめて「個別」に「生」をになう者同士が共有する、ひとり生きて死んでいくという「絶対的孤独」を感知することができたのではないだろうか。

周若子という一人の少女の死を通して、馮至はおのれの世界の変容に気づき、自分は閉じられた存在ではいられないことにも改めて気づく。自分では決して経験することのできない、常に他者に属するものでしかない「死」を通して、彼は自分がひとり生きてここに在ること＝「存在」を、胸をしめつけられるような驚きと感慨をもって受けとめているのではないか。それは周作人をはじめ若子の死を耐え難い理不尽なものとして強い悲しみと憤怒とともに受けとめた肉親の悼みかたとはまた違った「もう一つの追悼」の表現であったと思われる。

二　死者を悼む新詩

二十世紀中国新詩の中で、死者を悼む詩というのはどのくらいあるだろうか。一般に人の死、とりわけ身近な親しい者の死は抒情の源泉として最も詩に採られやすいモティーフだと思われがちだが、戦争や政治的事件の犠牲者全体（総体）に捧げられた鎮魂歌の類を別にすれば、特定の一個人の死をモティーフにした新詩は意外にもそれほど多くはない。一方、旧詩においては、古詩の中の「挽歌」はもちろん、近体詩以降は類書の中に「悲悼」「傷悼」「哀傷」などの部立が見られるように、個人の死を悼む詩はある程度まとまって存在している。現代でも魯迅の死者追悼の旧詩や周作人の挽聯など、個人の死を悼み悲しむ旧詩は決して珍しいものではない。このことは、旧詩が公には新詩に五四新文化運動の理念を担う役割と地位を取って代わられたものの、実際にはオケージョナルポエムとして類型化しつつも、個人的感慨を托すのに相応しい詩型として根強い力を持ちつづけてきたことと関わっている。

それでは新詩は死者を悼むのに不向き、言い換えれば、哀悼の情を表現する形式が新詩では未成熟ということだろうか。仮にそうだとすれば、死者を悼む表現がまだ類型化していないということで、この意味では、類型化を忌避する新詩の理念によく合致している。しかし、本当に類型化していないといえるのだろうか。さほど多くはない死者を悼む新詩だが、あえて言えば大きく二つの型に分けられるように思う。一つは新詩草創期から現在にいたるまで一貫して見られるもので、様々な悲痛な思いや、不当な死をもたらしたものへの徹底した憤怒・憎悪といった激しい感情を溢れるままに叩きつけ直叙するやり方。これは対象の死の直後、残された者の真新しい悲しみと喪失感を止揚するためには有効だろう。あるいは、死後ある程度の時間を経ていれば、故人の人柄や共有した時間を回想し、懐旧の情をしみじみと綴る場合もある。いずれにせよ、それらは人情に照らして「自然」であるがゆえに「真実性」を保証されることにもなる。もう一つは特に新月派や象徴派と目される二〇・三〇年代の詩人たちが試みた方法で、死者を祭る玲瓏な言語空間を構築して死者の永遠化をはかるもので、いわば言葉の祭壇に死者を安置し、生者の悲しみを昇華しようとする、詩ならではの方法である。ここでは死者は現実世界に生きる生者とは別次元に存在する、永遠に届かぬ美しいものと化せられ、生者の喪失感はいっそう深められ、その感覚は研ぎ澄まされることになる。しかし、以上の異なって見える二つの型も、実はともにある種の感傷性を避けがたいという点では共通している。聞一多が夭折した娘をうたったとされる「忘掉他」（一九二六）や、飛行機事故で亡くなった徐志摩の追悼記念号『詩刊』第四期（一九三二年七月）に寄せられた新月派詩人らの追悼の詩十二首などは、新詩ならではの「感傷の形式化」といえるかもしれない。

それではこれらとは異なる方法で死者を悼む新詩は、果たしてこれまで存在しなかったのだろうか。戴望舒の短詩「蕭紅の墓前に吟ず（蕭紅墓畔口占）」（一九四四）について、詩人臧棣（一九六四〜　）がそのエッセイの中で、次のように述べた一節が目を引いた。

類型上はこの詩は悼亡詩の伝統に倣ってはいるが、詩人と追悼される者の関係は作家間の敬慕に過ぎない。そのため同詩は悼亡詩の基本的情景の助けを借りてはいるが、同時に典型的悼亡詩の図式からは急速に逸脱し、転じて人生の奥義を探るものになっている。同詩の基本設定は一人の男が一人の女の墓前で彼の悲しみを抒べるものである。哀悼の対象に対して詩人は過剰な言辞を弄してはいない、例えば伝統的悼亡詩のように死者の人品や風貌を大げさに言い立てることはしていない。……同詩は悼亡詩の伝統の型からは大きく逸脱し始め、人の命運、生と死の関係および自身の生命の意義の覚醒という内包を語ることに向かっているのである。

（臧棣「一首偉大的詩　可以有多短」）（《読書》二〇〇一年第一二期）

そもそも臧棣のこの文章の主旨は、戴望舒の詩の言語を未成熟だと「個人的趣味」に基づいて断じた余光中の批評のありかたに異議を唱えることにあるのだが、先に引用した部分は、はからずも死者を悼む伝統的スタイルを取る新詩の中に、実は伝統的悼亡詩から大きく変質した、いわば現代性を備えているものがあることを指摘している点で興味深い。

おそらく、新詩の中にそれまでにない型の死者を悼む詩が生まれてくるのは四〇年代に入ってからである。生と死の関連について、初めて哲学的な論考を深めた新詩（集）としてすでに評価を得ている馮至の『十四行集』（一九四二）は、その嚆矢とすべきだろう。しかし、同詩集初版の「付録」に収められた「給秋心」四首（秋心は友人梁遇春の筆名）が、その存在はもちろんのこと、特定の個人を悼む詩としては独特の視点を持ち、新詩に現代性をもたらす契機をはらんでいること、また二十七首の一連のソネットに先んじて、その論考を促した作品であることについてはほとんど知られていない。後者の点については、わずかに、孫玉石がこの四首の初出（一九三七、後述）を取り上げ「意味内容の特徴と芸術表現の追求等の面で、四年後に書かれる『十四行集』所収の多くの詩作の全体的芸術傾向と美学的特徴を予告している」[8]という指摘があるだけである。そこでこの四首（初出ではなく、より完成度の高い『十四行集』初版所収のテクストを用いる）の紹介と分析を通して、詩人馮至が死者および死の問題とどのように向き合い、新詩にいかなる現代性をもたらしたのかを考えてみたい。

三　梁遇春を悼む詩――「給秋心」四首

馮至が文革終息後出版した自選集『馮至詩選』（一九八〇年八月、四川人民出版社）には「給亡友梁遇春」[9]と題する二首が収められている。これらが最初に発表されたのは一九三七年七月一日の《文学雑誌》（一巻三期）で、その時のタイトルは「給幾個死去的朋友」全四首であった（『馮至詩選』が収録するのはその中の第一首と第三首の二首だけである）。後に、これらがソネット二十七首を収める『十四行集』初版（一九四二年五月、桂林明日社）の「付録」に収録された際には「給秋心」四首と改められ、その後再版（一九四九）では四首全てが削除されてしまった。因みに近年刊行された『馮至全集』（一九九九年一二月、河北教育出版社）第一巻の『十四行集』は再版本を底本にしているため、この四首を見ることはできない。

初出時のタイトルからすれば、四首は梁遇春一人に捧げたものではなく、おそらく彼を含む複数の亡き友人たちにあてたものだと推測される。しかし、その後、収録される際にはタイトルに必ず梁遇春の名前が入っていること、さらに馮至が八〇年代に書いた回想文「談梁遇春」（《新文学史料》一九八四年第一期）の中で、彼自身が三七年の雑誌初出時のタイトルを「給秋心」であると記憶違いをしていることから見ても、少なくとも亡くなった友人の中でもとりわけ親しかった夭折の文学者梁遇春（一九〇四〜三二）を意識して書かれた作品であることは間違いがない。

さて馮至が友人梁遇春に対して捧げた詩四首には次のような特色がある。第一に、死者を悼む新詩の中で連作の形式をとるものは他にあまり例を見ない。これは一つのテーマをめぐって哲学的思索を深める傾向の詩であることを意味している。第二に、この詩は梁遇春の死後五年を経て初めて書かれ、さらにその五年後にはタイトルと字句の一部を変えて『十四行集』初版に収録され、再版には収録されなかったものの、再び八〇年代のアンソロジーに二首が採られている。このことは、馮至の、梁遇春と同詩への思い入れの強さを表すもので、一時的な悲しみの激情にかられて書いたものではないと考えられる。第三に、同詩は死者を悼む多くの詩と異なり、生者自身の悲しみや懐かしさ等の強い感情を表現することはせず、死者と生者の関係に焦点が当てられている点が目を引く。以下にこの四首を掲げておく。

給秋心（四首）

（一）

我如今知道，死和老年人
竝沒有什麼密切的關連；
在冬天，我們不必區分
晝夜，晝夜都是一般疏淡；
反而是那些黑髮朱唇
時時潛伏着死的預感；
你像是一個燦爛的春
沈在夜裏，寧靜而陰暗。

（二）

我們當初從遠方聚集
到一座城裏，好像只有
一個祖母，同一祖父的
血液在我們身內週流。
如今無論在任何一地
我們的聚集都不會再有，

秋心に（四首）

（一）

僕は今知った、死と老年に
何ら密接な関わりはないと。
冬に、僕たちは昼夜を分かつ必要
がない。昼夜はともに同じく暗澹。
むしろあれら黒髪の赤き唇こそが
しばしば死の予感を潜ませている。
君は光り輝く春のように
夜に沈む、ひそやかにそして暗く。

（二）

僕たちは初め遠方から
ある町に集まってきた、まるでただ
一人の祖母と同じ祖父の
血液が僕たちの体内を周流するように。
今いかなる地であろうとも
僕たちが集まることはもうないだろう。

我只覺得在我的血裏
還流着我們共同的血球。

（三）

我曾經草草認識許多人，
我時時想一一地尋找：
有的是偶然在一座樹林
同路走過僻靜的小道，
有的同車談過一次心，
有的同席間問過名號：
你可是也參入了他們
生疏的隊中，讓我尋找？

（四）

我見過一個生疏的死者，
我從他的面上，領悟了死亡：
像在他鄉的村莊風雨初過，
我來到時只剩下一片月光——
月光顫動着在那兒敘說

僕はただ僕の血の中に
僕たち共通の血球がなお流れているのを感じている。

（三）

僕はかつてあわただしく多くの人たちと出会った、
僕はしばしば一人一人を尋ね探したくなる。
ある人とは偶然林の中で
人気のない静かな小道をともに歩いた、
ある人とは乗り合わせた車中で打ちとけ語りあい、
ある人とは居合わせた席で名前を尋ねあった。
だが君もその見知らぬ人たちの隊列に
加わり、僕に探させるのだろうか？

（四）

僕はある見知らぬ死者を見たことがある、
僕はその顔から、死の意味を知った。
他郷の村で風雨が過ぎたばかりのように、
僕が来た時にはただ一面の月光が残されているだけ——
月光が震えながらそこで語るのは

過去風雨裏一切的景像。　　過ぎ去った風雨の中のあらゆる景色。
你的死竟是這般的靜默。　　君の死はこんなにも静かに黙している。
靜默得像我遠方的故鄉。　　静かに黙して僕の遠方の故郷のようだ。

形式的には四首共に八行から成り、脚韻構造は比較的単純な交韻式（ａｂａｂ）である。基本的に、各首に現れる第二人称は死者を、第一人称は生者を指しているものと考えて考察をすすめてみたい。

第一首は、冬と春のイメージを用いて、一般にそう思われているように、老年（冬）と死が関わりを持つのでなく、むしろ青年（春）が死と密接な関わりを持つことを示唆する。なぜなら、異なる二者であって初めて関わりが問題になるのであり、昼夜が共に生気を失っている冬では、生と死の区別は意味を持たない。むしろ全てが生命力に満ちているように見える春が、暗く静かな夜を内包していることから、生は常に死を内包し、死もまた生の契機をはらんでいるとする発想がここにはある。それは死が生の終点にあるという線状的な生死観を脱する契機にもなっている。また、静寂の暗闇に潜んで姿を現さない死者を生者は何とかして理性で捉えようとする。両者のこうした関係は、「沈む（沈在）」と「知る（知道）」という動詞の示す行為に対応している。「知る」ことは生者の、死者に向かう最初のレベルにある行為といってよい。詩中使用される語彙は主に時間に関するもので、夭折した梁遇春の、時間的には短かった生を、線状的時間の観念に縛られず、生死が相互に内包関係を作り出していると発想するところから、その死の意味を捉えなおす点に特色が認められよう。

第二首は全四首中、第二人称が一度も使われていない唯一のものだが、これは第一人称複数形が「你」を含んでいる、つまり生者が死者を含んで「僕たち（我們）」としていると考えるべきだろう。詩の前半では両者が互いに引き寄せ合う関係を動詞「集る（聚集）」が端的に表すが、そうした行為が実現不可能になったことをいう後半部でも、生者はその身体のうちに死者と「共通の血球」が「なお流れている」のを感知するのである。祖母、祖父、血液、血球など、血や身体に関わるイメージが中心となり、生者と死者の一体感がやや観念的に強調されている。

第三首は、死者と生者の関係を出会いと別れの視点から捉えている。死者は「見知らぬ」隊列の中に「加わった」とし、生者は彼らを忘れえず「探す」のである。「探す（尋找）」という動詞は詩中二度使われているが、これは生者が死者を忘れずに追い求めようとする、つまり死者を忘却のかなたに押しやるのではなく、常に近づき関わり続けようとする意志的行為を表している。それは生きている時に、ふとした機縁で「出会い」「ともに道を歩き」「打ちとけて語り合い」「名前を尋ねる」行為よりも、もっと濃密な関係を志向する行為だといってもよい。なお、「見知らぬ（生疏）」という形容詞は第四首にも出てくるが、後の『十四行集』でも重要な意味を担う語である。「見知らぬ、あるいはなじみの薄い」他者からこそ、私たちはそこからより多くの「探し出す」ものを見出せるということだろうか。

第四首では初めの二行に端的に表現されているように、生者は死者から何をどうくみとるかという問いが示されている。「見知らぬ」死者の顔（表情）から、生者はその死の「意味を知る」。他郷、故郷、月光という中国古典詩歌の普遍的なイメージが、それぞれ死者の時空、生者の時空、死者の残していった捉えがたく、しかし全てを浮かび上がらせる空気の波動というものを象徴している。特に物言わぬ死者を過ぎ去った風雨の中の全ての光景を無言のまま物語る月光に比するのは独特である。最後の二行に示されるのは、死者は沈黙していても生者がその地に赴き、一面に降り注ぐ月光の中に立つ時、その地はもはや他郷の村ではなく、遠方の故郷として生者の時空に属するものになるという認識を示している。古典詩歌の中でしばしば「月（光）」は、異なる時空に存在する二者を結びつける働きを果たすが、この詩でもそうした伝統的イメージを継承しつつ、現代的哲理性が賦与されているといえるだろう。

以上、簡単に見てきたように、これら四首はいずれも死者と生者の関わりかた――生者の世界にいかに死者を存在させるかという模索を含めた、生死の関連をいくつかの視点から捉え直そうとするものである。すでに述べたように、一般的に詩において人の死を悼む時、喪失感に基づく強烈な悲しみ、あるいは故人と共有した時間への懐かしさを感傷過多にならずに表現することは難しい。ある程度時間を経た場合でも、悲しみの感情は抑制されるかもしれないが、生者は死者の死を記憶以上のものとして受けとめる認識は新詩の中ではほとんど表現されてこなかったといえる。無論、それはそうした認識そのものが未形成であったということでもある。しかし、この四首は死者を生者の身体と意識の一部と化していく意志的な行為を、「知る（知道）」→「感じる（覚得）」→「探す（尋找）」→「わかる（領悟）」というキーになる動詞に托しつつ、生死をめぐる新たな認識を順次展開しているとみなせるのではないだろうか。

さらにこれらの詩篇を特徴づけているのは、身近な友人の死という最も哀切な個人の体験、死という最も深遠な哲学的なテーマにも拘らず、何の変哲もない素朴なイメージと平易な語法を淡々と用いてそれを表現することに成功している点である。詩中使われているのは、人や自然物などある空間を占めるイメージが中心になっているが、こうした物のイメージよりも、むしろ行為意象としての動詞がそれらを統合する重要な役割を果たしている点に注目すべきだろう。馮至が「一つの寂しさは一つの島（一個寂寞是一座島）」（ソネット第五首）とうたうように、寂しさの塊である孤単の人間存在は、他者との分離と抱擁をくりかえしながら、つまりは行為によって真実の存在に変容していくのだということを、彼は日常的動詞を異化することで表現している。私たちから何ら特別の感覚を引き出さなくなってしまっているこうした動詞が、馮至の詩の中では行為意象となって新たな生命を与えられて甦り、温度を伴う哲理をもたらしている点――それは『十四行集』の諸篇を支える言語の魅力でもある。

四　『十四行集』に見える死生観

ここで馮至のソネット二十七首の中からこれら四首のテーマをより深化させたと思われる詩篇をいくつか見てみたい。ゲーテに献じた第十三首には、ゲーテの〈蛻変論〉に啓発されて馮至が獲得した、死に対する新たな視角——死は単なる喪失ではなく、変化しかも再生への契機をはらむ変容だとする認識——が見える。「給秋心」第一首では、生気溢れる春に対してそれが内包する夜（死のメタファー）を感じ取れることをうたっていたが、死の中に生を、生の中に死を見ること、異質もしくは一見対極にあるものが実は相互に内包する関係にあり、補完し合っていることを見る生死観はここに至ってさらに補強されている。

「給秋心」第二首でいささか観念的に表現されていた、体内に流れる「共通の血」の意味は、生まれたばかりの子犬をモチーフにしたソネット第二十三首の中で、子犬に光と暖かさを与える母犬とそれを深く記憶している子犬との関係を通して生き生きと形象化されている。以下に全篇を掲げておこう。

接連落了半月的雨，　　半月続けて雨が降る、
你們自從降生以來，　　おまえたちは生まれてこのかた
就只知道潮濕陰鬱。　　湿り気と陰鬱だけしか知らない。
一天雨雲忽然散開，　　ある日雨雲は忽然と散っていき、
太陽光照滿了墻壁，　　太陽の光は壁いっぱいに満ちている、

我看見你們的母親　　僕は見た、おまえたちの母親が
把你們銜到陽光裏，　　おまえたちを陽光の中まで銜えていき、
讓你們用你們全身　　おまえたちの全身に

第一次領受光和暖，　　初めての光と温もりを浴びさせて、
日落了，銜你們回去。　　日が落ちると、おまえたちを銜え戻っていくのを。
你們不會有記憶，　　おまえたちは覚えていないだろう、

但是這一次的經驗　　だがこの経験は
會融入將來的吠聲，　　未来の吠え声に溶け込んでいるはず、
你們在深夜吠出光明。　　おまえたちは深夜に光明を吠え出す。

ここに表現されているのは、たとえ親が子に注ぐ本能的な愛情というような常套的解釈を含み得るとしても、はるかにそれを越えたものである。一つの世代は前の世代から、愛情によってもたらされた、ある「経験」を受け取っている。それはたとえ目に見えず、記憶にはなくとも、暗くじめじめとした世界に生まれ落ちて後、「初めて」全身に浴びたことのある「光と暖かさ」のように決定的なものとして精神の形成に作用する。暗闇の中で光を求めて吠える犬の身体は間違いなく「光と温もり」を覚えているのである。先の第二首でいう「共通の血」すなわち人から人へと受け継がれていくものは、実は「血」という名の、身体に刻まれた「経験」といってもよい。ここではそれが多少の物語性も帯びつつも、何処にでもありそうな日常の一こまとして描き出されているのだが、こうした日常の中にこそ日々

の平凡な行為の意味を深く探ろうとする「物を見る」詩人の姿勢がうかがわれる。母犬が陽光の下に子犬を連れ出し、また連れ戻してくる行為を表す「銜える」という動詞がここでは愛情と労苦に満ちたものとして何と生き生きと響いてくることだろう。

人との出会いと別れを捉えた「給秋心」第三首は、私たちが私たち以外の多くの人々に自身の存在を負っていることをうたった、ソネット第十七首を想起させる。心の原野に刻まれた小道の一本一本が多くの行人によって踏み出された、生命に満ちた道だとして、その「歩み」を「荒らさず」心に刻み付けることを同ソネットでは誓い祈る。また第二十首では、「夢の中に生き生きと現れる」多くの顔や声が、「親しいか見知らぬかを問わず」、多くの生命を「融合した結果、花開き、実を結んだ」ものではないかと自らに問いかける。

最終ソネット第二十七首は、無形の水に形を与える瓶と秋風に揺れ動く旗をモチーフにした冒頭連に続いて「捉えがたきもの」を形あるものに、特に言葉に捉えようとする行為が詩創作であることをほのめかしたものである。詩中四回も使用されている「遠方」という語は、「給秋心」第四首を想起させる。そこでは、死者がかつて存在した時空は「月光」という捉えがたきものになり、それは生者にとって「遠方の故郷」となって、生ある限り死者の時空を喚起しつづけるものになっている。無論、ソネット第二十七首でいう「捉えがたきもの」は死者の時空を指すだけにとどまらず、広く他者なるもの（自然を含む）を指している。こうした認識を獲得するためには、自分自身の身近な生死に関わる体験とともに、まず友人の死に対して感傷に流れることなく、生と死の関連について思索を深めることが必要だったのだと思われる。この意味で「給秋心」全四首は、ソネット二十七首を成立させる哲学的論考――〈他者〉との交流――の基盤になる、記念すべき習作群だったと位置付けてよいのかもしれない。

五　反〈感傷〉

同時代の詩人や評論家に「平凡な日常の中に哲理を見出す」（朱自清）「沈思の詩」（李広田）と評された馮至の『十四行集』の詩篇は、生と死、自然を含む他者との関係性をテーマとする一連の哲理詩であるが、決して現実から遊離した抽象的思考ではない。それは執筆当時の四〇年代、彼は生涯で最も多く社会時評や文化批評を著し、その現実的関心と問題意識を率直に現していることからもうかがわれる。それらが繰り返し形を変えて指摘しているのは、集体だけが問題にされる抗戦期にあって、個人の内面がないがしろにされているがために生じる様々ないびつな社会現象である。

例えば馮至は「論現在的文学翻訳界」（一九四四・四・二〇、昆明《中央日報・星期評論》）の中で、抗戦以来、外国文学の紹介が無選別、無目的になされていることを批判している。欧米で流行りの書に盲目的に追随し、十九世紀ロマン派の文学（特に詩歌）が常に西洋の文学を代表しているかのように翻訳されることに異議を唱えている。なぜなら革命の時代の要求に合っていたロマン主義も、その反抗精神や情感を尊ぶ感傷主義が強調されすぎると、中国の古い文人気質や趣味に合致してしまい、今の文学修養者が持つべき忍耐や思索といった精神活動を粗略にしてしまうからだという。異文化は自分たちにないもの、なじみの薄いものだからこそ我々の視野を開くことが出来、「自分を糾し、自分を啓発」できるものなのに、ただ自分たちの嗜好に投合するものを受容しようとするのは、民族の惰性を助長するだけだと厳しく指摘する。

また、中国には真の個人主義が未成熟であることを嘆じた「幼稚与衰老」（一九四四・四・三〇、《生活導報》）では、現代の西洋人が感情を抑制し、適当な時が来るまでそれを表出しないことで情感を深めているのに対して、中国では「気まま」や「自制心がないこと」が「率直さ」や「至情の流露」と誤解されていて、その一方では世故に長けた老人のように、単純な思想を回りくどいものにしているため、思想も情感も浮薄で衰えたものになり、この百年の間、創造的文明が育ってこなかったと分析している。

四〇年代の馮至の文章にはいずれにもこうした自己省察の姿勢があり、個人の内面が成熟するためには、安易な激情吐露に走らず、粘り強く思考し、誠実に仕事をすべきことをそれらは淡々と訴えている。これは彼が三〇年代前半ドイツに留学し、リルケをはじめキルケゴール、ニーチェ、ヤスパースの哲学に触れていたことと無縁ではない。中でもリルケについては北京大学在学中からすでに興味は持っていたものの、ドイツ留学後三一年頃からは本格的に学び、決定的影響を受けることになる。しかも当初は詩よりもむしろ書信集『若き詩人に与える手紙』（一九二九）や小説『ブリッゲ随筆』（一九一〇、邦訳題『マルテの手記』）に大きな啓発を受けたことを、回想文「外来的養分」（《外国文学研究》一九八七年第二期）の中で馮至は語っている。留学中から主に翻訳を通してリルケの紹介が積極的になされている事実は、その啓発の大きさを端的に示している。(10)

「外来的養分」の中で馮至はリルケとの出会いを自分の欠点に気付かせてくれる友人を得たことにたとえている。二〇年代北京大学在学中から彼は晩唐詩詞の他、ドイツロマン派のノヴァーリスやティークらの濃厚な神秘性や幻想性に強く惹かれていたというが、一九三〇年、廃名とともに雑誌《駱駝草》を創刊する頃には、創作上の行き詰まり（後に馮至自身はこれを「危機」とよんでいる）を自覚していた。そういう時に出会ったリルケの言葉は、それまでなじんでいた西洋ロマン派の文学とは全く異質なものとして、馮至に決定的な影響を与えることになったという。特に彼を啓発したのは、リルケの詩と生活に関わる言葉である。中でも次の言葉はそれまでの彼の詩作の姿勢を覆す決定的な意味をもつことになった。揺さぶりをかけたのは「詩は一般に考えられているように感情ではない。（感情なら人はとっくに有り余るほど持っている）詩は経験なのだ」「ただ一行の詩句を書くにも、既に多くの町、多くの人々、多くの物を見ていなければならぬ」という部分である。

馮至は新詩草創期より支配的であった抒情のスタイル、すなわち激情を吐露したり、華麗な措辞を弄して朦朧としたムードを醸し出したり、あるいは感覚の細部へ過度に執着するというスタイルに纏わる「感傷性」にはどこか資質的になじめなかったのかもしれない。憂愁を抱いて内向するタイプの詩人馮至にとって、リルケの「詩は経験である」という言葉に表現された認識は、彼にじっくりと人や物そして生活を凝視させる「沈黙」の時が必要であることを確信させたのだろう。そしてリルケがロダンの仕事から学んだように、芸術家の「ものを観る」――事物本来の姿を覆い隠している因襲や偏見を捨てて、謙虚に真剣に「観る」ことでものの実質を発見する――反感傷的姿勢こそが、馮至のその後つまり四〇年代以降の創作を支える根本理念に、また、ある種の倫理性を帯びた希求となっていくことになる。

実は、「詩は経験である」というリルケの言葉は、詩は経験豊かな人間の中から生まれる表現だという単純な意味にはとどまらない。モーリス・ブランショ（一九〇七～二〇〇三）はこの詩句を「経験とはここでは存在との接触を、この接触におけるおのれ自身の更新を意味している」（『文学空間』一九五五）[11]と解釈している。こうしたより深遠な解釈から見たときでも、馮至の『十四行集』はリルケのこの言葉を体現したものだと見なせる。なぜなら第九章ですでに論じたように、同ソネットは一切の他者との交わりによって絶えず自己を更新し、真の自己になっていこうとする精神こそを表現したものに他ならないからだ。

馮至の、約五年間の留学生活を含む三〇年代には、詩数首とリルケ、ニーチェ、キルケゴールの翻訳が数篇あるだけで、彼のおよそ七十年にわたる創作生活の中ではブランクいわば「沈黙」期といってもよい。しかし、おそらくこの約十年間の「沈黙」の時間がなければ、四〇年代の深い思索の跡を残す詩歌、散文、小説などの創作や、ゲーテ、杜甫に関する優れた学術研究は生まれなかっただろう。そしてこの重要な「沈黙」期の数少ない創作の中でも、一九三七年に初めて書かれた（後の詩題）「給秋心」四首は、生と死の関連をめぐる哲学的詩想を素朴な形で展開している点で、『十四行集』のソネット二十七首に結実していく芽を胚胎した貴重な作品である。と同時に、その哲理性は生者が死者を悼むことの意味を大きく転換させ、つまりは新詩に現代性をもたらした記念碑的作品と見なすことができるのではないだろうか。

一人の友人の死から、死者と生者の関わりを模索する新詩はそう多くはない。一般的には親しい者の死を大いなる喪失と捉えて悲嘆に暮れるか、あるいは思い出の一つとして時々引き出しては往事を懐かしみ感傷に浸ることになるのだろう。しかし馮至は、死者を常に生者の側に引き寄せ、自らの体内に抱き続けるための思索を、「給秋心」全四首を通して試みたといえるだろう。梁遇春を回憶した散文「談梁遇春」の方はいわば墓誌銘にあたるが、そちらも、つとめて感傷を排除して、その人柄と文学の特色を語り伝えようとしている。

一九三〇年代前半の詩壇といえば、上海では左連の下にあった中国詩歌会がプロレタリア詩歌を標榜する一方、北京では新月派の卞之琳（一九一〇〜二〇〇〇）をはじめとする何人かの詩人たちによるエリオットの詩論「伝統と個人の才能」（一九二〇）や長詩「荒地」（一九二二）などの翻訳紹介を通して、単なる抒情表現ではない、批評精神を持つ現代詩のあり方が共有されるようになっていた（このあたりの事情は張潔宇の「〈荒原〉与〈古城〉——三〇年代北平詩壇対《荒原》的接受和借鑑」[12]に詳しい）。もはや新詩は草創期のように、五四新文化運動の公的イデオロギーを普及させる役割を担うだけでないのはもちろん、「真実性」を保証する告白型の激情の吐露でもなく、また華麗な詞藻により微細な感覚に潜行するだけでもない、思考する現代詩のあり方が少数の詩人たちによって確実に模索されつつあったのである。

馮至はこの時ドイツにあって、やはり現代詩の規範をリルケに見出したといえるだろう。生死をめぐる哲学的詩想の多くをリルケに負っていることは確かであるし、例えばリルケの「ドゥイノの悲歌」（一九二三）にも見られる、西洋のエレジー（悲歌）という形式が持つ一般的展開（「哀悼」→「哲学的論考」→「慰撫」の三つの段落）に示唆されるところもあったであろう。しかし彼の新詩の歴史に打ち立てた独創性と現代性は、こうした生死をめぐる哲学的考察というテーマにのみあるのではない。むしろそれらがきわめて自然な口語と普遍的な伝統的イメージを用いた平易な表現であるにもかかわらず、なぜかその内包する世界の深淵が読者を引き込み、〈存在〉の問題に向き合わせるという点にこそある。それを解き明かすにはおそらく馮至の言葉の秘密にさらに迫らなくてはならないだろう。

注

（1）若子の死をめぐる情況、さらに若子を死に至らしめる誤診をした日本人医師山本と周作人一家の関係と葛藤については、伊藤徳也「若子の死の周辺——周作人・一九二〇年代から三〇年代へ——」（『季刊中国』一九号、一九八九）に詳しい。同論は若子の死をめぐる周辺の事実を整理しながら当時の周作人をとりまく情況を再現しつつ、周作人という文学者の複雑な内面に迫るための一視角を提供している。

（2）馮至の同文が掲載された一週間後の一二月二日の同副刊第二一七号には、鶴西（程侃声）の一文「関於若子的死」（二七日夜執筆）が掲載されている。鶴西は若子については一、二度見かけた程度で、愛らしい少女であるという印象を抱いていたようだが、若子自身についての記述はほとんどなく、同文は主に娘を失った周作人の喪失感を思いやり、少女の早すぎる死を悼むものとなっている。なお、若子の死の一年後に《華北日報・副刊》第三一一号（一九三〇年一一月二〇日）が一周忌特集を組んでいる（いささか異例の扱いというべきか）。執筆しているのは若子の孔徳学校の同学である陳炳華、友人羅貝、そして若子の従姉妹周鞠子（十四歳）と弟周豊二（十二歳）、周豊三（九歳）である。若子の死の直後、山本医師を糾弾する周作人の憤怒のすさまじさを彼らも一様に共有していたのであろう。「憎き山本を、なぜ神様は地獄へ送ろうとしないのか」（鞠子）や「こんなに憎たらしい山本を本当に殺してやりたい、でもできない！」（豊二）、「誤診」した上に「脈を取り時計を見ること以外何もせず、まるでただ若子の死を待っているかのよう」（羅貝）といずれも山本医師への非難と憎悪を露にしている。彼らは生前の若子の様子にも触れてはいるが、どちらかといえば若子がいかに「死んでいったか」すなわち発病から、数日で死に至るまでの、とりわけその最期の痛々しい様子や臨終の場面描写に力がこもり、その子供らしい率直な筆致は若子の死と家族の悲嘆にいっそうのリアリティを与えている。

（3）馮至は一九二八年の夏休み後、ハルピンから北京に戻り、楊晦の紹介により孔徳学校で教鞭を執るようになる。同時に北京大学独文系の助手を兼任していたという（陸耀東『馮至伝』九二頁、北京十月出版社、二〇〇三年九月）。

（4）『馮至全集』（河北教育出版社、一九九九年一二月）第三巻所収の同文該当箇所には以下の注が付され、馮至が彼らの戯曲を好まなかった理由としている。「熊佛西（一九〇一～六五）と陳大悲（一八八七～一九四四）はともに中国現代戯劇草創期の劇作家。熊の代表作『洋状元』、『蟋蟀』は劇中の生活趣味を過度に追求し、作品の真実性と感染力を弱めてしまった。陳の代表作『英雄与美人』『幽蘭女士』は過度に奇抜なストーリーを追求して大衆を刺激し、かえって作品の社会的意義を損なってしまった」。

（5）陳炳華「若子君的回憶」（一九三〇年一一月二〇日《華北日報・副刊》第三一一号）。

（6）周豊二「二姐的一周年」（同前副刊）。

（7）兪平伯『唐宋詞箋釈』（人民文学出版社、一九七九年九月）は陳与義（一〇九〇～一一三八）のこの詞一首を採るが、この一句について「ただ自分について言っているが、言外には幾多の艱難を経て、故人が死去したという意味を含んでいる」と注釈している。なお、この句は陳与義以降に以下の用例がある。南宋の文天祥に「夢破東窓月半明、此身雖在只堪驚」（「夜起」、『文山集』巻二〇）、金の元好問に「同甲四人三横貫、此身雖在亦堪驚」（「四哀詩・李長源」、『遺山集』巻九）、明の銭仲益に「往事暗思渾似夢、此身雖在亦堪驚」（「丁亥十一月二十八日自寿」、『錦樹集』巻一）。いずれも王朝滅亡後生き残り、今ここに「在る」ことへの感慨が認められる。

（8）『中国現代主義詩潮史論』二八四～二八五頁。北京大学出版社、一九九九年三月。

（9）秋心は、馮至の友人で散文家梁遇春（一九〇四～三二）の筆名。梁は福建省福州出身。北京大学卒業後、上海曁南大学、北京大学の図書館に勤務。散文集『春醪集』（一九三〇）『涙与笑』（一九三四）で、英国の随筆の影響を受けた独特の散文により新境地を切り開いた。

（10）『若き詩人に与える手紙』の抄訳はまず一九三一年一〇月《華北日報》副刊に掲載され、その後、三八年七月にはリルケの散文「山水を論ず（論山水）」を附して長沙商務印書館から単行本で刊行された。翌三九年には再版も出ている。一方、後者の抄訳を馮至は二〇年代半ばから加わっていた同人誌《沈鐘》半月刊の第十四期（一九三二年一〇月）と第三二期（一九三四年一月）に留学先から寄稿している。

（11）モーリス・ブランショ著、粟津則雄・出口裕弘訳『文学空間』現代思潮新社、一九九六年四月。

（12）《中国現代文学研究叢刊》（二〇〇〇年第一期）所収。他に「三十年代北平現代主義詩壇的集聚」（《新文学史料》二〇〇〇年第四期）がある。

第十三章　危機の〈養分〉を求めて――四〇年代抗戦期馮至の批評と学術

一　はじめに――昆明と馮至

馮至はその回想文「昆明往事」（一九八六）[1]の冒頭、それまでの人生で最も懐かしい場所は「抗戦期の昆明」だと言い切る。そこでは「生活は一番苦しかったが、思い出すと一番甘美で」「しょっちゅう病気をしたが、なおるとかえって健康になったように感じ」「本がひどく不足していたが、いっそう真剣に読むことを促され」「教え、物を書き、日々の暮らしに追われていたが、矛盾を感じることはなかった」と、ある感慨をこめて語っている。

馮至は抗戦期三八年末から四六年までの約八年間、昆明の西南聯合大学外文系でドイツ語・ドイツ文学を講じていた。同大学は抗戦開始後、北大・清華・南開の三大学の教師と学生が共に雲南省昆明に大移動の末に組織された連合大学で、講師陣には多くの人材を擁し、まともな書籍も設備もない戦時下、分野を問わず優れた人材を輩出したことでも知られている。中文系には朱自清・聞一多・羅常培ら著名な学者が名を連ね、外文系には馮至、卞之琳、エンプソン（一九〇六～八四）ら詩人で学者の若い教師も揃っていた。国民党の支配が比較的緩やかだったこともあり、教師と学生が一体となって民主を求め学問を究める〝聯大人〟の気風が醸成されていたのだろう。当時同大学の学生だった杜運燮（一九一八～二〇〇二）も、一生のうち最も印象深く、最も意義ある体験は「昆明の西南聯大」にあったとしている[2]。

彼によれば聯大には専門に拘らず、教師や学生の間に濃厚な詩歌愛好の空気があり、学内に詩社の類が次々と生まれては雑誌を出し、さらに講演会や朗誦会を主催するものもあったという。中でも《文聚》（一九四二年創刊）[3]は馮至、沈従文、李広田ら教師自らが寄稿し、学生と共に学外にも輪を広げ、成果をあげていた雑誌の一つであった。

馮至は激化する空襲を避けるため、四〇年一〇月から四一年一一月まで昆明金殿（楊家山）の営林場内の茅屋に移り住んでいる。授業のため山を下り、翌朝また授業を終えて山へ戻るという生活。町にはない広々とした空間と一面の樹木、新鮮な空気と静けさの中で、彼は風や雨、雲や木など周囲の自然と対話する「清福」を享受する。この体験が彼に十分な思索の時間を与え、創作の源泉となり、新詩の歴史に残る傑作『十四行集』（一九四二）を生むことになる。これ以降、馮至は中篇小説『伍子胥』（一九四六）、『山水』（一九四七）に収める主な散文など代表作となる作品を次々と書きあげ、創作以外にも社会批評や学術論文も執筆し、後のゲーテ、杜甫研究の基盤を作っている。さらに、雑誌《文聚》の活動を支援するなど、この時期、昆明において生涯で最も旺盛な文学活動を展開している。

馮至は二〇年代後半、詩集『昨日之歌』（一九二七）『北遊及其他』（一九二九）によって濃やかな抒情表現に特色を持つ詩人として出発して以来、断続的ではあるがその死の直前まで七十年近くにわたって創作と研究の道を歩み続けてきた。その中でもとりわけ豊かな成果が、物質的には最も貧しかった抗戦期の昆明に集中して現れているという事実は、精神の緊迫と充実はどのような状況の下でもたらされるものかという、人間の内面に関わる素朴な真実を物語っている。本章は、四〇年代の昆明で馮至がどのように自らの文学活動を支える問題意識や関心を、主に生存との関わりで深めていったのか、従来言及されることの少なかった雑文や学術論文を通して見ていきたい。それは、戦時という極限状況の下での馮至の社会と文化への参画の一つのスタイルを示すものだと思われる。

二　時代批評の雑文

四三年から四五年にかけて馮至は《生活導報》（一九四二年一一月創刊）など昆明の小型週刊誌に一連の雑文を書いている[4]。その多くは日常生活の身近な事例から説き起こし、当時の社会に蔓延する無責任な風潮とその根底にある粗野な考え方を批判したものであり、文中に「真剣でない」「不注意」「なりゆき任せ」「いい加減」という言葉を繰り返し用いている。

たとえば「不認真」（一九四三）では、机や急須等の日用品が「悲しくなるほど」いかに粗雑に作られているかといった小さな事から、出版物の内容と装丁のちぐはぐさ、時に罪悪やペテンをも容認する政治的組織に至るまで、真面目さをことごとく無用とする世の風潮をこと細かに観察している。彼はそれらの現象が全て、関わる対象への愛の欠如、物事を曖昧にする反「科学的精神」、リルケがいうところの詩人が最も憎む「差不多」の態度から生じていると分析する。さらに新聞、集会には空疎で大袈裟な言葉が蔓延していること（「空洞的話」一九四三）、事実を歪曲し、あるいは軽率に扱う不誠実な態度とそれに伴う悲喜劇の発生（「替将来的考据家担心」「詩与事実」一九四四）、また兵士や子供のための教養書・児童書の不足（「書店所見」一九四三）、学校教育における教材の貧しさ、その文章の粗雑さ、低劣さ（「小学教科書」一九四四）などをあげ、人は大事に見える表面的なことにだけに気を配り、より本質的な事に対しては真剣さを欠き、自らの仕事の責任を回避する傾向にあると指摘している。馮至はこうした現象が個々の人間の内面の在り方に起因するとみなし、先の「不認真」の最終段で「物事を放任したり、取るに足りない些細なことだと考えるのは、世界の内面的破壊への道である」というヤスパース（一八八三〜一九六九）の言[5]を引き、何事にも真剣さを求めない社会の行く末を憂慮している。

これらの議論は一見きわめて素朴な修養論、あるいはすでに二〇、三〇年代に行われた国民性に関わる議論の焼き直しのようにも見うけられる。しかし、抗戦期にあえて馮至が人間の内面を一貫して問題にするのは、戦意昂揚のためのスローガンが蔓延する戦時下に生まれる集団思考様式への危機感を抱き続けていたからではないだろうか。抗戦という急務を前にした状況の中で、一人一人の人間はまず総体の一部として扱われ、しばしば個の内面を拠り所にしない社会性が短絡的に要求される。こうして人格の根源的意味が看過され、人はしだいに自らの内面を正視しようとしないばかりか、自らの生をただ一人で担わなくてはならないことにも無自覚になっていく。組織に自己を融合させようとし、自分以外の何かによって自分を律する他律的精神が生まれ、時には世論や大衆という、誰でもあり誰でもない実体のない抽象物に堕してしまう危険性を持つことになる、と鋭く指摘する。

たとえば、その傾向を助長するものとして馮至はジャーナリズムを警戒する。新奇を好む読者大衆に迎合し、出版社の後押しでベストセラーを作り出した西欧の事例をあげ、中国でも「時宜に合わない」「時代精神に反する」など実は内容のない空疎な言葉を用いて読者を惑わす批評が横行していることを指摘する。こうした新聞・雑誌（ジャーナリズム）は、人の視線を同時代（眼前の必要）に釘づけにし、時に無責任な遊戯性の流行を作り出して作品の判断を誤らせるため、少なくとも中国の翻訳界は西洋の流行に追随すべきでないと戒めている（「読書界的風尚」一九四三）。こうした警鐘が今なお有効であることに鑑みれば、時代批判は本質的であればあるほど、時代を超えたより大きな問題を胚胎しているものだということができる。

実はこれらの雑文を書く数年前に、馮至はキルケゴール（一八一三〜五五）の評論「現代の批判」（一八四六）に触発されて比較的短い評論「一個対於時代的批評」（一九四一年二月二二日）[6]を書いている。二十世紀実存哲学の始祖として仰がれるキルケゴールは、ドイツでは第一次大戦後になってヤスパースが自己の思想の源泉として紹介したことから再評価が進んだ。馮至がキルケゴールの思想と出会い、その本質に触れ感銘を受けたのは一九三〇年代前半、ドイツのハイデルベルグ大に留学していた頃のことである。(7) しかしその後、体系的にその哲学を学んだというわけではなく、むしろキルケゴールの思想の意義に気づき啓発されたリルケやヤスパースの著作からより大きな影響を受けたといえる。馮至の『十四行集』や『伍子胥』の随所に、生命の意義に満ちた他者との実存的〈交わり〉の表現が認められることはその影響の一端を物語っている。(8)

さて、馮至の評論はまず十九世紀ヨーロッパの重要な思想家としてドストエフスキー、ニーチェ、キルケゴールの三人をあげ、彼らが魂の深みに降り立ち、あらゆる既成の事物に不安と動揺を生じさせた点で通底するものがあるとし、中でも没後約一世紀を経てようやくその思想の意義が見出されたキルケゴールについて、世の卑俗と虚偽に妥協しなかった一生とその哲学の中核を紹介している。馮至を啓発し「一個対於時代的批評」に影響を与えているのは「公衆」という概念である。キルケゴールはあらゆるものが「水平化」(Nivellierung) される中で、一個の人間として責任を負わない抽象的勢力の総体、実体は無である幻影の抽象物「公衆」が、新聞（ジャーナリズム）の後押しで生まれるとする。しかし、人が本来の自分になろうとするなら、孤独を自覚し、不安と熟慮を経て決断する勇気をもち、深刻な矛盾と衝突にあえて立ち向かうべきだと訴える。このキルケゴールの声が約百年後の抗戦期の中国においてなお今日的意義を持つとして馮至が共鳴した背景には、先にも述べたように、抗戦という大義名分を借りて個人の内面を切り捨てる全体主義的傾向が昂進されることへの危惧があったと考えられる。そこには三〇年代前半ドイツ留学中にナチズムの全体主義が浸透していくさまを目の当たりにした彼自身の体験も関わっているのではないだろうか。馮至は「教育」（一九四五）の中で、ナチ政権下のドイツで教育を受けた青年の多くがカントやゲーテを知らないという文化的に憂慮すべき実態を紹介し、留学当時ドイツの小学校の入り口に「あなたは無く、集団が全て」というスローガンがかけられていたことを思い起こしている。固定した型にはめることを目的とした全体主義教育は一人一人の個性を育てるのではなく、事にあたり責任を負うことを放棄させ、ただ残虐な獣性を増長させるものである。死体を前に肝試しをさせる日本の軍国主義教育の例と合わせて、こうした思考様式の支配が特に青少年の精神形成にもたらす恐るべき影響に思い至り、危機感を募らせていることがうかがわれる。

この問題意識に関わって生ずるのが、こうした集団思考の傾向がすすむ時、自分たちは何をなすべきかという問いである。馮至は「外郷人与読書人」（一九四四）においてあえて「読書人」という言葉を用い、彼らが一貫して文明の創造者として持ち上げられる反面、無用者として揶揄されてきた経緯から、結局一般社会では「外郷人」と同じく常に特別視される、つまりは不平等な扱いを受ける運命にあるとする。彼らのアウトサイダーとしての特殊性は、彼ら自身が支配者と被支配者のいずれにも属さず、物事の是非真偽を弁別することをその本分と感じている点にこそあり、それは他の職業につく人がそれぞれの仕事に責任をもつのと同じで、特に尊敬する必要もなければ蔑む必要もないとして「読書人」への偏見を退けようとしている。ここでは勿論、「読書人」が支配階級のイデオロギーの担い手であり普及者であった歴史的側面は捨象されている。この時点で馮至が毛沢東の「文芸講話」をどの程度意識していたのか明らかではないが、少なくとも彼は知識人を断罪するのではなく、その役割を再考した上で、「知識人の使命（いや聖職と言ってもいい）は真理を求め判定を下すことである」（エマニュエル・ムーニョ）[9]というような哲学的次元に属する行為を彼らの第一の仕事とする認識を持っていたことがうかがわれる。

さらに文芸に携わる者の態度を「批評」と「論戦」とに厳密に区別すべきことを説いた「批評与論戦」（一九四七）[10]は知識人が担う役割に二種あることを強調している。馮至は両者が文芸界に不可欠のものとした上で、批評家は真理の探究者を自認して作品の真価を判断する感覚と知力を修養すべきこと、論戦家は真理の代弁者を自認して良心と正直という堅固な道徳の下、敵と見定めたものを容赦なく攻撃すべきだとしている。

しかしその真の意図は「論戦」が偏重される時代にあって、軽視されがちな「批評」という仕事の重要性を説くところにあったのではないだろうか。「一個希望」（一九四三）の中で、彼は一般的風潮となっている「いい加減さ」「貪欲」などは決して中国人特有のものではなく、ある民族が自尊心を失う時に生じる欠点だとする。それに対しては外部からの働きかけに効き目はなく、自らが心身でその不快さを感じ取り、内側から〝再生〟しなければならない。その際、中国の文化史に登場する人間に思いを馳せ、彼らがかつてどう感じ、どう努力し、どう生きてきたかを現代人の言葉で書き表すことで、自分たち民族の根源を認識できるならば、民族の自覚と〝再生〟にとって大いに役立つはずだと述べている。また「伝統与退廃的宮殿」（一九四四）の中では、歴史が自分たちに残した優れた真の伝統精神と、単なる遺物、悪習にすぎない〝退廃的宮殿〟を正確に弁別しなければならないとする。こうしたいわば歴史上の精神的所産との深い交流にしろ、伝統的遺産の真偽の弁別にしろ、いずれも専門的「批評」能力を持つ知識人の仕事として提起されたもので、同じく抗戦期〝聯大〟(11)で教鞭を執った沈従文が、民族の歴史を科学的、歴史的に、つまり「冷静」に探究する仕事の必要性を説いているのと軌を一つにする考え方である。

さて、こうした問題意識を抱えた一連の雑文にはいささかも論戦の語気はない。正義や倫理をふりかざし、世間の悪しき風潮を声高に糾弾するのでもなく、皮肉とユーモアたっぷりにじわじわと問題の核心に迫るのでもない。ましてや、鷹揚に構える紳士の洒脱な人生論でもない。まず身近な日常の具体的事例を取り上げ、時に古今東西の主として文芸に関するエピソードを織り交ぜつつ、いつのまにか個々の現象の根底にある人間の内面の問題につきあたるように読者を導いていく。自らの生にどう向き合うかという内面に帰着する課題を、社会全体が〈集団思考〉へ駆り立てられる抗戦期だからこそ、馮至はあえて静かに一人一人の心の奥深くに問いかける。人間が存在することへの真摯な問い、個の人間が〈大衆化〉に取り込まれる時、顕在化しない自己疎外が生じることへの警鐘、さらにその不安や絶望を乗り越える自己回復の道への具体的示唆。馮至の雑文はそれら人間の実存に関わる思索を、日常のレベルで、平易な言葉を用い淡々と押し進めていく。そこには静かな情熱に支えられた対話への意志を見ることができよう。たとえそれが中国では極めて少数の知識人へのよびかけだったとしても、抗戦当時、このような生への根源的問いを潜ませた雑文が存在したことは銘記されてよいだろう。

三　リルケ・ゲーテ・杜甫——学術研究

抗戦期、馮至が彼自身の再生のために最も必要とし、またこの時期にこそ肉薄しえた文学者にリルケ、ゲーテ、そして杜甫という異なる時空に存在した三人の詩人がいる。

リルケは三人のうち、気質の点で最も馮至に近く、創作への影響が最も大きかった詩人である。ドイツ文学を専攻した馮至はすでに二〇年代にリルケの詩にふれていたが、三〇年九月渡独以降はむしろ詩以外の小説・散文や書簡集を好んで読み傾倒していたという(12)。因みにナチス時代のドイツにおいてリルケは「自由によむことを許されていた数少ないまともな詩人の一人」であり、リルケに関する研究書も数多く出ていたらしい(13)。

キルケゴールの影響の跡を示す『マルテの手記』(一九一〇年、原題は“*Die Aufzeichnungen des Malte Laurids Brigge*”中文題は『布里格随筆』)は、当初馮至がハイデルベルグ大の博士論文のテーマとして構想を温めていたものであり、かなり深く読みこんでいた愛読書でもあった。同書はリルケ自身の大都会パリでの孤独な生活体験をもとに、憂鬱と絶望にさいなまれながらも生の問題に向き合う青年マルテの内面世界を手記という形につづったものである。例えば馮至はその中から「詩は人が考えるような感情ではない。……詩はほんとうは経験なのだ。……あまたの都市、あまたの人々……を見なければならない。……感じなければならない。思いめぐらすことができなければならない。……」という有名な一節（「第一部」）を引く（「里爾克――為十周年祭日作」一九三六年一一月）。また、かなりの数にのぼるリルケの書簡は彼が他者との対話を大切にしたことを示す資料であるが、中でも詩の本質に言及した『若き詩人への手紙』（一九二九）を馮至は翻訳し、その訳書『給一個青年詩人的十封信』（一九三八）の序文でリルケの信念をこうまとめている。「人はもし誠実に生きようとするなら、困難に直面した時も欺瞞に満ちた俗習慣に逃げ込まず、ひとりの存在者として立ち、生活上の諸問題を担わなくてはならない」。リルケのこうした忍耐強く対象に開かれていく精神は、馮至にとって単に創作上の姿勢を示唆するだけではなく、人として生きていくことの根本的姿勢を教えるものであったにちがいない。リルケの思索の影響は、四〇年代の馮至の創作全般にわたって認められるが、とりわけ『十四行集』に著しい。しかし散文「工作而等待」（一九四三）にはロダンに学んだリルケの物の見方への共感が再び熱を込めて語られている。同文はオーデンが一九三八年武漢で書いたソネット（卞之琳訳）[14]の中に、リルケをうたった詩句「Who through ten years of silence worked and waited（他経過十年的沈黙、工作而等待）」があったことに感慨を覚え書かれている。つまり、抗戦期の中国におりたった英国の一詩人が、馮至が現在身を置く中国の運命と、十年来彼が読み続けてきたリルケを一篇のソネットに読みこんだことに、馮至は文学的因縁を感じたのである。リルケは第一次世界大戦前後、荒廃した現実を前に寂寞の中で沈黙を続けるが、鋭いまなざしで時代の転変を見つめ「真の変革に従事する意志」のもと、長い彷徨と探索を経て、一気に傑作『ドゥイノの悲歌』（一九二三）『オルフォイスに捧げるソネット』（一九二三）を完成させた。このリルケの長い沈黙と思索を経て醸成された、孤独と不安の中で対象を凝視し、他者との深い交わりを求める精神に馮至は勇気づけられたのだろう。

「工作而等待」の中で、馮至は中国にも同様の精神が存在すると信じ、それを見出そうと次のようによびかける。表面に現れた種々の猥雑な現象だけ見て失望してはいけない。目立たぬ場所、雨風をしのぐこともできない小屋に、たとえ少数でも粗末な用具で毎日辛抱強く仕事をし続ける若者がいて、路地裏には中国の優れた伝統を絶やさず、貧しい暮らしの中で日々社会の要求にきちんと応えている年配の人々がいるにちがいない。彼らは苦難の現実から逃避せず、それを堪え忍び、将来のために誠実な仕事に打ち込んでいる。いつかその心血は「途方もなく大きな建造物」に結実して聳えるはずである。馮至の祈りにも似たこの言葉には、平凡な日々の暮らしや無名の人々によって脈々と育まれている精神を見つめようという、リルケの対象へのまなざしに重なるものが認められる。

次にゲーテであるが、馮至は北大の学生時代、五四の薫陶を受けた多くの青年たち同様、『若きヴェルテルの悩み』（郭沫若訳）を繰り返し読んだという。しかしその後特にゲーテに心酔することもなく十年余りが過ぎる。[15] 本格的に研究を始めたのは一九四〇年秋、昆明金殿の営林場内の茅屋に移ってからのことである。後の回想の中で、その茅屋と町にある大学を行き来する際、リュックの中には常に市場で買い求めた野菜とゲーテ全集の数冊が入っていたと述べている。こうした生活の中でゲーテの年譜が徐々に翻訳され、注釈が施されて馮至のゲーテ研究が集中的に進められていく。[16] この時彼の関心はもはや疾風怒濤時代の習俗や権威への反抗と感情の解放を叫ぶ青年期のゲーテにはなく、ワイマール公国に招聘されて後の、人生と自然のあらゆる現象について認識を深めていったゲーテの方にあった。ゲーテは鉱物学・地質学・植物学・解剖学などの自然科学研究に成果をあげるが、中でも動植物の〈蛻変論〉はその思想の中核をなす探求である。彼の、自然と人間の生命は共に生成発展していくものであり、人は不断に自己を克服し超越していくべきものだとの認識に、馮至は人は努力している限りはたとえ道に迷おうとも自ら向上することを怠らなければきっと救われるという信念と人間性への信頼を見出すのである。だから、当時は特に『ヴィルヘルム・マイスター』（第一部修業時代　一七九五―九六／第二部遍歴時代　一八二一―二九）と『ファウスト』（第一部　一八〇八／第二部一八三二）をただ偉大な文学作品としてではなく、自身の「生活の教科書」[17]と見なしたのである。馮至のゲーテに関する論文は後に『論歌徳』（一九八六）にまとめられるが、四〇年代に書かれた文章は四篇ある。その中の西南聯合大学文史学会講演録である「《浮士徳》裏的魔」（一九四三）は、主人公ファウストと対決する悪魔メフィストフェレスの性格を丹念に分析した末、その本質は「魂を欠く」消極的精神にあると結論づける。つまりそれは理知偏重の冷淡でシニカルな傍観者の属性である。それは「現代の魔物」として人間を誘惑して唆すが、人間はこうした否定的精神と格闘しながらもなお最高の価値、不可能な事物を追い求め続け、混沌から形体を作り出そうと努力してやまない存在であることを『ファウスト』は示唆すると馮至は読んでいる。ここに現れた「魂の力」すなわち人間精神の可能性を信じるゲーテの楽観性こそが、この時期の馮至を支える理念となっていたのである。

　以上のリルケとゲーテは、四〇年代の馮至にとって精神の糧となった〈外来の養分〉ということになる。同時に彼は中国古典の中に真の伝統として学ぶべき人間精神を発見している。その仕事が『杜甫伝』としてまとめられるのは共和国成立後の五二年になるが、執筆の準備はすでに昆明時代に始められていた。

　同書は、千年以上も前の大動乱の時代に一文学者がいかに誠実に生きたかを作品から跡づけたもので、日本の研究者からも「平実なスタイルのうちに深い思索が含まれている」「画期的名作」と評価される[18]。もともと古典文学研究者ではない馮至が杜甫の作品をまとまって読む機会を得たのはほとんど偶然であったが[19]、評伝を書こうと思い立ち、杜詩の丁寧な読みを開始したのは、杜甫という人間を深く知りたいという切実な願望にもとづくものであった。それゆえ「我想怎様写一部伝記」（一九四五）[20]では、無味乾燥な考証に終始するのではなく、また歴代の詩話のように自分に都合のよい部分だけを切り取って鑑賞するのでもなく、現代人による質朴で生命力にあふれた伝記にしたいとその抱負を語っている。詩人が何を継承し、何を学び、何を経験したかを「杜甫を以て杜甫を解す」方法で明らかにしようとし、その際、杜甫を現代化して恣意的解釈をすることは極力避け、かといって西欧のある種の伝記のようにほとんど自由な創作と化してしまうことも避けるよう注意したと述べる。そもそも中国では伝記というジャンルはあまり発達しなかったが、資料もままならぬこの時期、馮至がこうした仕事の必要性を切に感じ、新しいタイプの伝記を書こうと志したのは、やはり杜甫の生き方から〈養分〉を得たかったからであろう。それではなぜ杜甫なのか。「杜甫和我們的時代」(一九四五)[21]に、そもそも古の文学者を評価する時、二つの場合があるという。一つは彼の境遇にその時代との共通点を認め共感する場合。もう一つは、彼の精神がその時代に欠けているものだから求める場合。杜甫はこの両面をあわせ持つ、いわば友であり師でもあるという。馮至が最も貴いとする杜甫の精神とは、戦乱の各地を転々としながら艱難と貧苦の中で、困難に直面しても決して超然として洒脱になることはなく、人として詩人としてひたすら生――彼を取り巻くすべての自然と人生――に執着した点である。よく知られる「語、人を驚かさずんば死すとも休まず」という句も、一般にいわれるような単に詩句を精練することにかける芸術精神の現れでなく、詩人として生の探求に最後まで執着する精神の現れとみなすのは、杜甫の全体像をとらえて初めて出せる見解だろう。

しかも、この評伝は決して杜甫を聖人視しているのではない。若い頃の作品には、仕官のためになりふりかまわず高官にへつらう俗物性があることもためらわず認めている。しかしその時でも親しい友人に贈った詩の方には飾らない真実の情が自然に溢れていることを馮至は見逃さない。時代の波に翻弄されながら希望と失望を繰り返し、一つ一つの事件に遭遇し打ちひしがれては困難を克服していく過程で、杜甫は彼を取り巻く人間や自然を見つめ、徐々に変貌していく。つまり馮至が作品を手がかりに事実を検証しつつ見出していくのは、生成していく杜甫なのである。馮至が詩人の伝記を書くに当たり、とりわけ難しく、ゆえにとりわけ苦労したのは「彼が何を経験したか」であったという。杜甫が何を見つめ、感じとり、何を知って、それをどう自分の内面に定着させていったか、杜詩の雄大な自然描写や精緻な表現にのみ注目するのでなく、詩句の隅々にそっとちりばめられた小さな言葉を見逃さず、これまで誰も問題にしなかった事実にも注目し、(22) 杜甫の生に肉薄しようとしたのが『杜甫伝』である。そこには学者としての知的誠実さ以上の、杜甫同様に生を探求してやまない〈執着〉の精神を見ることができるのではないだろうか。

四　危機意識と〈養分〉の摂取

抗戦期に書かれた馮至の一連の雑文と学術著作に通底するのは、人間は最も困難な状況におかれた時、何によって生きていくかという素朴で根源的な問いである。四〇年代は大多数の人間が肉体的にも（四一年には彼自身も大病を繰り返している。）精神的にも危機に瀕していた戦争の時代である。その時、馮至の精神的〈養分〉となり、人生の〈教科書〉となったのは、キルケゴールやヤスパースの哲学、リルケやゲーテの文学、そして杜甫の人生と詩であった。馮至は彼らの著作をより深く読みこむことで、時代と民族に欠落しているものを洞察し、自分をとりまく世界をくまなく見つめ、感じ始める。その体験の文学的結実が『十四行集』であり、中篇小説『伍子胥』である。ソネット二十七首は動植物、自然、人間（死者も含む）といった自分以外のあらゆる他者との〈交わり〉を主題とする。また、『伍子胥』は一人の青年が運命をあえて引き受け、絶対的孤独を自覚しながら、多くの他者と出会い、〈交わり〉を経て、本来の自分に生成していく物語となっている。不安と逡巡の末の決断、しかしその瞬間に生の意義が宿ることを詩的に再構成した場面は出色で、歴史故事の枠を超えた現代小説としても独特である。

散文「記念死者」（一九四五）は抗日戦が終結した直後の感想を述べたものだが、彼は八年にわたる抗戦と内戦で犠牲になった数多くの死者を「偉大なものいわぬ一群」と称し、彼らと残された自分たち生者との繋がりを詩的想像力によって回復しようとしている。彼は死者をたとえて、家を建てた後には自分たちはいなくなり残された者に住まわせる建築者、一面の土地を耕して最後に別の者に収穫させる耕耘者とする。しかも彼らはなお自分たちの側にいて、自分たちも彼らを必要としているという。すでに「一個希望」（一九四三）の中でも「わが民族中の偉人に思いを馳せる時、こう尋ねてみなくてはならない。彼らがかつて感じた事物を私たちは感じとれるかどうか、彼らの血は私たちの血管を巡っているかどうか」と述べているが、これらに見られる死者（の精神）との〈交感〉の志向は、リルケの次の言葉を容易に思い起こさせる。

「死んでゆく人々の枕元に付添い……死者の傍らに座る……追憶が僕らの血となり、眼となり、表情となり、名前のわからぬものとなり、もはや僕ら自身と区別することができなくなるまで」（『マルテの手記』）

四五年一二月昆明で起きた国民党白色テロいわゆる「一二・一惨案」の犠牲者を追悼して馮至は詩「招魂」（一九四五）[23]を書いている。死者に捧げられた他の詩篇の多くが血涙をしぼる憤怒と激情に溢れる中で、この一首は静寂と安らぎのトーンを持つ異色作である。冒頭の一節は「〝死者，你們什麼時候回來？〟／我們從來沒有離開這裏。／〝死者，你們怎麼走不出來？〟／我們在這裏，你們不要悲哀。／我們在這裏，你們擡起頭來——」

「死者よ、あなたたちはいつ帰ってくるのか？」／私たちはこれまでここを離れたことはない。／「死者よ、あなたたちはなぜ出てくることができないのか？」／私たちはここにいる、どうか悲しまないで、／私たちはここにいる、さあ顔をあげて——

何の変哲もない表現の中に、死者（無声）と生者（有声）の対話を通して、なお死者と運命を共有し、その存在を生者の生命に融合させていこうとするひそやかな情熱と意志を見ることができる。

四〇年代の昆明で一時期、思索と孤独の時間が与えられたこと、彼自身生死の間をさまよったこと、親しいものたちの非業の死を目の当たりにしたこと、これらいずれの体験も四〇年代の馮至の思想形成に深く作用している。彼は民族の存亡の危機にあって、現実と無縁な哲学的思索に沈潜していたわけではない。自然や人間の他にさらに哲学や文学という精神的所産との〈交わり〉を通して、具体的現実に向かい合う思考をめぐらせていたのである。本章で見てきたように、この時期の馮至の評論や学術研究には、彼のような知識人が自ら責任を負う仕事をやり遂げることで、社会と文化の両面に参画しようとする具体的姿勢が示されている。『十四行集』第二十七首最終聯に彼はうたう。

向何處安排我們的思，想？　何処に私たちの考え、思いを配するか？
但願這些詩像一面風旗　これらの詩篇が風をはらんだ旗のように
把住一些把不住的事體。　とらえられないものをとらえてほしい。

生の探求とは、まだ「思想」にはならない様々な想念にふさわしい形を与えるということでもあろう。それは四〇年代抗戦当時、生存の問題に向き合った馮至の創作と批評及び学術研究を貫く最も切実な課題ではなかっただろうか。

注

（1）《新文学史料》一九八六年第一期原載、［参考資料］Ⅰ—⑤所収。
（2）杜運燮・張同道編選『西南聯大現代詩鈔』「書前」（一九九七年一〇月、中国文学出版社）。
（3）この経緯は馮至「昆明往事」第六章「敬節堂巷」で言及する他、林元「一枝四十年代文学之花——回憶昆明《文聚》雑誌」

《新文学史料》一九八六年第三期）に詳しい。

（4）以下本論で引用した雑文は注記のない限り、「参考資料Ⅰ—②所収のテキストに拠っている。原載誌は未見。

（5）ヤスパース『マックス・ウェーバー——政治的思考と研究と哲学的思索におけるドイツ的本質』（一九三二）第三章「哲学者としてのマックス・ウェーバー」。なお馮至の引用部分の原文は邦訳（樺俊雄訳『ヤスパース選集』第十三巻、一九六六年三月、理想社）によれば、「……些細なことだと考えるのは」と「世界の内面的破壊……」の間に「非存在の道であり」という一文が入っている。

（6）「参考資料」Ⅰ—①所収。なおこの評論は発表当時、聞一多の称賛を受けたということから、両者が問題意識を共有していたことがうかがわれる。

（7）馮至「海徳貝格記事」（《新文学史料》一九八八年第二期、Ⅰ—①所収）によれば、ドイツ留学（一九三〇年九月〜三五年六月）一年目、文学教授F・グンドルフ（一八八〇〜一九三一）［シュテファン・ゲオルゲの弟子。一九二〇年代前半にはハイデルベルク大で学生の人気をヤスパースと二分していたという］の講義で知り合った西洋人学生F君を通して馮至ははじめてキルケゴールの名を知ったという。彼はユダヤ人であるため当時次第に強まっていくナチズムの嵐の中で、身を隠さざるをえず、行方知れずになる。もう一人の友人ウエリー・ボール（維利・鮑爾）はグンドルフの下で博士論文を完成させたその崇拝者を自認する学生で、彼を通してグンドルフのリルケ観、ゲオルゲ観を知ることになる（因みに彼はナチ独裁に反対してフランス、スイス、イタリアを転々とし、抗戦期には馮至の求めに応じ来華、同済大学でドイツ語を教えている）。グンドルフの死後、馮至はその講座を引き継いだ Alewyn 教授（一九〇二〜七九）のゼミに一学期間参加し、博士論文のテーマにリルケの『マルテの手記』を選び準備を進めていたが、彼がユダヤ人ゆえに解雇されたため、最終的には Boucke 教授の指導の下にノヴァーリスの文体論を書き上げることになる。第二次論文審査にはヤスパースが加わったという（［参考資料］Ⅱ—④）。なお馮至は《沈鐘》第二十一期（一九三三・二・一五）にキルケゴールの翻訳「Sören Kierkegaard 語録」を発表している。

（8）拙著「馮至における〈生成〉の概念」（『お茶の水女子大学中国文学会報』第十号一九九一年四月）「向き合うふたりの時空——馮至のコミュニケーション観」（同上第十五号、一九九六年四月）参照。

（9）ルイ・ボダン（野沢協訳）『知識人』（一九六三年三月、白水社文庫クセジュ。原著は一九六二年）に引かれた《エスプリ》誌（一九三二年創刊）創始者エマニュエル・ムーニョの言葉。
（10）馮至によれば、この文章を書く契機になったドイツの哲学者マックス・ペンス（一九一〇～九〇）の短文「批評と論戦」を一九四四年に昆明の《自由論壇》第十三期（未見）に自ら翻訳している。
（11）「一般或特殊」（《今日評論》第一巻第四期、一九三九・一）『中国新文学大系一九三七―一九四九』第二巻（一九九〇年一二月、上海文芸出版社）所収。
（12）「外来的養分」（《外国文学評論》一九八七年第二期）Ⅰ―⑤所収。
（13）神品芳夫「マルテの手記」（『新版リルケ研究』一九八二年一〇月、小沢書店）。
（14）オーデン "In Time of War" の第二十三首。ただしこの一首は卞之琳訳奥登〈戦時在中国作〉の五首（《明日文芸》第二期一九四三年一一月）には含まれていないので馮至の引用が何に拠るのか不明。当時両者は頻繁に行き来していたので、個人的に読む機会があったのかもしれない。
（15）注（12）に同じ。
（16）馮至は聯大外文系では「徳国文学史」「徳国抒情詩」の他に、選修科目の一つである「作家和作品研究」を担当している。その講義題目、「浮士徳与蘇黎支」（一九四一―四二学年）「歌徳」（一九四二―四三学年）「浮士徳研究」（一九四五―四六学年）からも、ゲーテ研究への積極的な取り組みがうかがわれる。『国立西南聯合大学校史――一九三七至一九四六年的北大、清華、南開』（一九九六年一〇月、北京大学出版社）参照。
（17）注（12）に同じ。
（18）小川環樹「馮至氏のこと」一九六三年五月（『小川環樹著作集』第四巻、一九九七年四月、筑摩書房）。
（19）書籍不足の昆明で一九四三年六月のある日、青雲街の古本屋で、たまたま仇兆鰲の『杜少陵詩詳注』を見かけるが、持ち合わせがなく買えなかった。翌日再び行くが、すでに誰かに買われてしまっていた。買ったのが同じ聯大歴史系の丁名楠であることが友人を介して分かり、その後事情を知った丁から譲りうけることができたという（「昆明往事」第七章「書和読書」）。

（20）　Ⅰ―②、Ⅰ―④所収。

（21）　同上。

（22）　注（18）によれば、杜甫は長安で憂悶の日々を送っていた頃、薬草を採取、栽培して生計を立てていたことを指摘したのは馮至が最初であるという。

（23）　『十四行集』初版（一九四二年五月、桂林明日社）、『馮至選集』第一巻、『二二・一詩選』（一九八三年二月、人民文学出版社）所収。

【参考資料】

Ⅰ（著作・選集）

①『杜甫伝』（一九五二年一一月、人民文学出版社）＊邦訳に橋川時雄訳『杜甫――詩と生涯』（一九七七年六月、筑摩書房）

②『馮至選集』第二巻（一九八五年八月、四川文芸出版社）

③『論歌徳』（一九八六年九月、上海文芸出版社）

④『馮至学術精華録』（一九八八年六月、北京師範学院出版社）

⑤『立斜陽集』（一九八九年七月、工人出版社）

Ⅱ（研究書・回想録他）

①《詩》双月刊（香港）第二巻第六期／第三巻第一期「馮至専号」（一九九一年七月一日）

②王邵軍『生命在沈思――馮至』（一九九二年七月、花山文芸出版社）

③『馮至先生記念論文集』（一九九三年六月、社会科学文献出版社）

④姚可崑『我与馮至』（一九九四年一月、広西教育出版社）

⑤『北京大学学報』（哲学社会科学版）一九九四年第四期「馮至紀念会曁馮至学術思想報告会専欄」

第十四章　〈頽れゆくもの〉をして語らしめよ——李広田散文を読む

はじめに

李広田（一九〇六〜六八）は一九三〇年代半ば、何其芳、卞之琳との詩合集『漢園集』（一九三六年三月）により、詩人として出発した文学者である（因みに日本では戦後の一時期、彼の長篇小説『引力』（一九四七年六月）がレジスタンス文学として広く共感をもって読まれた）。しかしその文学的成果は詩歌や小説よりもむしろ「散文」にあることは文学史の上ではほぼ定説となっている。(1) 彼が幼年時代親しんだ郷里山東の自然やそこに生きる貧しい人々を描いた散文小品は、題材的には「郷土文学」の範疇に入れることができるかもしれない。(2) また作品の風格という点では、「京派文学」に位置づけることも可能だろう。(3) その作風は「自然、質朴、恬淡」と評されることが多く、あるいはその詩人的気質の反映をみるのであろうか、全篇に溢れる「詩意、詩情」を指摘するものも少なくない。(4)

こうした肯定的評価は一貫するものの、近年、再評価が進むいわゆる「京派」の沈従文や廃名などに比べると、李広田文学についてはその平明さの故か、必ずしも十分な認識を得ていない。彼の創作には馮至文学の人間の生存をめぐる観察と認識との共通点がみられるが、李広田の方が馮至よりさらに素朴で簡明な表現を求めたといえる。

本章は李広田の一九三〇年代から四〇年代にかけての散文小品や短篇小説の中から、人間の〈移ろい〉や〈傷つきやすさ〉への凝視が認められる作品をとりあげ、そのような人間の脆弱を、李は〈頽れゆくもの〉の形象を通してどのように表現しているかを考察してみたい。

一　十八、十九世紀英国随筆家との親和性

李広田最初の散文集『画廊集』（一九三六年三月）最後尾に収める「道端の知恵（道傍的智慧）」「ホワイト及びその自然史（懐特及其自然史）」「ハドソン及びその著書（何徳森及其著書）」の三篇はそれぞれ英国の随筆家E.M.Martin（一八七四～一九六七）、G.White（一七二〇～九三）、W.H.Hudson（一八四一～一九二二）について、著作の一部を引用しながら彼らを紹介した散文である。三人はいずれも郷村の美である野外の自然、草木鳥獣を愛し、それらに対し博物学者的観察眼で接した英国の文学者である。

李広田散文の特色を概括するのに、しばしば、彼がマルティンの文章を評した部分――「彼の書には、何ら芝居めいたものはないのに、醇朴な人生を味わいとらせ、その文章にはやはり何ら飾り立てた言葉はないのに、素朴な詩の静かな美しさがある」（「道端の知恵」）が引かれる。さらに、次のような李の言葉にマルティンの創作に対する共鳴点、従ってそこから李広田の文学的資質がより具体的にうかがわれる。

彼（＝マルティン）はどうやら多くのさびれた町やひなびた村、あばら家や叢林のような辺鄙な場所だけを流浪したらしい。しかも彼がよく知っているのは多くが貧窮した浮浪者や巡礼者、そして賑やかに騒ぐ大勢の人々に忘れ去られた住人や旅人であった。すべてこれが私の愛するもの、最低限私が理解できるものである。なぜなら私は野良からやってきたのだし、原野の土砂の上に生きているから、あの田園あるいは郷村の風情を、よく知っ

ているのだ。

文章は全て自然でゆったりしていて、どれも彼が文章を書いているのではなく、ぼろぼろの老屋の、薄暗い灯光の下で、夜もふけて人々が寝静まった時、彼が低い声で私たちに前の夢を語りかけているように感じさせるものであった。それは私たちを穏やかな空気の中に引き込み、沈思させ、生活の疲れや世の中の争い事を忘れさせ、さらには平凡な事物の中に美と真実を探し出させるものであった。

また、「ホワイト及びその自然史」ではギルバート・ホワイトが彼の精力の多くを自然観察に注ぎ、しかも草木鳥獣に対しては友に対するのと同じように観察し、愛したこと、その文章は親しみと楽しさを感じさせ、「簡潔にして優美な文章の風格、及び彼の時代の生活の絵は、彼の文学を永遠の郷土文学とした」こと、それが「人に美の啓示と新奇な印象を与え」、「田園の詩趣が、無形のうちに、人を科学の園地に引っ張っていく」としている。ハドソンについては、「ハドソン及びその著書」の中で、鳥獣虫魚の類の生活をきわめて素朴な言葉でありのままに記す点を評価し、その文章は特殊な風格がないとする非難に対しては、風格がないことが風格でもあると反論して、その魅力を次のように語っている。

彼は専ら文章に技巧を弄する人とは違って、ただ清麗な筆で実事実物を記述しているだけである。彼自身はきわめて想像力に富み、敏感な人である。私たちはいつでもどこでも彼が詩人の感覚で自然を体得し、博愛の精神で一切を観察していることがわかる。彼の文章は時に散乱して瑣末的にも見えるが、かえって知らず知らずのうちにひきつけられる。

李広田は「『画廊集』題記」に、これら植物学者的英国随筆家たちの作品を好むのは自分が田舎の人間であり、田舎とそこに生きる人々を愛するからだとしている（自身の出自については他の文章でもたびたび語っている）。しかし、彼らに対し李広田が抱いた文学的親近感と敬愛の念はそれだけでは説明できないだろう。先の引用部は、彼らの散文が李広田生来の感覚や気質を一つの方法として転化する契機を含んでいたことを示唆する。人間を含む自然界に存する身近なものの生態を、つとめて感傷を排し、しかも正確に愛情濃やかに凝視観察すること＝博物誌的アプローチは、当時、散文により新たな世界を切り拓くことを模索していた李広田にとって大きな刺激・ヒントになったことは間違いない。それ自体が一つの方法であり、思考のスタイルになりうるからである。この点では、「ファーブル昆虫記」の生態観察の記述スタイルを好む周作人の文学的気質との親近性を感じさせる。[5]

故郷の桃畑の変貌ぶりと桃の品種を詳細につづる散文「桃園雑記」[6]（『銀狐集』所収）のミクロロジー的記述は、一方で失われていく風景に対する作者の郷愁と哀傷を感じさせつつ、それ以上に自然の中の草木の相を生き生きと浮かび上がらせることに成功している。また郷里で見かける植物の略称を冠した散文集『雀蓑記』（一九三九年五月、文化生活社版・文季叢書之四）の表題作「雀蓑記」（一九三七年四月一九日作）や「大きくて頑丈な」喬木に対する「灌木」の属性を自身の文章に比した「『灌木集』序」（一九四三年八月二〇日作）等の文章から、李広田が郷村のありふれた草木をいかに愛し、それらの細部を熟知していたか、そこから培われた自然界の造物の〈移ろい〉に対する敏感さと精察の力が、人間へのまなざしと大いに関わっていることが推察できる。

二　〈頽れゆくもの〉――狂女と老女

李広田の自然界の造物、特にその〈移ろい〉への関心と凝視は、人間に対してはその脆弱、傷つきやすさを最もよく体現する〈頽れゆくもの〉に向けられる。悲運の中で次第に正気を失っていく「狂女」や、年老いて身体の機能が衰える中で孤独感を強めていく「老女」は、おそらく李広田が実際に目にした普通の人々――貧しく正直で忍耐強い平凡な人々――が「頽れてゆく」姿の典型であろう。次に挙げる二篇はそうした「狂女」と「老女」を題材とする小品である。

○狂女と柳葉桃――「柳葉桃」（散文集『銀狐集』文化生活社［文学叢刊第三輯］一九三六年一一月所収）

「柳葉桃」（一九三六年一月作）は物語性の強い散文である。「私」がかつて共に暮らした友人に対し家の近くで見かけた狂女について、後で知った顛末を友人に語りかける設定になっている。そのストーリーは次のようなものである。

貧しい農家に生まれた女の子が、幼くして芝居小屋に送られ、二十歳の時には某市の劇場で一番の花形役者となるが、その美貌ゆえすぐに秦という青年に身請けされ、妾（第三夫人）として他の妻妾と暮らすことになる。子供のいない第二夫人から奴隷以下に扱われた女はその仕打ちにもひたすら耐え、ただ子供が授かることだけを渇望して暮らす。しかし一年たっても子供はできず、役立たずとして田舎に送り帰される。二年ほどして再び秦家に連れ戻され、常に「女河原者」と蔑まれ、以前にも増して虐待を受ける。女はなおも子供を授かる夢を持ち続け、ついにそれが叶わぬうちに心身の健康を喪失、気が触れるに至る。その後、女は子供と見れば「私の坊や」と呼びかけては、いとおしむように菓子を与える。

蔑みと虐待の中で子を失う母にしろ、子を授からない女にしろ、その生存の唯一の拠り所である子への思いから生じる苦悩と狂気は、中国文学に限ったテーマではなく、能の狂女物などにも見られる普遍的なものである。しかし、李広田の筆は、この女の精神を支え続けるものを「柳葉桃」（夾竹桃）という植物との関わりから描き出す。

それは柳葉桃の花が咲く頃だった。

秦家の庭は柳葉桃でいっぱいになった。柳葉桃はまさに花開き、赤い花は緑の葉に映え、なんと賑やかに庭いっぱいに咲いていたことか。柳葉桃はこの家の先代が植えたものだったが、その人が亡くなってからは、すぐに家業も衰えた。お分かりだろう、既に落ちぶれた家にはそれでも草花を植えようとする者などいるはずがない。だがおりしもこんな一人の女役者に出会ったのだ。女は花を愛し、労を惜しまず、奴隷の生活の中であえて柳葉桃の世話をした。日頃から一人でこの花の下に腰をおろすのが好きで、正気を失った後もまだ花の下を徘徊するのが好きだった。この時、家にはもう彼女を理解する人はいなくなっていた。

こうして女は家を出ればよその子供をわが子と呼び、自分の部屋にこもっては意味不明のことを口走り、時には歌いだして芝居を演じることもあった。花の下で徘徊しながら、時に溜め息、時に苦笑、またたえず独り言をつぶやくのだった。「柳葉桃、こんなにいっぱい素晴しい花を咲かせたのに、どうして実を一つもつけないの？……」。子に恵まれなかった女の悲嘆を重ねた独り言に続く以下の部分は、おそらく本篇中最も印象的な場面である。

……女は毎日、咲いたばかりの赤い花を髪いっぱいに挿して、自分の部屋に駆け戻ると顔中に脂粉を塗りたくり、また自分の衣装箱からいくらかましな着物を取り出して幾重にも重ねて身に纏うと、そのままただベッドに腰掛けて押し黙るのだった。女は長いこと座ったまま声を出さなかったが、また突然甲高い声で歌い出す時もあった。時には突然怯えている様子を現し、たえずあちこちを見回し、まるで誰かに見られるのをひたすら恐れているかのようだった。あわただしく柳葉桃の下に駆け寄ると、髪に挿した花を一本一本取り外し、それを針と糸で花の枝に繋ぎとめて、既に折られた花を再び枝に生き返らせようとする。女は震える指先をからませながら、同時に呆けたまなざしであたりを見回した。結局、花は地面いっぱいに散らばり落ちて、枝についていた花まで枯れてしぼんでしまった。そして女はなお独り言のように問いかける。

「柳葉桃、こんなにいっぱい素晴しい花を咲かせたのに、どうして実を一つもつけないの?……」

狂気に陥った女の振る舞いとしては、能の狂女物「桜川」を、あるいは花を愛でる女の心優しさという点では『紅楼夢』「黛玉葬花」の場面を想わせる、一幅の絵のような印象を残す描写である。女の性格は散文の前半で「物静か」で「おっとり」して、「正直で我慢強い」と語られている。正気を失った後も、なお美質を失うことのない女のこのしぐさは、いたいたしさとけなげさを帯びているだけではなく、狂気が放つ不気味なまでの哀れな美しさを垣間見せている。[7]

なお興味深いのは、「私」はこの女の故事を「不快な事実」といい、それを「美しい物語」に編んでほしくて「君」(=友人)に伝えるという設定である。また最終段ではこの狂女を「君」に語ったことで彼女の物語が「自分と関わりを持った」こと、その存在が「私」の「魂を繋ぎとめるもの」になったと述べている点である。友への語りかけ或いは書簡形式の中に誰かの物語を挿入することが、その人と自分を同時に語りだすのに有効な新しいスタイルとして三〇年代の李広田には意識されていたことがうかがわれる。これは当時の何其芳の散文集『画夢録』(一九三六)にも共通する試みとして注目してよい。[8]

○老女と梨の花――「凋落（謝落）」（《文叢》一巻二号一九三七年四月一五日。『雀蓑記』所収）

「凋落」（一九三七年二月作）は九十歳になる老女を主人公にした物語で、老いとともに視力を失い徐々に「頽れゆく」人間の心理が事細かく描かれている。

朱老太太は死期が近づいてくると、以前にも増して奇怪な振る舞いをするようになる。「よく笑い、しょっちゅう訳もなく笑い出す。笑い声は乾いていて、表情はなく、まるで壊れた機械のようである、というのは不自然な摩擦から発する声だからである」。家族（彼女には四人の息子がいる）は「この声を聞いて不快に感じ、またそれが不吉な警告のようにも思う」のであるが、決して老女を邪魔者にはしない善意の人びとでもある。だから彼らは「ただ彼女が老いた、あまりにも老いた、だからこんな正気でないことをするのだ」と考える。そして次のような最後の場面に続く。

　人びとは彼女の乾いた笑いを聞くと、すぐさまそれが声であることを忘れてしまい、たちまち目の前にはっきりとしたイメージを浮かび上がらせた。それは一本の古い花の樹、しかも明らかに梨の樹であった。その梨の樹は枝いっぱいに白い花をつけ、花は春まで咲いてそして散った。まるで風雨にさらされるまでもないかのように、樹いっぱいについた花ははらはらと散っていった。朱老太太が最後の息をした時、その顔にはまだ笑みが残っていた。それはまさに梨の花の最後のひとひらであった。

少しずつ常態から逸れていく老女のふるまいを、家族は戸惑い怪しみつつも、老い特有のものと理解し、本人を傷つけまいとして何とか受け入れようとする。こうした温かなまなざしは、家族が老女の最期を、時が満ちて来るべき時にはらはらと散っていく梨の白い花のようだと感じ取るところに端的に現れている。花のように死ぬ（つまり生きる）、その一回性の哀しみと美しさに、子どもたちは寡婦であった母の辛苦にみちた長い年月を重ねあわせて思い描く。

「頽れゆく」一人の人間の歴史が、素朴で清潔な白い梨の花に比されている点だけではなく、それが、老女の「頽れゆく」さまを静かに受け入れ淡々と見守る家族の側が捉えたイメージとして語られている点にも、この散文とも小説ともつかぬ小品の淡々とした味わいと静かな美しさがある。ここでは「移ろい」が自然で肯定的なものとして捉えられ、それと重ね合わせるように、家という共同体の、描きにくいはずの「明」の一面が凝縮されている。その捉え方はあまりにナイーブにすぎるようにも見えるが、「移ろい」のはらむ希望の兆しにも似たものが梨の花のアナロジーによって補強されている点がより重要で、その点がこの小品をユニークかつ普遍性を持つ作品にしている。

ここに紹介した小品二篇は、移ろいゆくもの、傷つけられるものとしての人間、その脆弱と孤独に焦点を当てたものである。李広田の三〇年代の散文のうち「人」をテーマとするものは、社会の底辺で偏見や虐待に耐え、あるいは戦争という過酷な情況のなかでしだいに心身が「頽れゆく」過程を描くものが多い。彼はその「頽れゆく」メカニズムと心理を淡々とした「白描」の手法と草木のイメージを用いた詩的な表現によって再構成し、人間の〈脆弱〉に新たな意味と美しさを賦与しようとしたのではないか。すなわち人為的あるいは自然の威力を前にして絶対的無力の中に黙々と生きる無名の人びとがしだいに「頽れゆく」生態の観察を通して、人間が代替不能の一度きりの存在であることの貴さと哀しみについての感性的認識を可能にしたともいえる。

三　〈傷つけられるもの〉たちの関係

梅子「『李広田選集』前言」（香港文学研究社、一九七八）は李広田の散文創作をその特色によって1．『画廊集』（一九三六年三月）2．『銀狐集』（一九三六年一一月）3．『日辺雑記』（四〇年代の作をさす。一九四八年五月に文化生活社より『日辺随筆』として発行）の三時期に分け、第二期以降、徐々に身辺雑事ではなく「人」を書くようになり、「作者の現実正視」が始まったと指摘する。李広田自身も「『銀狐集』題記」（一九三六年七月一〇日作）の中で、「自分の文章が主観的叙述からだんだんと客観的な描写の方向へ変化していると感じる」と述べている。これは別の視点から言えば、作者の凝視の対象が、脆弱な〈個〉から、脆弱な〈個〉同士の関係すなわち社会へ向けられていったことでもあろう。次第に視点が「傷つけられるもの」同士の関係の観察へ向かう時、勢い散文は小説への契機をもつことになる。その一例として、少々引用が長くなるが、次の短篇を紹介したい。

○大工夫婦と菜園――「廃墟中」（初出は『人世間』一巻一期、一九四二年一〇月一五日、短篇小説集『歓喜団』桂林文化工作社一九四三年一〇月所収）

短篇小説「廃墟中」（一九四二年七月二二日作）は日本軍の度重なる爆撃を受け、ほとんど廃墟になってしまった町の崩れかけた屋敷に住むようになった大工とその妻の物語である。心が「頽れゆく」のは、夫から日々殴られている妻であるが、文字通り「崩れてゆく」のは日本軍から爆撃を受け瓦礫の山と化している町そのものでもある。この大工の夫婦が初めてそこにやってきた時、乞食のような風体に、もとから居た住人たちは怪しむ。しかし大工と妻は瓦礫の山から黙々と木切れや瓦を拾い集め、崩れた家屋をまともに住める状態にまで直してしまう。大工はことあるごとに妻を怒鳴っては殴り続けるため、妻は常に怯えその泣き声は一日として止むことはない。殴られ続けた妻はある日ついに気が触れる。以下はその場面である。

ある日、にわかに子供たちが駆け寄ってきて大声をあげている。

「早く見に来いよ、早くってば、大工の母ちゃんがズボンを脱いでるぞ！」

そこで好奇心に駆られた女たちも押し寄せていった。後になって人びとは知ったのだが、女はまるきり正気を失ったのだ。服を脱ぎ、それを引きちぎり、土で自分の髪の毛をぐちゃぐちゃにし、泣いたかと思えば、笑い、わけのわからぬでたらめを口走っている。まさにこのような騒ぎが最高潮に達した時、さっきまで妻を罵っていた大工が、にわかに嘆き悲しむ様子に変わり、なんと、自分の妻の前に跪いて、小さな声で優しげに言ったのである。

「かあさん、おまえさまは何が欲しいんだか？　どうか言ってくだされ。」

すると女は老婆のような声で言った。

「わしは何も要らん。わしはただおまえの女房の命が欲しいだけよ。」

大工は言った。

「かあさん、こいつを責めないでくれや、おれを責めてくだされ、おれは長いことおまえさまの墓も拝まなかった、おまえさまの墓はおれらの田舎にあるだで、何とも遠くて……」

「おまえに墓参りをしてもらおうなんて思ってねえ、わしはおまえの女房に仕えてもらいたいだけよ……」

女はまた老婆の声色で言った。

なんと大工の母親の魂が女房の口を借りて言ったのである。大工は跪き、涙さえ浮かべ、訴えるように、哀願しながら、女房が正気に戻るのをずっと待ち続けた。

大工は妻の気が触れたことを、母親の墓参りをしていなかったせいだと考えるような豪昧で気弱な男である。この後しばらくの間は妻に優しく接するが、すぐにまたもとの妻を殴る夫に戻る。妻の方は徐々に正気を失っていき、近所の女に向かって、夫には愛人が何人もいる、かつて産んだ女の子は尼になった、自分にもうすぐ子供が生まれるだの荒唐無稽の身の上話をして周囲の人々から不審がられる。そのうち戦況は悪化し、前線に近いこの一帯から爆撃を恐れてほとんどの家が立ち去り引っ越していく。しかしこの大工夫婦だけはそこを離れようとはせず、おまけに爆撃の後、一面の焼け野原となったところを何日もかけて平地にし、野菜の若い苗を植え出したのである。

彼は一面の廃墟に一面の生命を植えつけた。その妻も彼を手伝った。雨水はもともと十分だったが、時たま晴れれば、彼は水を担いできて土地を潤さなければならなかった。

ある日、大工がいつものように、水遣りをする妻の鈍い動作に腹を立て罵声を浴びせ殴りつける。しかし「このくそばばあ、おれさまは今日こそお前を殺すぞ、殺してやる……」と言い終わらぬうち、空襲警報が鳴り出す。大工はスコップを放り出し逃げ出すが、妻の方はうずくまって泣いたまま逃げ出そうとしない。敵機の音が近づいてくるといよいよ怯え全身を震わせ動くこともできない。その時、夫のとった行動は次のようなものであった。

大工は歯を食いしばり何かひとこと罵った後、意外にも力を振り絞って女を背負うなり、大またで町の出口に向かって駆け出したのである。しかも大声でこう叫びながら。

「このばばあ、殴るは殴るさ、喧嘩は喧嘩よ、だけどおれの目の前でおまえをむざむざ鬼子《グエズ》の爆撃で死なせるなんてことは絶対させねえ！」

そして大工は敵機が去るまで、妻を抱きかかえたまま避難した洞穴に身を潜めていたのである。戦局が安定すると、この町も次第に元の様子を取り戻してくる。そして一、二ヶ月もしないうちに元の場所へ人びとは戻ってきた。そこで彼らが見たのは次のような光景であった。

しかし彼らが帰ってきて目にしたのは決して一面の廃墟などではなかった。いたるところがこざっぱりとしてきちんとしている。しかも小さな中庭の側のあの小さな菜園は青々と茂る緑に満ち溢れ、皆にこう思わせたのであった。人間がただ恐怖と荒涼だけをこの世界に留めていた時、茄子、唐辛子、特にインゲンは、寂しさのうちに伸び、繁茂していたのだと。

これは果たして「国破れて山河在り、城春にして草木深し」の慨嘆の境地だろうか。あるいは悲観的情況の中で幻覚のように生じた一瞬の楽観か、とすればこれもまたナイーブ過ぎる結末かもしれない。大工の妻は相変わらず横暴な夫に死ぬまで殴り続けられ、いずれ完全に狂うだろう。現代でいうDVには何ら解決も見出せず、この夫婦の幸福な未来を思い描くことは難しい。しかし、筋立ての細部が伝えているのは、大きな不幸の中で絆が簡単には断ち切れない「脆弱」な人間同士が身を寄せ合い助け合う、またそうするしかない家族や近隣など小さな共同体の可能性である。自分の鬱屈を妻に転嫁する卑怯な大工も、一方で仕事には熱心で、お金が入れば市で妻に食物や細々したものを買ってきてやる心遣いも見せる。近所の子供たちから戯れ歌でからかわれると大げさに怒ったふりをするが、その直後、満面の笑みで南京豆を与えてやったりもする（このあたりは魯迅「孔乙己」の一場面を連想させる）。こうした「民衆」=「生活者」へ向けられた作者の愛と憎悪のアンビヴァレンツを伴うまなざしは、物言わぬ妻の「頽れゆく」哀しみを漏らさず掬い取りながら、この作品にリアリティの重さと同時にある種の救済への兆しをも与えている。それは最終場面の小さな畑に満ち満ちた青々とした緑の生命力に託されている。

どんなに破壊されても、明日の見通しがあろうとなかろうと、愚かなほど一途な人間の手になる忍耐強い仕事がある限り、少しずつ新しい何かが生み出されてくるという信念は、脆弱な植物が持つ生命力と重ね合わせた時、かろうじて生まれてくる希望の兆しなのだろう。一回性（不連続）の脆弱な個の生と、その精神の連続性への期待はこの最後の場面に凝縮されている。

四 「脆弱」と「移ろい」の凝視

これらの作品に描かれた不幸で無力そして無知で無名の人間たちはいずれも知識人ではない、平凡な生活者である。おそらく同時代には最もありふれた、大多数の「物言わぬ」善良な人々であっただろう。同時代の詩人馮至は李広田の描いた人物についてこう語る。

これらの人物は、もし広田の筆に描かれなかったら、あたかも世界にかつて存在しなかったかのように、永遠に世に知られることはなかっただろう。その中の物語の幾つかは荒唐無稽（原文「荒誕」）の感を与えるが、確かにそうした事実はあったので、しかもありふれていたのである。ある批評家はこれを読んで作品は「荒唐無稽」の成分を含んでいて「真実ではない」というが、実のところ不合理な社会にあっては、現実そのものがほとんど荒唐無稽なのである。奇妙きてれつなことはしばしば人の想像を越えるものだ。これについて私たちは想像力が貧困だと感じる。（馮至「文は人の如く、人は文の如く――『李広田文集』序」一九八二年八月《文芸研究》(9)）

本論では主に、より弱い立場におかれている女性が「頽れゆく」過程を観察した作品を取り上げたが、李広田のその後の短篇小説集『金甕子』(一九四六)では、「荒唐無稽」な社会の中で何かを信じることで黙々と自らの生を引き受けていく人びとの悲しくも哀れな生態を描いている。怪しげな呪術師にすがる貧しい人々(「喫石頭的人(石を食べる人)」)や病で逝った子供をまだ生きている者として生活の中に存在させながら老いていく夫婦(「没有名字的人們(名前がない人たち)」)の物語などは静かな哀しみを醸し出し「詩化小説」の趣を持つ。こうした不条理に置かれた人間の「傷つきやすさ」は無論「敏感」と無縁ではない。「脆弱」は、果たして愚昧で保守的、あるいは進化の遅れた「下等植物」のような「原始的頑強さ」という言葉で語りきれるものなのだろうか。李広田の問いはそこにある。〈悲しみの種子〉[10][11]のような人間存在。しかも相互に「脆弱」を知り、時に抑圧、時に庇護しあう矛盾の共同体である家族や近隣の中に生きるしかなかった個体。李広田は『雀蓑記』序(一九三七)の中で「故郷のことは最も忘れがたい。そこの風景人物、風俗人情はもとより折りに触れ恋しく思われ、たとえ草木の一本一本ですらも、私の魂を繋ぎとめているような気がした」と述べる一方で、後に「私は突然――いや突然ではなく、しょっちゅうだが、今日突然はっきりと感じたのだ――何だって人間よりましだ、植物は言うに及ばず、動物だってそうだ」と憤慨し「醜悪で、汚れていて、卑劣で、こせこせして、不自然で、おおらかでない」(「日辺随筆(一)」)と人間への失望を露にしている。こうした愛憎相半ばする人間というものの、その脆弱に対するまなざしは、先に述べたように彼の幼年期の体験、故郷の風物や接した人間へ寄せる思いが根底にあって生まれてくるものだろう。また、脆弱の典型的現れでもある精神の失調について、散文「空殻(抜け殻)」(一九四一年九月一四日作)の中で、友人から聞いた神経症の人間の話を無理からぬこととして紹介した後、次のような皮肉な調子で結んでいる。

このような人が神経症であるならば、どういう人が最も完全な人で、神経症がない人なのだろうか。そこで私はゴーリキーの「再び悪魔について」と題する文章を思い出した。彼はこう言う。悪魔が一人の人間の情熱、希望、憎悪、憤り……等々を次々と取り去ると、ついにこの人は一個の抜け殻になってしまった、つまり「完人」になってしまったのである。このような人はきわめて健康であり、当然人から神経症患者だと後ろ指を指されることもない。ならば、われわれはやはり皆抜け殻になるよう相勉めるのがいいだろう。

冒頭で述べたように、李広田の散文にはしばしば「質朴、恬淡」という評語が与えられるが、故郷の自然や素朴な人々の生活を回想する文章でも、感傷や郷愁に流れることはほとんどない。特に散文か小説か区別しにくい物語性の強い作品では、白描の手法と詩的な表現が調和して効果をあげている。先に紹介した三篇について言えば、人の「頽れゆく」様子（動態）を淡々と語りながら、簡潔な会話を差し挟む戯劇的手法と、具体的な植物の生き生きしたイメージ（静態）を喚起するような詩的手法が用いられている。それらは感傷や単一の激情に流れる表現によっては描けないと考える李広田にとって、この小説とも詩ともつかぬ散文のスタイルは最もしっくりする文体だったといえよう。(12)

四〇年代文学の中でも、普通の人たちのありふれた素朴な生への関心を深化させ、戦時の風潮とは一見相容れない日常生活の詩情、あるいは生命・人間存在そのものへ探求を表現した作家たち――例えば孫犁、蕭紅や駱賓基、沈従文、馮至ら――は現代文学の新たな地平を切り開いた存在として近年とみに評価の気運が高まっている。(13)蘆焚（師陀）はかつて「私が人間を愛するのは、なお（彼らの）弱点と欠点を見るからだ。それは専ら同情を作り出す人たちと比べて、大きく隔たる点である」（『野鳥集・前言』上海文化生活出版社、一九三八年八月）と述べている。(14)「田舎から来た人間」（従郷下来的人）を自任する師陀同様、「土の中から生まれ、野良からやってきた」（詩「地の子」より）李広田もこの「弱点と欠点」を持つ名もない普通の人びとが黙々と生き、人知れず「頽れゆく」姿を数限りなく見続け観察してきたのであろう。彼の簡潔で飾り気のない叙述のスタイルは、こうした人びとへの親近感と冷静な観察に支えられている。今後はさらに四〇年代の「郷土文学」の魁としての役割への視点が必要になってくるのではないだろうか。

五　むすびに

魯迅の散文詩集『野草』の「頽れゆく線のふるえ（頽敗線的顫動）」（一九二五）に現れるのは、小説「明日（明天）」（一九一九）の単四嫂子や「祝福（祝福）」（一九二四）の祥林嫂を思わせる無名の寡婦である。老女は赤貧と冷眼視の中で己の身を売って子供を育て、老いた時にはその子供にさえ蔑まれ罵倒されてしまう。生存の唯一の拠り所であったものにも裏切られ、行き場がなくなり、ついに絶望の淵に突き落とされた女である。こうした初老の寡婦を魯迅は次のように形象化した。

……彼女は一糸まとわぬ姿で、石像のように荒野の中央に立ち尽くした。その瞬間、一切の過去が照らし出された。飢餓・苦痛・驚異・恥辱・歓喜、そしてふるえ。……女は両手を思いの限り天にさしのべた。唇の間から人と獣の、人の世にない、そのため言葉にならない言葉が漏れた。

女が言葉にならぬ言葉を口走る間、その石像のように偉大な、だがすでに荒廃し、くずれ果てた体の全面がふるえ動いた。このふるえは点々と鱗のように起こり、鱗の一つ一つが烈火に煮えたぎる湯のように起伏した。空中もたちまち一緒にふるえ出し、暴風雨の中の荒波のように波打った。

言葉にならない呻き声が、しだいにくずれ果てた身体を覆う「鱗」や「煮えたぎる湯」や「荒波」のようなふるえに変わる、このざわざわとした不気味な不安感さえ与える描写には、一糸まとわぬ（あらゆる虚飾と防備を拒絶する）姿で高い天に対峙する寡婦の「言葉にならない言葉」が凝縮されている。知識人とは隔絶した世界に生き、「絶対的な不幸、絶対的な無権力」(15)の中におかれながらも自分の苦しみを語る言葉すら持ちえぬ人間存在への洞察は、ここで歴史の凝固した原風景を浮かび上がらせるような詩的表現に結実したといえるだろう(16)。

一方、李広田は、苦難の時代に黙々と生きる不幸な人間の「頽れゆく」姿をつとめて感傷を排し、しかしなお愛情深く観察することで、そこに人間の「脆弱」に宿る新たな「詩意」を見出そうとしたのではないだろうか。それは啓蒙性とは無縁の、対象にただ肉薄しようとするストイックな作家の態度から生じている。絶対的な不幸、不条理あるいは不可避の情況の中で「頽れゆくもの」には必ず一個の「人と為る」生成の歴史がある。理念や正義や同情からではなく、こうした一回性の存在、自分の苦しみすら言葉にできない「静かな」生活者と、その受難の歴史への強い関心と想像力が、人間の「脆弱」に個々の物語と詩的表現を与え再構成しようとする李広田文学を支えている。そこには上記のような魯迅のテンションに満ちた詩的表現はみられないが、「頽れゆくもの」への強い関心と洞察そして救済への希望と祈りがある。魯迅と同様、詩人的気質を持つ敏感な現代中国の文学者たちはそうした感性を脈々と受け継いできたのではなかったか(17)。

いささか唐突ではあるが、李広田（一九〇六～六八）の定点を考える時、彼とほぼ同時代を生きたドイツの哲学者T・アドルノ（一九〇三～六九）を思わずにいられない。「アウシュヴィッツ以降、詩を書くことは野蛮である」というテーゼの是非は今ここで論じない。しかし、彼が無力なものをあらゆる暴力的なものから擁護しようとする点、エッセイというスタイルによる非体系的思考の追求なども、李広田の散文の断片性、未収束性の嗜好（特に結末のない寓話的散文に見られる）に一脈通じるものがある。哲学しかも難解な哲学と、文学しかも平明だとされる文学は本来比べようもないのだが、受難と迫害をつぶさに知るこの西洋の哲学者と東洋の文学者の定点は案外近いところにあるのではないだろうか。少なくとも両者は前世紀前半三〇、四〇年代の極限的状況の中で、生死をつなぐ〈頽れゆくもの〉を凝視し続ける目と、物言わぬ人々の声に耳を澄ませていたのだと思う。

注

（1）早くは、王瑤『中国新文学史稿』（新文芸社版第五版、一九五三年九月）「第二編第十章四「散文小品」の項」が『画廊集』と『銀狐集』に言及し「作者は農村に育ったので、文章の調子や感覚も純朴で誠実な農民的色彩が強い。文章をひねり飾り立てるようなこともなく、素直な親しみを読者に感じさせる」と述べている。銭理群『中国現代文学三十年』［修訂本］（北京大学出版社、一九九八年七月）「第二編第十八章散文〈二〉の項」は、李の主要な業績は散文にあるとした上で、抗戦前の「素朴で飾り気がない境界を追求した」散文集二冊を評価するが、抗戦後は「思想と作風に変化が生じ、芸術上、前期を越えることはできなかった」とする。程光煒等主編『中国現代文学史』（中国人民大学出版社、二〇〇〇年七月）「第五章現代散文的建立和発展の項」は「土の香のする人物らの悲惨な運命とそれへの抗いが質朴にして憂鬱な人生の風景を構成する」とし、「その後の同類の散文に少なからぬ影響を与えた」としている。最新の朱棟霖・朱暁進・龍泉明主編『中国文学史一九一七―二〇〇〇』〔上〕（北京大学出版社、二〇〇七年一月）「第十五章三〇年代散文の項」は李の散文の風格として「質朴雄渾」、英国作家マルティンの影響を受けた「素朴な詩の静かな美しさ」という従来の評価を踏襲するが、この他に「やや悲涼を帯びた沈鬱」が「柔美の格調」を備えているとする点は新しい。

（2）馮至「文如其人、人如其文――『李広田文集』序」（『馮至全集』第四巻、河北教育出版社、一九九九年一二月）は、李が「郷土文学の中で独自の道を切り拓いた」とし、その作品は山東出身の李と同郷の蒲松齢の『聊斎志異』の中の心に残る故事を連想させると述べている。

（3）許道明『京派文学的世界』（復旦大学出版社、一九九四年一二月）は第四章「京派詩歌」の六「漢園三詩人」、第五章「京派

散文」の五「何其芳――李広田」、第八章「京派批評」の五「李広田――袁可嘉――唐湜」の三章で、李に言及する。その散文の作風については「質朴自然」の四文字に要約できるとし「京派散文家の中で最も土の香りに溢れている。彼は陶淵明のところから平淡を学び、周作人・廃名から平淡を学んだ。彼がマルティンを重視したのもマルティンが平淡だからであった。」としている。

(4) 例えば、李少群「論李広田的散文美」（『中国現代文学散論』山東文芸出版社、一九八四年四月）は李の清新素朴にして優美な散文言語が風景画や抒情詩のような特殊な美感を与えることを指摘、李建秋・鮮益「詩画移情与自然本色――李広田散文美学評析」（『中国文学研究』一九九四年第二期）は李の自然美に対する審美意識が中国伝統美学の「空霊感」に通じるとする。

(5) 「ホワイト及びその自然史」の文章の冒頭と末尾に、周作人がかつてファーブルの『昆虫記』を紹介して言った「中国にこの翻訳編纂の事業を行う人がいることをやはり望む、たとえ現在の混乱した醜悪な中にあっても」を引いている。因みに周作人は『画廊集』序（一九三五年二月）の中で「洗岑（注：李広田のこと）の集には縁起物まじない文（原文：厭勝文）はなく」「並みはずれた忍耐強い（原文：堅苦卓絶」）生活と精神がある」と評し、李に「ストイック（寧静無欲）」な資質を見ている。

(6) 一九三五年四月作。初出は《水星》二巻二期、一九三五年五月一〇日。

(7) 林非「李広田」（『現代六十家散文札記』百花文芸出版社、一九八〇年三月）が「『柳葉桃』は一人の女役者の悲惨な生涯を描いているが、彼女が子供を生むことを渇望しそのために発狂したことを強調しすぎているため、かえって作品の社会的意義を低めている」とするのは時代的制約からくる分析である。

(8) 拙稿「何其芳『画夢録』試論」（『転形期における中国の知識人』汲古書院、一九九九年一月）参照。なお劉西渭（李健吾）は「『画廊集』――李広田先生作」（一九三六年七月『咀華集』）の中で、何其芳の散文との違いを李の「親しみやすさ」にあるとする。

(9) 『馮至全集』第四巻（河北教育出版社、一九九九年一二月）二四九頁。

(10) 茅盾「『呼蘭河伝』序」（一九四六年八月）（『茅盾序跋集』三聯書店、一九九四年六月、四七二頁）。

(11) 卞之琳の詩「水成岩」（一九三四年一〇月）の中に見える句「嘆一声〝悲哀的種子！〟」。

(12)　李広田「談散文」(一九四三年)の中で、李は小説を「建築」、詩を「明珠」、散文を「行雲流水」にたとえている。また卞之琳は『李広田散文選』序(《読書》一九七九年第九期)の中で、一九三〇年代前半、『漢園集』仲間である何其芳と李広田と三人で集まると、比較的よく話すのは詩の問題よりも散文の問題だったと回想している。また「散文を書く際は形式に拘らず、短篇小説、短篇故事、短篇評論から散文詩までが混交することを恐れず、〝四不像〟になっても気にしなかった」と述べ、李の散文を「彼自身が要求するように〝行雲流水〟式、抒情的味わいに富み、素朴で、恬淡」と評している。

(13)　範智紅『世変縁常――四十年代小説論』(人民文学出版社、二〇〇二年三月)第三章「平凡生活的復現及其叙事効能」参照。

(14)　同前書四〇頁注(71)より。

(15)　木山英雄「魯迅『野草』を読む」(放送大学大学院教材『中国の言語と文化』二〇〇二年三月)一四四頁。また氏は「虚空を奔騰せしめる女の立像の意味するところ」を「女の苦しみを救済しうるキリストは中国に現れえないこと、そして、そうであるかぎりこの女の苦しみ自体が絶対的であり、絶対的であることで、この不条理な世界の中のひとつの定点でありうるかもしれないということ」を指摘する。

(16)　もちろんこれは丸尾常喜氏が指摘するように、魯迅の進化論を構成していた、恥の意識とつながる「自己犠牲」の精神が「さまざまの障害や裏切りに会って、その全身的な生き方に亀裂が生じてきたとき、ふり返ってこのような母親の姿に凝縮するほかはなかった」(『魯迅「野草」の研究』二九六頁、汲古書院、一九九七年三月)魯迅自身の心象風景と重なる。

(17)　蔡清富「琳瑯満目的生活画廊――論李広田的散文創作」(《中国現代文学研究叢刊》一九八二年第四期)は、李広田の散文詩が魯迅『野草』の影響を受けた具体例として、李の「過失」と「荷葉傘」を挙げ、それぞれ魯迅の「風箏」と「死火」と、内容や情調、手法の上で近似が認められると指摘する。

【参考文献】

○『李広田散文』(一～三)(中国広播電視出版社、一九九四年四月)本稿が引用するテキストは全てこれに拠った。
○『李広田研究資料』(寧夏人民出版社、一九八五年二月)

○《中国現代文学研究叢刊》一九八二年第四期（北京出版社）

○《新文学史料》二〇〇六年第二期「李広田専輯」

○李岫『歳月、命運、人——李広田伝』（人民文学出版社、二〇〇六年一月） 最終の全四章（第十二章〜十五章）では文革初期の李広田の非業の死と関わる様々な事実が詳細に語られている。実の娘による最新の伝記。

終章

中国民国期新詩史を構成する「主流」の詩人たち――郭沫若、聞一多、徐志摩、戴望舒、艾青――は、実作を示すと同時に「詩はかくあるべきもの」という詩歌観を提唱することで、約三十年にわたる新詩運動とそれを支える現代詩学の形成に重要な役割を果たした。革命と戦争が継起する動乱の時代に、中国現代詩が「独特の探索性に満ちた二十世紀の現代詩として固有の詩学を形成することになった」（序章）のもこうした新詩の運動性を自覚した詩人たちの実作とその詩論による貢献があったことは言うまでもない。

その一方、詩歌理論を標榜することはなく、ただ実作（詩的テクスト）によってのみその詩学を展開した文学者がいたことも事実である。馮至はその代表的存在である。資質的に内向的で沈思型の詩人は概して文学・文化運動のポリティクスには疎いものである。しかしその分彼らは主流詩人の仕事からは見えにくい詩学を比較的純粋な形に保ちながら作品の中に表現している。しかも個人の感情と認識がより錬磨されたその表現は、民国期詩学の課題と模索の様相を深層のレベルで反映するものであり、多面的に照射される必要があると考えられた。ここに本論文の出発点がある。

すでに本論文中の五つの「概説」に述べたことと重なるが、改めて本論考の内容を整理しておきたい。

第Ⅰ部「民国期の詩学課題」では、馮至と関わりのある広義の「芸術派」文学者の議論と作品を通して、新詩が直面した「現代性」と「詩的言語及び形式」の問題について、「芸術と実生活」及び「伝統と西洋詩学」という二つの視角から検討を加えた。

「芸術と実生活」と題した第Ⅰ部前半第一章では、一二〇年代、馮至の周辺にいて一定の影響力をもったと思われる文学者周作人の新詩集から、芸術と生活を通底する〈実感〉表現の模索を跡づけ、周作人の詩的テクストを支える方法を明らかにしている。第二章では馮至が属した文学同人沈鐘社の芸術と生活（理想と現実）の間を往来する葛藤の捉え方を戯曲『沈鐘』の解釈を通して整理し、併せて彼らの〈受苦〉の姿勢——それは〈個〉の存在の感覚的基盤である——を指摘した。第三章では抒情方式に馮至と共通性を持つ詩人何其芳が、自己省察と社会的関心を深めつつ自己変革の課題に向かう自意識の表現について、二つの代表的詩集を通して考察した。以上三章により、芸術を志向し実生活を精察する彼らの詩学には、個に関わる倫理性と審美意識が切り離せないものとしてあることを確認した。これは今後、民国期における審美意識の形成という、より大きな問題について詩学を通して考察する上での手がかりになるだろう。

第Ⅰ部後半三章「伝統と西洋詩学」は、馮至と文学的親和性を持ち、新詩における詩的言語を探求した詩人として、聞一多、梁宗岱、九葉派（袁可嘉、穆旦）を取りあげた。彼らは十九、二十世紀西洋詩学を媒介として新詩の言語の理論的基礎を構築しようとした点で共通している。第四章は、早くからソネット形式にも注目していた聞一多が一九二〇年代後半、ラファエロ前派の詩画のジャンル混淆傾向の問題点を取りあげ、クライヴ・ベルの「有意義形式」の概念に理論的補強を得て芸術形式の重要性を強調し、同時に詩は「状況」の表現として歴史性を備えるべきだとする、その芸術形式観の骨子を明らかにした。第五章は、馮至と同様に一九二〇年代から三〇年代にかけて西洋詩歌の薫陶を受け、実生活でもヴァレリーの知遇を得た梁宗岱が、フランス象徴主義の「純詩」と「契合」の観念を中国古典詩詞の伝統的概念に引き寄せながら理解し、新詩の理念的支柱として提起していること——言い換えれば西洋象徴主義によって伝統的「詞」を新詩の文学資源として再発見したこと――を指摘した。第六章は馮至が教鞭を執った昆明西南聯合大学に拠った詩人たち「九葉派」の袁可嘉が、ニュークリティシズムの批評理論を受容した上で、詩の作者と読者双方の「感性革命」を掲げ、四〇年代抗戦期の切実な現実と生存の焦慮を表現するために、詩の「戯劇化」の理念を提起したことを明らかにしている。

以上のように、第Ⅰ部では馮至と直接関わりを持つ、あるいは文学的関心を共有する文学者たちのテクストの考察を通して、次の二点を確認した。一つは彼らが芸術と生活を繋ぐ個の倫理に貫かれた審美意識の表現を詩的テクストに求めていたこと。もう一つは因襲的な詩的言語観、すなわち因襲的な発想からの脱却をはかるために、西洋詩学を資源として受容しながら、伝統詩学を相対化しつつ現代詩学を形成しようとしたこと。そしてこの二つは共に馮至の詩学の根底にある基本的な課題であったといえる。

第Ⅱ部「〈問いを生きる〉詩学」は主として馮至の作品に関わる論考であるが、何其芳と李広田についての各一章を加えた。「抒情と思索」「彼此の往来」「生と死と再生」という三つの視角を設定したが、それはこれらが馮至の詩学の根底にある主要なテーマであり、方法だからである。

第七章で考察したのは、平易な語句で濃やかな情感を表現した馮至の初期作品がいずれも「展開」を持ち、思索のプロセスを示す思弁性の強いものであること。時代の暗く重苦しい雰囲気と青年の憂鬱と焦燥が独特のイメージを用いて表現され、特に孤独感や自他の人間関係についての問いかけが粘り強く一貫していること。さらに第八章で明らかにしたのは、二〇年代末の長篇詩「北遊」が、揺れ動く心理と自己否定を通して変貌を遂げようとする詩人の自意識と内在律が調和した、当時にあっては珍しい長篇抒情詩であり、時代の悲歌の性格を具えていることである。第九章では一九四〇年代抗戦期の詩史的にも評価の高い『十四行集』――ソネット二十七首が、現実の具体的・個別的存在物の観察からしだいに人間存在そのものへの抽象的思考へ向かいながら生の認識を形成していく構成を持つものであり、抗戦期には稀有な〈主体〉構築の表現であること、また詩中の「瀰漫」と「凝結」の相反するイメージが〈主体〉形成の運動を効果的に表現している点を指摘している。

第十章、十一章「彼此の往来」では特に馮至と何其芳の表現手法に考察を加えた。彼らは幻想豊かな詩的テクストによって、想像の時空間を往き来しながら、時間意識とコミュニケーションの新しい表現を模索した点で、同時代文学者の中でも際立っている。馮至は歴史的素材に現代的な詩的処理を加えることによって美しい時間が成立する場を創出していることを指摘し（第十章）、何其芳は独白と対話を交錯させた新しい語りの手法によって、過去と現在の区別に縛られずにイマジネーションが自在に行き交うことのできる時空を創造したことを論じている（第十一章）。

生者しか持てない「死」の体験を独特の視点でとらえた馮至と李広田は、生者と死者の連関のみならず、一個の人間における生死の連関を浮かび上がらせることに成功した。第十二章で、馮至は愛する者の死がもたらす喪失感を新たな生の認識に変え、死者を消失させることなく、自らの生の一部として取り込んでいく思索を展開し、哲理抒情詩として新詩に新たな境地を切り拓いたことを論じた。また第十三章では、馮至の四〇年代抗戦期の時代批評が集団と個に関わる危機意識に発して書かれ、同時期のゲーテや杜甫についての学術研究は、無数の死を前にした極限状況の下、内外の文学者から精神的養分を得て、生に覚醒し再生するための切実な営為だったことを明らかにしている。第十四章では、貧しく懸命に生きる無名の人たちが、その傷つきやすさのゆえに徐々に頽れていく様をつとめて冷静に観察し、淡々と叙述する李広田の詩的テクスト――散文小品を取りあげた。死を内包する脆弱な人間存在の、その一回性の生に宿る美的価値を植物の形象を借りて表現する李の方法を明らかにし、馮至の生死の認識とその表現との親和性を示唆している。

以上のように第Ⅱ部は馮至を中心に「問いを生きる」詩学が創出した文学的境界とその方法を論じ、彼の詩的テクストの意義と独自性を明らかにした。合わせて次の点も確認することになった。二〇年代の長篇抒情詩と四〇年代抗戦期のソネットはいずれも当時にあって異色の形式であるが、それは馮至の主体形成の必要から選択されたものであったこと。また、古典的・歴史的素材を用いた二〇年代の叙事詩や短篇小説、四〇年代の中篇小説は、単に古人を美化あるいは揶揄する古典の再解釈ではなく、彼らと現代人たる馮至との切実な対話と問いかけを内在させていること。さらにその姿勢は抗戦期における杜甫やゲーテの学術研究にも一貫していること。以上に馮至の詩学を支える形式観と伝統への向き合い方を見ることができる。

本論文は、主流派現代詩人の影にあってこれまでほとんど明らかにされてこなかった中国民国期詩学の一水脈を、主に馮至の詩的テクストを通して解明しようとする試みである。各章の考察を通して、二十世紀前半の中国に生まれたこうした沈思型の詩人による詩学が、その問題意識と芸術形式への関心において、西欧の同時代詩歌や哲学と深く響き合い、同時に中国伝統詩学の詩学自身の深化を促すメカニズムを内在させていることも明らかになった。また五四白話運動の中で胡適が理想とした白話――「『透明さ』や『plain』さが貫徹する伝達の空間が開かれると理解されている」ような、政治的革新と歴史批判を目的とした「理念的な言語」（中島隆博「鬼を打つ――白話、古文そして歴史」、『漢字圏の近代――言葉と国家』東京大学出版会、二〇〇五）ではなく、「主体が自らを聞く」（同前）ための白話、言い換えれば内省を促す、あるいはそうした内面を創り出していく言葉としての白話を模索する営為を、排他性を有する白話文の流れとは別に、彼らの中に見出すこともできるのではないだろうか。かつて柄谷行人は日本近代文学において「言文一致」という制度によって「内面」が発見され、「主体が自分の声を聞きそれをしるす」ことで初めて「内面なるもの」が生まれたと指摘している（『日本近代文学の起源』講談社、一九八〇）。同様に、新詩運動の中で、運動を牽引するような理論を構築する理念的白話ではなく、資質的に内向的で沈思型の詩人たち——その代表が馮至——がその実作によって、「自らを聞く」、抒情的であって思索的であるような「内省の言葉」＝内省のスタイルを創出する白話——言い換えれば、内省する主体を構築するような「白話」を創り上げていった詩学の系譜というものにも光を当てることができたと思われる。

序章でも述べたように、馮至をはじめ、本論文に登場した文学者——周作人、梁宗岱、何其芳、李広田の名を見れば、「京派文学」「京派美学」という括りが自ずと連想されるだろう。しかし本論文は予め京派の詩学を論じることを企図したものではない。いずれ、こうした文学的〈肌合い〉が共通する文学者たちの人間関係や活動の事実を丹念に調べることで、さらに興味深い発見があり「京派」研究をより豊かにすることができるだろう。その時は卞之琳と廃名への論考を加えて、民国期における「京派」的審美意識の形成についてあらためて解明することにしたい。

今、ここに馮至の詩二篇を掲げ、本論文の締めくくりとしたい。まず、『十四行集』の再版本（上海文化生活出版社、一九四九年一月）に収められた「附録雑詩」四篇の中の「岐路」と題する一篇を見てみよう。

岐路

它們一條條地在面前
伸出去，同時在準備着
承受我們的脚步；
但我們不是流水，

岐路

それらは一本一本目の前を
伸びていき、同時に
私たちの歩みを受け入れる用意をしている。
だが私たちは流れる水ではない、

只能先是猶豫着，
隨後又是勇敢地
走上了一條，把些
其餘的都丟在身後——
看那高高的樹木，
曾經有多少嫩綠的
枝條，被風雨，被斤斧
折斷了，如今都早已
不知去處。
　　朋友們，
我們越是向前走，
我們便有更多的
不得不割捨的道路。
當我們感到不可能，
把那些折斷的枝條
聚起來，堆集成一座
望得見的墳墓，
　　我們

初めはためらいながら、
そのあとで勇気をふるい
一本の道に踏み出すしかない、残りの
道は全て置き去りにして——
見よあの高くそびえる樹、
かつてどれだけの浅緑の
枝が、風雨に、斧に
断ち切られてしまったか、今ではもう全て
行方もしれない。
　　友よ、
私たちが前に進めば進むほど、
私たちにはいっそう多くの
諦めざるを得ない道がある。
私たちは無理だと感じた時、
それら断ち切られた枝を
寄せ集め、積み上げて一つの
目に見える墳墓としよう。
　　私たちの

全生命無處不感到　　生命の余すところなく
永久的割裂的痛苦。　永遠に引き裂かれた苦しみを感じて。

これが書かれたのは一九四三年、抗日戦の後期にあたるが、おそらく当時の詩界に求められていたのは「時代の鼓手」と聞一多に評された田間（一九一六～八五）が書くような、民族的怒りをたたきつけ、戦闘意欲を掻き立てる直截的で素朴な表現の詩であったと思われる。そのような状況の中で、ひたすらおのれの内面しかも傷つきやすく柔らかな部分を凝視するのは、当時としてはほとんど異端的な姿勢であったといえる。しかし馮至は内省的な、それでいて平易な言葉で、おのれ自身と無数の「あなた」に静かに語りかけている。それは時代の大音声にかき消されていた一つの声、しかも馮至ただ一人のものではない、声にはならない無数の声であったともいえる。

人は岐路で立ち止まり、一つの道を選びながら進んでいかなければならない。その時、他のあらゆる可能性をもった道を断念しなければならない苦衷が生じてくる。だからこそ「決断」する行為には意味があり貴いのである。新しい道を選び出す時の躊躇と不安。慣れ親しんだ状態から未知の状態へ移行する時、いわば生成という変貌には常に喪失と獲得のアンビバレンスが伴うことは避けられない。この詩はどちらかといえば「喪失」の方に感情の傾きが見られる。選ばなかった道（捨て去ったもの）を忘れないために、遠くからでも見える墳墓が必要だと詩人はうたうのである。第十四行の「友よ」と第二十二行の「私たち」の前半六文字分の空白は、その前の一行でそれぞれ「行方も知らない」、「墳墓」という言葉を表出した後、語りきれないものがこみ上げてきた瞬間の作者の沈黙を表していると読めるだろう。この空白感＝沈黙にこそ苦痛と葛藤を経た末のかけがえのない「決断」の重さが表現されている。

もう一篇の詩「自伝」は馮至晩年の作で、死の約二年前に書かれたものである（初出は香港『詩双月刊・馮至専号』一九九一年七月）。

三十年代我否定過我二十年代的詩歌，
五十年代我否定過我四十年代的創作，
六十年代，七十年代把過去的一切都說成錯。
八十年代又悔恨否定的事物是這麼多，
於是又否定了過去的那些否定。
我這一生都像是在"否定"裏生活，
縱使否定的否定裏也有肯定。

到底應該肯定什麼，否定什麼？
進入九十年代，要有些清醒，
才明白，人生最難得的是"自知之明"。

三十年代私は自分の二十年代の詩歌を否定した。
五十年代私は自分の四十年代の創作を否定した。
六十年代、七十年代過去の一切を誤りだとした。
八十年代には否定した事がこんなに多いのを悔やんだ。
そしてまた過去の数々の否定を否定した。
私の一生はまるで「否定」の中で送ったようなもの、
たとえ否定を否定する中に肯定があったとしても。

いったい何を肯定し、何を否定すべきか？
九十年代にはいり、少し冷静になってようやく、
気付く、人生で最も得難いのは「己を知ること」。

馮至は一九七九年から八八年までの間に「自伝」（散文体）を三篇書いている。分量に差はあるもののそれらの内容は基本的に同様で、経歴と創作についての客観的事実を簡単に記したものである。激動する現代史と重なり合うような八十余年というその生涯を、馮至は価値判断を入れずに、努めて冷静に淡々と事実のみを陳述している。張輝（『馮至——未完成的自我』第一章、第九頁。北京出版社、二〇〇五年一月）は、それら三篇の散文体の「自伝」とは対

照的な、この「自伝」と題する詩の「一生を『否定』の中に送った」という詩句に馮至自身の人生の概括と主観的判断を見てとると同時に、「詩歌体『自伝』の提供する思考経路によって詩人馮至の一生を理解することで、はじめて散文体『自伝』の提供する事実が、単に一般的に材料を並べたものではなく、より豊かな生命の自己省察の成果であることに気付く」と指摘している。

自らの一生をこんなにも平易なことばでこんなふうに総括した現代詩は他に見あたらない。自らの人生を美化しようとする気負いや衒いはなく、淡々とした散文のような詩句には幾分かの自嘲と諦念がにじみ出ている。あるいは表現の背後には、個というものを実現できなかった者のほとんど絶望に近い声を聞くことができるかもしれない。この作品が詩としてすぐれているかどうかという問い自体が無意味に感じられるような、恐るべき素朴さと率直さ、透徹した自己省察は、詩人の道は寂寞の道だと語った馮至を改めて想起させる。おそらく彼が持ちこたえたその生存の不安と孤独は想像を超えたものだったに違いない。それは二十世紀中国知識人が多かれ少なかれ心に抱きながらも表出しにくい共通の寂寞を伴う自己認識を代弁しているのではないだろうか。

張輝の言うように、馮至は一生涯「自我」を完成させることはできなかったのかもしれない。しかし、彼は危機に直面し岐路に立つたび、何かを決断し何かを捨てながら自らが生成していこうとした。その動態と動力因をむしろ「自我」とよぶべきではないだろうか。様々な観念の彼此を往来しながら、その過程で精神の自由と人間として在ることの意味を他者に向き合いながら問い続け、問いそのものを表現する飾らない静かな言葉を模索したところに、詩人馮至の〈問いを生きる〉詩学の核心がある。

ところで馮至のソネット第十三首はゲーテに捧げられたもので、その最終行にはゲーテの生の意義を言い当てた名言として「死と変（死和変）」が引かれている。これはゲーテの『西東詩集』（一八一九）に収められた詩「至福の渇望」

の中の有名な“Stirb und werde”の訳で、所謂ゲーテの蛻変論（メタモルフォーゼ）を象徴する語として知られている。しかし馮至が「変」と訳したドイツ語“werde”は、馮至自身も「変」一語ではその本来の概念を現しきれないと認めているようにドイツ語独特の豊かで複雑な内容を持っている。それは単なる変化を意味するだけではなく、成長・発展・完成・別の何ものかになっていくという意味を含む概念である。苦しい自己否定を繰り返しながら、脱皮しつつ「生成」し続けることは馮至の一生を貫く課題であったといえるだろう。

本論文が取りあげた文学者たちはいずれもそれぞれの文学に〈問いを生きる〉詩学を内在させている。彼らは永遠につかめないかもしれない精神の自由を求めて「彼此」を往来し、詩的テクストにその表現を託すことを試みた詩人たちである。とりわけ馮至は新詩運動のヘゲモニーを握ることに関心はなく、ただ人間の生を見つめ表現する内省の言葉を執拗に探索した詩人であった。彼はかつて最も好む杜甫の詩句として「語不驚人死不休（語、人を驚かさずんば死すとも休まず）」を挙げているが、言葉の限界を知りつつも、自らは言葉でしか存在と生命を表現できないことを自覚していたといってよい。

文化及び政治・社会の運動においてはしばしば二つのトポス（概念）が二項対立的に布置され、時に選択を迫られる。だが文学創作においては一方の概念のトポスに安住せず両者を往き来すること――彼此往来――がより重要であり、往来を通して対立的世界や異質な世界の間の秘密の連関を見出していくことが詩人の主な仕事になる。それでもその際の不安、葛藤、逡巡あるいは往来から生まれる新たな認識を、ひしひしと身に迫るような情感を喚起する詩的テクストに表現することは決して容易ではない。馮至はそれができる数少ない中国現代詩人の一人であった。

本論文は、このような詩人自身に内在すると同時に、彼らの詩的テクストに潜む、イマジネーションによる二つのトポス間の往来を駆り立てる力、また詩の在り方や感性の変革を促す力、それらを総称して「彼此往来の詩学」と名づけた。馮至らの詩学が目立たぬしかたで二十世紀中国現代詩の形成に果たした役割を明らかにすることで、新詩史の中のひとすじの貴重な水脈を発見できるのではないだろうか。

参考文献

1　馮至の著作及び関係文献

【伝記・評論】

王邵軍：『生命在沈思——馮至』（花山文芸出版社、一九九二年七月）

周棉：『馮至伝』（江蘇文芸出版社、一九九三年九月）

姚可崑：『我与馮至』（広西教育出版社、一九九四年一月）

蔣勤国：『馮至評伝』（人民出版社、二〇〇〇年八月）

周良沛：『馮至評伝』（重慶出版社、二〇〇一年二月）

陸耀東：『馮至伝』（北京十月文芸出版社、二〇〇三年九月）

張輝：『馮至：未完成的自我』（北京出版社、二〇〇五年一月）

Dominic Cheung, *Feng Chih —— A Study of the Ascent and Decline of His lyricism 1920—1959,*（Univ of Washington. Ph.D Thesis, 1973）

【作品】

（1）全集

『馮至全集』（全十二巻）（河北教育出版社、一九九九年一二月）

（2）選集

『馮至詩文選集』（人民文学出版社、一九五五年九月）
『馮至選集』（香港文学出版社、一九七八年）
『馮至詩選』（四川人民出版社、一九八〇年八月）
『馮至選集』（全二巻）（四川文芸出版社、一九八五年八月）
『馮至学術精華録』（北京師範学院出版社、一九八八年六月）
『馮至学術自選集』（北京師範学院出版社、一九九二年六月）
『中国新詩庫第二輯・馮至巻』（長江文芸出版社、一九九〇年）
『昨日之歌』（珠海出版社、一九九七年四月）
『中国新詩経典・昨日之歌』（浙江文芸出版社、一九九七年五月）
『馮至詩選』（長江文芸出版社、二〇〇三年三月）〔附〕周良沛「馮至其人其詩」
『馮至短詩選』（中英対照）（香港・銀河出版社、二〇〇四年八月）
『馮至自選集』（首都師範大学出版社、二〇〇八年一一月）

（3）馮至著作

『昨日之歌』（北新書局、一九二七年四月）
『北遊及其他』（沈鐘社、一九二九年八月）

『十四行集』（桂林明日社、一九四二年五月、上海文化生活出版社、一九四九年一月重版）
『伍子胥』（上海文化生活出版社、一九四六年九月）
『山水』（上海文化生活出版社、一九四七年五月）
『東欧雑記』（北京新華書店、一九五〇年一一月、人民文学出版社、一九五一年一一月）
『杜甫伝』（人民文学出版社、一九五二年一一月）
『張明山与反圍盤』（北京工人出版社、一九五四年七月）
『西郊集』（作家出版社、一九五八年二月）
『十年詩抄』（人民文学出版社、一九五九年九月）
『論歌徳』（上海文芸出版社、一九八六年九月）
『立斜陽集』（工人出版社、一九八九年七月）

（4）翻訳

『遠方的歌声』（人民文学出版社、一九五三年八月）〔魏斯科普夫著、朱葆光と共訳〕
『哈爾茨山遊記』（作家出版社、一九五四年六月）〔海涅著〕
『海涅詩選』（人民文学出版社、一九五六年五月）
『布萊希特選集』（人民文学出版社、一九五九年）〔杜文堂と共訳〕
『徳国、一個冬天的童話』（人民文学出版社、一九七八年一月）〔海涅著〕
『審美教育書簡』（北京大学出版社、一九八五年一二月）〔席勒著、範大燦と共訳〕
『里爾克・給青年詩人的信』（台北・聯経、二〇〇四年九月）

（5）その他
『文芸辺縁随筆』（上海書店、一九九五年八月）
『山水斜陽』（陳青生主編、黒竜江人民出版社、一九九九年四月）
『馮至与他的世界』（馮姚平編、河北教育出版社、二〇〇一年一月）
『馮至美詩美文』（馮姚平選編、東方出版社、二〇〇五年二月）
『白髪生黒絲――馮至散文随筆選集』（中央編訳出版社、二〇〇五年二月）
『秋風懐故人』（馮至百年誕辰紀念集）（人民文学出版社、二〇〇五年九月）

2　第Ⅰ部・第Ⅱ部主要参考文献（各章の注に引く著書・論文は除く）

序章

〔中国語文献〕本文で言及したもの
1　銭光培・向遠『現代詩人及流派瑣談』（人民文学出版社、一九八二年二月）
2　孫玉石『中国初期象徴派詩歌研究』（北京大学出版社、一九八三年八月）
3　祝寛『五四新詩史』（陝西師範大学出版社、一九八七年一二月）
4　周良沛『詩就是詩』（人民文学出版社、一九九〇年一月）
5　孫玉石主編『中国現代詩導読（1917―1938）』（北京大学出版社、一九九〇年七月）
6　常文昌『中国現代詩論要略』（蘭州大学出版社、一九九一年六月）

7 孫玉石『中国現代詩歌芸術』（人民文学出版社、一九九二年一一月）
8 藍棣之『現代詩的情感与形式』（華夏出版社、一九九四年九月）
9 王澤龍『中国現代主義詩潮論』（華中師範大学出版社、一九九五年一〇月）
10 許霆・魯徳俊『十四行体在中国』（蘇州大学出版社、一九九五年五月）
11 陸文綪『法国象徴詩派対中国象徴詩影響研究』（四川大学出版社、一九九七年一月）
12 朱光燦『中国現代詩歌史』（山東大学出版社、一九九七年一月）
13 鄭敏『詩歌与哲学是近郊――結構―解構詩論』（北京大学出版社、一九九九年二月）
14 孫玉石『中国現代主義詩潮史論』（北京大学出版社、一九九九年三月）
15 龍泉明『中国新詩流変論』（人民文学出版社、一九九九年一二月）
16 龍泉明・鄒建軍『現代詩学』（湖南人民出版社、二〇〇〇年一一月）
17 林煥標『中国現代新詩的流変与建構』（広西師範大学出版社、二〇〇〇年一二月）
18 許霆『中国新詩的現代品格』（延辺大学出版社、二〇〇一年九月）
19 駱寒超『20世紀新詩綜論』（学林出版社、二〇〇一年一二月）
20 張旭光『中西詩学的会通――二十世紀中国現代主義詩学研究』（北京大学出版社、二〇〇二年一月）
21 藍棣之『現代詩歌理論：淵源与走勢』（清華大学出版社、二〇〇二年一〇月）
22 王光明『現代漢詩的百年演変』（河北人民出版社、二〇〇三年九月）
23 王榮『中国現代叙事詩史』（中国社会科学出版社、二〇〇四年三月）
24 陳太勝『梁宗岱与中国象徴主義詩学』（北京師範大学出版社、二〇〇四年八月）

25　鄭敏『思惟・文化・詩学』（河南人民出版社、二〇〇四年八月）
26　江錫銓『中国現実主義新詩芸術散論』（北京大学出版社、二〇〇五年四月）
27　張桃洲『現代漢語的詩性空間――新詩話語研究』（北京大学出版社、二〇〇五年四月）
28　姜濤『〝新詩集〞与中国新詩的発生』（北京大学出版社、二〇〇五年五月）
29　陸耀東『中国新詩史（1916-1949）第一巻』（長江文芸出版社、二〇〇五年六月）
30　許霆『中国現代主義詩学論稿』（上海文化出版社、二〇〇五年八月）
31　沈用大『中国新詩史（1918-1949）』（福建人民出版社、二〇〇六年一月）
32　（美）葉維廉『中国詩学（増訂版）』（人民文学出版社、二〇〇六年七月）
33　張林傑『都市環境中的二十世紀三〇年代詩歌』（中国社会科学出版社、二〇〇七年四月）
34　孫玉石『中国現代解詩学的理論与実践』（北京大学出版社、二〇〇七年一一月）
35　孫玉石『中国現代詩導読（1937-1949）』（北京大学出版社、二〇〇七年一一月）
36　譚五昌『二十世紀中国新詩中的死亡想像』（安徽教育出版社、二〇〇八年三月）
37　王澤龍『中国現代詩歌意象論』（中国社会科学出版社、二〇〇八年四月）
38　李怡『中国現代新詩与古典詩歌伝統（増訂本）』（北京大学出版社、二〇〇八年四月）
39　劉継業『新詩的大衆化和純詩化』（北京大学出版社、二〇〇八年四月）
40　許霆『趨向現代的歩履――百年中国現代詩体流変綜論』（南京師範大学出版社、二〇〇八年四月）
41　高蔚『〝純詩〞的中国化研究』（中国社会科学出版社、二〇〇八年八月）

（前掲以外の中国語文献）
○張曼儀「当一個年軽人在荒街上沈思――試論卞之琳早期新詩（1930-1937）」（『十年詩草』台北大雁書店、一九八九年三月）
○商金林『朱光潜与中国現代文学』（安徽教育出版社、一九九五年一二月）
○解志熙『美的偏至』（上海文芸出版社、一九九七年八月）
○銭理群・温儒敏・呉福輝『中国現代文学三十年（修訂本）』（北京大学出版社、一九九八年七月）
○『現代漢詩：反思与求索』（作家出版社、一九九八年九月）
○程光煒主編『中国現代文学史』（中国人民大学出版社、二〇〇〇年七月）
○呂周聚『中国現代主義詩学』（人民文学出版社、二〇〇一年八月）
○陳伯海『中国詩学之現代観』（上海古籍出版社、二〇〇六年一一月）
○解志熙『摩登与現代――中国現代文学的実存分析』清華大学出版社、二〇〇六年一一月
○廃名、朱英誕著・陳均編訂『新詩講稿』（北京大学出版社、二〇〇八年三月）
○梅啓波『作為他者的欧州：欧州文学在二十世紀三〇年代中国的伝播』（華中師範大学出版社、二〇〇八年三月）
（日本語文献）
○倉田貞美『清末明初を中心とした中国近代詩の研究』（大修館書店、一九六九年三月）
○陣ノ内宣男編訳『中国現代抒情詩』（桜楓社、一九七四年六月）
○陣ノ内宣男『中国近代詩論考』（桜楓社、一九七六年六月）
○渡辺新一「徐志摩試論――英国帰りの詩人」（『中央大学論集』第五号、一九八四年三月）

○三木直大「卞之琳『装飾集』の世界」（駒澤大学外国語部『論集』第二〇号、一九八四年九月）
○渡辺新一「一九二四年タゴールの来華と徐志摩」（『中央大学論集』第八号、一九八七年三月）
○宮尾正樹「徐志摩のトマス・ハーディ翻訳（一）——徐志摩研究の一視点」（『お茶の水女子大学人文科学紀要』四三、一九九〇年三月）
○宮尾正樹「徐志摩のトマス・ハーディ翻訳（二）——徐志摩研究の一視点」（『お茶の水女子大学中国文学会報』第九号、一九九〇年四月）
○岩佐昌暲編『季刊中国研究20　特集・八〇年代の中国詩—朦朧詩の誕生と挫折』（中国研究所、一九九一年）
○三木直大「戴望舒の空白・「われおもう」の周辺」（『広島大学総合科学部紀要』Ⅲ、一九九二年一二月）
○秋吉久紀夫『精選中国現代詩集——変貌する黄色の大地』「解説」（土曜美術社出版販売、一九九四年三月）
○秋吉久紀夫　下記の現代中国詩人シリーズ（土曜美術社出版販売）
『馮至詩集』（一九八九）『何其芳詩集』（一九九一）『卞之琳詩集』（一九九二）『陳千武詩集』（一九九三）『穆旦詩集』（一九九四）『艾青詩集』（一九九五）『戴望舒詩集』（一九九六）『阿瓏詩集』（一九九七）『牛漢詩集』（一九九八）『鄭敏詩集』（一九九九）
○是永駿『北島詩集』（書肆山田、二〇〇九年一月）

芸術と実生活　——第一章・第二章・第三章——

○平野謙『昭和文学の可能性』（岩波新書、一九七二年四月）
○三好行雄『日本文学の近代と反近代』（東京大学出版会、一九七二年九月）
○ピーター・カヴニー著、江河徹監訳『子どものイメージ——文学における「無垢」の変遷——』（紀伊國屋書店、一九

七九年一一月）
○宇田禮「何其芳論　詩人の昼」（『中国現代文学を読む――四〇年代の検証』（東方書店、一九九四年二月）
○フランソワ・ジュリアン著、興膳宏＋小関武史訳『無味礼讃』（平凡社、一九九七年九月）
○岡井隆『詩歌の近代』（岩波書店、一九九九年三月）
○銭理群『読周作人』（天津古籍出版社、二〇〇一年一〇月）
○九鬼周造「芸術と生活の融合」（『九鬼周造「エッセイ・文学概論」』〔京都哲学叢書・第三十巻〕（燈影舎、二〇〇三年四月）
○馬睿『未完成的審美烏托邦・現代中国文学自治思潮研究（一九〇四―一九四九）』（四川出版集団巴蜀書社、二〇〇六年七月）

伝統と西洋詩学　――第四章・第五章・第六章――

○ウィリアム・エンプソン・岩崎宗治訳『曖昧の七つの型』（研究社、一九八三年一〇月）
○李子玲『聞一多詩学論稿』（台北・文史哲出版社、一九九六年八月）
○『鄧以蟄全集』（安徽教育出版社、一九九八年四月）
○『二三十年代中国と東西文芸（芦田孝昭退休記念論文集）』（東方書店、一九九八年一二月）
・松浦友久：聞一多の「律詩底研究」について――近代詩学の黎明
・三木直大：卞之琳とオーデン――「戦いのときに」の翻訳と『慰労信集』
・小川利康：「橋」における方法論――周作人と廃名

○黄健『京派文学批評研究』（上海三聯書店、二〇〇二年六月）
○ラスキン著・内藤史朗訳『芸術の真実と教育――近代画家論・原理編〈1〉』（法藏館、二〇〇三年一〇月）
○西槇偉『中国文人画家の近代　豊子愷の西洋美術受容と日本』（思文閣書店、二〇〇五年四月）

抒情と思索　――第七章・第八章・第九章――

○分銅惇作編『現代詩物語――激動の時代を貫く抒情の系譜』（有斐閣、一九七八年八月）
○深見茂「出自への回帰――ロマン派と帰郷」（『ドイツ・ロマン派論考』国書刊行会、一九八四年一二月）
○篠田一士『詩的言語』（小沢書店、一九八五年七月）
○ Wolfgang Kubin, *GIBMEINEM SCHMALEN HERZEN EIN GROSSES UNIVERSUM* —— *Die Sonnette des Feng Zhi*, Inter Nationes Kunstpreis, 1987〔附〕張寛訳「給我狭窄的心一個大的宇宙――論馮至的十四行詩」
○劉福春編『中国現代詩集編目』（中国新詩研究中心・吉林省前郭県文聯、一九八九年八月）
○是永　駿「詩の言葉――現代詩における詩律の生成」（『野草』七〇、二〇〇二年八月）
○是永　駿「現代詩の生成――詩律の変遷とモダニズム」「詩の復権――中国現代詩の沃野」『中国二〇世紀文学を学ぶ人のために』世界思想社（二〇〇三年六月）
○ゲルノート・ベーメ著・井村彰他訳『感覚学としての美学』（勁草書房、二〇〇五年一〇月）
○ルートヴィヒ・クラーゲス著・杉浦實訳『リズムの本質』（みすず書房、二〇〇六年一二月）＊初版一九七一年四月

彼此の往来　――第十章・第十一章――

○佘樹森『中国現当代散文研究』（北京大学出版社、一九九三年四月）
○D・ロッジ著、柴田元幸・斎藤兆史訳『小説の技巧』（白水社、一九九七年六月）
○高恒文『京派文人：学院派的風采』（上海教育出版社、二〇〇〇年一二月）
○王光明・孫玉石編『二十世紀中国経典散文詩』（長江文芸出版社、二〇〇五年五月）〔附〕王光明「散文詩的歴程」

生と死と再生　――第十二章・第十三章・第十四章――

○ Ronald Gray, *Goethe—A critical introduction*, Cambridge Univ Press, 1967
○神品芳夫『新版　リルケ研究』（小沢書店、一九八二年一〇月）
○V・E・フランクル・霜山徳爾訳『死と愛』（新装版）（みすず書房、一九八三年五月）＊初版は一九五七年二月
○ボルノー著、塚越敏・金子正昭訳『実存哲学概説』（理想社、一九八五年七月）＊初版は一九六二年一一月
○ジャンヌ・エルシュ著、北野裕通・佐藤幸治訳『カール・ヤスパース――その生涯と全仕事』（行路社、一九八六年一〇月）
○塚越敏『リルケとヴァレリー』（青土社、一九九四年一二月）
○T．Wアドルノ著・山本泰生訳『キルケゴール――美的なものの構築』（みすず書房、一九九八年五月）
○解志熙『生的執着――存在主義与中国現代文学』（人民文学出版社、一九九九年七月）

あとがき

中国現代詩に伝統的古典詩とは異なる魅力があることは、平凡社『中国現代文学全集』（全二十巻）第十九巻「詩・民謡集」（初版一九六二年十一月）所収の訳詩を通して初めて知った。

さらに興味をひかれたのは、それらの中に郭沫若や艾青の激情型詩歌とは全く異なるタイプの、観念ではなくある種の生々しい感覚を喚起する一群の新詩が含まれていたことである。聞一多の「ありのまま申上げます、私は詩人の資格がないのです／……／がもう一人　私がいます　恐ろしくありませんか——／蠅のような思想が／ゴミ箱にはう」（詩「供述」）は、一見あまりに「詩らしく」ない散文的表現だが、谷川俊太郎の「本当の事を云おうか／詩人のふりはしているが／私は詩人ではない」（「鳥羽1」）という七〇年代日本現代詩の画期的フレーズに通じる、「詩人」の気取りを暴くアイロニーが斬新だった。また卞之琳の次のような何の変哲もない詩が却って想像力を刺激した。

在所の子供がさびしがり
枕頭《もと》にこおろぎを一匹飼った
おおきくなって町で働き
夜光時計をひとつ買った

幼い時はよく羨ましがり

墓場の草がこおろぎの庭
いま彼が死んでから三時間たった
夜光時計はまだ止《と》まらない
（今村与志雄訳「さびしさ」）

この徹底して感傷を排するむだを削ぎ落とした口語表現が、新しい抒情の可能性を示唆しているように思われたのである。

とりわけ「わたしの寂しさは長い蛇／ひやりとして口のきけない――」（「蛇」）と歌う馮至の、飾り気のない素朴な言葉で静かに思索をすすめる抒情表現、特にソネットの訳詩から得た独特の印象は、原詩を読んでいよいよ確実なものとなった。こういう中国現代詩があったのだという新鮮な驚きが私を中国現代詩研究へ誘ったことは間違いない。

その後、一九三〇年代の卞之琳や何其芳という「現代派」詩人に興味を持つようになった。馮至への愛着は変わらなかったが、研究対象とするには入手できる資料があまりにも乏しかったため、修士論文では、激動する中国現代史に呼応するように「雲を愛さず、月を愛さず／星をも愛すまい」と宣言して変貌していく文学者何其芳を取りあげた。修論を仕上げたあとは、やはりまた馮至について何か書きたいと感じていた。そうするうち思いがけなく実藤文庫（旧「日比谷図書館」、現「東京都立中央図書館」内）所蔵の『沈鐘半月刊』（一九二六）――僅か四冊ではあるが――を目にすることができ、嬉々としてまとめた研究ノートが「馮至試論――一九二〇年代の新詩」（一九八〇）と「馮至の『伍子胥』について」（一九八一）である。

この時の拙文二篇と手紙を、初めて馮至に送ったのは一九八一年九月十六日のことで、返信を受け取ったのは約二カ月後の十一月二十七日であった。便箋二枚にはびっしりと丁寧な文字で、私の手紙に応えるように、旧詩と新詩の読者の問題や当時の朦朧詩論争、さらに「かつて北京の町、松花江の畔、昆明の山村で書いた作品が四、五十年後に海外で『知音』を得るとは思わなかった」という嬉しい感想も記されてあった。彼らが二〇年代に始めた同人誌『沈鐘』の一部が日本で「生き延びていた」ことを知って、少なからず感慨を抱いたのかもしれない。

その後の文通をへて、馮至に初めて会ったのは二年後の一九八三年の八月一日午後のことである。北京建国門外永安南里にある馮至自宅の書斎で二時間ほど話をうかがった。部屋の両壁面には内外の本がぎっしり詰まる書棚が据えられ、そのせいで部屋全体が薄暗かったが、机の前の南向きの窓からエンジュの葉が夏の陽ざしを浴びてキラキラ輝くのが見え、そこだけが明るい光の一角を形作っていた。馮至は私が準備した質問の一つ一つに倦むことなく、考えながらゆっくりと低く張りのある声で答えてくれた。寡黙で場繋ぎの言葉を差しはさまない。かといって沈黙がこちらを居心地悪くさせることもない。静謐そのものというべき穏やかさの中に、彼が経験したあらゆる苦難や悲しみと、それでも損なわれなかった人間への信頼が凝縮しているように思われた。インタヴューをする機会は他に二回あったが、この印象が変わることはなかった。その後、馮至が亡くなるまでの約十年間にわたる文通の中で、馮至は私の拙い、あるいはぶしつけな質問に毎回必ず懇切丁寧に返事を書き送ってくれた。その手紙は三十通に上る。こうした得難い機会に恵まれ、資料面でも少なからぬ援助をいただきながら、「知音」の名に値する仕事を何十年も完成させられなかったことを今更ながら恥ずかしく申し訳なく感じている。

存命の文学者を研究対象として、その人に直に接することができたことは私にとって思いがけない幸運であった。しかしもちろんこのことは拙論の質を保証するものではない。むしろ本人に接し、その口から生の言葉を聞いたために、かえってその文学の捉え方に感情的なバイアスがかかってしまうこともありうるだろう。本書もおそらくその点での偏りは免れない。それでもなお否定できないのは、たった一人の文学者をより深く知りたいという素朴な思いが、中国文学や現代中国への興味をつなぎとめ、また抽象的な観念や他の文学者に共通する問題に向かって開かれていく契機となったことである。本書が馮至を核に据えながら、周作人、聞一多、梁宗岱、何其芳、九葉派、李広田らについて論じる章をあえて立てたのも、馮至の文学が彼らの文学と問題意識や方法の点で響きあい、呼応しあう親和性の触手を具えていたからにほかならない。彼らを通して馮至がよりよく見えてくると同時に、彼らもまた馮至を傍らに置くことで相対化され、相互作用の中で民国期詩学のある系譜が浮き彫りにされることを本書は密かに期待したのである。

まずは本書を馮至への感謝の記念として捧げたい。そしてこれを新たな馮至研究に向かう自身のための里程標にしたい。また馮至はもとより、その没後、関係資料を惜しみなく提供くださった長女馮姚平氏にも心からの感謝をしるすものである。

私は師友との出会いに恵まれたことをつくづく幸運に思う。とりわけ次の先生方には研究上のみならず全人格的な諸々の啓発と有形無形の励ましをいただいた。故丸山昇先生、故丸尾常喜先生、佐藤保先生、釜屋修先生、木山英雄先生、野澤協先生。有難うございます。日頃支え合い励まし合うお茶大の仲間および九葉読詩会の同人、そして本論が形になるよう叱咤激励してくださった汲古書院編集部の小林詔子さんにもこの場を借りて心から感謝したい。

本論は二〇一〇年三月、お茶の水女子大学に提出した学位論文である。審査に当たられた先生方には貴重な助言と御指摘をいただいた。また本書は独立行政法人日本学術振興会平成二十二年度研究成果公開促進費（学術図書）の助成を受けて、出版の機会を得たものである。

二〇一一年一月

佐藤普美子

【初出一覧】

各章の基盤となる初出論文は以下に示す通りである。執筆当時から長い時間が経過しているものについては、必要に応じて若干の加筆修正を行なった。

第Ⅰ部

第一章　書き下ろし

第二章　「沈鐘社の姿勢――ハウプトマン『沈鐘』の解釈をめぐって」
一九九二年九月　汲古書院『魯迅と同時代人』

第三章　「詩人何其芳試論――『預言』から『夜歌』へ」　一九七九年三月　『大東文化大学漢学会誌』第十八号

第四章　「聞一多『ラファエロ前派主義』試論」　一九九四年四月　『お茶の水女子大学中国文学会報』第十三号

第五章　「梁宗岱の詩論について――〈契合〉と〈純詩〉の希求」
一九九五年一月　『野草』第五十五号（中国文芸研究会）

第六章　「〈思考と感覚の融合〉を求めて――九葉派の詩と詩論」
一九九七年三月　『東洋文化』第七十七号（東京大学東洋文化研究所）

第Ⅱ部

第七章　「馮至試論――一九二〇年代の新詩」　一九八〇年三月　『大東文化大学紀要』〈人文科学〉第十八号

「馮至『冬の人』を読む」　二〇〇六年五月　『九葉読詩会』第二号

第八章　「長詩「北遊」試論——二〇年代詩人としての馮至」
一九八四年一二月『大東文化大学創立六〇周年記念中国学論集』

第九章　「馮至の『十四行集』——ソネット二十七首について——」
一九八三年四月『お茶の水女子大学中国文学会報』第二号
「漢語ソネットの可能性——中国現代格律詩の摸索——」
二〇〇〇年三月『季刊中国』第六〇号

第十章　「向き合うふたりの時空——馮至のコミュニケーション観」
一九九六年四月『お茶の水女子大学中国文学会報』第十五号

第十一章　「何其芳『画夢録』試論」
一九九九年一月　汲古書院『転形期における中国の知識人』

第十二章　「死者を抱き続けるために——馮至の「秋心に」四首をめぐって——」
二〇〇二年一〇月『ああ哀しいかな——死と向き合う中国文学』汲古書院
「もう一つの追悼——馮至『若子死了！』を読む」
二〇〇七年一一月『九葉読詩会』第三号

第十三章　「四〇年代抗戦期の馮至」
一九九九年八月『野草』第六十四号

第十四章　「〈頽れゆくもの〉をして語らしめよ——試論・李広田文学の定点」
二〇〇八年三月『駒澤大学総合教育研究部紀要』第二号

著者紹介

佐藤　普美子（さとう　ふみこ）

岩手県盛岡市生まれ。
お茶の水女子大学文教育学部文学科中国文学・中国語学専攻卒業。
同大学院人文科学研究科修士課程中国文学専攻修了。
博士（人文科学）。
駒澤大学総合教育研究部教授。中国近現代文学専攻。

主要論文に「現代漢語詩歌の模索」『規範からの離脱』（共著、山川出版社、2006年1月）、「80年代以降の新詩における抒情モデルの解体——慈母のイメージの変容——」（『東洋文化』第84号、東京大学東洋文化研究所、2004年3月）など。

彼此《ひし》往来《おうらい》の詩学
——馮至《ふうし》と中国現代詩学

平成二十三年二月十四日　発行

著者　佐藤普美子
発行者　石坂叡志
整版印刷　中台整版
　　　　　モリモト印刷

発行所　汲古書院
〒102-0072　東京都千代田区飯田橋二—五—四
電話〇三（三二六五）九七六四
FAX〇三（三二二二）一八四五

ISBN978-4-7629-2889-5　C3098
Fumiko SATO © 2011
KYUKO-SHOIN, Co.,Ltd.　Tokyo

索　引

凡例

1．索引は人名と事項の二種類である。索引項目は本文から採録し、注釈・あとがき・参考文献からは採らない。

2．人名と事項を五十音順に配列する。作中人物名は採らない。事項は固有名詞を中心に掲げ、概念用語は特に本論に関連するものに限る。

3．欧文人名は原則として姓を掲げ、括弧内に名（省略形）・姓の原綴を示す。慣用により名・姓で通用しているものはそれを見出し語に掲げる。

人名索引

ワ行

事項索引

馮至略年譜

＊『馮至全集』第12巻所収「年譜」と蔣勤国『馮至評伝』をもとに
民国期の事蹟を中心に作成。

馮至略年譜

1905年	9月17日、河北省涿県に生まれる。原名、馮承植。字、君培。
1916年	夏、北京市立第四中学に入学。
1921年	夏休み後、北京大学預科に入学。
1922年	張定璜の推薦で《創造季刊》へ寄稿。
1923年	後の沈鐘社同人らと知り合う。夏休み後、北京大学本科独文系に入学。
1925年	夏、沈鐘社(楊晦、陳煒謨、陳翔鶴らと)結成。秋、《沈鐘》周刊出版。
1927年	4月、詩集『昨日之歌』(北新書局)出版。夏、北京大学独文系卒業後、国文教師としてハルビン第一中学に赴任。
1928年	1月、長詩「北遊」(全13章)執筆(翌年、《華北日報・副刊》に連載)。夏休み後、北京に戻り、孔徳学校で教鞭を執る傍ら、北京大学独文系助手を務める。
1929年	8月、詩集『北遊及其他』出版。冬、河北省公費留学試験に合格。
1930年	5月、周作人の支持の下、廃名と《駱駝草》周刊を創刊(~11月停刊)。当時北京大学で助手を務める梁遇春と交流。9月北京を出発、月末にハイデルベルグに到着。ハイデルベルグ大に学ぶ。
1931年	春、ハイデルベルクを訪れた梁宗岱と交流。7月、グンドルフ逝去に衝撃を受け、ゲーテ研究を深めるために、8月よりベルリン大に学ぶ(~32年)。
1935年	ハイデルベルグ大に博士論文提出。7月、留学生活を終えてパリにて姚可崑と結婚、帰国の途に就く。
1936年	7月、上海同済大学教授、附設中学主任を兼任。10月、魯迅の葬列に参加。
1938年	10月下旬、同済大学の移動に従い、湖南・桂林を経て、12月、昆明に到着。
1939年	夏休み後、同済大学を辞し、西南聯合大学外文系独語教授となる。聯大在職中(~46年)は卞之琳、李広田はじめ朱自清、楊振声、羅常培らと交流。
1941年	春、昆明市郊外の楊家山営林地の寓居(40年10月~)で、ゲーテ研究に着手。しばしば大病を患う。ソネット27首執筆。

1942年　5月、『十四行集』（桂林明日社）出版。
1943年　春、中篇歴史小説『伍子胥』完成。9月、散文集『山水』（重慶国民出版社）出版。
1945年　12月、昆明「十二・一惨案」後、受難者のために詩「招魂」執筆。
1946年　7月、北京に戻り、北京大学西方語言文学系で教鞭を執る（～64年9月）。『杜甫伝』執筆、ゲーテ研究に従事。9月、『伍子胥』（上海文化生活出版社）出版。
1947年　5月、散文集『山水』〔1930～44までの散文13篇所収〕（上海文化生活出版社）再版出版。
1949年　1月、『十四行集』再版（上海文化生活出版社）出版。
1950年　3月～6月、東欧訪問。11月、『東欧雑記』（北京新華書店）出版。
1952年　11月、『杜甫伝』（人民文学出版社）出版。
1954年　6月、ハイネの翻訳『哈爾茨《ハルツ》山游記』（作家出版社）出版。6月～8月、東ドイツ、ルーマニア訪問。
1955年　9月、『馮至詩文選集』（人民文学出版社）出版。
1956年　6月、中国共産党に入党。12月、『杜甫詩選』（人民文学出版社）出版。
1958年　2月、詩集『西郊集』〔1949～57までの詩50首所収〕（作家出版社）出版。
1959年　9月、詩集『十年詩抄』（人民文学出版社）出版。
1963年　1月、論文集『詩与遺産』（作家出版社）出版。
1964年　9月、中国社会科学院外国文学研究所所長、北京大学教授及び西語系主任を兼任。
1970年　7月、河南省息県の幹部学校へ送られる（～72年4月）。
1980年　8月、『馮至詩選』（四川人民出版社）出版。
1985年　8月、『馮至選集』全2巻（四川文芸出版社）出版。
1986年　9月、論文集『論歌徳』（上海文芸出版社）出版。
1988年　6月、『馮至学術精華録』（北京師範学院出版社）出版。
1989年　7月、詩文集『立斜陽集』（北京工人出版社）出版。8月～10月、胸膜炎を患い入院治療。
1991年　7月、香港『詩双月刊・馮至専号』（詩「自伝」所収）出版。
1993年　2月22日、北京協和病院にて逝去。